KB166410

서정오의
우리 옛이야기
백가지 ①

서정오의 우리 옛이야기 백 가지 1

초판 1쇄 발행 1996년 12월 5일
초판 4쇄 발행 1997년 2월 15일
개정판 1쇄 발행 1997년 2월 28일
개정판 57쇄 발행 2014년 10월 6일
개정 2판 1쇄 발행 2015년 4월 20일
개정 2판 8쇄 발행 2023년 11월 20일

글쓴이 | 서정오
그린이 | 이우정
펴낸이 | 조미현

편집주간 | 김현림
디자인 | 김진디자인·조율아트

펴낸곳 | (주)현암사
등록 | 1951년 12월 24일·제10-126호
주소 | 04029 서울시 마포구 동교로12안길 35
전화 | 02-365-5051   팩스 | 02-313-2729
전자우편 | editor@hyeonamsa.com
홈페이지 | www.hyeonamsa.com

글ⓒ서정오 2015
그림ⓒ이우정 2015

ISBN 978-89-323-1739-7 04810
ISBN 978-89-323-1738-0(세트) 04810

이 도서의 국립중앙도서관 출판시도서목록(CIP)은
서지정보유통지원시스템홈페이지(http://seoji.nl.go.kr)와
국가자료공동목록시스템(http://www.nl.go.kr/kolisnet)에서
이용하실 수 있습니다. (CIP제어번호 CIP2015009498)

서정오의
우리
옛이야기
백가지 ①

ㅎ현암사

이 책이 세상에 나온 지 꽤 오랜 세월이 흘렀다. 그러나 옛이야기의 값어치는 날이 갈수록 점점 커지고 있다. 물질이 우리 삶을 쥐락펴락하고 경쟁이 우리 마음의 여유를 앗아갈수록 더욱 그렇다. 옛이야기는 다만 옛날부터 있어온 것이어서가 아니라, 오늘날 우리 모습을 되돌아보게 해주어서 더욱 소중한 것이다.

다행히 그리고 고맙게도 많은 독자들이 옛이야기의 소중함을 알아주었다. 이 책이 오랜 세월 꾸준히 숨결을 이어온 것도 그 덕분이다. 이 책에 실린 옛이야기가 그동안 많은 사람들에게 읽히고 전해진 것은, 바로 그 이야기를 만들고 전해준 옛사람들이 바라는 바이리라. 또한 옛사람들과 오늘날 독자들 사이에서 심부름꾼 구실을 한 글쓴이에게는 영광스러운 일이기도 하다.

이 같은 감회에 젖으며 조심스럽게 개정 2판을 낸다. 두 번째로 고쳐 내는 것이지만 개정 1판과 크게 달라진 것은 없다. 이야기

몇 가지를 바꾸어 넣고 군데군데 글을 조금 고치고 다듬었을 뿐이다. 이와 함께, 이 책과 짝을 이루는 『우리 옛이야기 백 가지 2』도 보태고 손질함으로써 양쪽 다 얼추 모양을 갖추었다.

이 소박한 단장이 그동안 이 책과 글쓴이에게 보내준 독자 여러분의 성원에 조금이나마 보답이 되기를 감히 바란다.

2015년 2월 서정오

이 책 초판이 나온 뒤로 많은 독자들이 글쓴이에게 보내준 격려
와 성원 그리고 가르침은 분에 넘치는 것이었다. 이러한 격려와
성원 그리고 가르침은 글쓴이를 기쁘게 하기에 앞서 부끄러움을
느끼게 하였다. 그 부끄러움을 조금이나마 덜려는 뜻에서 서둘러
개정판을 낸다. 개정판은 초판에 견주어 대략 다음과 같은 것이
달라졌다.

우선 너무 널리 알려진 이야기가 빠지고, 그리 널리 알려지지
않은 이야기가 새로 들어갔다. 독자들에게는 이미 알고 있는 이야
기보다는 새로운 이야기가 더 소용에 닿을 것이라는 판단 때문이
다. 널리 알려진 이야기라도 그 속에 널리 알려지지 않은 화소가
있을 때는 그냥 두었다.

다음으로, 그동안 새로 모으거나 발견한 이야기가 몇몇 들어갔
다. 그 대신 이야기의 완성도가 좀 떨어진다고 판단되는 것이 빠

졌다. 유형이 같은 이야기라도 화소에 따라 재미나 완성도가 더 나은 것으로 바꾸었다.

이렇게 하여 이야기 백 가지 중 쉰네 가지가 바뀌었다. 그렇다고는 하지만 아직 많은 한계가 있을 줄 안다. 이야기가 널리 알려졌느냐 그렇지 않으냐에 대한 판단, 재미나 완성도에 대한 판단이 오로지 글쓴이의 주관에 따라 이루어졌기 때문이다. 이 부분에 대해서는 앞으로 독자 여러분의 더 많은 가르침을 바랄 뿐이다.

초판 머리말에도 밝혀두었지만, 여기에 실린 옛이야기는 그동안 나라 안팎의 뜻있는 분들이 오랜 세월에 걸쳐 모아둔 옛이야기를 바탕으로 다시 쓰거나 고쳐 쓴 것이 대부분이다. 굳이 글쓴이가 내세울 게 있다면, 옛이야기 특유의 입말을 살려 읽기에 편하도록 다듬은 것뿐이다. 좋은 옛이야기를 받아 적고 갈무리해둔 많은 분들께 다시 한 번 고마움을 표한다. 그리고 개정판을 내려는 글쓴이의 욕심을 탓하지 않고 선뜻 받아들여 준 현암사에도 큰 고마움을 전한다.

1997년 2월 서정오

삶의 꿈과 바다, 옛이야기

오랜 세월 동안 이 땅에 수많은 사람이 살아온 것과 같이 수많은 이야기가 또한 사람들 곁에서 끊임없이 전해왔다. 우리는 옛이야기 속에서 먼 옛날부터 이 땅을 딛고 살아온 사람들의 숨소리와 맥박을 듣는다. 지금까지 전승된 옛이야기는 모두 끈질긴 생명의 힘으로 살아남은 우리의 소중한 문화유산이다.

이 책에는 그러한 수많은 옛이야기 가운데 가려 뽑은 이야기 백가지가 들어 있다. 가려 뽑았다고는 하지만, 그 기준은 어디까지나 글쓴이가 나름대로 정한 것이다. 대체로 다음과 같은 기준을 염두에 두었음을 밝혀둔다.

1. 남녀노소 누구나 쉽게 받아들일 수 있는 재미있고 건전한 이야기
2. 전승력이 강하고 구성이 탄탄한 이야기
3. 우리 정서가 잘 나타나 있는 이야기

재미있고 구성이 탄탄하며 옛사람들의 생각이 어떤 모양으로든 녹아들어 있는 것을 가려낸다고 애썼지만, 가려낸 것이 과연 '우리가 정말 알아야 할 우리 옛이야기'라고 서슴없이 말하기는 어렵다. 우선 글쓴이가 가지고 있는 자료에 한계가 있고, 가려 뽑는 일도 글쓴이의 주관에 기댔기 때문이다. 사실 이런 일은 여러 사람이 오랜 세월을 두고 꼼꼼하게 챙긴다고 해도 완벽하게 해내기는 어려운 일이다.

욕심 같아서는 온 나라 구석구석을 뒤져 전해오는 이야기를 다 모으고, 그것을 비슷한 것끼리 나눈 다음에 대표가 될 만한 것을 골라내면 참 좋겠다 싶지만, 그게 어디 쉬운 일인가. 애당초 한두 사람의 힘으로는 어림없는 일이기에 엄두조차 내지 못했다. 다행히 이미 글로 받아 적어놓은 자료가 여럿 있어서 그것을 바탕으로 이야기를 고르고 다시 쓰거나 고쳐 썼다.

옛이야기는 입에서 입으로 전해지기에 언제나 끊임없이 살아 움직인다. 유형(이 말은 '독립된 줄거리를 가진 이야기'라는 뜻으로 쓴다.)이 같은 이야기라도 이야기꾼에 따라서, 때와 곳에 따라서 그 모양이 다 다르다. 이렇게 살아 움직이는 이야기를 글로 써서 움직이지 못하게 하자니 한계가 없을 수 없다. 그런 한계로부터 조금이나마 자유로워지고 싶은 마음에서, 이야기를 글로 쓸 때 될 수 있는 대로 입으로 전해온 맛을 그대로 살리려고 애를 썼다. 다음은 이야기를 글로 쓸 때에 글쓴이가 나름대로 지킨 원칙이다.

1. 받아쓴 자료를 바탕으로, 읽거나 듣기에 편하게 말을 다듬어 쓰거

나(다시 쓰기), 필요에 따라 줄거리를 깎고 보태고 고쳐 썼다(고쳐 쓰기). 유형이 같은 이야기에 서로 다른 화소(모티프)가 있을 때는 여기저기에서 재미있는 화소를 끌어다 새로운 이야기를 꾸미기도 했다.

2. 옛이야기의 감칠맛 나는 말투를 그대로 살리기 위해 글말을 버리고 입말을 썼다. 이야기 분위기를 친근하게 하려고 높임말을 버리고 예사말을 썼다.

3. 이야기말은 표준말을 쓰는 것을 원칙으로 하였으나, 말맛을 살리기 위해 필요한 경우에는 사투리도 살려 썼다. 말은 될 수 있는 대로 누구든지 쉽게 이해할 수 있는 말로 썼으나, 이야기 속의 물건이나 일 또는 이름같이 옛말을 살려 쓸 곳은 그대로 썼다.

옛이야기라고 부를 수 있는 것에는 신화, 전설, 민담이 다 들어가지만, 여기서는 민담만 다루었다. 민담은 어느 것이나 '옛날에 어떤 사람이 살았는데'로 시작해서 '그래서 잘 살았더란다.'로 끝맺는다. 다시 말해 보통 사람이 어찌어찌하다가 잘 살게 된다는 줄거리를 담고 있는데, 이렇게 누구에게나 친근감을 주는 민담이야말로 옛이야기의 꽃이라고 보았다.

옛이야기를 나누는 방법은 여러 가지가 있다. 말문학(구비문학)을 연구하는 분들은 흔히 서양에서 들어온 네 가지 분류법(동물담, 완형담 또는 본격담, 소화, 일화)을 쓰고 있지만, 여기서는 그런 틀을 따르지 않고 이야기의 주제나 성격에 따라 여섯 덩어리로 나누어 놓았다. 물론 이 여섯 덩어리라는 것도 두부모 자르듯 명쾌하게 나뉘는 것은 아니다. 다만 읽는 이가 쉽게 찾아 읽을 수 있도록 주제나 성격이 비슷한 것끼리 묶어놓았을 뿐이다. 주제나 성격에 대해서 조금 덧붙인다면 다음과 같다.

1. 모험과 기적 : 현실에서 일어날 수 없는 신비한 사건을 다룬 이야기이다. 영웅이 온갖 고난을 이겨내고 끝내 바라는 것을 얻게 된다는 줄거리가 많고, 저승이나 딴 세상, 신비한 물건에 얽힌 이야기도 있다.

2. 인연과 응보 : 인과응보나 권선징악을 다룬 이야기 또는 보은과 인연을 주제로 한 이야기이다. 이런 이야기는 처음부터 끝이 빤히 내다보이는 것이 많지만, 선과 악이 맞서면서 펼쳐지는 비장한 아름다움이 있다.

3. 우연한 행운 : 힘없고 가난한 사람이 뜻하지 않은 행운이나 남의 도움으로 잘 살게 된다는 줄거리를 가진 이야기이다. 뜻하지 않은 고난을 의지로 이겨낸다는 이야기와 맞서는 구조를 가진 것인데, 무게는 가볍지만 '대신 겪기'의 시원한 즐거움을 준다.

4. 세태와 교훈 : 뒤틀린 현실을 은근히 비꼬거나 준엄한 진실을 가르치거나 사람답게 사는 길을 보여주려고 만든 이야기이다. 무릎을 칠 만큼 날카로운 풍자가 숨어 있기도 하고 아이들에게 잔소리 대신 들려줄 만한 교훈이 들어 있기도 하다.

5. 슬기와 재치 : 주인공이 눈앞에 닥친 어려움을 번뜩이는 슬기로 이겨내는 과정을 그린 이야기이다. 당연히 주인공은 힘없고 권세 없고 돈 없는 약자이고, 극복할 대상은 힘세고 권세 있고 돈 많은 강

자이다. 약자가 강자와 싸우려면 꾀를 쓸 수밖에 없다.

6. 풍자와 해학 : 그저 한바탕 웃어보자고 만든 이야기이다. 분수 모르는 사람이나 어수룩한 사람을 조롱하지만, 놀리는 쪽이나 놀림을 받는 쪽이나 그리 심각하게 무게를 잡지는 않는다. 이런 이야기는 답답한 삶 속에서 시원한 찬물 한 모금과 같은 구실을 한다.

옛이야기는 한 번 읽거나 듣는 것으로 충분하지만, 경우에 따라서는 그 맛을 여러 번 잘근잘근 되씹어보는 것도 나쁘지 않을 것이다. 이야기의 맛을 좀 더 깊이 느끼기를 바라는 분들을 위해 책 끝에 옛이야기에 대한 이해를 돕는 글을 덧붙였다. 이 글은 옛이야기에 숨어 있는 맛을 함께 느껴보자는 뜻으로 썼지만, 어디까지나 글쓴이의 주관이 바탕에 깔려 있다. 옛이야기의 해석은 자유로워야 하는 만큼, 읽는 이 모두가 글쓴이의 생각에 동의하리라고는 믿지 않는다.

옛이야기는 우리의 소중한 유산이지만, 그저 답답한 녹음테이프나 먼지 쌓인 책 속에 고이 갈무리되어 있어야 할 것은 아니다. 흐르는 냇물처럼 끊임없이 출렁이며 돌고 돌아야 제구실을 다한다. 몇백 년 몇천 년 동안 입에서 입으로 전해온 우리 옛이야기가 만약 우리 세대에서 더 이상 전승되지 못하고 잠들어버린다면 매우 슬픈 일이다. 옛이야기의 전승은 말재주 있는 몇몇 사람의 몫이 될 수 없다. 이 땅에 살고 있는 우리 모두가 전승의 주체가 되어야 한다. 삶이 고달프고 바쁠수록 구수한 이야기판을 벌여놓고 우리가 이 땅의 주인임을 확인하는 여유가 아쉬운 오늘날, 우리의 옛이야기를 사랑하고 즐기며 옛사람들의 숨결을 느끼고 삶의 여유를 되찾고 싶어 하는 독자에게 이 책이 조금이나마 도움이 되리라 믿는다.

자칫 사라질 뻔한 옛이야기를 거두어 갈무리해둔 나라 안팎의 많은 분들과, 평소 글쓴이에게 격려와 도움을 아끼지 않으신 이오덕·윤구병 선생님 그리고 이 책이 나오기까지 온갖 번거로운 일을 무릅쓰신 현암사 편집부 여러분께 감사드리며, 이 땅에 다시금 찬란한 이야기 문화가 활짝 피어나기를 거듭 바란다.

1996년 11월 서정오

차례

제1부 모험과 기적

제2부 인연과 응보

제1부

모험과 기적

능텅감투

옛날 옛적 어떤 사람이 길을 가다가 날이 저물었는데, 인가를 못 찾아 산에서 하룻밤을 자게 됐어. 어디서 자나 하고 사방을 둘러보니까, 마침 산중에 무덤이 몇 개 있더라나. 무덤 옆에 잔디가 아늑하고 폭신해서, 거기서 자기로 했지.

누워서 잠이 막 들려고 하는데, 멀리서 "어이, 김 생원!" 하고 부르는 소리가 나지 뭐야. 한밤중에 산속에서 뭐가 이러나 하고 놀라 일어났지. 일어나서 가만히 들어보니까, 바로 제가 자던 무덤 속에서 "왜 그러나?" 하고 대답하는 소리가 들리는 거야. 그러고 보니 밤중에 무덤 속 귀신들이 주고받는 소리야, 그게. 무섭기도 하지만 재미있기도 해서, 귀를 기울여 들어봤지.

"오늘 밤 재 너머 장자네 집에 제사가 든다네. 제사 음식 얻어먹으러 가세."

이건 저쪽 무덤 귀신 소리지.

"가고는 싶네마는 여기는 손님이 들어서 못 가겠네."

이건 이쪽 무덤 귀신 소리고.

"손님하고 같이 가면 안 되겠나?"

저쪽 무덤에서 이러니까,

"아, 그럼 그렇게 할까나."

이쪽 무덤에서는 이러지.

그러더니 이쪽 무덤에서 흰옷 입은 귀신이 스르르 나와. 나와서는 이 사람이 있는 곳으로 슬슬 다가오더니, 이 사람 머리에다 능텅감투를 하나 덜렁 씌워주고는 따라오라고 손짓을 해. 능텅감투를 쓰면 사람의 눈에는 안 보여. 그런 말이 있어.

저쪽 무덤에서도 귀신이 스르르 나오고, 또 그 뒤쪽 무덤에서도 귀신이 스르르 나오고, 이렇게 줄줄이 나와서 귀신들이 제사 음식 얻어먹으러 간단 말이야. 이 사람이 귀신들을 따라갔지. 귀신들은 재를 훌훌 넘어서 마을로 내려가더니, 마을에서 제일 큰 기와집으로 썩 들어가.

들어가 보니 제관들이 방 안에 가득 모였는데, 아무도 저를 못 봐. 능텅감투를 써서 그렇지. 이 사람은 귀신들과 함께 제사상 앞에 앉아서 제사 음식을 이것저것 집어 먹었어. 그런데 귀신들이 먹는 음식은 하나도 줄어들지를 않는데 이 사람이 집어 먹는 음식은 표가 나게 줄어들지 뭐야. 제사상에 차려놓은 음식이 쑥쑥 줄어드니까 제관들은 제사를 지내다 말고 모두 기절초풍을 하지. 그러나 마나 이 사람은 제사상에 놓인 음식을 실컷 집어 먹었어.

그렇게 음식을 먹으며 놀다가, 닭이 '꼬끼오' 하고 우니까 귀신들이 그만 가자고 하면서 주섬주섬 일어나. 이 사람도 따라 일어섰지. 귀신들이 집을 나와 산으로 가니까 이 사람도 따라갔어.

그런데 귀신들을 따라 산으로 가면서 가만히 생각해보니 이제 곧 날도 샐 텐데 산으로 다시 들어갈 일이 없겠거든. 그래서 그냥 돌아서서 냅다 뛰었어. 귀신들이 뒤에서 능텅감투 내놓고 가라고 소리를 지르는 걸 못 들은 체하고 뛰었지. 모두 늙은 귀신이 돼놔서 그런지 소리만 질렀지 따라오지는 못하더래. 이 사람은 능텅감투를 쓰고 집에 돌아왔어.

집에 돌아오니 식구들이 아무도 몰라. 능텅감투를 써서 안 보이니까 그렇지. 이 사람이 능텅감투를 벗으면,

"애고머니, 당신 언제 왔어요?"

"어, 아버지 이제 오셨어요?"

하고 식구들이 인사를 하다가도 능텅감투를 쓰면,

"아니, 이 양반이 금세 어디를 갔담."

"어, 아버지 어디 가셨지?"

하고 두리번거리기만 하지.

이 사람이 좋은 보물을 얻었다고 기뻐하면서, 그날부터 어디든지 제사 지내는 집만 찾아다녀. 능텅감투를 쓰고 제사상 앞에 앉아서 음식을 집어 먹으면, 음식이 줄어드는 걸 보고 제관들은 놀라서 엎드려 벌벌 떨지. 그게 재미나기도 하고 제사 음식이 탐나기도 해서, 날마다 제사 드는 집을 찾아다니는 거야.

그러다가 하루는 이 사람이 낮에 능텅감투를 벗어놓고 볼일을 보러 간 사이에 아내가 그걸 봤어. 아내가 보니까 다 해져서 너덜너덜한 감투 같은 것이 있거든. 뭐 이런 지저분한 것이 다 있나 하고서 능텅감투를 그만 불에 홀랑 태워버렸어. 불에 태워버렸으니 재만 남지.

　이 사람이 저녁에 집에 돌아와 보니 능텅감투가 그 꼴이 돼 있거든. 그러면 그러려니 하고 제사 음식 훔쳐 먹는 일을 그만두었으면 좀 좋아. 그런데 이 사람이 미련을 못 버리고 그놈의 능텅감투 태운 재를 온몸에 처발랐어. 옷을 홀랑 벗고 몸에다 능텅감투 태운 재를 샅샅이 바르고는, 그날 밤에 또 제사 음식 훔쳐 먹으러 나섰단 말이야. 마침 그날 이웃 마을에 소대상이 들어서 제사상을 푸짐하게 차려놨는데, 거기에 썩 들어갔어. 능텅감투는 태워도 능텅감투인지, 이 사람이 알몸에 재를 바르고 들어섰는데도 아무도 몰라. 그래서 마음 놓고 제사상에 놓인 음식을 집어 먹었지.

　한창 집어 먹다 보니 손에 발라놓은 재가 그만 벗겨졌어. 맨손으로 음식을 집어 먹으니 재가 저절로 벗겨져 나갈 것 아니야? 그러니 다른 것은 안 뵈는데 손바닥만 하얗게 보인단 말이야. 제관들이 보니까, 하얀 손바닥이 제사상 위에서 오르락내리락하며 음식을 집어 가거든.

　"이게 뭔데 남의 집 제사 음식을 훔쳐 가느냐?"
하면서 그 손을 낚아챘어. 그 바람에 팔뚝이 하얗게 드러나지. 제관들이 달려들어 붙잡고 재를 죄다 닦아내니까 알몸뚱이 사내가 쑥 나타난단 말이야. 그러니 일 났지. 제사 음식 훔쳐 먹은 도

둑놈이라고 실컷 얻어맞고, 온 동네 우세 다 하고, 그랬다는 이
야기야.

버리덕이 이야기

옛날 옛날 오랜 옛날, 호랑이 담배 피우고 까막까치 말할 적에, 어떤 고을 장자 집에서 첫딸을 낳았어. 첫딸은 복덩이 딸이라고 앞산에다 집을 지어 갖은 살림 차려놓고 유모를 정해두고 잘 키웠지. 그 이듬해 또 딸을 낳았는데, 둘째 딸은 살림 밑천이라고 뒷산에다 집을 지어 갖은 살림 차려놓고 유모를 정해두고 잘 키웠어. 그 이듬해 또 딸을 낳았는데, 셋째 딸은 노리개 딸이라고 동산에다 집을 지어 갖은 살림 차려놓고 유모를 정해두고 잘 키웠지. 그 이듬해에는 아들 낳기를 바랐는데 또 딸을 낳았어. 넷째 딸은 양념 딸이라고 서산에다 집을 지어 갖은 살림 차려놓고 유모를 정해두고 잘 키웠어. 그 이듬해, 딸을 넷이나 낳았으니 이번에야 아들이겠지 믿었는데 낳고 보니 또 딸일세. 다섯째 딸은 덤으로 얻은 딸이라고 남

산에다 집을 지어 갖은 살림 차려놓고 유모를 정해두고 잘 키웠지. 그 이듬해 또 태기가 있어 부인이 생각하기를, 남이 아기 낳을 적에 나도 낳고 내가 아기 낳을 적에 남도 낳는데 무슨 일로 또 딸을 낳겠나. 이번에야 틀림없는 아들일 테지, 하고 낳아보니 또 딸이로구나. 섭섭하지만 여섯째 딸이라고 푸대접을 할쏘냐. 북산에다 집을 지어 갖은 살림 차려놓고 유모를 정해두고 잘 키웠어.

딸을 내리 여섯 낳고 나니 조상 뵐 낯이 없어. 딸자식이나 아들자식이나 똑같은 자식이건만, 옛날에는 무슨 놈의 고약한 법이 아들만 자식이고 아들 못 낳으면 칠거지악이라니, 부인이 시름에 잠겨 짓느니 눈물이요 나오느니 한숨이지.

그러던 중에 뒷산 절에서 스님이 동냥을 얻으러 왔어. 동냥을 얻으러 와서 부인이 근심에 잠겨 있는 걸 보고 왜 그러느냐고 묻지. 딸 여섯을 낳을 동안 아들 하나 못 얻어서 그러노라 하니까, 저희 절에 칠성당 짓고 석 달 열흘 공을 드리면 틀림없이 생남하리라 하거든. 부인이 남편과 의논하여 뒷산 절에 칠성당을 짓고 목욕재계하고 석 달 열흘 공을 드렸어. 공을 다 드리자 그날 밤 꿈에 청룡황룡이 나타나 흰 구슬을 입에 넣어주고 가는구나. 꿈을 깨어 남편에게 꿈 이야기를 하니 남편 또한 같은 꿈을 꾸었다면서 좋아했지.

곧 태기가 있어, 부인이 이번에는 아들 낳는다고 온갖 정성을 다 들였어. 고운 비단 떠다가 수를 놓는데 앞쪽에는 학을 놓고 뒤쪽에는 봉을 놓고, 네 귀를 매화·난초·국화·대로 치장하여 아기 포대기를 만들었어. 그렇게 만든 포대기를 비단보에 곱게 싸서 들며 보고 나며 보고, 이렇게 하다 보니 열 달이 다 찼어.

열 달이 다 차서 아기를 낳았는데, 이번에도 아들이 아니라 딸을 낳았네. 부인은 낙심천만이고 남편 장자는 화가 났어. 장자가 분부하기를,

"보기 싫다. 당장 내다 버려라."

하고 천둥같이 호령을 하네. 하릴없이 아기를 마구간에 갖다 버렸지. 마구간에 버리니 말이 피해 다녀. 그래서 이번에는 외양간에 갖다 버렸어. 외양간에 버리니 소가 피해 다녀. 그래서 아주 머나먼 산속에다 갖다 버렸어.

버렸다고 버리덕이, 이게 일곱째 딸 이름인데, 버리덕이가 산속에 혼자 강보에 싸인 채 누워 있으니 온갖 산짐승이 보듬어주고 하늘에서 학이 먹이를 물어다 줘서 아주 잘 컸어. 이렇게 달이 가고 해가 가서 일곱째 딸 버리덕이는 나이 열다섯 살이 되었지.

이때 버리덕이 아버지인 장자가 병이 났어. 병이 나서 이 약 저 약 온갖 약을 다 써보고, 이 의원 저 의원 용하다는 의원을 다 불러 보였지만 낫지를 않아. 그때 들리는 말이, 이 병에는 수천 리 떨어진 서천 서역국 시약산의 약물을 떠다 먹여야 낫는다고 하거든.

부인이 첫째 딸을 불러서,

"너희 아버지 병이 위중하니 네가 서천 서역국 시약산에 가서 약물을 좀 떠 오너라."

하니 첫째 딸이 하는 말이,

"저는 여태 이 마을 밖에 한 걸음도 나가본 적이 없는데 어찌 그 먼 길을 가겠습니까. 못 가겠습니다."

하네. 부인이 하릴없이 둘째 딸을 불러서 약물을 떠 오라 하니 둘째딸도 하는 말이,

"언니가 못 가는 길을 제가 어찌 가겠습니까. 저도 못 갑니다."
하지. 셋째 딸을 불러서 시키니 셋째 딸도 못 가겠다 하네. 넷째 딸도 못 가겠다, 다섯째 딸도 못 가겠다, 여섯째 딸도 못 가겠다, 이렇게 하나같이 못 가겠다 하니 어떻게 하나. 할 수 없이 일곱째 딸 버리덕이를 찾아 나섰어.

부인이 산중에 들어가서 이 골짝 저 골짝 다니면서 버리덕이를 불렀지.

"버렸다 버리덕아, 던졌다 던진덕아. 너는 하늘에서 떨어진 아이도 아니고 땅에서 솟은 아이도 아니다. 너에게는 아버지도 있고 어머니도 있고 언니들도 있다. 네 에미가 너를 부르니 어서 나오너라."

이렇게 외고 다니니 그 소리를 버리덕이가 들었어. 버리덕이는 지금까지 저한테는 부모도 없고 형제도 없는 줄 알았는데, 어머니가 찾아와서 저를 부르니 얼마나 반갑겠어. 얼른 달려와서 어머니를 얼싸안고 눈물을 흘리는구나.

어머니는 버리덕이를 집으로 데리고 와서 사정 이야기를 했어.

"버리덕아, 지금 네 아버지 병이 깊어 백약이 무효란다. 오직 서천 서역국의 시약산 약물을 떠다 먹여야만 살릴 수 있다 하니, 네가 그 약물을 떠 올 수 있겠느냐?"

"나를 낳아주신 아버지를 위해서라면 천 리고 만 리고 가겠습니다."

그러고는 버리덕이가 집을 나서서 서천 서역국 시약산을 찾아 간다. 짚신을 일곱 켤레 삼아서 꽁무니에 차고 이마에 수건 질끈 동이고 하염없이 걸어간다. 몇 날 며칠을 산을 넘고 물을 건너 자꾸자꾸 갔지.

가다 보니 너른 들판에 한 노인이 소에 쟁기를 지워 밭을 갈고 있어.

"밭 가는 저 할아버지, 서천 서역국 시약산은 어디로 가나요?"

"어허, 내가 일곱 살 때부터 팔십이 넘도록 이 들에서 밭을 갈아도 서천 서역국 찾는 사람 없더니 너는 어인 일로 찾느냐?"

"아버지 병 고칠 약물 찾으러 갑니다."

"이 밭을 다 갈아주면 가르쳐주지."

그래서 버리덕이가 쟁기를 잡고 소 고삐를 잡고 '이랴 이랴' 소를 모니 소가 훨훨 나는 듯이 밭을 가는데, 눈 한 번 감았다 뜨면 이 골 갈고, 또 한 번 감았다 뜨면 저 골 갈고, 잠깐 동안에 그 너른 밭을 다 갈았어. 그랬더니 노인이,

"저 산을 넘어 십 리를 가면 빨래하는 사람이 있을 터이니 거기 가서 물어보렴."

이러거든. 그래서 산을 넘어 십 리를 갔지. 가다 보니 개울가에 빨랫감을 산더미만큼 쌓아놓고 빨래하는 할머니가 있어.

"빨래하는 저 할머니, 서천 서역국 시약산은 어디로 가나요?"

그래도 할머니는 들은 척도 않고 빨래만 하고 있어. 몇 번을 물어도 대답이 없어. 버리덕이는 소매를 걷어붙이고 산더미 같은 빨랫감을 쓱쓱 문지르고 탁탁 두드려 금세 백옥같이 하얗게 빨아줬

어. 그랬더니 할머니가,

"이 개울 따라 백 리를 가면 숯 씻는 사람이 있을 터이니 거기 가서 물어보렴."

이러거든. 그래서 개울 따라 백 리를 갔지. 가다 보니 어느 곳에 한 노인이 큰 바가지에 숯을 가득 담아놓고 씻고 있어.

"숯 씻는 저 할아버지, 서천 서역국 시약산은 어디로 가나요?"

"어허, 내가 일곱 살 때부터 팔십이 넘도록 여기서 숯을 씻고 있어도 서천 서역국 찾는 사람 없더니 너는 어인 일로 찾느냐?"

"아버지 병 고칠 약물 찾으러 갑니다."

"이 검은 숯을 흰빛이 나도록 씻어주면 가르쳐주지."

그래서 버리덕이가 숯을 씻었어. 씻어도 씻어도 검은 물만 나오더니, 온 정성을 다해 자꾸자꾸 문질렀더니 참 맑은 물이 나오면서 숯에 흰빛이 돌아. 그렇게 다 씻어주었더니 노인이,

"저 고개 넘어 천 리를 가면 풀 뽑는 사람이 있을 터이니 거기 가서 물어보렴."

이러거든. 그래서 고개 넘어 천 리를 갔지. 가다 보니 너른 밭에서 풀 뽑는 할머니가 있는데, 풀 한 포기 뽑고 나무아미타불 하고 또 한 포기 뽑고 나무아미타불 하고 있어.

"풀 뽑는 저 할머니, 서천 서역국 시약산은 어디로 가나요?"

그래도 할머니는 들은 척도 않고 풀만 뽑고 있어. 몇 번을 물어도 대답이 없어. 버리덕이는 소매를 걷어붙이고 밭에 들어가 풀을 뽑는데, 풀 한 포기 뽑고 나무아미타불, 또 한 포기 뽑고 나무아미타불 했어. 그렇게 해서 그 너른 밭에 풀을 다 뽑아줬지. 그랬더니

할머니가,

"저 강가에 매어놓은 배를 타고 강을 따라 만 리를 가면 바둑 두는 사람들이 있을 터이니 거기 가서 물어보렴."

이러거든. 그래서 배를 타고 강을 따라 만 리를 갔지. 가다 보니 강가 정자에서 수염이 허연 노인 둘이서 바둑을 두고 있어.

"바둑 두는 저 할아버지, 서천 서역국 시약산은 어디로 가나요?"

"육로로 천 리, 수로로 만 리, 나는 새도 못 오는 이곳에 너는 어인 일로 왔느냐?"

"아버지 병 고칠 약물 찾으러 왔습니다."

"바로 저기 보이는 고개를 넘으면 시약산이다."

하면서 노인이 꽃을 세 송이 줘. 빨간 꽃, 노란 꽃, 하얀 꽃, 이렇게 세 송이를 주면서 가다가 무슨 일이 생기면 이 꽃을 던지라고 그러거든.

버리덕이는 노인이 가르쳐준 고개를 넘어갔지. 고개를 올라가다 보니 갖가지 산짐승들이 나타나 으르렁거리면서 잡아먹으려고 해. 노인이 준 빨간 꽃을 던지니 산짐승들이 사라졌어. 고갯마루에 오르니 갖가지 귀신들이 나타나서 이리로 가려 하면 이리 막고, 저리로 가려 하면 저리 막아. 그래서 노란 꽃을 던졌더니 귀신들이 사라졌어. 고개를 내려가다 보니 길이 열 자나 되는 구렁이가 나타나 혀를 날름거리면서 덤벼들어. 그래서 하얀 꽃을 던졌더니 구렁이가 사라졌어.

고개를 다 내려가니 큰 산이 앞을 가로막는데, 온 산에 향기가 은은하고 기화요초가 가득해. 산에 막 들어서려니까 웬 총각이 길을 지키고 서 있는데, 낯은 얽었고 등은 굽은 데다 팔은 곰배팔이야.

"길 지키는 저 총각님, 시약산 약물은 어디 있나요?"

"여기가 시약산인데 약물은 왜 찾소?"

"아버지 병이 위중한데 이 산 약물을 먹이면 낫는다 하여 여기까지 왔습니다."

"내가 그 약물을 지키는 사람인데, 약물 값은 가져왔소?"

"먼 길을 급히 오느라고 미처 챙기지 못했습니다."

"그러면 나와 혼인하여 아들 삼형제를 낳아주면 약물을 주리다."

버리덕이는 아버지 병을 고칠 일념으로, 그 얽고 굽은 곰배팔이 총각과 혼인하여 살기로 했어. 그리고 삼 년 동안 같이 살면서 아들 삼형제를 낳았어.

아들 삼형제를 낳으니 남편이 버리덕이를 데리고 약물이 나는 곳으로 가는데, 가다 보니 길가에 피처럼 새빨간 꽃이 피어 있어. 이게 무슨 꽃이냐고 물으니, 죽은 사람 피를 살리는 피살이꽃이라고 그러거든. 그 꽃을 한 송이 꺾어 가졌어. 또 가다 보니 살처럼 노란 꽃이 피어 있어. 이건 무슨 꽃이냐고 물으니 죽은 사람 살을 살리는 살살이꽃이라고 그래. 그 꽃도 한 송이 꺾어 가졌어. 또 가다 보니 꽃잎이 오르락내리락하며 숨을 쉬는 꽃이 있어. 이건 무슨 꽃이냐고 물으니 죽은 사람 숨을 살리는 숨살이꽃이라고 그런단 말이야. 그 꽃도 한 송이 꺾어 가졌지.

약물터에 이르니 거북처럼 생긴 바위가 있는데, 그 거북 입에서 약물이 한 방울씩 떨어져. 그것도 아침에 한 방울, 점심에 한 방울, 저녁에 한 방울씩, 이렇게 하루에 세 방울씩만 떨어져. 석 달 열흘이 걸려서 그 약물을 한 병 받았지.

약물을 다 받아서 병을 허리춤에 차고 이제 버리덕이가 집으로 돌아온다. 남편은 약물 지키는 사람이라 그곳을 떠날 수 없다 하니 남겨두고, 아이 하나는 등에 업고 하나는 보듬어 안고 하나는 걸리고, 이렇게 해서 바람같이 달려온다. 육로로 천 리, 수로로 만 리 되는 길을 쉬지 않고 허위허위 내닫는다.

그렇게 몇 달 동안 걸어서 집 가까이 왔는데, 산에서 나무하는 노인이 이상한 노래를 불러.

"인심 좋고 풍채 좋은 우리 마을 장자님이 아들 하나 못 낳고 일곱 딸을 낳았더니, 산에 갖다 버린 딸이 아버지 병 고치자고 서천 서역 머나먼 길 떠난 지가 오래인데, 죽었는가 살았는가 소식은 감감하고 불쌍하다 장자님은 이승을 하직했네."

버리덕이가 가만히 들어보니 제 아버지 죽었단 소리거든. 눈물이 앞을 가려 천방지방 뛰어가는데, 남의 속도 모르고 벌써 상여가 저만치 오고 있어. 서른셋 상여꾼이 상여를 높이 메고 어허이 어허이 소리를 메기고 받으면서 오는데, 여섯 언니와 여섯 형부는 상복을 차려입고 상여 뒤를 따라오며 애고애고 곡을 하네. 버리덕이가 상여 앞에 뛰어가서,

"서른셋 상여꾼님, 그 상여 내려놓으시오."

하니까 상여꾼이 영문도 모르고 상여를 내려놓는데, 그때 여섯 언니들이 달려들어 버리덕이한테 욕을 퍼붓는다.

"너는 아버지 병 고칠 약물 뜨러 가더니 여태 어디서 노닥거리

다가 이제야 왔단 말이냐."

버리덕이는 그 말에 대꾸도 않고,

"상여 문을 여시오."

상여 문을 여니,

"관 뚜껑 따시오."

관 뚜껑을 따니 아버지가 관 속에 누워 있단 말이지. 버리덕이가 피살이꽃을 아버지 몸에 문지르니까 피가 살아나고, 살살이 꽃을 문지르니까 살이 살아나고, 숨살이꽃을 문지르니까 숨이 살아나지.

"아, 봄잠을 달게 잤구나."

하고 아버지가 일어나 앉으니, 집을 나올 때는 상여를 타고 나왔지만 들어갈 때는 남여(의자 비슷하고 위를 덮지 않은 작은 가마)를 타고 들어갔단 말이야. 이렇게 해서 버리덕이는 아버지를 살리고 오래오래 잘 살았더란다. 잘 살다가 죽어서 아버지, 어머니, 버리덕이는 겨울 하늘에 삼태성 되고, 아이 셋은 달 뒤를 따라가는 별 셋이 되었더란다.

둔갑한 쥐

옛날에 선비 한 사람이 살았는데, 이 사람이 글공부하러 깊은 산중에 있는 절간에 갔어. 그러니까 식구들은 다 집에 두고 혼자 간 거지. 가서 밤낮으로 글을 읽는데, 워낙 깊은 산중이라 일 년 가야 절간에 드는 사람도 없고 나는 사람도 없어. 그러니 아무리 글 읽는 선비라 해도 외롭고 쓸쓸할 것 아니야?

그런데 선비가 글 읽는 절방에 밤마다 쥐 한 마리가 들락날락해. 문구멍으로 뽀르르 들어와서 선비가 글 읽는 것을 빤히 쳐다보다가 뽀르르 나가고 이런단 말이지. 집에서라면야 방에 쥐새끼가 설치면 귀찮아서 내쫓든지 잡든지 하겠지마는 워낙 쓸쓸한 절간이라 쥐 한 마리도 없는 것보다 나아. 하루라도 쥐가 안 들어오면 궁금하고, 오면 반갑고, 이렇단 말이지.

이렇게 쥐를 동무 삼아 지내다 보니 정이 들어서, 선비는 쥐가 다니는 길에 먹을 것을 놓아두었어. 먹던 밥도 아껴서 남겨두고, 과일이다 푸성귀다 이것저것 놓아두었지. 그런데 쥐가 도통 아무 것도 안 먹어. 이것저것 생기는 대로 갖다 놓아도 입에 댈 생각을 안 해. 그것 참 이상한 일이다 하고 있는데, 하루는 손톱 발톱을 깎아서 미처 못 버리고 방구석에다 두었더니 쥐가 그걸 날름날름 집어 먹더라지 뭐야. 아하, 저 쥐는 손톱 발톱을 잘 먹는구나 생각 하고, 그때부터 손톱 발톱을 깎을 때마다 쥐가 먹으라고 일부러 안 버리고 방구석에 놓아두었어. 그랬더니 쥐가 잘 먹더래.

그렇게 얼마를 지났는데 하루는 쥐가 안 와. 그다음 날도 안 와. 그다음 날도 안 오고. 아주 발길을 뚝 끊었어. 선비는 날마다 밤마 다 들락날락하던 쥐가 안 오니까 좀 섭섭했지. 그러면서 글공부를 했어.

이러구러 글공부를 다 하고 선비가 이제 집으로 돌아갔지. 그런 데 집에 돌아가 보니 참 별일이 다 났어. 글쎄 저하고 똑같이 생긴 사내가 집에 있는데, 아주 사랑을 차지하고 앉아서 주인 행세를 톡톡히 하고 있어. 선비가 집에 들어가니까 식구들이 우르르 나와 보고 기절초풍을 하지. 아 저희 집 주인이 똑같은 게 둘이나 생겼 으니 기절을 하지 안 해.

"네놈은 웬 놈인데 남의 집에 들어와서 주인 행세를 하느냐?"

선비가 호통을 치니까,

"너야말로 어떤 놈이 남의 집에 와서 야단을 하느냐? 얘들아,

어서 저놈을 내쫓아라."

하고, 가짜 선비가 아주 한술 더 떠.

　집안 식구들이 정신을 차리고 보니까, 이건 생겨도 너무 똑같이 생겨서 도저히 분간이 안 된단 말이야. 생긴 모습은 말할 것도 없고 목소리고 행동거지고 모조리 빼다 박아놨으니 분간이 되나. 이 일을 어쩌나 하고 궁리를 하다가 몇 가지 시험을 해보기로 했어. 두 사람한테 집안일을 이것저것 물어서 누가 더 잘 아는지 알아보는 것이지. 아무래도 집안일을 소상하게 잘 알고 있는 쪽이 진짜일 터이니 말이야.

　그런데 진짜 선비는 집을 떠나 절간에 오래 있었으니 아무래도 집안 물정에 어둡지. 가짜는 이제 막 집에 들어와서 이것저것 챙겨 보았을 테니 집안 사정에 밝을 것 아니야? 그게 정한 이치지. 그래서 식구들이 묻는 말에 가짜는 척척 대답을 잘하는데, 진짜는 우물쭈물한단 말이야. 가짜는 집안에 있는 숟가락 젓가락 수까지 환하게 꿰고 있으니 당할 재간이 있나. 이래서 진짜 선비는 억울하게 집에서 쫓겨나는 신세가 됐어.

　제 집에서 쫓겨난 선비는 하도 분하고 원통해서 그만 살고 싶은 마음도 없어졌어.

　'에라, 내가 이렇게 사느니 차라리 죽어버리는 게 낫겠다.'

　이렇게 생각하고, 죽어도 조상 옆에 가서 죽는다고 조상 무덤을 찾아갔지. 무덤 앞에서 절을 하고, 그 앞 벼랑에 몸을 던져 죽으려고 갔는데 웬일인지 잠이 소르르 와. 그래서 그 자리에 그냥 엎어져 잤어.

그런데 꿈속에서 허연 노인이 나오더니,

"네가 절에서 글공부할 때 쥐한테 손톱 발톱을 먹인 일이 있지 않으냐? 그 쥐가 네 정기를 받아서 네 모습으로 둔갑을 하였으니, 지체 말고 고양이 한 마리를 구해 가지고 집으로 돌아가거라."

이런단 말이야. 정신을 차리고 보니 꿈이 하도 생생한지라, 선비가 그길로 마을로 내려왔어. 내려와서 고양이 키우는 집을 찾아 고양이 한 마리를 빌렸어. 그 고양이를 소매 속에 넣어 가지고 집으로 돌아갔지.

집에 돌아가니 집안 식구들이 나와서 저놈이 또 왔다고 욕을 하고 쫓아내거든. 그러나 마나 성큼성큼 사랑으로 들어갔지. 사랑에는 가짜 선비가 점잖게 앉아 있다가,

"여기가 어디라고 저놈이 또 왔단 말이냐?"

하고 호통을 치지. 그때 소매 속에 넣어 가지고 온 고양이를 가짜 선비 앞에 휙 내던졌어. 그랬더니 고양이가 눈에 불을 켜서 가짜에게 달려들어. 달려들어서 목을 칵 물어뜯으니까 '찍' 소리를 내며 자빠져 죽는데, 아닌 게 아니라 절간에서 보던 바로 그 쥐더라네. 선비네 집 식구들은 놀라서 백배사죄하고, 그다음부터는 아주 잘 살았더란다.

하루 사이에 백발

옛날에 두 노인이 나룻배를 타고
강을 건너게 됐지. 한 노인은 머리가 거
뭇거뭇한데 한 노인은 아주 새하얀 백발이야. 그런데 배가 오니까
백발이 성성한 노인이 머리 거뭇거뭇한 노인더러 먼저 배를 타라
고 사양을 하거든. 머리 거뭇거뭇한 노인이,

"무슨 말씀이십니까? 연세 많은 노인장이 먼저 배에 오르셔야
지요."

하고 사양을 하니까 백발이 성성한 노인이,

"아무 말씀 마시고 먼저 배를 타십시오. 연유는 나중에 말씀드
리겠습니다."

하거든. 그래서 할 수 없이 머리 거뭇거뭇한 노인이 먼저 배를 탔
어. 배를 타고 강을 건너면서 그 연유를 물었지. 그랬더니 머리가

새하얀 노인이 하는 말이,

"노인장은 제 나이가 얼마쯤 돼 보이십니까?"

하고 묻거든.

"제가 올해 예순넷이니 저보다 십 년 위 연배는 되시겠습니다."

했더니,

"사실은 제 나이가 쉰 안쪽입니다. 그래서 아까 먼저 배에 오르
시라고 사양을 했지요."

이런단 말이야. 아 나이 쉰도 안 된 사람이 머리가 백설같이 하야
니 믿어지지가 않지.

"제 머리가 이렇게 하얗게 센 데는 내력이 있습니다. 강을 다 건
너려면 아직 멀었으니 그동안 그 내력이나 말씀드리지요."

하면서 이야기를 늘어놓는데, 들어보니 참 기막히더란 말이지. 이
게 그 이야기니 어디 들어봐.

이 사람이 젊어서 소금 장사를 했는데, 한번은 소금 짐을 지고
금강산을 넘게 됐어. 금강산 고개를 한 고개 넘고 두 고개 넘고,
이렇게 넘어가는데 어느 고개를 넘다 보니 길에 빈 쌀자루가 떨어
져 있더란 말이지. 그래서 그걸 주워 가지고 갔어. 한 고개를 더
넘으니 날이 저물었는데, 마침 골짜기 한쪽에 불이 빤한 집이 있
어서 그리로 갔지. 가서 주인을 찾으니 젊은 아낙이 나오더래. 길
가다가 날이 저물어서 곤란하게 되었으니 하룻밤 묵어가게 해달
라고 그러니 아 그러시냐고 하면서 들어오라고 그러지.

집에 들어가서 저녁밥을 한 상 잘 얻어먹었는데, 쥔 아낙이 소
금 장수가 주워 가지고 온 쌀자루를 보더니 기겁을 해.

"손님, 그 쌀자루는 어디서 났습니까?"

"아, 이것은 내가 고개 너머 길에 떨어져 있는 것을 주워 가지고 왔소이다."

그랬더니 아낙이 부엌에 나가더니 칼을 들고 들어와. 칼을 들고 들어와서 이 사람에게 들이밀면서,

"그 쌀자루는 내 남편 것입니다. 그게 길에 떨어져 있었다면 필시 도적에게 쌀을 빼앗기고 죽었을 터이니 남편 시체를 찾으러 가야겠습니다. 여기서 이 칼에 죽으럽니까, 나와 함께 시체를 찾으러 가시렵니까?"

이런단 말이야. 소금 장수는 혼이 다 빠져서 함께 가겠다고 했지.

그래서 두 사람이 밖으로 나왔어. 아낙이 관솔불을 켜 들고는,

"앞에 서렵니까, 뒤에 서렵니까?"

하기에 겁이 나서 뒤에 서겠다고 했지. 아낙은 관솔불을 들고 앞에 서고, 소금 장수는 뒤를 따라가는데, 밤이 깊어 사방이 깜깜한 데다 산짐승들이 눈에 불을 켠 채 줄레줄레 따라와서 머리칼이 곤두서더래. 가다가 산짐승들이 달려들면 아낙이 관솔불을 휘둘러 쫓고 쫓고 하면서 갔어.

그렇게 고개를 넘어가서 산속을 뒤지니까 참 남편 시체가 나와. 시체를 찾아가지고 이 아낙이 하는 말이,

"이 시체를 안고 가렵니까? 관솔불로 짐승을 쫓으렵니까?"

한단 말이야. 시체 안고 가기보다는 관솔불 들고 짐승 쫓으며 가는 편이 낫겠다 싶어서 관솔불을 받았지. 아낙은 시체를 안고 가고, 소금 장수는 관솔불을 들고 달려드는 산짐승을 쫓으면서 갔

어. 범인지 살쾡이인지 눈에 퍼런빛이 번쩍번쩍하는 것이 사방에서 달려들어서 그것들을 쫓느라고 이 사람 혼이 다 빠졌어.

그렇게 혼이 다 빠져서 집에 돌아왔어. 아낙은 시체를 안방에 뉘어놓고는,

"지아비 장례를 치르려면 친정에 가서 오라비를 데려와야겠습니다. 고개 너머 친정에 기별하러 가시렵니까, 여기서 시체를 지키고 있으렵니까?"

하거든. 아 이것 참 이럴 수도 없고 저럴 수도 없고, 안 한다고도 못 하고 한다고도 못 하고, 하여간 이 깊은 밤에 또 산길을 갈 수는 없어서 시체를 지키기로 했지.

아낙은 가고 소금 장수 혼자 남아서 시체를 지키는데, 아 첩첩산중에 혼자서 시체를 지키고 있으니 가만히 있어도 턱이 덜덜 떨려. 그러고 있는데, 아 갑자기 누워 있던 시체가 벌떡 일어난단 말이야. 소금 장수가 그만 기겁을 해서는 엉겁결에 부엌으로 달아나서 부엌 아궁이에 머리를 처박고 기절을 해버렸어.

한참 뒤에 아낙이 친정 오라비를 데리고 와보니, 시체는 벌떡 일어서 있고 시체 지키는 사람은 간 곳이 없거든. 부엌에 나가 보니 이 사람이 아궁이에 머리를 처박고 정신이 나가서 반쯤 죽어 있단 말이야. 뜨거운 물을 떠먹여서 살려놨지.

남편 장례를 다 치르고 친정 오라비도 가고 난 뒤에 아낙이 금덩어리 세 개를 소금 장수에게 주면서,

"그동안 신세를 많이 졌습니다. 이걸 가지고 가서 소용이 닿는 데 쓰십시오."

하더래. 소금 장수가 금덩어리를 받아 가지고 그 집을 떠나오는
데, 고갯마루에 올라서니 등 뒤가 환해. 무슨 일인가 하고 뒤를 돌
아보니, 그 집에 불길이 솟아 환하게 타 들어가는데 아낙이 지붕
에 올라가 불길을 뒤집어쓰고 있더라나. 남편을 따라 스스로 목숨
을 끊은 것이지.

　소금 장수가 이 모진 일을 겪고 나서 하룻밤 새 머리가 새하얗
게 세었다는 거야. 그런 이야기가 있어.

금강산 구미호

옛날에 어떤 젊은이가 처가에 갔다
가 집으로 돌아오는 길에 냇가를 지나
게 됐어. 마침 냇가에서 두 사람이 자라
한 마리를 놓고 옥신각신 다투고 있어서 가
봤지. 가 보니 두 사람이 같이 자라를 잡아서 그걸 칼로 반씩 잘라
가지려고 그런단 말이야. 비록 말 못하는 짐승이지만 죄 없이 몸
뚱이가 두 쪽 나는 것을 차마 못 보겠어서 그 자라를 두 냥 주고
샀어. 그리고 도로 냇물에 놓아줬지.

그러고 나서 길을 가는데, 갑자기 회오리바람이 쌩 불더니 머리
에 쓴 갓이 휙 날아가 버리네. 주우려고 쫓아가면 또 휙 날아가고,
주우려고 쫓아가면 또 휙 날아가고, 이래서 천방지방 자꾸 따라갔
지. 따라가다 보니 어디서 솔개가 날아와 갓을 낚아채서 날아가

버린단 말이야. 젊은이는 갓을 찾으려고 그 솔개를 따라갔어. 자꾸자꾸 따라가다 보니 금강산까지 가게 됐다나.

금강산에 당도해서 갓을 찾는데, 일만이천 봉 구십구 암자라는 너른 금강산에서 어찌 갓을 찾는단 말이야. 모래밭에서 바늘 찾기지. 그래서 한참 찾다가 그만두고,

'에라, 이왕에 금강산까지 왔으니 구경이나 실컷 하고 가야겠다.'

이렇게 생각하고 여기저기 구경을 다녔어. 산도 보고 절도 보고 이리저리 다니다가 어느 곳에 가니까 산중에 집이 한 채 있어. 그 집에 들어가니 머리가 허연 노인이 풀뿌리를 다듬고 있어.

"젊은이는 어인 일로 이 산중에 들어왔는가?"

그래서 갓을 채 간 솔개를 따라오다가 금강산까지 오게 되어 구경이나 하고 가려고 돌아다닌다 했지. 그랬더니,

"금강산 구경도 좋지마는 그냥 돌아가는 것이 좋을 걸세."

하거든. 젊은이는 노인 말을 듣지 않고, 이왕에 온 것이니 구경을 더 하고 가겠다고 그 집을 나섰어. 그랬더니 노인이 하는 말이,

"구경을 하더라도 잘 지은 기와집에는 들어가지 말고, 젊은 색시가 주는 음식은 먹지 말게."

이런단 말이야.

젊은이는 그 집을 나와서 또 여기저기 돌아다니면서 구경을 했어. 그러다 보니 날이 저물었는데, 마침 산중에 불이 환한 집이 보이거든. 불빛을 따라가 보니 참 잘 지은 기와집이 있어. 아까 허연 노인이 잘 지은 기와집에 가지 말라고 하던 말이 떠올랐지만 달리 갈 데도 없어서 거기에 들어갔지. 들어가서 주인을 찾으니 웬 젊

은 색시가 베를 짜고 있더란 말이야. 산중에서 날이 저물어 하룻밤 묵어가려고 왔다 하니 공손하게 맞아들이고 저녁상을 차려줘.

그런데 저녁상을 들여다보니 아무래도 이상해. 밥을 먹으려고 숟가락으로 밥을 뜨면 사람 손톱 발톱이 나오고, 국을 먹으려고 숟가락으로 국을 뜨면 사람 머리카락이 나와. 그러고 보니 아까 노인이 젊은 색시가 주는 음식은 먹지 말라고 하던 말이 떠오르거든. 그래서 젊은이는 밥을 먹는 척하면서 죄다 소매 속에 넣었어.

저녁상을 물리고 앉아 있으니 밖에서 슥슥 칼 가는 소리가 들리지 뭐야. 문구멍으로 내다보니 색시가 부엌에서 칼을 갈고 있는데, 치마 끝으로 하얀 꼬리가 아홉 개 삐죽 나와 있어.

'애고, 내가 구미호 굴에 들어왔구나.'

뭐 어떻게 할 수도 없어서 방에 가만히 앉아 있으니 잠시 뒤에 밖에서 소리가 나는데,

"기절밥을 먹고 기절을 했나, 혼절국을 먹고 혼절을 했나."

이러거든. 그래서 일부러 기절한 척하고 드러누워 있었어. 그랬더니 문을 열고 꼬리 아홉 달린 여우가 들어와. 들어와서 젊은이를 흔들어보더니 꼼짝도 안 하니까,

"지금까지 아흔아홉 개 간을 빼먹었더니 이제 백 개째 간을 빼먹게 됐구나."

이러면서 칼을 가지러 부엌으로 나가. 젊은이는 그 틈에 벌떡 일어나 뒷문으로 도망을 쳤지. 한밤중이라 캄캄해서 아무것도 안 보이는데 엎어지며 자빠지며 정신없이 도망갔어. 뒤에서는 여우가,

"이놈, 너를 끝까지 따라가 네 식구들까지 몰살하리라."

하고 앙칼지게 소리를 지르며 따라오니 정신이 온전하게 붙어 있을 리 있나. 걸음아 날 살려라 하고 마구 달렸지.

얼마나 달렸는지 날이 희부옇게 새는데 저만치 어제 갔던 노인의 집이 보이더란 말이지. 거기에 들어가서 노인에게 자초지종을 이야기했어. 그랬더니 노인이,

"그 구미호는 둔갑도 잘하고 도술도 잘 부려서 당하기 힘드네. 자네가 살 길은 자네한테 달렸네. 지금까지 죽을 목숨을 살려준 일이 없는가?"

하거든. 아무리 생각해도 사람 목숨을 구해준 일은 없단 말이야. 그래서 그런 일 없다고 했지.

"반드시 사람 목숨이 아니라도 죽을 목숨 살린 일이 없단 말인가?"

그제야 자라를 살려준 일이 생각나서 그런 일이 있다고 하니, 노인이 종이에다 글자를 몇 자 써주면서 그 자라 구해준 곳에 가서 종이를 던지라고 해.

젊은이가 종이를 받아 쥐고 자라 구해준 곳까지 가서 종이를 던지니, 냇물이 쫙 갈라지면서 백마를 탄 초립동이가 나타나.

"은인께서는 무슨 일로 저를 찾으십니까?"

젊은이가 살려준 자라가 용왕의 외동아들이었던 모양이야. 그래서 여차여차해서 왔다 하니, 알겠습니다 하고 도로 물속으로 들어가. 그러더니 조금 뒤에 칼 한 자루를 가지고 나와서,

"구미호가 나타나면 이것을 던지십시오."

하고 그 칼을 주거든. 칼을 받아 허리춤에 차고 도로 금강산으로

48

들어갔어. 가 보니 노인이 살던 집에서 노인과 구미호가 한창 싸움이 붙어서 불꽃이 여기서 번쩍 저기서 번쩍해. 칼을 구미호에게 던졌더니 하늘에서 벼락이 쾅 하고 쳐서 구미호가 그만 벼락에 맞아 죽었어.

뒤에 들으니 그 노인은 금강산 산신령이라네. 그리고 젊은이는 그 뒤로 금강산 구경 다 하고 집에 돌아가 잘 살았는데, 어저께는 우리 집에 밥 얻어먹으러 와서 한 그릇 줘 보냈지.

반쪼가리 아들

옛날 옛적에, 뒷집에는 정승이 살고 앞집
에는 참 가난한 사람이 살았지. 앞집에 사
는 내외는 늙도록 자식을 못 얻어, 뒷산 산
신당에 백일기도를 해서 아들을 하나 낳았
는데 이게 반쪼가리야. 낳고 보니 반쪼가리일
세. 눈도 하나 귀도 하나 팔도 하나 다리도 하나, 이
런 반쪼가리 아들을 낳았단 말이야.

"아이고 답답 내 신세야, 내 나이 쉰이 넘어 산신당에 석 달 열
흘 공을 드려 아들 하나 얻었더니 반쪼가리를 낳을 줄 누가 알았
겠나."

어머니가 이렇게 탄식을 하니,

"아, 이 사람아. 우리 복에 옹근 아들 바라겠나. 반쪼가리 자식

이라도 낳았으니 다행이지. 어 그놈 눈도 뚱글 입도 뚱글 시원하
게도 생겼다."

아버지는 이렇게 위로를 한다.

반쪼가리나 마나 늘그막에 본 아들이라 애지중지 키웠는데, 아
이놈이 젖을 먹으나 안 먹으나 밥을 먹으나 안 먹으나 잘도 크는
구나. 그럭저럭 열일여덟 살 먹도록 키워놓으니 하루는 반쪼가리
하는 말이,

"늙으신 우리 어머니 우물에 가서 물 긷기 힘들지요? 제가 앞마
당에 우물 하나 팔까요?"

이러는구나.

"얘야, 네가 무슨 수로 마른 땅에 우물을 판단 말이냐?"

반쪼가리가 버드나무 가지를 잘라 앞마당에 푹 꽂았다 뽑으니
거기서 맑은 물이 콸콸 나와. 온 식구가 바가지로 퍼 쓰고도 남아
서 이웃에도 와서 쓰지.

또 하루는,

"늙으신 우리 어머니 개울가에 가서 빨래하기 힘들지요? 제가
사립문 밖에 개울 하나 만들까요?"

이러네.

"얘야, 네가 무슨 수로 없는 개울을 새로 만든단 말이냐?"

반쪼가리가 괭이를 들고 나가 사립문 밖에 주욱주욱 그으니 땅
이 깊이 파이면서 개울물이 줄줄 흘러. 온 마을 사람들이 빨래하
고 목욕해도 사시사철 물이 안 말라.

또 하루는,

"우리 어머니 저녁마다 나와 노시게 바위 하나 갖다 놓을까요?"
하더니 어디 가서 참 신선이 앉아 놀 만한 넓은 바위를 번쩍 들고
와서 뒤꼍에 갖다 놓네. 그러고는,

"우리 어머니 바위 위에 앉아 노시면 볕이 들어 더울 텐데, 그늘
좋은 정자나무 하나 심을까요?"
하더니 어디 가서 아름드리 소나무를 한 그루 쑥 뽑아 와서 바위
옆에 갖다 심네.

그렇게 살다가 하루는 반쪼가리가 어머니한테 한다는 말이,

"어머니, 어머니. 날 뒷집 정승 댁 딸한테 장가보내주세요."
이러는구나.

"애야, 그런 말 말아라. 네가 몸이 온전해도 우리같이 없는 집과
혼사 문자 할 리 없는데 하물며 너 같은 반쪼가리한테 딸을 보내
겠느냐?"

"그래도 말이나 한번 해보세요."

그래서 어머니가 뒷집 정승 댁에 갔지.

"정승님, 정승님. 우리 집 반쪼가리란 놈이 이 댁 따님한테 장가
들고 싶다 하니 어쩌면 좋습니까?"

"그게 무슨 어림 반 푼어치도 없는 말인가. 다시 그런 소리 했다
가는 곤장 맞을 일이지."

어머니가 하릴없이 돌아와서 안 된다 하더라고 그랬지. 반쪼가
리는 그래도 싱글싱글 웃기만 하더래.

그날 저녁이 되니까 반쪼가리가,

"오늘 밤에 내가 정승 댁에 가서 그 집 딸을 업어 올랍니다. 어

머니는 집에 있다가 하늘에서 비단 이불과 옷가지가 내려오거든 받아서 방에다 쟁여놓으세요."

하더란 말이야. 어머니가 그 말을 듣고 방에 들어가 보니 벌써 환하게 신방을 꾸며놨는데, 조금 있으니 하늘에서 비단 이불, 비단 베개, 원삼 족두리, 사모관대가 비 오듯이 줄줄 내려와. 어머니가 그걸 모두 받아서 신방에다 쟁여놨지.

이제 밤이 이슥하여 반쪼가리가 정승 집에 들어가는데, 가만가만 들어가서 잠자는 정승한테는 한 손에다 황을 바르고 한 손에다 불을 쥐여놓고, 정승 마누라한테는 한 손에다 징 들리고 한 손에다 징채를 매어놓고, 정승 아들한테는 솥뚜껑을 씌워놓고, 정승 며느리한테는 꽹과리를 들려놓고, 머슴들은 모두 상투를 풀어 문고리에 매어놓고, 몸종들은 옷고름을 풀어 부엌문에다 매어놓고, 이제 정승 딸을 업어 온다.

"정승님, 정승님. 뒷집 반쪼가리가 딸을 업어 갑니다!"

하고 고함을 치고 업어 오니, 깜짝 놀라 일어난 정승 집 식구들이 야단법석을 떠는데 이런 난리가 없구나.

정승은 이게 무슨 일이냐고 수염을 쓰다듬다가 수염에 불이 붙어 펄쩍펄쩍 뛰고, 정승 마누라는 아이고 큰일 났다 하면서 징을 징징 두드리고, 정승 아들은 솥뚜껑을 덮어쓰고 하늘이 무너졌다고 허우적거리고, 정승 며느리는 어머님 무슨 일이오 하면서 꽹과리를 깽깽 치고, 머슴들은 내 상투 놓으라고 소리를 지르고, 몸종들은 내 옷 놔라 소리를 지르니 난리는 난리지.

반쪼가리는 정승 딸을 업고 집에 와서 신방을 차렸는데, 하룻밤 자고 나니 반쪼가리가 웬 말이냐. 허우대 멀쩡하고 풍채 좋은 옹근 사람이 되었구나. 경사 났다고 온 동네 사람 다 모여서 북 치고 장구 치고 큰 잔치를 벌였다는, 그런 옛날이야기가 있어.

네 장사의 모험

옛날 옛적 갓날 갓적 어느 마을에
자식 없이 살던 내외가 늘그막에 불공을
드려 아들 하나를 낳았는데, 아 이놈이 첫
돌이 지나도록 일어나 앉지를 못하네. 다른 아이
들은 첫돌이 지나면 걸음마도 하고 말도 몇 마디 배우고 이러는
데, 이놈은 어찌 된 영문인지 할 줄 안다는 게 배냇짓뿐일세. 두
돌이 지나도 그 모양이고 세 돌이 지나도 그 모양이더니, 일곱 살
이 되도록 말도 못하고 일어나 앉지도 못하고 똥오줌도 못 가린단
말이야. 그러니 그 집 부모는 참 걱정이 늘어졌지. 저래서야 아무
리 나이를 먹은들 사람 구실을 할 것 같지 않거든.

그런데 하루는 자고 일어나 보니 아이가 없더래. 아무리 찾아도
없어. 걷지도 못하고 기지도 못하는 놈이 어디를 갔나 하고 한참

찾다 보니, 아 이놈이 언제 갔는지 뒷산 바위 위에 턱 올라가 앉아 있어. 거기 앉아서 놀다가 어머니 아버지가 찾으러 오는 걸 보고는,

"어머니, 아버지."

하고 말도 술술 잘한단 말이야. 게다가 한술 더 떠서,

"이 바위를 우리 집 마당에 갖다 놓으면 앉아 놀기 좋겠지요?"

하더니 그 큰 바위를 덜렁 들어다 어깨에 메고 저희 집 마당에 갖다 놓지 뭐야. 그걸 보고 어머니 아버지가 하도 놀라서 까무러칠 뻔했지.

어쨌든 일곱 살이 되도록 배냇짓만 하던 아이가 하루아침에 천하장사가 됐는데, 바위라고 생긴 것은 아무리 큰 것이라도 번쩍번쩍 잘 들어서 이름도 '바위손이'라고 지어줬어. 바위손이는 자랄수록 힘이 세어져서, 나이 여남은 살이 되니까 그 고을은 말할 것도 없고 온 나라에서도 당할 장사가 없게 됐어.

그러다가 바위손이 나이 열예닐곱 살쯤 되어서 나라에 큰 난리가 났어. 이웃 힘센 나라에서 무지막지한 장수가 수많은 군사를 데리고 쳐들어왔단 말이야. 나라에서는 급히 군사를 풀어 막았지마는 워낙 저쪽 군대 수가 많아서 당해낼 수가 없었지. 그래서 참 나라 처지가 바람 앞에 등잔 격이 되었는데, 바위손이가 이 소문을 듣고 제가 막아보겠다고 나섰어. 어머니 아버지에게 하직 인사를 하고 괴나리봇짐 둘러메고 집을 나섰지.

한참 가다 보니 저 멀리 수양버들이 한 그루 섰는데, 아 그놈의 수양버들 가지가 하늘로 쑥 올라갔다가 밑으로 뚝 떨어졌다가 이

러거든. 왜 저러나 하고 가까이 가 보니 그 수양버들 아래에 웬 팔대장승 같은 놈이 누워서 낮잠을 자고 있어. 그런데 콧바람이 얼마나 센지 숨을 한 번 내쉬면 나뭇가지가 밀려서 하늘로 솟아오르고, 숨을 한 번 들이쉬면 나뭇가지가 쑥 빨려서 땅으로 뚝 떨어지고 이런단 말이야. 바위손이가 그놈을 두드려 깨웠어.

"뭐하는 놈이 여기서 낮잠을 자느라고 죄 없는 나무를 괴롭히느냐?"

"너는 뭐하는 놈인데 곤히 자는 사람을 깨우느냐?"

이렇게 옥신각신하다가 둘이서 팔씨름으로 결판을 내자 하고 팔씨름을 했어. 아, 팔 힘이야 바위손이를 당할 장사가 있나? 바위손이가 이겼지. 네 이름이 뭐냐고 물으니 날 때부터 콧바람이 세어서 '콧바람손이'라 부른다고 그러거든. 그래서 의형제를 맺자 하고 바위손이가 형이 되고 콧바람손이는 아우가 됐어. 둘이서 싸움터로 갔지.

한참 가다 보니 저 멀리서 산 하나가 보였다가 안 보였다가 하거든. 산이 통째로 생겼다가 없어졌다가 한단 말이야. 가까이 가 보니 웬 험상궂게 생긴 놈이 커다란 곰배(고무래)를 산허리에 갖다 대고 밀었다가 당겼다가 하는데, 그때마다 산이 쭉 밀려갔다가 쭉 끌려왔다가 이러네.

"너는 뭐하는 놈이 애꿎은 산을 가지고 장난을 하느냐?"

"너희들이야말로 갈 길이나 갈 것이지 남 노는 데 와서 쓸데없이 참견을 하느냐?"

이렇게 아웅다웅하다가 셋이서 팔씨름을 했지. 팔씨름을 해보니 바위손이가 제일 세고 그다음이 콧바람손이야. 네 이름은 뭐라고 하느냐고 물으니 날 때부터 곰배질을 잘해서 '곰배손이'라 부른다고 하거든. 그래서 의형제를 맺었는데 곰배손이가 셋째가 됐지.

셋이서 싸움터로 가는데, 한참 가다 보니 길가에 갑자기 개울이 하나 생기더니 물이 콸콸 흐르거든. 비도 안 오는데 무슨 일인가 싶어서 개울을 따라가 보니, 웬 놈이 허허벌판에 서서 오줌을 누고 있어. 그런데 오줌줄기가 얼마나 센지 맨땅에 개울이 움푹 파여서 그리로 오줌이 콸콸 흐른단 말이야. 허, 그것 참.

"웬 놈이 점잖지 못하게 아무 데서나 오줌을 싸느냐?"

"너희들은 웬 놈들인데 남의 일에 참견이냐?"

이렇게 실랑이를 벌이다가 또 팔씨름을 하기로 했어. 팔씨름을 해보니 바위손이가 제일 세고 그다음이 콧바람손이고 그다음이 곰배손이야. 네 이름은 뭐냐 하고 물으니 날 때부터 오줌줄기가 세어서 '오줌손이'라 부른다고 그러거든. 그래서 또 의형제를 맺었어. 오줌손이가 제일 끄트머리 아우가 됐지.

이렇게 해서 네 사람이 싸움터에 갔어. 가 보니 사방이 산으로 둘러싸인 곳에 이웃 나라 군사들이 진을 치고 있는데, 수가 얼마나 많은지 개미 떼 같더래. 넷이서 산 위에 올라갔지. 먼저 바위손이가 여기저기 다니면서 바위를 번쩍번쩍 들어다가 골짜기를 죄다 막아놨어. 쥐도 새도 못 빠져나가게 말이야. 그래놓고 오줌손이더러,

"이제 아우가 나설 차례일세."

하니까 오줌손이가,

"어, 그동안 오줌이 마려운 걸 오래 참았더니 잘됐군."

하면서 오줌을 인정사정없이 내놓아. 그러니 어떻게 되겠어? 오줌이 냇물이 되어 마구 콸콸 내려가서 군사들이 진을 치고 있는 곳을 덮쳤지. 바위손이가 미리 골짜기를 죄다 막아놓았으니 오줌물이 빠져나갈 틈이 있나. 순식간에 그냥 물바다가 돼버렸어. 그러니 군사들이 모두 오줌물에 빠져서 허우적거리는 거지.

"자, 이제는 콧바람손이가 나설 차례다."

하니까 콧바람손이가 콧바람을 신나게 불어젖혔어. 그러니까 찬바람이 쌩쌩 불더니 눈 깜짝할 사이에 오줌이 꽁꽁 얼어붙어 버리네. 물에 빠진 군사들이 물이 얼어붙는 바람에 모두 얼음 위로 목만 내놓고 눈만 말똥말똥 뜨고 있는 꼴이 됐지.

"나머지 일은 곰배손이가 맡아줘야겠군."

하니까 곰배손이가 곰배를 들고 내려가서 얼음판을 여기저기 밀고 다니면서,

"항복할 테냐, 이 곰배 맛을 볼 테냐?"

했지. 그러니까 모두들 목숨만 살려달라고 빌어야지 뭐 별수가 있나.

이렇게 해서 네 장사는 보기 좋게 이웃 나라 군대를 물리치고, 그 뒤로도 여기저기 떠돌아다니면서 좋은 일을 많이 했다는 이야기야.

천 년 묵은 지네

옛날 어떤 산골에 약초 캐는 총각이 살았지.
날마다 산중에 들어가서 약초를 캐다가 장에
내다 팔아 근근이 먹고살았단 말이야. 그러다
보니 나이 서른에 장가도 못 가고 혼자 살아.
아, 어느 색시가 약초나 캐는 가난한 총각한테
시집오려고 하겠어?

하루는 이 총각이 깊은 산중에 들어가서 약초를 캤는데, 약초
캐는 데 정신이 팔려서 날이 저무는 것도 몰랐어. 정신을 차리고
보니 벌써 날이 어둑어둑한데, 서둘러 산에서 내려온다는 게 그만
길을 잃고 점점 더 깊은 산중으로 들어갔어. 한참 동안 산속을 헤
매다 보니 저 멀리서 불빛이 아른아른하더란 말이야. 얼른 불빛을
찾아갔지. 가 보니 오막살이 초가가 한 채 있는데, 주인을 찾으니

웬 색시가 나와.

"산중에서 약초를 캐다가 날은 저물고 길을 잃어서 곤란하게 되었으니 하룻밤 묵게 해주시오."

하니까 서슴없이 들어오라고 그러네. 들어가니까 더운 밥 지어서 저녁을 한 상 잘 차려주더란 말이야. 그걸 먹고 하룻밤 잤지.

다음 날 아침이 되니까 색시가 아침밥도 한 상 잘 차려주기에 먹었지. 먹고 나니까 색시가 하는 말이,

"약초를 캐면 몇 푼이나 벌며, 딸린 식구는 몇이나 됩니까?"

하고 묻더래. 그래서,

"약초 팔아서 입에 풀칠이나 하니 몇 푼 번다고 할 수도 없고, 아직 혼인을 못 했으니 딸린 식구도 없소이다."

했지. 그랬더니 색시가 반색을 하면서 하는 말이,

"그렇다면 여기서 나와 함께 삽시다. 무싯날에는 마당이나 쓸고, 장날에는 비가 오나 눈이 오나 장에 가서 보고 들은 것을 나한테 이야기해주기만 하면 돈 열 냥씩 드리리다."

하거든. 가만히 듣고 보니 그보다 더 좋은 돈벌이가 없을 것 같단 말이야. 게다가 장가 못 간 노총각이 예쁜 색시까지 얻을 판국이니 마다할 까닭이 없지. 그래서 그러자고 하고 거기서 색시와 함께 살았어.

무싯날에는 마당이나 쓸고 놀다가, 장날만 되면 비가 오나 눈이 오나 장터에 나가 여기저기 눈동냥 귀동냥을 해서, 그걸 죄다 색시한테 알려줬단 말이야. 그러면 색시는 그냥 고개를 끄덕끄덕하면서 듣기만 해. 그렇게 살다 보니 삼 년이 후딱 지나갔어.

삼 년이 지난 뒤에, 하루는 이 남편이 장에 갔더니 한 초립동이가 나귀를 타고 지나가는데, 초립에 방울을 달아서 딸랑딸랑 소리를 내며 가거든. 나귀 목에 달 방울을 제 초립에 달았으니 우스운 일 아니야? 그날 집에 돌아와서 색시한테 그 이야기를 했지.

"오늘은 장에서 참 우스운 꼴도 다 봤소."

"무엇을 봤기에 그러세요?"

"멀쩡하게 생긴 초립동이가 글쎄 초립에 방울을 달고 딸랑거리며 지나가지 않겠소?"

그랬더니 색시 얼굴색이 확 달라져. 깜짝 놀라는 거지. 그러고는,

"다음 장날 또 그 초립동이를 만나거든 반드시 뒤를 밟아서 어디에 사는지 알아 오세요."

하거든. 그다음 장날이 돼서 장에 갔더니, 아닌 게 아니라 그 초립동이가 또 방울을 딸랑거리면서 지나가겠지. 가만가만 뒤를 밟았지. 따라가 보니, 아 이 초립동이가 장터를 벗어나서 산으로 들어가더란 말이야. 산으로 들어가서 어디로 가는고 하니, 컴컴한 동굴 속으로 쑥 들어가네.

'햐, 그 참 이상한 일도 다 있다. 멀쩡한 사람이 나귀를 타고 동굴 속으로 들어가다니.'

하면서 동굴을 기웃거리고 있는데, 아 초립동이가 동굴에서 다시 쑥 나와. 나와서는,

"당신은 필경 웬 색시 부탁으로 내 뒤를 밟은 것이지요?"

이러지 뭐야. 다 알고 묻는데 뭘 어떻게 해. 그렇다고 했지. 그랬더니,

"지금 당신과 함께 살고 있는 색시는 사람이 아니고 천 년 묵은 지네요. 오늘 저녁에 돌아가면 당신은 지네한테 잡아먹힐 거요."

이런단 말이야. 삼 년을 함께 산 색시가 지네라니 선뜻 믿어지지는 않지만, 제가 잡아먹힌다니 겁이 덜컥 나지. 그래서,

"그럼 어떻게 하면 살 수 있나?"

하고 물었지. 초립동이가 하는 말이,

"장에 가서 독한 담배를 한 발 사서 온몸에 담뱃진을 바르고 가시오. 그리고 뒷문으로 몰래 들어가서 문구멍으로 들여다보시오. 지네가 보이거든 담배 연기를 문구멍으로 뿜어 넣으시오. 그러면 지네는 죽고 당신은 살 거요."

이러거든. 이 사람은 초립동이 말대로 장에 가서 독한 담배를 한 발 사서 담뱃진을 내어 온몸에 잔뜩 발랐어. 그러고는 집으로 갔지. 초립동이 말대로 뒷문으로 몰래 들어가서 문구멍을 뚫고 들여다보니, 아닌 게 아니라 용마루 같은 지네가 방 안에서 꿈틀꿈틀거리고 있지 뭐야. 허, 그것 참.

자, 이제 색시가 사람이 아니고 지네인 걸 알았으니 담배 연기를 뿜어서 죽여야지. 안 그러면 제가 죽을 테니. 그런데 이 사람이 그걸 못 해. 왜 못 하는고 하니, 삼 년 동안이나 함께 살면서 신세도 지고 정도 든 색시를 차마 죽일 수 없겠더란 말이지. 아무리 징그러운 지네라 해도 말이야.

'저 지네를 죽이는 건 차마 못 할 일이로다. 에라, 차라리 내가 죽고 말지.'

이 사람이 이렇게 생각하고 그냥 가만히 나왔어. 개울에 가서

담뱃진을 다 씻어낸 다음, 이번에는 앞문으로 들어갔어. 앞문으로 들어가니 색시가 반겨 맞아주는데, 아무리 뜯어봐도 이 예쁜 색시가 어떻게 그 징그러운 지네란 말인가, 참 믿어지지가 않아. 그래도 제 눈으로 똑똑히 본 다음에야 안 믿을 수도 없지. 이 사람이 한숨을 쉬면서,

"당신이 지네라는 걸 알았소. 그래, 오늘 밤에 날 잡아먹을 테요?"

하고 물어봤지. 색시는 깜짝 놀라더니,

"내 비록 미물이지만 왜 까닭 없이 당신을 잡아먹겠어요? 자초지종을 다 이야기할 터이니 들어보세요."

하고는 지나온 일을 죽 이야기해.

"당신이 장에서 본 초립동이는 사실은 사람이 아니고 천 년 묵은 지렁이랍니다. 전에 내 남편이 그놈과 싸우다가 그놈이 내 남편을 죽여서, 그 원수를 갚으려고 산중에 숨어 살면서 때를 기다렸지요. 이제 그놈이 사는 곳을 알았으니 내일은 찾아가서 원수를 갚으려고 합니다. 당신은 아무 상관이 없는 일이지만, 나와 삼 년 동안 인연을 맺고 살아온 정리를 생각해서 날 좀 도와주세요."

"어떻게 도우면 되겠소?"

"내일 그놈과 한창 싸울 적에, 무서워 말고 고함을 되게 질러주기만 하면 그놈이 소리 나는 쪽을 돌아볼 것이니, 그 틈에 죽이겠어요."

이렇게 약속을 하고, 이튿날 색시는 지렁이와 싸우러 갔어. 색시가 지렁이 굴 앞에 이르러 재주를 크게 세 번 넘으니까 용마루 같은 지네가 됐어. 그러니까 굴속에서 커다란 지렁이가 스르르 기

어 나와 둘이서 싸움이 붙었어. 그런데 그 싸움이 어찌나 사나운지, 이 사람이 구경하다가 그만 소리도 못 지르고 까무러쳐버렸어. 지네와 지렁이는 한참 동안 싸우다가 지쳐서 더 못 싸우고 헤어졌어. 지네가 다시 색시가 되어서 이 사람을 흔들어 깨워가지고 집으로 갔지.

그날 밤에 색시는, 내일 싸울 때는 꼭 고함을 크게 질러달라고 단단히 부탁을 해. 이 사람은 그러마고 다짐을 하긴 했는데, 그 이튿날 싸움판에 나가보니까 어찌나 무섭던지 온몸이 뻣뻣하게 굳어서 목에서 소리가 안 나와. 그래서 또 고함을 못 지르고 말았어. 그래서 그날도 결판을 못 내고 집으로 돌아왔지.

그날 밤에 색시는,

"이 싸움은 사흘 만에 결판이 나야지, 그렇지 않으면 또 삼 년을 기다려야 합니다. 그렇게 되면 저놈이 당신부터 잡아먹으려고 할 터이니, 부디 내일은 마음을 단단히 먹고 꼭 고함을 질러주세요."

하고 신신당부를 해.

그다음 날은 이 사람이 참 마음을 단단히 먹고 싸움터로 갔어. 지네하고 지렁이가 맞붙어 싸우는데, 그 기세가 어찌나 사나운지 둘이서 공중으로 붕붕 떠올라 가. 공중에서 한창 뒤엉켜 싸울 적에 이 사람이 젖 먹던 힘을 다 내어,

"저놈 잡아라!"

하고 크게 고함을 질렀어. 지렁이는 한창 싸우다가 갑자기 벼락같은 고함 소리가 나니까 깜짝 놀라서 땅을 내려다봤지. 그 틈을 타서 지네가 지렁이 목을 물어서 죽여버렸어.

지네는 다시 색시 모습으로 돌아와서 하는 말이,

"나는 이제 한을 다 풀었으니 본래 살던 곳으로 돌아가겠습니다. 당신은 이 길로 우리가 살던 집에 가세요. 가 보면 궤짝이 하나 있을 것입니다. 거기에 돈이 들어 있으니 그걸 가지고 가서 잘 사세요."

하고는 연기같이 사라져버렸어. 이 사람이 산속 살던 곳으로 돌아와 보니, 울도 집도 온데간데없고 쑥대밭이 되었는데 거기에 큰 궤짝이 하나 있더래. 그 속에 돈이 가득 들어 있어서, 그걸 가지고 잘 먹고 잘 살았더란다.

천생배필

　지금부터 하는 이야기는 몽땅 거짓말이니 그리 알고 들어. 옛날에 한 처녀가 있었는데 베 짜는 재주가 참 용했다나. 용해도 보통으로 용한 게 아니라, 이건 참 귀신보다 더 용했어. 하루아침에 삼베 열두 필을 짜는데, 삼을 베다가 껍질을 벗겨서 삼을 삼아 꾸리를 감고, 삼실을 날고 매어서 베틀에 걸어 짤깍짤깍 열두 필을 눈 깜짝할 사이에 짜낸단 말이야. 그런데 그렇게 짜놓은 삼베가 보푸라기 하나 없이 매끈하니 더 놀랍지. 이러니 귀신인들 이 재주를 따라올 수 있나.

　이 처녀가 과년하여 신랑감을 구하는데, 아 저처럼 재주 많은 사람이 아니면 시집을 안 가겠다고 그러네. 세상에 그만한 재주를 가진 신랑감이 어디 흔한가. 처녀 아버지가 생각다 못해 방을 써

서 내걸었어,

"우리 딸은 하루아침에 베 열두 필을 짜는 재주가 있으니 누구든지 이에 맞먹는 재주가 있는 총각이면 우리 딸에게 장가를 들라."

이렇게 골골마다 방을 내걸어 놨어. 그랬더니 한 총각이 찾아와서,

"저로 말씀 드릴 것 같으면 하루아침에 열두 칸짜리 기와집을 짓는 재주가 있습니다. 이만하면 이 댁 따님 재주와 맞먹지 않겠습니까?"

하거든. 그래서 어디 한번 솜씨를 보여달라고 했지. 그랬더니 이 총각이 기와집을 짓기 시작하는데, 참 보통 재주가 아니야. 산에 가서 나무를 베어다 지게에 지고 와서, 톱으로 잘라 대패로 밀고 자귀로 다듬어 먹줄을 탁탁 튀겨놓고, 뚝딱뚝딱 귀를 맞추어 금세 열두 칸짜리 기와집을 번듯하게 지어놓거든.

처녀 아버지는 이 신기한 재주에 감탄을 해서 두말 않고 딸을 시집보내려고 했지. 그런데 딸이 기와집을 찬찬히 둘러보더니 방문 하나에 문설주가 거꾸로 맞추어져 있는 것을 보고는,

"하루아침에 열두 칸짜리 기와집을 짓는 재주는 놀라우나 문설주 하나를 거꾸로 맞추어놓았으니, 이렇게 흠 있는 재주로써야 어디 저의 배필이 되겠습니까?"

이러네. 시집갈 처녀가 마다하는데 어떻게 해. 처녀 아버지도 하는 수 없이 총각을 내보냈지.

그러고 나서 한참 뒤에 또 한 총각이 찾아와서,

"저는 하루아침에 벼룩을 석 섬 서 말 잡아서 모두 코를 꿰어 말

뚝에 매어놓는 재주가 있습니다. 이만하면 사위로 삼을 만하지 않습니까?"

하거든. 벼룩을 잡아서 코를 꿰는 재주를 어디에 쓰나 싶었지만, 그것도 재주는 재주인지라 어디 한번 해보라고 그랬지. 그랬더니 이 총각이 이 방 저 방 다니면서 단숨에 벼룩을 석 섬 서 말이나 잡아가지고, 하나하나 코를 뚫어 실로 코뚜레를 꿰어 잔솔가지 수천 개로 말뚝을 만들어 꽂고 거기에다 척척 매놓는단 말이야.

그걸 보니 비록 쓸모는 없다 하나 귀신 뺨칠 재주거든. 처녀 아버지가 생각하기를 저만한 재주를 가지고서 내 딸을 굶기기야 하겠나 싶어서 허혼을 하려고 했지. 그런데 딸이 벼룩 코 꿴 것을 하나하나 살펴보더니 맨 끝에서 두 번째 벼룩의 코를 꿰지 않고 목을 묶어놓은 것을 보고는,

"이 많은 벼룩을 잡아다 코를 꿰는 재주는 놀랄 만하나, 맨 끝에서 두 번째 벼룩은 코를 꿰지 않고 목을 묶어놓았으니 이런 흠 있는 재주를 가지고 어찌 저의 배필이 되겠습니까?"

이러고 시집을 안 가겠다고 하네. 그래서 이번에도 처녀 아버지는 할 수 없이 총각을 내보냈어.

그러고 나니 아무도 찾아오는 총각이 없어. 한 해가 지나고 두 해가 지나고 다섯 해가 지나도 개미 새끼 하나 얼씬하지를 않거든. 그러다 보니 처녀는 점점 나이를 먹어서, 이러다가는 시집도 못 가고 늙어 죽게 생겼단 말이야. 그래서 처녀가 제 발로 돌아다니면서 신랑감을 찾기로 했어. 이참에 기어이 천생배필을 찾으리라 작정을 하고 나섰지.

들메끈을 바짝 조이고 나서서 여기저기 돌아다녀 봐도 쓸 만한 신랑감을 찾을 수가 없어. 그렇게 허탕을 치며 몇 해를 돌아다니다 보니 나이는 점점 더 많아지고, 이제는 정말 시집가기 다 글렀다 싶거든. 에라, 배필을 못 구할 바에는 살아서 뭐하나, 차라리 죽어버릴란다, 이렇게 작정을 하고 높은 산에 올라갔어. 높은 산에 올라가 천 길 벼랑 위에서 눈을 질끈 감고 몸을 날렸지. 그런데 뚝 떨어지고 나서 눈을 떠보니 제 몸이 광주리 안에 들어가 있더란 말이야. 가만히 살펴보니 산 밑에서 웬 총각이 광주리를 받쳐 들고 서 있는데, 그 광주리 안에 제가 들어가 있더란 말이지. 이게 어찌 된 일이냐고 물으니 총각이 하는 말이,

"내가 벼랑 밑에서 나무를 하다 보니 벼랑 위에서 웬 사람이 몸을 날려 떨어지기에, 얼른 대밭에 가서 낫으로 대를 베어 칼로 쪼개고 다듬어 댓살을 만들어서, 가로로 엮고 세로로 엮어 대광주리를 만들어 떨어지는 사람을 받았는데 그게 바로 당신이오."

이러거든. 처녀가 듣고 보니 이 사람이야말로 제가 찾던 신랑감이더란 말이지. 벼랑 위에서 사람이 떨어지는 걸 보고 그사이에 대를 베어 쪼개고 다듬어 광주리를 만들어 사람을 받았으니 이보다 더 용한 재주가 어디에 있나? 이런 재주가 있는 사람이면 하늘이 낸 배필이 틀림없다, 이렇게 생각하고 그 총각과 혼인을 했단다. 그래서 아주 깨가 쏟아지게 잘 살다가 어저께 죽었다는데, 이게 다 거짓말이지.

호랑이를 세 번 만나다

사람이 평생 살면서 호랑이 한 번
만나기도 어려운데, 하루에 호랑이
세 번 만난 사람도 있다니 별일이지.
그럼 이제부터 그 이야기를 슬슬 시작해볼까.

옛날에 남의 집 머슴 사는 사람이 있었는데, 주인을 잘못 만나
십 년치 새경을 못 받았어. 남들은 머슴살이 십 년이면 논도 사고
밭도 산다는데, 이 사람은 머슴살이 십 년에 땡전 한 푼 구경을 못
했으니 기가 찰 노릇 아니야? 주인이 워낙 인색하고 음흉하여 새
경을 달래도 오늘 주마 내일 주마 하면서 십 년을 끌었단 말이야.
당장 때려치우고 나가려 해도 그동안 허리가 휘도록 일한 것이 억
울해서 그러지도 못해.

하루는 이 머슴이 고개를 셋이나 넘어 먼 산에 나무를 하러 갔

어. 나무를 한 짐 해서 첫째 고개를 넘어오다가 고갯마루에서 담배를 한 대 피워 물고 앉아 쉬었지. 담뱃대에 담배를 꾹꾹 눌러 담아서 불을 당겨 두어 모금 피우다 보니, 갑자기 '따웅' 하고 하늘이 무너지는 소리가 나더니 그만 온 사방이 캄캄해지지 뭐야. 정신을 차리고 보니 자기가 글쎄 호랑이 뱃속에 들어와 있더란 말이야. 집채만 한 호랑이가 사람째 담뱃대째 꿀꺽 집어삼킨 거지.

호랑이 뱃속에 들어가서도 담배는 피워야겠기에 무턱대고 담뱃대를 뻑뻑 빨았어. 그러니 벌겋게 단 대통이 호랑이 뱃속을 쿡쿡 찌를 것 아니야? 호랑이는 그 바람에 뱃속이 뜨거워서 이리 뛰고 저리 뛰고 야단법석이 났지. 호랑이가 그러는 동안에도 이 머슴은 호랑이 뱃속을 이리저리 헤집고 다녔어. 그러다가 한 곳에 가니까 조그마한 구멍으로 바깥이 빤히 보이거든. 그게 뭔고 하니 호랑이 똥구멍인데, 머슴이 다짜고짜 그놈의 똥구멍에 담뱃대를 걸어가지고 냅다 잡아당겼어. 그러니 호랑이가 홀라당 뒤집어졌지. 알맹이가 밖으로 나오고 껍데기는 안으로 들어가고, 이렇게 뒤집어졌단 말이야. 그 바람에 뱃속에 있던 머슴도 밖으로 나왔지.

이렇게 한 고비를 넘기고 나서 나뭇짐을 지고 돌아오는데, 둘째 고개를 넘다가 또 호랑이를 만났네. 달아나고 어쩌고 할 겨를도 없이 호랑이한테 덥석 물렸는데, 이번에는 호랑이가 머슴을 통째로 삼키지 않고 옷깃만 물고 어디론가 가더란 말이야. 머슴은 호랑이 입에 대롱대롱 매달려서 가는 거지. 한참 가더니 호랑이굴로 쑥 들어가는데, 굴속에는 새끼 호랑이들이 와글와글거리고 있더래.

'이 호랑이가 제 새끼한테 먹이려고 나를 예까지 데려왔구나.'

이렇게 생각하고 눈을 질끈 감고 있었지. 그런데 한참 동안 그러고 있어도 잡아먹을 기미가 안 보여. 웬일인가 하고 눈을 떠보니 바로 코앞에 새끼 호랑이가 입을 딱 벌리고 있는데, 목구멍에 긴 뼈다귀가 턱 걸려 있더란 말이야.

'옳지, 저 뼈다귀를 빼내 달라는 뜻이렷다.'

이렇게 생각하고 새끼 호랑이 목구멍에 손을 집어넣어 뼈다귀를 빼내 줬지. 그랬더니 호랑이들이 좋다고 덩실덩실 춤을 추더니, 어미 호랑이가 등을 척 둘러대고 타라는 시늉을 해. 그래서 호랑이 등에 올라탔지. 호랑이는 머슴을 등에 태우고 굴을 나와 한참 가더니 한 곳에 이르러 머슴을 내려놓고 앞발로 호비작호비작 땅을 파더라지 뭐야. 왜 저러나 하고 보고 있으니, 땅속에서 어린아이처럼 생긴 것을 파내어 머슴 앞에 툭 던져주거든. 가만히 보니까 그게 어린아이가 아니고 어린아이 크기만 한 산삼이야, 산삼. 호랑이 덕에 횡재를 했지.

이렇게 두 고비를 넘기고 돌아오는데, 셋째 고개를 넘다가 또 호랑이를 만났어. 그런데 이번에 만난 호랑이는 덥석 집어삼키는 것도 아니고 옷깃만 물고 가는 것도 아니야. 아예 잘근잘근 씹어먹을 작정인지 입맛을 쩍쩍 다시면서 달려든단 말이야. 이제는 꼼짝없이 죽었구나 싶지.

그런데 사람이 죽으려고 드니까 없던 의뭉도 생기는지, 이 머슴이 그 경황없는 중에도 별스런 궁리를 했어. 달려드는 호랑이 앞에 넙죽 엎드려,

"아이고, 형님. 아이고, 형님."

하고 구슬프게 엉엉 울음을 내놓았지. 그 바람에 잡아먹자고 달려들던 호랑이가 그만 놀라서 그 자리에 우뚝 서서 눈만 멀뚱멀뚱거리고 있어. 아, 웬 놈이 난데없이 저를 보고 형님이라고 부르며 울어대니 놀라지 않을 수 있나. 그걸 보고 머슴은 이때다 하고 더 구슬프게 울면서 신세타령을 늘어놓았지.

"형님이 집을 떠난 지 십 년이 넘도록 소식이 없더니 기어이 호랑이가 되었군요. 그동안 어머니는 세상을 떠나시고 나 혼자 남의 집 머슴살이를 하며 형님을 기다렸더니 여기서 만날 줄이야. 아이고, 엉엉."

호랑이도 그 말을 알아들었는지 닭똥 같은 눈물을 줄줄 흘리면서 울어. 사람도 울고 호랑이도 울고, 그러다가 호랑이가 차마 제 아우를 잡아먹지 못하겠는지 그냥 돌아서겠지. 머슴은 그만해도 좋으련만, 이왕에 호랑이를 구워삶아 놓았으니 이참에 호랑이 덕 좀 볼까 하고 가는 호랑이를 불러 세웠어.

"그런데, 형님. 주인 영감이 십 년치 새경을 떼어먹으려 하니 형님이 좀 도와주시오. 그저 나하고 같이 주인네 집 앞까지만 갔다 오면 돼요."

아무려면 인정 많은 호랑이가 오랜만에 만난 아우의 청을 거절할 리 있나. 고개를 끄덕끄덕하네. 머슴은 옳다구나 하고 호랑이를 데리고 마을로 내려갔어. 주인집 앞에 가서 호랑이한테 눈짓을 하니, 호랑이가 이빨을 있는 대로 다 드러내고 으르렁거리지. 주인 영감이 나와 보고 혼비백산을 해서,

"여, 여보게. 그 호랑이 빨리 쫓아내게."

하고 벌벌 떨겠지. 머슴은,

"글쎄, 나야 그러고 싶지만 이 호랑이가 밀린 새경을 당장 안 내놓으면 영감님네 식구를 다 잡아먹겠다니 난들 어쩝니까?"

하고 능청을 떨었지. 아, 호랑이한테 잡아먹힐 판국에 그까짓 새경이 대수야? 주인이 발꿈치에 불이 일도록 달려가서 십 년치 새경을 턱 내놓지. 머슴은 그 새경 받아 논도 사고 밭도 사고 해서 잘 살았단다. 그런데 들어봐서 알겠지만 이건 몽땅 거짓말이야.

이야기 귀신

옛날 옛적에, 이야기 듣기
를 참 좋아하는 아이가 살았어.
이 아이는 그저 자나 깨나 이야기 듣는 게 일이야. 여기저기 이야
기판을 찾아다니면서 재미있는 이야기란 이야기는 다 듣는 거지.
그런데 이렇게 이야기 듣기만 좋아했지 남한테 이야기 들려주는
법은 없어. 이야기를 듣기만 하면 그걸 종이에다 적어서 주머니
안에 꼭꼭 넣어둔단 말이야. 그리고는 한 번도 남한테는 이야기를
해주지 않지. 이렇게 몇 년을 모으니까 주머니 안에 이야기가 꽉
들어찼어.
　이렇게 이야기가 꽉 들어찬 주머니를 또 몇 년 동안 허리춤에
차고 다니기만 하니까, 주머니 속에 들어 있던 이야기들이 얼마나
갑갑하겠나. 원래 이야기라고 하는 것은 이리저리 떠돌아다녀야

제격인데, 주머니 안에 갇혀서 오도 가도 못하고 숨도 크게 못 쉬고 오래 묵으니, 이 이야기들이 그만 귀신이 돼버렸어. 예로부터 이야기가 오래 묵으면 샷된 귀신이 된다는 말이 있거든.

아이가 자라서 총각이 돼가지고 이제 장가를 가게 됐지. 초례 날을 받아놓고 혼인 준비가 한창인데, 하루는 이 총각이 자는 방에 머슴이 함께 자게 됐단 말이야. 그런데 머슴이 자다 보니 한밤중에 어디서 두런두런하는 말소리가 들리거든. 뭣이 이러나 하고 가만히 들어보니까, 아 총각이 허리춤에 차고 있는 주머니 속에서 말소리가 들리지 뭐야. 이야기 귀신이 저희들끼리 하는 말이지, 그게.

"이놈의 원수를 어떻게 갚을꼬."

한 놈이 이러니까,

"아무 날 이놈이 장가를 간다 하니, 그때 가서 없애버리자."

딴 놈이 이러거든. 그러니까 다른 놈들이 하나씩 나서서,

"나는 이놈의 초행길에 먹음직스러운 배가 되어 나무에 달려 있다가 이놈이 따 먹으면 즉사케 하리라."

"만약 이놈이 배를 안 따 먹고 지나치면 나는 옹달샘이 되어 있다가 이놈이 떠먹으면 죽게 하리라."

"만약 이놈이 샘물도 안 먹고 지나치면 나는 행례청에 바늘방석이 되어 있다가 이놈이 앉으면 찔려 죽게 하리라."

이런단 말이지.

머슴이 들어보니 큰일이거든. 이걸 그냥 뒀다가는 필경 저희 서방이 초례도 못 치르고 죽게 생겼으니 큰일이지. 그래서 쥔집 신

랑이 장가가는 날 이 머슴이 한사코 따라나섰어. 신랑은,

"네까짓 게 뭘 안다고 따라와. 따라올 것 없다."

하면서 못 따라오게 했지만 머슴은 부득부득 따라가겠다고 우겼지. 그래서 신랑이 할 수 없이 머슴을 경마잡이로 데리고 갔어.

신랑이 말을 타고 신부 집으로 가는데, 가다 보니 길가에 아주 크고 먹음직스러운 배가 배나무에 디룽디룽 달려 있거든. 신랑이 그걸 보고 군침이 돌아서,

"얘야, 저기 가서 배 좀 따 오너라."

했지. 그래도 머슴은 들은 척 만 척이야. 신랑이 자꾸 재촉을 해도,

"초행길에 뭘 그런 걸 먹겠다고 따 오랍니까. 동티 나게요."

하면서 꾸역꾸역 가던 길만 가지. 그러니 신랑이 괘씸하겠어, 안 하겠어.

"아, 저놈이 따라오지 말래도 부득부득 따라오더니 훼방만 놓는구나."

하고 역정이 아주 대단해. 그러나 마나 머슴은 말을 재촉해서 그 자리를 얼른 벗어났어.

또 한참 가다 보니 길가에 옹달샘이 있는데 물이 참 맑고 좋거든. 신랑이 마침 목이 마르던 참이라,

"얘야, 말을 멈춰라. 저 샘물이나 한 바가지 떠먹고 가야겠다."

했지. 그래도 머슴은 들은 척 만 척이야.

"이놈아, 말을 멈추라고 하지 않느냐."

해도,

"초행길에 뭘 말에서 내리려고 그럽니까. 동티 나게요."

하면서 말고삐만 당겨. 그러니 신랑이 부아가 머리끝까지 났지. 죽일 놈 살릴 놈 하면서 마구 야단을 쳐. 그러나 마나 머슴은 말을 몰아 그 자리를 얼른 벗어났지.

이렇게 해서 신부 집에 무사히 당도했지. 행례청에 들어가 보니 신랑이 앉을 자리에 방석이 하나 놓여 있는데, 다른 사람 눈에는 안 띄어도 머슴 눈에는 뾰족뾰족한 바늘이 잔뜩 꽂혀 있는 바늘방석이 밑에 하나 더 깔려 있는 게 눈에 띄거든. 신랑이 막 방석에 꿇어앉아 절을 하려고 하는 것을, 머슴이 번쩍 안아다 다른 데 앉히고 바늘방석을 치워버렸어.

그래서 세 가지 화를 다 면했는데, 신랑은 멋도 모르고 행례청에서 망신을 줬다고 낯이 붉으락푸르락, 아주 화가 잔뜩 났어. 여기서는 어쩔 수 없다마는 집에 돌아가기만 하면 요절을 내리라 하면서 이를 부득부득 갈지. 그제야 머슴이 일이 이만저만하게 되어서 그랬노라고 실토를 했어. 이야기 주머니에 갇힌 이야기 귀신이 앙심을 품고 해치려는 걸 막으려고 한 일이라고 말이지. 그제야 신랑은 제 목숨을 머슴이 구해준 것을 알고 고마워하면서, 그 뒤부터 머슴을 친아우처럼 끔찍하게 위해줬다네.

그리고 이야기 주머니도 활짝 열어젖혀서, 그다음부터는 이야기가 마음대로 훨훨 돌아다니게 됐단다. 이야기라고 하는 것은 적어만 두고 말하지 않으면 귀신이 되어 그 사람을 해친다고 하고, 또 남한테 들은 이야기를 다른 데 가서 해주지 않으면 그것도 해를 끼친다고 하니 모두들 새겨서 듣게나.

구렁덩덩 신선비

옛날 하고도 아주 먼 옛날에 어떤 아낙네가 아들을 낳았는데, 글쎄 사람을 안 낳고 구렁이를 낳았더래. 그 징그러운 걸 방에서 키울 수도 없고 해서 부엌 구석에다 삼태기를 씌워놓고 키우는데, 이 구렁이가 똬리를 틀고 점잖게 누워 있다가 때가 되면 스르르 기어 나와서 밥을 먹고 또 들어가고, 이렇게 살았단 말이야.

그런데 그 이웃집에 딸 삼형제가 살았던 모양이야. 이 세 딸들이 하루는 구렁이 구경한다고 이 집에 놀러 왔지. 맨 처음 첫째 딸이 구렁이를 보고서는,

"에그, 징그러워."

하면서 막대기로 구렁이 왼쪽 눈을 쿡쿡 찔렀어. 그다음 둘째 딸

이 보고는,

"에그, 더러워."

하면서 막대기로 구렁이 오른쪽 눈을 쿡쿡 찔렀어. 그러니까 구렁이 눈에서 눈물이 주룩주룩 흐를 게 아니야? 셋째 딸이 그걸 보고는,

"불쌍하다 구렁덩덩, 가엾어라 신선비. 사람들이 몰라주니 이리 천대받는구나."

하면서 옷고름으로 구렁이 눈물을 닦아줬대.

그 일이 있은 뒤에 구렁이가 자기 어머니보고,

"어머니, 이웃집 셋째 딸에게 장가보내주세요."

하고 조른단 말야. 어머니가 그 말을 듣고 기겁을 하지.

"말도 안 되는 소리 하지 마라. 네 꼴이 어떤지나 알고 하는 소리냐?"

그래도 구렁이는 자꾸 졸라대.

"가서 말이라도 한번 해보세요."

"글쎄, 안 된대도 그러니?"

"그러면 저 아궁이에 들어가서 다시는 안 나올 거예요."

이렇게 부득부득 졸라대니 어머니가 하는 수 없이 옆집에 찾아갔어. 가서, 차마 입이 안 떨어지니까 삿자리 귀퉁이만 잡아 뜯다가 왔지. 그다음 날도 그리고 또 그다음 날도 그러니까 옆집 딸네 어머니가 왜 그러느냐고 묻겠지. 그래서 구렁이 아들이 이 집 딸에게 장가들고 싶다고 하니 어쩌면 좋겠느냐고 했어. 옆집 딸네 어머니는 펄쩍 뛰면서 그런 말 말라고 하지. 아 누군들 구렁이한

테 예쁜 딸을 시집보내려고 하겠어.

그래도 딸한테 물어나 보자고 첫째 딸을 불러서 구렁이에게 시집가겠느냐고 하니까,

"에구머니, 누가 그 징그러운 것한테 시집간대요?"

하고 펄쩍 뛰어. 둘째 딸을 불러서 물어보니까,

"그 더러운 것한테 시집가느니 차라리 죽고 말지요."

하고 또 펄쩍 뛰어. 이번에는 셋째 딸을 불러서 물어보니까,

"어머니만 허락해주시면 그렇게 하지요."

한단 말이야. 딸이 마음에 있어서 그러는 걸 어머닌들 어떻게 하겠나. 그래서 둘이 혼인을 하게 됐지.

혼인날이 되니까 구렁이가 저희 집과 이웃집 사이에 있는 돌담에다 기다란 장대를 걸쳐놓고 그 장대를 타고 이웃집으로 가. 가는데, 신랑이니까 사모관대 잘 차리고 꼬리에 목화 신고 목에다 홀기 감고 갖출 것은 다 갖추어가지고 갔지. 초례청에서 절하고 술 마시고 남들 하는 것 다 하고 나서 첫날밤이 되었는데, 구렁이가 색시더러 큰 가마솥에 하나 가득 물을 끓여달라고 그러더라네. 그래서 물을 끓여줬더니 그 물에 들어가 목욕을 하더니, 아 글쎄 허물을 쏙 벗고 사람 모습으로 변하더란 말이야. 아주 인물도 훤하고 늠름한 새신랑이 되었지.

색시 집에서는 구렁이 사위 봤다고 밤새 풀이 죽어 있다가, 아침에 신방에서 잘생긴 새신랑이 나오니까 한편으로 놀라고 한편으로 좋아서 야단법석이 났지. 그런데 두 언니는 그걸 보고 좋은 신랑감을 막내한테 빼앗겼다고 배를 끙끙 앓아.

구렁덩덩 신선비하고 색시는 아주 재미나게 잘 살았어. 그러다
가 구렁덩덩 신선비가 과거를 보러 가게 됐어. 과거 보러 떠나기
전날 저녁에 신랑이 장가가던 날 벗은 허물을 색시에게 주면서,

"이것을 아무에게도 보이지 말고 잘 간수해주오. 만약 이게 없
어지면 나도 돌아오지 못하게 돼요."

하고 신신당부를 해. 그리고 그다음 날 과거 보러 집을 떠났지. 하
얀 바지에 옥색 두루마기를 입고 길을 떠났어. 색시는 구렁이 허
물을 복주머니에 넣어서 옷고름에 차고 다녔어.

그런데 하루는 언니들이 와서 옷고름에 차고 있는 게 뭐냐고 물
어. 보여줄 것이 아니라고 해도 자꾸 보여달라고 조르더니, 나중
에는 억지로 빼앗아서 풀어보고는,

"에그, 징그럽고 더러워. 이런 걸 뭐하러 차고 다니니?"

하면서 구렁이 허물을 그만 활활 타는 화로 속에 던져 넣어버리지
뭐야. 그러니까 허물이 홀랑 타버렸지.

그랬더니 과거 보러 간 구렁덩덩 신선비가 영영 돌아오지 않네.
한 달이 지나고 두 달이 지나도 안 돌아오고, 한 해가 가고 두 해
가 가도 안 돌아와.

그래서 색시가 구렁덩덩 신선비를 찾으려고 집을 나섰어. 적삼
위에 저고리 입고 저고리 위에 장옷 입고, 버선 위에 미투리 신고
미투리 위에 짚신 신고 집을 나섰지. 발 닿는 대로 자꾸 가다가 보
니, 길가에 까마귀 떼가 모여서 구더기를 잡아먹는다고 와글와글
거려.

"까마귀야, 까마귀야. 하얀 바지에 옥색 두루마기 입은 구렁덩

덩 신선비님 못 봤니?"

"이 구더기를 윗물에 씻고 아랫물에 씻고 가운뎃물에 헹구어 옥같이 희게 해주면 가르쳐주지."

그래서 구더기를 윗물에 씻고 아랫물에 씻고 가운뎃물에 헹구어 옥같이 희게 해가지고 줬어. 그랬더니,

"저리 가서 멧돼지한테 물어보면 알게 되지."

한단 말이야. 그래서 까치가 가르쳐준 길로 하염없이 갔어. 한참 가니까 산에서 멧돼지가 칡뿌리를 캐 먹는다고 끙끙거리고 있어.

"멧돼지야, 멧돼지야. 하얀 바지에 옥색 두루마기 입은 구렁덩 덩 신선비님 못 보았느냐?"

"이 칡뿌리를 다 캐서 흙을 떨고 껍질을 벗겨 향내 나게 다듬어 주면 가르쳐주지."

그래서 색시는 칡뿌리를 캐서 흙을 떨고 껍질을 벗겨 향내가 나도록 다듬어줬어. 그러니까,

"저리 가서 논을 가는 사람한테 물어보면 알게 되지."

한단 말이야. 그래서 멧돼지가 가르쳐준 길로 하염없이 갔어. 한참 가다 보니 웬 노인이 길가에 있는 논에서 소에 쟁기를 지워가지고 논을 갈고 있거든.

"할아버지, 할아버지. 하얀 바지에 옥색 두루마기 입은 구렁덩 덩 신선비님 못 보셨나요?"

"이 논 저 논 다 갈아 물 대고 써레질하여 씨 뿌리고 못자리 만들어주면 가르쳐주지."

그래서 소를 몰아 한없이 넓은 논을 다 갈고, 물을 대고 써레질

하여 씨를 뿌려서 못자리를 만들어줬어. 그랬더니,

"저리 가서 빨래하는 사람에게 물어보면 알게 되지."

하거든. 노인이 가르쳐준 길로 자꾸 갔지. 한참 가다 보니 웬 할머니가 개울가에 빨래를 산더미만큼 쌓아놓고 방망이로 두드려 빨고 있어.

"할머니, 할머니. 하얀 바지에 옥색 두루마기 입은 구렁덩덩 신선비님 못 보셨나요?"

하고 물으니까 할머니가 하는 말이,

"검은 빨래 희게 빨고 흰 빨래는 검게 빨아, 맑은 물에 헹구어 보송보송하게 말려주면 가르쳐주지."

이런단 말이야. 그래서 그 많은 빨래를 검은 것은 희게 하고 흰 것은 검게 해서, 맑은 물에 헹구어 보송보송하게 말려줬어. 그랬더니 할머니가 주발 뚜껑 하나하고 젓가락 하나를 주면서,

"이 주발 뚜껑을 타고 이 젓가락으로 노를 저어 저기 샘물 따라 들어가서 구렁덩덩 신선비네 집을 찾아 그 집에서 동냥을 해라. 밥을 주거든 받지 말고 그릇을 떨어뜨려서 밥알을 하나하나 줍다가 날이 저물면 그 집에서 묵어 가거라."

하거든. 그래서 주발 뚜껑을 타고 젓가락으로 노를 저어 샘물을 따라 들어갔어. 한참 들어가니까 향내가 그윽하게 풍기면서 생전 처음 보는 경치가 나타나더래. 높은 언덕에는 기화요초 만발하고 넓은 들에는 곡식과 남새가 풍성한데 공중에는 온갖 새가 지저귀고 풀밭에는 마소가 한가로이 풀을 뜯고 있더란 말이지. 주발 뚜껑에서 내려 그 경치 좋은 곳으로 들어섰어. 그런데 어디서,

"후여, 후여. 구렁덩덩 신선비네 떡쌀 술쌀 그만 까먹고 어서 가라, 후여."

하는 소리가 들린단 말이야. 얼른 소리 나는 쪽을 돌아보니 조그마한 계집아이가 논가에 서서 새를 쫓고 있어. 색시가 그리로 달려가서 어디 한 번 더 새를 쫓아보라고 그랬지. 그랬더니 계집아이가 새를 쫓는데,

"후여, 후여. 구렁덩덩 신선비네 떡쌀 술쌀 그만 까먹고 어서 가라, 후여."

하지 뭐야. 그래서 아이더러 구렁덩덩 신선비네 집이 어디냐고 물었지. 그런데 이 아이가 하는 말이, 저희 아씨 마님이 아무에게도 집을 가르쳐주지 말랬다고, 안 가르쳐준다고 그러네. 색시가 손가락에 끼고 있던 금가락지를 빼주면서 어르고 달랬더니 저기 저 기와집으로 가보라고 그래.

가 보니 포르르 날아가는 기와집인데, 그 집 앞에서 할머니가 가르쳐준 대로 동냥을 했어. 그러니까 하인이 나와서 밥을 주는데, 일부러 밥그릇을 땅에 떨어뜨려 놓고는 밥알을 하나하나 주워 담았어.

그러다 보니 날이 저물거든. 그래서 하룻밤 묵고 가게 해달라고 부탁을 했어. 날이 저물어 어두우니 어떻게 해? 재워줘야지. 그래서 밤에 그 집에서 묵는데, 달이 휘영청 밝아서 달을 쳐다보고 있으려니까 저쪽 사랑채에서,

"달도 밝고 별도 밝은데 이내 마음 외롭구나. 고향에 있는 내 색시도 저 달 보고 있을까."

하는 노랫소리가 들려. 가만히 들어보니 구렁덩덩 신선비, 자기 남편 목소리란 말이야. 얼마나 반가운지,

"달도 밝고 별도 밝은데 이내 몸은 고달파라. 구렁덩덩 신선비님도 저 달 보고 있을까."

하고 따라서 노래를 불렀지. 그러니 구렁덩덩 신선비가 자기 색시가 온 줄 알고 버선발로 달려 나와. 그래서 참 반갑게 만났지. 서로 손목을 부여잡고 눈물을 흘리면서 그동안에 있었던 일을 다 이야기했지. 밤이 새도록 이런저런 이야기를 하다 보니, 이것 참 고약한 일이 하나 있어. 구렁덩덩 신선비가 거기서 벌써 다른 색시를 얻어가지고 산단 말이야.

서방은 하나인데 색시가 둘이니 어떻게 해. 본색시가 왔다고 나중 얻은 색시를 쫓아낼 수는 없는 일 아니야. 그래서 색시 둘이 내기를 하기로 했어. 내기를 해서 이기는 사람이 구렁덩덩 신선비와 함께 살기로 했지. 무슨 내기를 했는고 하니, 먼저 참새 떼 올라앉은 나뭇가지 꺾어 오기, 그다음은 얼음 위에서 나막신 신고 물동이 이고 걸어가기, 그리고 마지막으로 호랑이 눈썹 한 줌 뽑아 오기 내기야.

첫 번째 내기를 하는데, 본색시가 얼마나 얌전하게 나뭇가지를 꺾어 오는지 참새 떼가 앉아 있어도 몰라. 그런데 둘째 색시는 나무를 함부로 꺾다가 참새를 다 날려버렸지. 그래서 첫 번째 내기에 이겼어.

이번에는 얼음판 위에서 나막신 신고 물동이를 이고 걸어가는데, 본색시가 어찌나 사뿐사뿐 잘 걷는지 물을 한 방울도 안 흘려.

둘째 색시는 엄벙덤벙 걷다가 넘어져서 물동이까지 깨뜨렸지. 그래서 두 번째 내기에도 이겼어.

그런데 마지막 내기가 문제일세. 호랑이 눈썹을 어디 가서 어떻게 뽑아 와. 본색시가 하릴없이 집을 나와 산속으로 들어갔어. 정처 없이 산속을 헤매다 보니 깊은 산속에 오막살이가 한 채 있더래. 들어가 보니 머리가 하얀 할머니가 베를 짜고 있는데, 치마 밑으로 호랑이 꼬리가 삐죽이 나와 있거든. 색시가 죽기 살기로 사정 이야기를 다 하고 제발 좀 도와달라고 그랬어. 그러니까 이 할머니가 하는 말이,

"나는 늙어서 눈썹이 다 빠지고 없으니, 베틀 뒤에 숨어 있으면 아들놈 눈썹을 뽑아주지."

하더란 말이야. 베틀 뒤에 숨어서 한참 있으니까 밖에서 요란한 소리가 들리더니, 집채만 한 호랑이가 쿵 하고 들어와. 그러고는 쿵쿵거리며 냄새를 맡더니,

"어머니, 방에서 인내 난다, 인내 나."

이러면서 방구석을 사방 돌아다니거든. 그러니까 할머니가,

"이놈아, 내가 늙어서 냄새가 난다. 그런데 네 눈썹에 그게 뭐냐? 진디가 붙었나?"

하면서 아들 호랑이 눈썹을 털어주는 척하면서 한 줌 썩 뽑더니,

"가서 사냥이나 더 해 오너라."

하고 아들을 내보내더란 말이지. 아들 호랑이가 나간 뒤에 이 할머니가 호랑이 눈썹을 한 줌 주면서 어서 가보라고 하더라네.

그래서 호랑이 눈썹을 구해서 돌아와 보니, 둘째 색시는 눈썹을

뽑아 온다는 게 어디서 돼지 눈썹을 한 줌 뽑아 왔더래. 그래서 세 가지 내기에 다 이겨서 구렁덩덩 신선비하고 오래오래 재미나게 잘 살았대. 아직까지 저기 금강산에 살고 있다나, 뭐 그런 소문도 있어.

땅속 나라 도적 퇴치

내 오늘은 기괴한 이
야기를 하나 하지. 옛날에
어떤 신랑이 장가를 갔는데, 장가를 가면 색시를 가마에 태워가지
고 신행길을 차릴 것 아니야? 그렇게 신행길을 차려 가는데, 도중
에 그만 색시를 잃어버렸어. 아, 갑자기 하늘이 캄캄해지더니 집
채만 한 것이 나타나서 색시를 채 가버렸다 이 말이야. 색시만 채
간 게 아니고 색시 몸종까지 아주 가마째 채 갔어.

신행길에 색시를 잃어놨으니 신랑이 분이 나지. 내 이놈을 땅
끝까지라도 쫓아가서 요절을 내고 말리라 하고 이를 부득부득 갈
았어. 가만히 보니까 큼지막한 발자국이 한쪽으로 띄엄띄엄 찍혀
있거든. 그놈의 발자국을 따라갔지.

발자국을 따라서 한참 가다가 길가에서 돌을 쪼는 석수장이를

만났어.

"어디를 그리 바삐 가시오?"

"색시를 도둑맞아서 색시 찾으러 갑니다."

"아, 나도 얼마 전에 마누라를 도둑맞았소. 같이 갑시다."

그래서 석수장이를 길동무 삼아 발자국을 따라갔지. 한참 가다가 산에서 칡을 캐는 나무꾼을 만났어.

"어디를 그리 바삐 가시오?"

"색시를 도둑맞은 사람들이 색시 찾으러 갑니다."

"아, 나도 얼마 전에 딸을 도둑맞았소. 같이 갑시다."

이렇게 해서 나무꾼도 일행이 되어 발자국을 따라갔지. 또 한참 가다가 고리백정(버들가지로 고리짝이나 키를 만드는 장인)을 만났어.

"어디를 그리 바삐 가시오?"

"색시 도둑맞은 사람은 색시 찾으러 가고, 딸을 도둑맞은 사람은 딸 찾으러 갑니다."

"아, 나도 얼마 전에 누이동생을 도둑맞았소. 같이 갑시다."

이리 되어서 네 사람이 발자국을 따라갔지. 산을 넘고 물을 건너 하염없이 가다 보니 생전 듣도 보도 못한 깊은 산중에 들어가게 됐는데, 발자국이 큰 바위 앞에서 뚝 끊어져.

넷이서 바위를 밀어보고 당겨보고 흔들어보고, 별짓을 다 해도 꿈쩍을 안 해. 그래서 석수장이가 가지고 온 연장으로 바위를 쪼았어. 밤낮으로 쉴 새 없이 사흘 동안을 쪼아서 그 큰 바위를 다 깨뜨렸어. 바위를 깨뜨리고 나니 땅 밑으로 시커먼 굴이 뚫려 있거든. 내려다보니 끝이 안 보여.

먼저 나무꾼이 산에 가서 칡을 걷어다 동아줄을 꼬았어. 칡을 산더미만큼 걷어다 수백 발이나 되는 동아줄을 꼬아 늘어뜨렸는데도 바닥에 닿지를 않네. 사흘 동안 밤낮으로 동아줄을 꼬았더니 그 길이가 삼천 발이나 되었는데, 그때서야 동아줄 끝이 바닥에 닿더란 말이야.

그다음에는 고리백정이 버드나무 가지를 꺾어다 큼지막한 광주리를 만들었어. 사흘 밤낮을 쉬지 않고 사람이 들어갈 만한 광주리를 만들어 동아줄 끝에다 매달았지.

맨 먼저 석수장이가 광주리를 타고 내려갔어. 나머지 셋이서 줄을 잡고, 만약 내려가다가 무슨 일이 생기면 줄을 흔들라고 그랬지. 석수장이가 줄을 타고 내려갔는데, 반도 못 가서 그만 무서워져서 줄을 흔들었어. 줄을 끌어올리고 나무꾼을 내려보냈지. 나무꾼은 반쯤 내려가다가 무서워서 줄을 흔들었어. 나무꾼을 끌어 올리고 고리백정을 내려보냈지. 고리백정은 반 넘어 내려가다가 더 내려가기가 무서워서 줄을 흔들었어. 고리백정을 끌어 올리고, 이번에는 신랑이 줄을 타고 내려갔어.

신랑은 세 사람에게 무슨 일이 있더라도 자기가 줄을 흔들 때까지 거기서 가만히 기다리라고 이르고 내려갔어. 한참 동안 참 지겹도록 내려가니까 드디어 발이 땅에 닿더란 말이야. 사방을 살펴보니, 한쪽에 희미한 빛이 한 줄기 비치기에 그 빛을 따라갔지.

빛이 점점 밝아지더니 환한 세상이 나와. 언덕을 하나 넘으니까 큰 동네가 나오는데, 온 동네에 고래 등 같은 기와집이 즐비하더래. 한 기와집 앞에 가 보니 대문 밖에 우물이 하나 있고, 우물 옆에는 버드나무가 한 그루 있어. 신랑이 가만히 버드나무에 올라가서 동정을 살피고 있었지. 조금 있으니까 기와집에서 웬 처녀가 물동이를 이고 물을 길으러 나오는데, 어디서 많이 보던 얼굴이야. 자세히 보니까 바로 제 색시 몸종이더란 말이지.

몸종이 물동이를 씻어 물을 하나 가득 길어놓고 막 이려고 하는데, 신랑이 버들잎을 한 줌 주르르 훑어 물동이 위에 떨어뜨렸어. 몸종은 후유 하고 한숨을 내쉬면서,

"버들잎아, 지지 마라. 네가 지면 내 눈에서 눈물진다."

하더니 물동이에 물을 쏟아내고 다시 물을 길어 한 동이 채웠어. 그걸 막 이려고 하는데, 또 신랑이 버들잎을 한 줌 주르르 훑어서 물동이 위에 떨어뜨렸어. 몸종은 아까보다 더 깊은 한숨을 내쉬면서,

"버들잎아, 지지 마라. 네가 지면 내 눈에서 눈물진다."

하고는 다시 물을 길어다 물동이에 하나 가득 채운단 말이야. 막 이려고 할 때 또 버들잎을 훑어서 떨어뜨렸더니, 그제야 이상한지 나무 위를 쳐다봐. 쳐다보니까 새서방이 나무 위에 떡 올라가 앉아 있거든.

"아이고, 이게 누구십니까? 새서방님이 아니십니까? 여기는 어떻게 찾아오셨습니까?"

몸종이 반가워서 어찌할 바를 모르지. 신랑이 그동안 겪은 일을 낱낱이 일러주고 나서 도둑을 잡아야겠으니 좀 도와달라고 그랬어. 그랬더니 몸종이 하는 말이,

"여기에 사는 도적놈의 두목은 힘이 워낙 세어서 백 사람이 덤벼도 못 당합니다. 게다가 그놈은 석 달 열흘 동안 밖에 나가 사람과 재물을 도둑질하고 석 달 열흘 동안은 돌아와 잠을 자는데, 바로 열흘 전에 나갔으니 석 달 뒤에나 돌아옵니다. 그러니 무슨 변을 당하기 전에 그만 돌아가십시오."

이러거든.

"아니다. 여기까지 와서 어찌 그냥 돌아간단 말이냐. 도적놈의 두목이 돌아올 때까지 기다리면서 그놈을 죽일 계책을 낼 터이니 어서 나를 그놈의 집으로 인도하여라."

몸종은 할 수 없이 신랑을 데리고 큰 기와집으로 들어갔어. 열두 대문을 열고 들어가는데, 대문마다 사나운 짐승이 지키고 있다가 낯선 사람을 보면 덤벼든단 말이야. 몸종이 먹이를 구해다가 짐승들에게 던져주어, 그걸 먹을 동안에 가만히 들어갔어. 들어가 보니 그놈의 집이 얼마나 큰지, 딸린 별채만 해도 수십 채더라네. 몸종은 남의 눈에 띄지 않게 신랑을 한 별채로 데리고 가더니 문 밖에서,

"아씨, 새서방님 오셨습니다."

하겠지. 그러니까 문이 빠끔히 열리면서 색시가 내다보는데, 이게 아주 도적놈의 색시가 다 되어 있더래. 신랑을 보고도 반가워하기 는커녕 눈을 치떴다 내리깔았다 하면서 흘겨보더니,

"별놈이 다 왔군. 얘들아, 저놈을 어서 바위굴에 가두어라."

하고는 문을 쾅 닫아버리지. 하인들이 달려들어 신랑을 뒷산 바위굴에 집어넣고 돌문을 덜커덕 잠가버리네.

색시를 찾으러 갓은 고생을 하며 예까지 왔는데 색시한테 이런 대접을 받고 보니 억장이 무너져. 이러고 있다가 도적놈의 손에 죽느니 차라리 내 손으로 죽어버릴란다 하고서 바위에 머리를 받아 죽으려고 하는데, 돌문이 스르르 열리더니 몸종이 가만히 들어와. 들어와서,

"서방님, 너무 상심 마십시오. 이왕에 일이 이렇게 되었으니 당분간 여기 계시면서 도적놈의 두목을 죽일 힘을 기르는 게 옳지 않겠습니까?"

한단 말이야. 그 말을 듣고 보니 그도 옳은 말이거든. 이제 와서 죽고 나면 죽은 저만 억울하지. 그래서 몸종이 하자는 대로 하기로 했어.

그날부터 몸종이 삼시 세 끼 산삼 달인 물을 한 대접씩 갖다 줘. 그리고 밤이 되면 돌문을 열고 신랑을 남몰래 밖으로 데리고 나와 힘을 기르게 하는 거지.

맨 먼저 몸종이 큼지막한 바윗덩이를 가리키면서,

"도적놈은 저 바위로 공기받기를 한답니다. 그러니 서방님도 그만큼 힘을 기르세요."

하기에 바위를 들어보니 꿈쩍도 안 해. 산삼 달인 물을 먹어가며 밤마다 바윗덩이를 들었더니, 사흘 뒤에는 들썩들썩 움직이게 되고 열흘 뒤에는 무릎까지 들어 올리고 보름 뒤에는 머리 위에까지 들어 올리게 됐어. 그리고 한 달 뒤에는 그 큰 바윗덩이로 공기받기를 쿵덕쿵덕 하게 됐지.

그다음에는 몸종이 산 위에 높이 쌓은 삼십 층 돌탑을 가리키면서,

"도적놈은 한 번 펄쩍 뛰어 저 탑 꼭대기까지 오른답니다. 그러니 서방님도 그만큼 힘을 기르세요."

하기에 뛰어보니 겨우 한 층까지도 못 뛰어. 산삼 달인 물을 먹어가며 밤마다 뛰었더니, 사흘 뒤에는 삼 층까지 오르고 열흘 뒤에는 십 층까지 오르고 보름 뒤에는 십오 층까지 오르게 됐어. 그리고 한 달 뒤에는 삼십 층 꼭대기까지 단번에 훌쩍 뛰어오르게 됐단 말이야.

그다음에는 몸종이 길이가 열댓 자나 되는 무쇠 칼을 가리키면서,

"저 무쇠 칼은 도적놈이 쓰는 칼입니다. 저 칼을 마음대로 휘두를 수 있어야 도적놈을 상대할 수 있을 것입니다."

하기에 그 칼을 들어보니 꼼짝도 안 해. 산삼 달인 물을 먹어가며 밤마다 용을 썼더니 사흘 뒤에는 칼집에서 칼을 뽑고 열흘 뒤에는 한 손으로 들게 되고 보름 뒤에는 빙빙 돌리게 됐어. 그리고 한 달 뒤에는 그 큰 칼을 마음대로 휘두를 수 있게 됐지.

그러다 보니 벌써 석 달이 지났어. 하루는 멀리서 우르르 우르르 하고 천둥 치는 소리가 나. 몸종에게 저게 무슨 소리냐고 물으니 도적놈이 백 리 밖에 왔다는 소리라네. 조금 있으니까 쿵쾅쿵쾅 하고 땅이 흔들리는 소리가 나. 저건 또 무슨 소리냐니까 도적놈이 오십 리 밖에 왔다는 소리라지. 조금 있으니까 우지끈 뚝딱 쾅 하고 벼락 치는 소리가 나. 그건 도적놈이 십 리 밖에 왔다는 소리라는군.

드디어 하늘이 컴컴해지면서 바람이 몰아치더니 도적놈 두목이 졸개들을 거느리고 마당 가운데 들어섰어. 색시가 버선발로 뛰어

나가 도적을 맞으면서,

"이번에는 무엇을 얼마나 훔쳐 왔습니까? 나는 집에 가만히 있어도 사람 하나 잡아놓았지요."

하고 아양을 떤단 말이야.

"대체 뭘 잡아놓았기에 그 야단이야?"

"남편이라는 것이 제 발로 기어들어 오지 않았겠소. 그래서 뒷산 바위굴에 가둬놨지요."

"뭐야? 여기가 어디라고 그놈이 감히 들어와. 당장 죽여버려야지."

하고 두목이 졸개를 시켜서 신랑을 데려오라고 그러더래. 졸개 하나가 바위굴에 신랑을 잡으러 온 것을 손가락 하나로 퉁겨서 넘어뜨려버렸지. 두목은 아무리 기다려도 졸개가 오지 않으니까 좀 더 힘센 놈을 보냈어. 두 번째 졸개도 주먹 한 방 날려서 거꾸러뜨렸지. 세 번째 졸개는 발길질로 쓰러뜨리고, 네 번째 졸개는 목덜미를 잡아 내던져 버렸지.

졸개들이 한번 가면 돌아오지 않으니까 두목이 분이 나서 바위굴로 달려왔어. 둘이서 칼을 빼 들고 싸우기 시작했지. 둘 다 얼마나 힘이 세고 날쌘지, 칼날이 번쩍번쩍하고 칼 부딪치는 소리만 쨍그랑 쨍그랑 날 뿐 신랑이 어디에 있는지 도적놈 두목이 어디에 있는지 보이지도 않아. 그렇게 한참 동안 싸우다가, 땅 위에서는 싸우기가 비좁고 불편한지 아예 공중으로 올라가서 싸워. 공중에서 쨍그랑 툭탁툭탁하는 소리가 들리고 바람이 몰아치며 안개가 자욱하게 일더니, 한참 뒤에 무엇이 공중에서 뚝 떨어져. 그게 뭔고 하니 도적놈의 팔이야. 그런데 그놈의 팔이 떨어지자마자 도로 공중으로 올라가서 붙어. 조금 있다가 도적놈의 다리가 툭 떨어지더니, 이것도 곧장 올라가서 도로 붙어. 그러더니 이번에는 도적놈의 머리가 툭 떨어지거든. 몸종이 그걸 보고 얼른 매운재를 치마폭에 담아 와서 뿌렸어. 머리가 도로 공중으로 올라가 제자리에 붙으려고 해도 매운재를 뿌려놨으니 못 붙지. 못 붙으니까 다시 땅에 떨어지고, 그러니까 몸뚱이도 쿵 하고 땅에 떨어져서 죽었어.

이렇게 도적 두목을 죽이고 나니 졸개들은 모두 제풀에 항복을 해. 졸개들을 앞세워 곳간 문을 열어보니, 첫째 곳간부터 열째 곳간에는 온갖 보물이 잔뜩 들어 있고, 열한째 곳간부터 스무째 곳간에는 잡혀 온 사람들이 가득 들어 있어. 석수장이 아내도 있고, 나무꾼 딸도 있고, 고리백정 누이동생도 있어. 그 사람들을 다 구해내서 보물을 말에다 바리바리 싣고 몸종을 데리고 그 집을 나왔지.

처음에 동아줄을 타고 내려온 곳에 가 보니, 아직도 동아줄이 늘어져 있어. 먼저 사람들을 광주리에 태우고 줄을 흔드니까 줄이 둥실둥실 올라가. 사람들을 다 올려 보내고 보물도 광주리에 실어서 다 올려 보냈어. 그래놓고 마지막으로 신랑과 몸종이 올라가려고 하니까 줄이 안 내려와. 아무리 기다려도 안 내려와. 땅 위에 있는 세 사람이 보물을 자기네들이 다 차지하려고 줄을 안 내려보낸 거야.

굴 밑에서 줄이 내려오기를 학수고대해도 안 내려오니까, 신랑과 몸종은 할 수 없이 도적이 사는 마을로 되돌아갔어. 거기에 가서 이리저리 헤매다 보니, 강가에 웬 노인이 낚시를 하고 있더란 말이야. 그 노인에게 어떻게 하면 땅 위로 올라갈 수 있느냐고 물어봤지.

그랬더니 노인이 손뼉을 탁탁 쳐서 강 건너편에서 하얀 두루미를 부르더니,

"이 두루미를 타고 가시오."

하고는 망태에서 잉어 일곱 마리를 꺼내줘.

"가다가 두루미가 '후유' 하고 한숨을 쉬면 기운이 빠진 것이니, 이 잉어를 한 마리씩 두루미 입에 넣어주시오. 두루미가 기운이 빠졌는데도 먹이를 안 넣어주면 떨어져 죽을 것이오."

노인한테 고맙다고 인사를 하고 두루미 등에 올라탔어. 신랑은 두루미 머리 쪽에 타고 몸종은 두루미 꼬리 쪽에 탔어. 두루미는 둘을 태우고 훨훨 공중으로 날아 올라가. 조금 날아가다가 기운이 빠졌는지 '후유' 하고 한숨을 쉬기에 얼른 잉어 한 마리를 입에 넣어주었어. 조금 가다가 '후유' 하면 또 한 마리 넣어주고, 이렇게 해서 여섯 마리를 다 먹이고 한 마리가 남았어.

그런데 신랑이 그만 잉어 한 마리를 떨어뜨려버렸네. 아직 땅 위로 올라가려면 한참을 더 날아가야 하는데, 큰일 아니야.

조금 가다가 두루미가 또 '후유' 하고 한숨을 쉬어. 그런데 먹일 잉어가 있어야지. 두루미는 기운이 다 빠졌는지 날갯짓이 점점 느려지면서 밑으로 슬슬 떨어진단 말이야.

신랑이 다급한 나머지 눈을 질끈 감고 제 무릎 살을 베어서 두루미 입에 넣어줬어. 두루미가 무릎 살을 먹고는 기운을 차려 다

시 훨훨 날아 올라가. 그래서 무사히 땅 위로 올라왔지.

땅 위로 올라오니, 두루미가 목을 길게 빼어 무릎 살을 토해내 가지고 신랑 무릎에다 붙이고 부리로 쓰다듬는단 말이야. 그러니까 금세 살이 붙고 아물었어. 그런데 떼어냈다가 다시 붙인 살이 어디 본디 살만큼이야 하겠어? 그때부터 무릎 살이 흔들리게 되었다는군. 어디 무릎 살을 잡고 흔들어봐. 흔들거리지.

신랑은 몸종을 아내로 맞아 잘 살았더란다. 오래오래 살아서 어저께까지도 살았더란다.

우렁이 색시

옛날에 나이 서른이 넘도록 장가 못 간 노총각
이 혼자서 농사를 지으면서 살았어. 하루는 이 총
각이 논에 가서 김을 매는데, 일을 하면서 생각해보니 제 신
세가 참 한심하고 처량하단 말이야. 허리가 휘어지도록 일을 해도
가을걷이를 해놓으면 구실아치들이 반 넘어 걷어가 버리니 남는
게 없고, 그러니 해마다 살림은 쪼들리고, 게다가 가난해서 장가
도 못 가고 사는 처지를 생각하니 절로 한숨이 나오거든. 그래서,

"이 농사지어서 누구랑 같이 먹고 사나?"

하고 흥얼흥얼 신세 한탄을 했지. 그랬더니 어디서,

"나랑 같이 먹고 살지."

하는 소리가 들리지 뭐야. 사방을 둘레둘레 둘러보아도 아무도 없
는데.

그 참 이상하다 하고 한 번 더,

"이 농사지어서 누구랑 같이 먹고 사나?"

했더니 또,

"나랑 같이 먹고 살지."

한단 말이야. 도대체 누가 숨어서 그러나 하고, 소리 나는 쪽으로 가봤지. 논두렁 밑에서 소리가 나는 것 같기에 풀포기를 헤쳐 보니 커다란 우렁이 한 마리가 있는데, 이것이 껍데기 속에서 이렇게 몸을 내밀고 있다가 총각이 보니까 얼른 껍데기 안으로 쏙 들어가. 그게 마치 부끄러워서 그러는 것처럼 보이더래. 총각은 그 우렁이를 집에 가지고 가서 농 안에다 넣어뒀어.

그래놓고 그 이튿날 논일을 하다가 점심을 먹으려고 집에 와 보니까 글쎄, 방 안에 김이 무럭무럭 나는 밥이 한 상 잘 차려져 있지 뭐야. 총각이 아직까지 이렇게 정성 들여 차려놓은 밥상을 받아본 적이 없는지라 꼭 딴 세상에 온 기분이야. 뭐가 뭔지 정신이 하나도 없으면서 배가 고프던 참이라 마파람에 게 눈 감추듯 먹어 치웠지.

그런데 그다음 날 논일을 하다가 점심을 먹으러 집에 와 보니, 어제와 똑같이 밥이 한 상 잘 차려져 있단 말이야. 그다음 날도 또 그래.

'대체 누가 나 없는 사이에 밥상을 차려놓는단 말인가?'

총각은 하도 궁금해서 그다음 날은 일하러 가는 척하고 나갔다가 다시 들어와 부엌 구석에 키를 뒤집어쓰고 숨어 있었어. 그랬더니, 점심때가 되니까 방 안에서 고운 색시가 살금살금 나오더래. 참 선녀같이 고운 색신데, 이 색시가 부엌에 나와서 뭘 뚝딱하더니 눈 깜짝할 사이에 밥을 한 상 떡 차려서 방 안으로 들어가. 문구멍으로 들여다보니까, 색시가 밥상을 방 안에 갖다 놓고 농 안으로 들어가려고 한단 말이지.

'아, 저 색시가 바로 우렁이 속에서 나온 색시로구나.'

총각은 앞뒤 재고 말고 할 겨를도 없이 얼른 방 안으로 들어가서, 막 농 안으로 들어가려고 하는 색시를 꼭 붙잡았어.

"거기 들어가지 말고 나랑 같이 삽시다."

그러니까 색시는 참 난처한 듯이 사정사정을 해.

"애당초 이 댁에 몸을 의탁하기로 작정하고 왔으니 때가 되면 무엇을 망설이겠습니까? 그렇지만 천상에서 죄를 짓고 내려온 몸이라 아직 때가 되지 않았으니 며칠만 기다려주십시오. 때가 차지 않고 같이 살게 되면 반드시 슬픈 이별이 있을 것입니다."

그러나 마나 총각은 한사코 색시를 잡고 놓아주지를 않았어. 못보았다면 모를까, 이왕에 모습을 본 다음에야 이 고운 색시를 농 안에 들여보내고는 한시도 못 살 것 같단 말이지. 치맛자락을 틀어쥐고 놓아주지를 않으니 어떻게 해. 할 수 없이 색시는 그날부터 총각하고 같이 살기로 했지.

이렇게 해서 총각은 세상에서 둘도 없을 것 같이 고운 색시를 아내로 맞아 살게 됐어. 꿈같은 일이 생시에 벌어졌으니 자다가도 좋아서 싱글벙글 웃는 판이야. 그러니 일하는 것도 재미가 절로 나서 전보다 더 부지런히 일을 했지.

그렇게 살다가, 하루는 들일을 하는데 일거리가 좀 많았던 모양이야. 점심때가 되어도 일이 많이 남아 있어서 조금만 더 하자, 조금만 더 하자 하다가 해가 기울도록 집에 못 갔어. 집에서 기다리던 색시는 점심밥을 차려놓고 한참을 기다려도 남편이 오지 않으니까 걱정이 돼서 점심 광주리를 머리에 이고 들에 나갔지. 가다 보니 저쪽에서 사람들이 한 무리를 지어 오는데 "물렀거라 섰거라." 하고 벽제 소리가 요란하거든. 하필이면 그때 고을 원의 행차가 올 게 뭐람.

색시는 얼른 길 아래로 내려가 풀덤불 속에 가만히 숨어 있었어. 그런데 지나가던 고을 원이 보니까 저 아래 풀덤불 속에 훤하게 오색 빛이 비치거든. 원이 행차를 멈추게 하고는 통인더러 분부를 해.

"냉큼 저 아래 풀덤불 속에 무엇이 있는지 가 보고 오너라."

그래서 통인이 색시가 숨어 있는 풀덤불로 어기적어기적 다가오네. 원에게 잡혀가면 큰일이란 말이야. 색시는 신고 있던 신 한 짝을 벗어주면서,

"부탁이니 이것을 가지고 가서 사또께 이것밖에 없더라고 하십시오."

하고 사정을 했어. 통인도 불쌍한 생각이 드는지 신을 받아 들고 원에게 가서 이것밖에 못 보았노라고 그러겠지. 그런데 원은 아직도 빛이 비친다고 하면서 다시 가 보라지 뭐야. 통인이 할 수 없이 다시 어기적어기적 색시한테 와서 어쩔 도리가 없으니 같이 가자고 그러거든. 색시가 이번에는 끼고 있던 은가락지를 벗어 주면서, 이것밖에 없더라고 말해달라고 부탁을 했어. 통인이 그 은가

락지를 원에게 갖다 바치며 이것밖에 없더라고 하니, 원이 화를 버럭 내면서,

"이놈아, 신이 있고 가락지가 있으면 틀림없이 사람이 있을 터인데, 냉큼 데려오지 않고 뭘 하느냐?"

하고 호통을 치겠지. 통인이 겁을 잔뜩 집어먹고 색시한테 가서,

"도저히 안 되겠소. 내 모가지가 달아날 판이니 어서 갑시다."

하고 색시를 잡아끌고 원에게 데려갔어. 원이 색시를 보더니 그만 입이 헤벌어져서 가마에 태워가지고 가네. 남편이 들에서 기다리고 있으니 부디 보내달라고 색시가 아무리 사정을 해도 안 돼. 이렇게 해서 색시는 관아로 잡혀가고 말았지.

남편은 그것도 모르고 해가 다 기울어서야 집에 돌아왔어. 와보니 아내가 없어졌거든. 정신이 하나도 없어서 이리 뛰고 저리 뛰면서 찾아봤지만, 관에 잡혀간 아내를 찾을 길이 있나. 이리저리 수소문을 한 끝에 아내가 고을 원에게 잡혀갔다는 걸 알았지. 그때서야 '때가 차지 않고 같이 살면 슬픈 이별이 있을 것'이라고 한 색시의 말이 생각나서 가슴을 치며 뉘우쳤지만, 이제 와서 뉘우친들 무슨 소용이 있나.

그날부터 남편은 날마다 관아의 높은 담 밖을 서성거리며 아내를 애타게 찾았단다. 그러다가 사령들에게 잡히면 죽도록 매를 맞지만, 그다음 날이면 엉금엉금 기어서라도 담 밖에 와서 아내를 찾고는 했다지. 그렇게 몇 달을 두고 아내를 부르며 통곡하던 남편은 그만 죽고 말았대. 죽은 남편은 한 마리 파랑새가 되어 날마다 아내가 사는 관아의 뜰을 돌며 애처롭게 울었다는군. 우렁이

색시도 남편 생각에 곡기를 끊고 시름시름 앓다가 얼마 안 있어 죽었고, 마을 사람들은 그 뒤로 파랑새 두 마리가 한시도 떨어지지 않고 같이 날아다니는 모습을 날마다 보게 되었다는, 그런 슬픈 이야기란다.

해와 달이 된 오누이

옛날 옛날 어떤 산골에 홀어머
니가 아들딸 남매를 데리고 살았는
데, 하루는 어머니가 고개 다섯 너머
멀리 남의 집에 베를 매주러 갔어. 가
면서 아들 딸더러,

"누가 와서 문 열어달라고 해도 함
부로 열어주지 마라. 엄마라고 해도 손을 만
져본 다음에 내 손이거든 열어줘라."
하고 신신당부를 하고 갔어.

가서, 하루 종일 베를 매주고 나니까 그 집에서 메밀범벅을 쑤
어가지고 먹으라고 주는데, 집에서 기다리는 아이들 생각이 나서
메밀범벅이 목구멍에 넘어가야 말이지. 안 먹고 호박잎에 싸 가지

고 가려고 하니까, 주인이 그걸 보고는 아이들 갖다 주라고 메밀범벅을 한 양푼 퍼주더래.

어머니가 메밀범벅을 한 양푼 이고 이제 날이 어두워서 집으로 돌아오는데, 첫째 고개를 넘으려니까 호랑이가 턱 나타나서,

"메밀범벅 한 그릇 주면 안 잡아먹지."

하거든. 그래서 메밀범벅을 한 그릇 퍼줬어. 그랬더니 호랑이가 그걸 다 먹고는 어슬렁어슬렁 가버리더래.

둘째 고개를 넘는데 아까 그 호랑이가 또 나타나서,

"메밀범벅 한 그릇 주면 안 잡아먹지."

하지 뭐야. 그래서 또 한 그릇 퍼줬지. 그걸 다 먹고는 호랑이가 또 가버리고.

셋째 고개를 넘는데 또 그놈의 호랑이가 나타나서,

"메밀범벅 한 그릇 주면 안 잡아먹지."

해서 또 줬어. 아이들 먹이려고 얻어 가는 메밀범벅이 이제 한 그릇밖에 안 남았어.

그런데 넷째 고개를 넘으려니까 이놈의 호랑이가 또 나타났어.

"메밀범벅 한 그릇 주면 안 잡아먹지."

그래서 마지막 남은 메밀범벅을 다 퍼줬어.

이제 마지막 고개를 넘는데 또 나타났어. 그놈의 호랑이가 말이야.

"메밀범벅 한 그릇 주면 안 잡아먹지."

하는데, 뭐 메밀범벅이 있어야지. 제가 다 빼앗아 먹어놓고는 또 그런단 말이지. 없다고 그러니까 냉큼 잡아먹어 버렸어.

호랑이가 어머니를 잡아먹고는, 어머니 옷을 입고 어머니 수건을 쓰고 아이들이 기다리는 집으로 갔어. 가서,

"얘들아, 엄마 왔다. 문 열어라."

하겠지. 아이들이 들어보니까 저희 어머니 목소리가 아니란 말이야.

"에이, 우리 엄마 목소리가 아닌데 뭘."

그러니까 호랑이가,

"추운데 고개 넘어 오느라고 감기가 들어서 그렇다. 어서 문 열어라."

하거든. 아이들이 어머니가 갈 때 하던 말이 생각나서,

"그러면 문틈으로 손을 들이밀어 봐요."

했단 말이야. 호랑이가 문틈으로 앞발을 들이미는데, 만져보니까 꺼칠꺼칠하거든. 호랑이 발이니까 그렇지.

"에이, 우리 엄마 손이 아닌데 뭘."

그러니까 호랑이가 부엌에 가서 밀가루를 앞발에다 잔뜩 발라 가지고 와서 들이밀었어. 이번에는 만져보니까 매끈매끈한 게 어머니 손 같거든. 남동생이 그만 문을 열어줬어. 그러니까 무엇이 커다란 게 들어오는데, 어머니 옷을 입고 어머니 수건을 썼지만 암만 봐도 저희 어머니가 아니란 말이야. 누나가 얼른 동생 손을 잡고 뒷문으로 나가서 우물가 버드나무 위로 올라갔어.

호랑이가 뒤쫓아 가 보니 아이들이 나무 위에 올라가 있거든.

"얘들아, 너희들 어떻게 거기에 올라갔느냐?"

"손에다 참기름 바르고 올라왔지."

호랑이가 누나 말을 듣고 얼른 부엌에 들어가서 발에다 참기름을 잔뜩 발라가지고 나무에 기어오르려 하니, 미끄러워서 올라갈 수 있나. 한 발 잡고 미끄러지고, 두 발 잡고 미끄러지고 하니 남동생이 그걸 보고 우스워서 깔깔 웃지.

"저런 바보 같으니. 우리는 도끼로 나무를 찍으면서 올라왔는데."

호랑이가 그 말을 듣고 도끼를 가져와서 나무 기둥을 찍으며 올라온단 말이야. 다 올라와서 곧 잡아먹히게 생겼거든. 오누이가 하느님한테 빌었어.

"하느님, 하느님. 우리를 살리시려거든 새 동아줄에 새 삼태기를 내려주시고, 우리를 죽이시려거든 헌 동아줄에 헌 삼태기를 내려주십시오."

그랬더니 하늘에서 새 동아줄에 새 삼태기가 내려오더래. 오누이는 그걸 타고 하늘로 올라갔지.

호랑이는 아이들이 하늘로 올라가는 것을 보고 자기도 올라가겠다고 하느님한테 빌었어. 그런데 거꾸로 빌었어.

"하느님, 하느님. 나를 살리시려거든 헌 동아줄에 헌 삼태기를 내려주시고 나를 죽이시려거든 새 동아줄에 새 삼태기를 내려주십시오."

그러니까 하늘에서 헌 동아줄에 헌 삼태기가 내려오더래. 호랑이가 그걸 타고 올라가다가 동아줄이 뚝 끊어지고 삼태기 툭 터져서 떨어졌지. 어디에 떨어졌느냐 하면 수수밭에 떨어졌어. 수숫대가 빨간 것은 그때 호랑이 궁둥이가 찔려서 그래.

오누이는 하늘로 올라가서, 누나는 해가 되고 동생은 달이 됐어. 어머니는? 어머니는 구름이 됐어. 구름이 돼서 밤낮으로 해와 달이 잘 있는지 지켜본단다. 사람들이 자꾸 쳐다보면 부끄러울까 봐 슬쩍 가려주기도 하고 말이야.

나무꾼과 선녀

옛날 옛날
아주 옛날 호랑이
가 담배 피우고 까막까치
말할 적에, 금강산 산기슭에 총각 나무꾼이 홀
어머니를 모시고 살았대. 총각 나무꾼은 날마다
금강산에 올라 나무를 해다가 팔아서 근근이 밥을 먹
고 살았지.

하루는 산에서 나무를 하고 있으려니까 노루 한 마
리가 뒷다리에 살을 맞고 비척비척 뛰어오더니,

"나무꾼님, 나무꾼님, 나 좀 숨겨주세요. 저기 사냥꾼이 쫓아
와요."

하지 뭐야. 나무꾼이 얼른 나뭇짐 속에 노루를 숨겨줬어.

조금 있으니까 과연 사냥꾼이 활을 메고 쫓아오더니,

"이리로 노루 한 마리 가는 것 못 보았소?"

한단 말이야. 나무꾼이 시치미를 뚝 떼고,

"저리로 가더이다."

하고 숲 쪽을 가리켰지. 사냥꾼은 그 말을 듣고 바삐 숲 쪽으로 뛰어가. 이제 노루는 살았지. 나무꾼이 나뭇짐 속에 숨은 노루를 나오라고 해서, 뒷다리에 박힌 화살도 빼주고 옷고름을 뜯어 상처도 싸매 주었어. 노루가 고맙다고 절을 꾸벅꾸벅 하더니 느닷없이 장가들었느냐고 물어.

"산속에서 홀어머니 모시고 사는 팔자에 장가는 무슨 장가."

했더니 노루가 하는 말이,

"그러면 내가 시키는 대로 하세요. 보름달이 뜨는 날 밤에 서쪽 봉우리를 넘어가면 골짜기에 맑은 물이 괸 못이 있을 터이니 거기 숨어 기다리세요. 밤이 깊어 달이 중천에 뜨면 하늘에서 선녀 셋이 목욕을 하러 내려올 것입니다. 선녀들이 날개옷을 벗어놓으면 그중에서 제일 마음에 드는 선녀 날개옷을 몰래 감추세요. 그러면 그 선녀가 하늘로 못 올라가게 될 터이니 좋은 말로 달래어 색시로 삼으세요. 그런데 아이 넷 낳을 때까지는 절대로 날개옷을 보여주면 안 돼요."

한단 말이야.

나무꾼은 그러마 하고, 보름달이 뜨는 날을 기다려 밤중에 노루가 가르쳐준 골짜기로 갔지. 가 보니 과연 맑은 물이 괸 못이 있더래. 바위 뒤에 숨어서 기다렸지. 달이 중천에 솟아오르니 아닌 게 아니라 하늘에서 선녀 셋이 날개옷을 입고 훨훨 날아 내려오더래. 선녀들이 못가에 날개옷을 벗어놓고 목욕을 하기에, 몰래 다가가서 셋째 선녀 날개옷을 감췄지. 셋째 선녀가 제일 마음에 들었으니까.

그래놓고 한참 있으니까 선녀들이 목욕을 다 하고 하늘로 올라가려고 날개옷을 입어. 그런데 셋째 선녀 날개옷이 없어진 걸 알고 셋이서 찾느라고 야단이 났어. 그러다 보니 새벽닭이 울 무렵이 됐단 말이야. 언니 둘이서 셋째 선녀를 보고,

"우리 둘은 먼저 가마. 넌 날개옷을 찾거든 올라오너라."

하고는 훨훨 하늘로 올라가 버리더래. 셋째 선녀는 아무리 찾아도 날개옷이 없으니까 그만 못가에 주저앉아 홀쩍홀쩍 울고 있겠지. 그때 나무꾼이 시치미를 뚝 떼고 선녀에게 다가가서 좋은 말로 달랬어.

"보아하니 사정이 딱하게 된 듯한데, 이왕지사 일이 이렇게 되었으니 어쩌겠소. 인간 세상도 살 만한 곳이니 나와 함께 우리 집으로 갑시다."

선녀도 어쩔 도리가 없는지 순순히 나무꾼을 따라갔어. 그래서 둘이 혼인을 하게 됐지. 나무꾼에게는 색시가 생기고, 늙으신 어머니에게는 며느리가 생겼으니 좀 좋아. 경사가 나도 큰 경사가 난 거지 뭐.

이렇게 해서 세 식구가 아주 재미나게 잘 살았어. 나무꾼은 나무 해다 팔아서 먹을 것을 바꾸어 오고, 선녀는 집에서 밥 짓고 빨래하면서 시어머니 봉양 잘하고, 이렇게 깨가 쏟아지게 잘 살았단

말이야. 그러다 보니 아이도 낳게 됐지. 하나 낳고, 둘 낳고, 셋을 낳았어.

그런데 나무꾼은 선녀 날개옷을 몰래 감춘 것이 늘 미안하고 죄스러웠어. 하늘나라에서 호강하고 살던 선녀가 저한테 시집와서 고생하고 사는 것이 안쓰럽기도 하고 말이야. 그래서 하루는 생각하기를,

'노루는 아이 넷 낳을 때까지 날개옷을 보여주지 말라고 했지만, 벌써 아이를 셋이나 낳았으니 별 탈이야 있을라고.'

하고는, 나무하러 가기 전에 장롱 속에 숨겨놓은 날개옷을 꺼내어 보여주었어. 사실은 일이 여차여차하게 되어서 이 날개옷을 숨겨놓았노라고, 그동안 있었던 일을 낱낱이 얘기해줬단 말이야. 그리고 선녀에게 날개옷을 돌려주었지.

그래놓고 홀가분한 마음으로 나무를 하러 갔는데, 한참 나무를 하다 보니 머리 위에서 아이들이 "아버지, 아버지!" 하고 부르는 소리가 들리거든. 깜짝 놀라 고개를 들고 쳐다보니, 글쎄 선녀가 날개옷을 입고 아이 둘을 양팔에 안고 하나는 등에 업고 하늘로 훨훨 날아가고 있지 뭐야.

'아차, 내가 실수했구나. 노루가 아이 넷 낳을 때까지 날개옷을 보여주지 말라고 한 뜻을 이제야 알겠구나.'

그렇지만 이제 와서 뉘우친들 무슨 소용이 있나. 하늘로 가물가물 올라가는 선녀와 아이들을 멍하니 바라보고 있을 수밖에.

하루아침에 아내와 아이들을 잃고 나니 억장이 무너져서, 나무꾼은 며칠 동안 잠도 못 자고 밥도 못 먹고 끙끙 앓았어. 그러다가

노루를 만나면 무슨 수가 생길지도 모른다고 생각하고 전에 노루를 구해준 곳에 가서 날마다 나무를 하면서 기다렸지. 며칠 동안 그 자리에서 나무를 하다 보니, 하루는 노루가 경중경중 뛰어와.

"노루야, 노루야. 나 좀 도와다오. 네 말을 안 듣다가 선녀와 아이들을 다 놓쳐버렸단다."

그랬더니 노루가 하는 말이,

"그 뒤로는 하늘에서 선녀가 목욕하러 내려오지 않아요. 그 대신 보름달이 뜨는 날 밤이면 하늘에서 두레박이 내려와서 물을 길어 간답니다. 그러니 그 두레박을 타고 하늘로 올라가세요."
하거든.

그래서 보름달이 뜨는 날을 기다려 연못으로 갔어. 한밤중이 되니 과연 하늘에서 두레박줄이 꿀렁꿀렁 내려와. 노루가 시키는 대로 얼른 두레박에 올라탔지. 그러니까 하늘에서는 두레박에 물이 찬 줄 아는지, 다시 줄이 하늘로 꿀렁꿀렁 올라가더래.

이렇게 해서 나무꾼은 하늘나라로 올라갔어. 올라가니 아이들이 먼저 보고 달려와서,

"아버지, 아버지!"
하면서 매달리고, 선녀도 뒤따라와서 손을 부여잡으며 옷고름으로 눈물을 훔치고, 이렇게 참 반갑게 만났지.

그래서 잘 살았으면 좋으련만, 난데없이 하늘나라 군사들이 우르르 달려오더니 나무꾼을 묶어다 옥황상제 앞에 데려다 놓네. 옥황상제가 하는 말이,

"땅 사람이 하늘나라에서 살려면 세 가지 시험에 들어야 한다.

지금부터 내가 시키는 일을 다 해내면 하늘에서 살게 해주려니와 한 가지라도 못 하면 목숨을 잃을 것이다."

이러거든. 그리고 첫 번째 시험으로 자기가 어디든 숨을 테니 하루 만에 찾아내라는 거야. 그러고 나서 '펑!' 하더니 어디로 갔는지 안 보여. 나무꾼은 하늘나라를 여기저기 다니며 찾아보았지만 아무리 해도 찾을 수가 없어. 할 수 없이 돌아와서 죽기만 기다리고 있으려니까, 선녀가 살짝 다가와서 귀띔을 해주기를,

"지금 바로 성 밖에 있는 돼지우리에 가서 '상제님, 왜 거기에 계십니까?' 하고 말하세요."

하거든. 그래서 선녀가 시키는 대로 성 밖에 있는 돼지우리에 가서,

"상제님, 왜 그 더러운 곳에 숨어 계십니까?"

하니까, 돼지가 '꿀꿀' 하더니 옥황상제가 되어 나오더래. 이렇게 해서 첫 번째 시험에서 이겼지.

두 번째 시험은 거꾸로 나무꾼이 숨고 옥황상제가 찾는 숨바꼭질이야. 아, 옥황상제는 하늘나라를 제 손바닥처럼 훤히 들여다보고 있을 터이니 어디에 가 숨은들 들킬 것은 뻔한 이치가 아니겠어? 어쩌나 하고 걱정하고 있는데, 이번에도 선녀가 나서서 도와줘. 선녀가 나무꾼을 개미로 만들어서 골무 속에 넣어가지고 바느질을 하겠지. 옥황상제는 아무리 찾아도 나무꾼이 안 보이니까 선녀한테 와서,

"네 서방 여기에 안 왔더냐?"

하고 묻지. 선녀가 시치미를 뚝 떼고 안 왔다고 하니까 그냥 가버리더래. 그러니까 못 찾았지. 두 번째 시험에도 나무꾼이 이겼어.

세 번째 시험은 뭔고 하니, 옥황상제가 쏘는 화살을 찾아오라는 거야. 옥황상제가 화살을 쏘고, 나무꾼은 그걸 찾으러 나섰지. 이번에도 선녀가 일러주기를,

"가다가 추녀 끝이 밑으로 처진 기와집이 보이거든 거기에 들어가세요. 사내아이가 아파서 누워 있을 터이니 가슴을 세 번 쓸어내리세요. 그러면 화살이 나올 것입니다."

하거든. 그 말대로 가다 보니 추녀 끝이 밑으로 처진 기와집이 있더래. 거기에 들어가니 집안 식구들이 울고불고 야단이 났어. 나무꾼이 사연을 물어보니, 과연 선녀에게 듣던 대로야.

"글쎄 멀쩡하던 아이가 갑자기 가슴이 아프다면서 드러눕더니 숨이 오락가락하지 뭐요. 저 아이는 칠대 독자인데 곧 죽게 되었으니 이런 낭패가 어디 있소."

"내가 한번 고쳐볼 테니 모두 물러가 있으시오."

나무꾼이 방 안에 들어가 보니 사내아이가 드러누워 있는데 얼굴이 백짓장처럼 하얘. 옷고름을 풀고 가슴을 세 번 쓸어내리니까 가슴에서 화살이 쑥 빠져나오지 뭐야. 화살이 빠지니까 아이 얼굴에 핏기가 돌더니 금방 숨을 몰아쉬면서 벌떡 일어나더란 말이야. 이렇게 해서 아이를 살리고 화살을 찾았지.

나무꾼이 화살을 찾아서 들고 오는데, 난데없이 까마귀 한 마리가 날아오더니 화살을 휙 낚아채 가지고 날아가지 뭐야. 어쩔 줄을 모르고 쳐다보고 있으니, 이번에는 저쪽에서 솔개 한 마리가 날아오더니 까마귀가 물고 있는 화살을 빼앗아 가지고 멀리 날아가 버린단 말이야.

애써 찾은 화살을 잃어버렸으니 이제는 영락없이 죽게 되었다고 한숨을 쉬면서 돌아오니, 선녀가 화살을 들고 기다리고 있지 않겠어?

"이게 어찌 된 일이오?"

"걱정 마세요. 당신이 화살을 찾아오는 걸 보고 옥황상제님이 까마귀로 변해서 화살을 빼앗아 가기에 내가 솔개로 변해서 도로 찾아왔답니다."

이렇게 해서 선녀 덕분에 세 가지 시험에 다 들고 하늘나라에서 살게 됐단다. 그래서 잘 살았으면 좋으련만, 나무꾼이 두고 온 어머니 걱정 때문에 그만 병이 났어. 병이 나서 시름시름 앓고 있는 것을 보다 못한 선녀가 옥황상제에게 부탁을 해서 잠깐 땅에 내려가서 어머니를 만나고 오게 해주었지. 나무꾼이 땅으로 내려가는 날 선녀가 이르기를,

"옥황상제님께 인사를 드리러 가면 날개 달린 말을 내줄 것이니, 반드시 비루먹은 말을 골라 타고 가세요. 그리고 땅에 내려가면 말이 세 번 울기 전에 다시 말을 타고 올라와야 해요."

하고 신신당부를 해. 나무꾼이 옥황상제에게 가 보니, 마구간에 가서 날개 달린 말을 한 마리 골라 타고 가라고 그러거든. 그런데 나무꾼이 선녀 말을 안 듣고 그만 제일 살진 말을 골라 탔어. 살지고 힘센 말이라 어찌나 성질이 급한지 '히힝' 하고 한 번 울더니 단숨에 땅으로 내려가더래.

나무꾼이 집에 들어가니, 죽은 줄 알았던 아들이 다시 왔다고 어머니가 좋아서 어쩔 줄을 몰라. 둘이서 얼싸안고 반가워하며 이

런저런 이야기를 나누다 보니 밖에서 성질 급한 말이 한 번 '히힝' 하고 울거든.

"어머니, 전 그만 가봐야 해요. 다음에 오면 꼭 어머니도 모셔 가겠어요."

하고 나무꾼이 일어서려는데, 어머니는 오랜만에 만난 아들을 빈 입으로 보낼 수 없다며 한사코 박속을 긁어 지져놓은 걸 먹고 가라고 그런단 말이야.

"네가 땅에서 살 때 박속 지진 것을 얼마나 좋아했느냐. 어서 실컷 먹고 가거라."

이제 말이 한 번 울었으니 좀 더 있다가 가도 되겠지 생각하고, 나무꾼이 박속 지진 것을 맛있게 먹었어. 먹다 보니 말이 또 한 번 '히힝' 하고 울지 않겠어? 이제 두 번 울었으니 그만 가봐야겠다고 일어서는데, 아뿔싸, 이놈의 성질 급한 말이 '히힝' 하고 세 번째 울음을 내놓더니 그만 저 혼자서 하늘로 훨훨 날아올라 가버리지 뭐야. 나무꾼은 닭 쫓던 개 지붕 쳐다보기로 하늘만 멍하니 쳐다보고 있지, 뭐 어떻게 할 수가 있나.

이렇게 해서 나무꾼은 영영 하늘나라로 못 올라가고 땅에서 살았는데, 하늘나라에 사는 아내와 아이들이 보고 싶어서 밤낮 하늘만 올려다보고 살다가 그만 수탉이 되었대. 수탉이 되어가지고도 하늘나라를 못 잊어 내내 하늘을 쳐다보면서 울었지. 요새도 수탉이 울 때는 하늘을 쳐다보고 우는데, 그게 다 까닭이 있는 거야. 또 수탉이 울 때는,

"꼬끼오, 골골, 고르르……."

하고 울지 않아? 그게 처음에는,

"꼭 가요. 박속을, 박속을……."

하고 울었다나. 박속을 지져 먹느라고 말을 놓쳐서 못 갔는데 언젠가는 꼭 가겠다는 말이지, 그게. 그런데 오래 울다 보니 목이 쉬어서 소리가 달라졌단다. 또 수탉이 그러는 게 하도 불쌍해서 옥황상제가 날개를 달아주었는데, 너무 조그만 걸 달아주어서 하늘까지는 못 날고 그저 돌담 위나 지붕 위에까지 날아오르는 게 고작이지.

제2부

인연과 응보

원숭이가 준 보물

옛날 어느 곳에 자식도 없이 단둘이 사는 내외가 있었어. 자식은 없어도 금실 좋고 인심 좋고 살림살이도 그만해서 남 부러울 것 없이 살았지.

그런데 하루는 이 집에 웬 거지 아낙이 밥을 얻어먹으러 왔어. 그래 밥을 한 그릇 퍼다 주고서 가만히 보니, 아 이 아낙의 배가 북산만 하네그려. 만삭이 다 됐단 말이야. 그런 몸으로 여기저기 빌어먹으러 다니는 걸 보니 참 안됐지.

"보아하니 홑몸도 아닌데, 대체 가장은 어디 있기에 혼자서 그러고 다니오?"

하고 물어봤더니,

"저와 남편은 본래 혈혈단신으로 만나 단둘이 살았는데, 과거 보러 떠난 남편이 일 년이 다 되어도 돌아오지 않기에 남편을 찾으러 나섰다가 길을 잃고 이 꼴이 되었습니다."

하거든. 참 딱하지. 그래서 주인 내외는 의논 끝에 거지 아낙을 제집에 두기로 했어. 몸 풀 때까지만이라도 여기서 쉬라 하고, 그날부터 방 하나를 치우고 거기서 묵게 했지. 거지 아낙은 고마워서 절을 열두 번도 더 하고 그 집에 눌러살았어.

그리고 얼마 지나지 않아서 거지 아낙이 아이를 낳았는데, 참 떡두꺼비 같은 아들을 턱 낳았어. 주인 내외는 제 일처럼 좋아서 사방 금줄을 치고 아이와 어미의 바라지를 지극정성으로 했지. 그런데 좋은 일에는 궂은 일이 따르게 마련인가, 아이 낳은 지 이레 만에 아낙이 그만 산독으로 죽고 말았어. 주인 내외는 슬퍼하며 후히 치상을 하고, 아이는 마땅히 보낼 데도 없는지라 자기들이 맡아서 기르기로 했지.

비록 남의 아이라 해도 자식 없는 집에 복덩이 같은 아들이 생겼으니 경사라면 경사지 뭐야. 주인 내외는 온갖 정성을 다해 아이를 키웠어. 동네방네 업고 다니며 동냥젖을 얻어먹이고 밤낮으로 어르고 달래며 고이고이 키웠지.

그런데 아이가 배냇짓을 그만두고 걸음마를 할 무렵, 뜻밖에도 안주인에게 태기가 있더니 달이 차서 아들을 턱 낳았단 말이야. 자식 없는 집에 아들 하나만 생긴 것도 감지덕지할 판인데, 한꺼번에 둘을 얻은 셈이니 얼마나 좋아. 따지자면 하나는 남의 자식이요 하나는 내 자식이니 정이 더 가고 덜 가는 차이가 있음직하건마는, 워낙 심덕이 후한 사람들인지라 조금도 층하를 두지 않고 두 아들을 하나같이 정성 들여 키웠어. 아이들도 커가면서 절로 부모 마음을 닮는지, 형님 아우 하면서 우애가 극진하더래.

그럭저럭 세월이 흘러서 두 아들은 장골 사내가 되고 주인 내외는 백발노인이 됐어. 덕을 쌓은 집에는 반드시 좋은 일이 생긴다는 옛말이 맞는지, 그동안 네 식구가 부지런히 일한 덕분인지 집안 살림도 아주 넉넉해졌어.

하루는 주인 내외가 서로 의논하기를,

"우리가 이제 죽을 날도 머지않았으니 아이들에게 사실을 다 말해주고 재산도 물려주는 것이 어떻겠소?"

"그럽시다. 그런데 재산은 어떻게 나누어줄 참이오?"

"어느 집이든지 맏이 할 일이 많으니 맏이에게 다 물려주고 둘째에게는 먹고살 만큼만 넘겨주도록 합시다."

"내 생각도 그래요."

이렇게 의논을 하고, 두 아들을 불러서 자초지종을 다 이야기하고 재산 물리는 약속도 했지. 이러이러해서 맏이가 우리 자식이 되었노라 하고, 맏이는 핏줄을 타고난 자식이 아니지마는 정리는 털끝만치도 헐함이 없으니 재산을 맏이에게 물려주겠노라 했지.

그러니 맏이가 얼마나 놀랐겠나. 저는 여태 제 부모가 친부모인 줄 알고 살아왔는데 알고 보니 친부모가 아니거든. 게다가 친자식도 아닌 저한테 재산을 다 물려주겠노라 하니 더 놀랄 일이지. 맏이는 며칠 동안 끙끙 앓다가 집을 떠나기로 작정을 했어. 저는 남의 자식이요 아우는 친자식인데, 저 때문에 아우가 푸대접을 받아서는 안 된다고 생각을 한 거지. 차라리 저 하나 없으면 아우가 맏아들 대접을 받고 재산도 다 물려받을 것 아니야? 그래서 편지 한 장을 써놓고 밤중에 몰래 집을 빠져나왔어.

이튿날 아침에 식구들이 일어나 보니 맏이는 없고 편지 한 장만 달랑 남아 있거든. 편지를 읽어보니 구구절절 그동안 키워준 은혜를 고마워하면서, 자기는 재산을 물려받을 수 없어 집을 떠나노라, 이렇게 씌어 있단 말이야. 부모가 놀라서 그길로 맏아들을 찾아 나섰어.

집을 떠난 맏이는 정처 없이 갔지. 가다 보니 바닷가에 이르게 됐는데, 바다 맞은편 벼랑 위에서 짐승들이 울부짖는 소리가 나. 뭐가 저러나 하고 가만히 보니, 원숭이 새끼들이 벼랑 위에서 바다 쪽을 보면서 마구 시끄럽게 울고 있단 말이야. 그래서 바다 쪽을 보니 어미 원숭이가 바위 끝에 엎어져 있는데, 게 수십 마리가 집게발로 원숭이를 집어서 바다로 끌어 내리려고 하고 있어. 어미 원숭이가 먹이를 구하러 바닷가에 내려간 것을 게란 놈들이 덮쳤나 봐. 그걸 보고 맏이가 달려가서 게를 쫓고 원숭이를 구해줬지. 그러니 원숭이들이 좋다고 치뛰고 내리뛰고 하더니 어디론가 가버렸어.

그러고 나서 맏이가 바위에 앉아 쉬고 있으려니까, 아까 그 어미 원숭이가 다시 벼랑 위에 나타나서 이리 핼끔 저리 핼끔 살피더래. 그러더니 벼랑을 타고 쪼르르 내려와서 옆에 놓아둔 보따리를 냉큼 집어가지고 달아나버리지 뭐야. 뭐 손 쓸 겨를도 없어. 원숭이 몸놀림이 좀 빨라야지. 맏이는 어이가 없어서,

"저런 놈의 짐승을 봤나. 저를 살려준 은공을 갚지는 못할망정

남의 보따리를 채 가다니.”

하고 탄식을 했지. 보따리에는 헌 옷가지와 짚신 두어 켤레가 들어 있을 뿐이지마는, 그게 없으면 먼 길을 못 가잖아.

그런데 조금 있으니 아까 그 원숭이가 또 벼랑 위에 나타나서 핼끔거리지 뭐야. 그러더니 또 벼랑을 타고 쪼르르 내려와서, 이번에는 아까 가져간 보따리를 도로 갖다 놓고 가버리네. 무슨 놈의 원숭이가 남의 보따리를 훔쳐 갔다가 돌려줬다가 쓸데없이 장난을 치는지 몰라. 어찌 됐든 보따리를 도로 찾았으니 됐지 뭐. 보따리를 막대에 꿰어서 어깨에 둘러메고 길을 떠났어.

한참 가다 보니 뒤에서 왁자지껄하는 소리가 들리는데, 돌아보니 말 탄 군사들이 먼지를 일으키며 달려와.

“게 섰거라! 당장 거기 서지 못할까?”

그래서 섰지. 군사들이 와서 맏이를 빙 에워싸더니,

“그 보따리에 무엇이 들어 있는지 어서 끌러보아라.”

하겠지. 보따리에 들어 있긴 뭐가 들어 있어. 헌 옷가지와 짚신 두어 켤레뿐인걸. 끌렀지. 그런데 끌러놓고 보니 이게 무슨 놈의 조화인지 보따리 속에 번쩍번쩍하는 금은보화가 잔뜩 들어 있지 뭐야. 그걸 보고 군사들이 대뜸 맏이에게 오라를 지우고 호통을 치기를,

“이 천하에 몹쓸 도둑놈 같으니라고. 그게 무엇인지 아느냐? 이웃 나라에서 우리 나라 임금님께 바치려고 실어 오던 보물이다. 그런 귀한 걸 훔치고도 살기를 바랐느냐?”

이런단 말이야. 그러고 보니 원숭이들이 저희 딴에는 은공을 갚는

다고 보물을 훔쳐서 제 보따리에 들어 있던 물건과 바꾸어 넣어놓았나 봐. 그러나저러나 그 때문에 꼼짝없이 큰 도둑으로 몰렸으니 탈 났지.

맏이는 하릴없이 군사들에게 이끌려 관가에 갔어. 관가에서는 나라의 보물을 훔친 도둑을 잡았다고 난리법석을 떨면서 문초도 제대로 안 하고 죽이려 든단 말이야. 아무리 울부짖으며 전후사정을 이야기해도 소용이 없어. 하기야 원숭이가 보물을 훔쳐다 줬다는 말을 누가 믿겠나.

이렇게 해서 맏이는 애매하게 도둑 누명을 쓰고 죽게 되었는데, 큰 도둑을 처형한다는 소문이 나니 온 고을 사람들이 구경하러 몰려올 게 아니야? 그런데 마침 이때 맏아들을 찾아 헤매던 늙은 내외도 소문을 듣고 그 자리에 오게 됐어. 구경꾼들 틈에 섞여 형장에 끌려 나오는 죄인을 가만히 보니, 아 그게 바로 자기네 맏아들이거든. 하늘이 무너지는 것 같지. 그런데 아무리 생각해도 맏아들이 도둑질을 할 사람이 아니란 말이야. 부모는 자식을 다 아는 법이지. 저건 틀림없이 누명을 쓴 것이다, 이렇게 짐작을 하고 사또 앞에 나가 애원을 했어.

"사또, 저 아이는 우리 아들이온데 절대 도둑질을 할 아이가 아닙니다. 부모가 수천 금 재산을 물려주려는 것을 받기 싫어서 집을 나간 놈입니다."

하고서 그동안 일어났던 일을 죄다 털어놓았지. 거지 아낙을 거두어 아이를 얻은 일부터 시작해서 두 아들이 커온 내력과 재산을 물려주려 했다가 집을 나간 일까지 세세하게 아뢰었단 말이지. 그

랬더니 사또가 고개를 갸우뚱거리면서 한참 동안 무엇인가 골똘히 생각을 하더래. 그러더니,

"그때 그 거지 아낙이 혹 자기가 어디 사는 누구라는 말은 하지 않더냐?"

하고 묻겠지. 그러고 보니 어렴풋이 들은 기억이 나는지라 아무 데 사는 아무개라 하더라고 일러 주었지. 그랬더니 사또가 깜짝 놀라면서 그만 두 눈에 눈물을 줄줄 쏟아내는구나. 알고 보니 천만뜻밖에도 이 고을 사또가 바로 그 거지 아낙의 남편이지 뭐야. 사연인즉 그때 과거 보러 갔다가 급제를 하고 돌아오는 길에 그만 급병을 얻어서 쓰러졌는데, 병이 나아 정신을 차리고 보니 일 년이 지났더래. 집을 찾아가니 아내는 벌써 자기를 찾으러 떠나고 없지. 그 뒤로 아내를 찾으려고 원이 되기를 자청하여 이 고을 저 고을 옮겨 다니며 수소문을 했다는 거야.

그러고 보니 맏이는 바로 이 고을 사또의 아들이란 말이지. 자초지종을 들어보니 도둑이라고 죽일 것이 아니라 오히려 효자라고 상을 줘야 할 일이거든. 그래서 누명도 벗고 친아버지도 만나고 해서 참 일이 다 잘 풀렸다는 얘기야.

불여우와 할머니

옛날 어느 곳에 형제가 살았는
데, 형은 욕심이 많은 데다 심술바가
지이고 아우는 안 그래. 옛날이야기란 게 다
그렇지. 형은 나쁘다고 그러고 아우는 좋다고 그러고 말이야. 그
렇다고 이 세상 형들은 서운하게 생각할 것 없어. 암만해도 아우
가 형보다 약하니까, 약한 쪽 편들어주는 게 인지상정 아닌가. 한
편으로는 형보다 나은 아우 없다는 옛말도 있으니 그걸로 위안을
삼고 이 이야기를 들어봐.

형제가 살다가 아버지 어머니가 다 죽고 나니, 형이 유산을 혼
자서 다 차지하고 아우한테는 싸라기 한 알도 안 주네. 그러니 아
우는 어떻게 해. 먹고살 길이 없으니 장삿길로 나섰지. 소금 장사
를 했어.

소금 짐을 지고 골골마다 다니면서 소금을 파는데, 그러다 보니 길에서 날이 저물 때가 한두 번이 아니지. 길 가다가 날이 저물면 아무 데서나 한뎃잠을 자고, 그렇게 돌아다녔단 말이야.

하루는 산속에서 날이 저물어 어떤 무덤가에서 잠을 잤는데, 한잠 잘 자고 새벽녘이나 되어 일어나 보니 어디서 '박박박박' 하고 이상한 소리가 나. 가만히 들어보니 바가지 긁는 소리 같은데, 그게 한참 소리가 나다가 그치고, 또 조금 뒤에 소리가 나고, 이러거든. 뭐가 이러나 하고 가만가만 소리 나는 쪽으로 가서 숲을 헤치고 보니까, 잔솔밭 속에서 여우가 그러고 있어. 뭘 가지고 그러는고 하니 사람의 해골바가지를 발톱으로 긁는데 '박박박박' 하고 파가지고는 제 머리에다 써보고, 잘 안 맞으니까 또 '박박박박' 하고 파내고 이런단 말이지. 날이 부옇게 새도록 그렇게 해골바가지를 파내더니 이제 머리에 맞는지 그놈을 쓰고 재주를 세 번 팔딱팔딱 넘으니까 그만 사람이 됐어. 머리가 허연 할머니가 되어가지고 지팡이를 짚고 슬슬 걸어가거든.

거 참, 여우가 해골바가지를 뒤집어쓰고 사람으로 둔갑을 해놨으니 저게 어디 가서 무슨 못된 짓을 할지 누가 알아. 아우는 소금짐을 지고 가만가만 그 뒤를 따라갔어. 따라가 보니 고개를 하나 넘어 그 아래 마을로 썩 들어서더래. 아우도 마을로 들어섰지. 마을에 들어서니 큰 마당에 차일을 치고 혼인 잔치를 하는 부잣집이 있는데, 여우가 그리로 썩 들어가거든. 아우도 따라 들어갔지.

여우가 잔칫집에 들어가니 그 집 식구들이 달려 나오더니,

"아이고, 외할머니 오신다."

"어머니, 이제 오세요?"

"장모님 오십니까? 며칠 전에 오시랬더니 왜 이리 늦으셨어요?"
하고 반갑게 맞아들이고 동네 사람들도,

"신랑 외조모가 손주 혼인 보러 오셨네."
하고 반갑게 인사를 하고, 그런단 말이야. 그러니까 여우는 태연
하게,

"응, 내가 오다가 다릿병이 나서 쉬었다가 오느라고 늦었다."
이러거든.

'아하, 저것이 이 집 신랑 외할머니를 잡아먹고 해골바가지를
뒤집어써서 둔갑을 했구나. 진짜 외할머니는 며칠 전에 고개를 넘
다가 여우한테 잡아먹히고, 여우는 할머니 해골바가지를 말려서
파내느라고 늦은 것이 틀림없구나.'

아우가 이렇게 생각하고 가만히 지켜봤어. 그랬더니 여우는 신
랑 신부가 있는 곳으로 가서 귀엽다고 쓰다듬어주는 척하는데, 뭘
어떻게 했는지 몰라도 그러고 나니 신랑 신부가 눈빛이 희미해지
면서 정신을 못 차려. 그놈의 여우가 넋을 빼놓은 게 틀림없지. 그
렇게 넋을 빼놓고 틈을 타서 잡아먹으려고 하는가 봐. 여우라고
하는 게 본래 사람 넋부터 빼놓고 간을 빼먹는다고 그러지.

'저놈의 여우를 어떻게 하면 없앨꼬.'

아우가 궁리를 하면서 손님들 틈에 끼어 앉아 있으니, 주인집에
서 음식을 한 상 잘 차려서 갖다 줘. 인심이 좋은 집이었던지 뜨내
기손님한테도 대접을 푸지게 잘해주더란 말이야. 그걸 다 먹고
서는,

"이 오죽잖은 소금 장수한테 후한 대접을 해주시니 그 보답으로 재주를 하나 보여드리겠소이다. 이런 재주는 아무도 구경 못해 봤을 거요."

했지. 그러니 사람들이 우르르 몰려들 게 아니야? 그래 마당에 멍석을 깔아놓으라 하고는 멍석 위에 지게 작대기를 가지고 들어가서,

"거 젊은이들은 뒤로 물러나요. 이런 구경은 연세 많은 분부터 해야지요. 여기서 제일 연세 많은 분이 누구요?"

했지. 그러니 모두들 여우가 둔갑한 할머니를 가리킨단 말이야.

"그럼 할머니가 이 멍석 끝에 앉으시고, 다른 사람들은 모두 멀찌감치 물러나시오."

그러니 여우가 멍석 끝에 앉고 다른 사람들은 다들 물러났어. 아우는 지게 작대기를 빙빙 돌리면서 재주를 부리는 척하다가 갑자기 여우를 냅다 후려갈겼지. 두어 번 후려갈기니까 '깨갱' 하면서 쭉 뻗는데, 빨간 불여우가 돼가지고 죽었어.

여우가 죽으니까 넋이 나가 있던 신랑 신부도 정신을 차리더래. 주인집 식구들은 처음에 아우가 지게 작대기로 여우를 후려갈기니까 저희 할머니를 때린다고 펄펄 뛰다가, 그게 저희 할머니가 아니라 여우인 걸 알고는 참 놀라워하지. 신랑 신부 목숨을 살려준 은인이라고 대접을 극진히 하고, 논 몇 섬지기를 뚝 떼어주면서 소금 장사 그만두고 농사지으며 잘 살라고 하거든. 그래서 아우는 아주 팔자가 폈어.

그런데 형이 보니까 소금 장사하던 아우가 갑자기 논을 몇 섬지

기나 가지고 잘살거든. 욕심이 많은 데다 심술까지 많은 위인이라 그만 샘이 버쩍 나서 아우를 찾아갔어.

"이놈, 너 어디서 도둑질해다가 그리 사느냐?"

"아이고, 형님. 그게 아니라 우연히 불여우를 잡아서 이렇게 됐습니다."

아우가 자초지종을 다 말해주니까, 형이 저도 불여우 잡아서 부자 되어보겠노라고 소금 짐을 지고 나섰어. 여기저기 돌아다니다가 어디 고개를 하나 넘는데, 마침 머리가 허연 할머니가 지나가거든.

'옳지. 저게 틀림없는 불여우렷다.'

형이 무턱대고 할머니 뒤를 밟았지. 그 할머니도 고개를 하나 넘더니 혼인 잔치하는 집으로 들어가더래. 형이 따라 들어가서 음식 한 상 잘 얻어먹고 멍석을 깔라 하고는 할머니를 멍석 끝에 앉혔지. 그래놓고 불문곡직 지게 작대기로 후려 팼어. 그런데 그 사람은 여우가 아니고 진짜 그 집 외할머니야. 그러니 어떻게 되겠어? 멀쩡한 남의 할머니를 두들겨 패놨으니 무사할 리 없지. 형은 그 집 식구들에게 몰매를 맞고 아주 반병신이 됐어.

아우는 반병신이 된 형을 저희 집에 데려다가 잘 보살펴주면서 살았대. 아주 오래오래 잘 살았지.

거지 형제와 도깨비

옛날에 형제가 살았는데, 어려
서 부모를 잃고 살 길이 없으니까
여기저기 떠돌아다니며 거지 노릇을
했어. 그런데 형은 성미가 사납고 욕심
이 많아서 아우를 구박하기를 도붓장수
개 후리듯 했어. 빌어먹으면서도 아우가 저보다 더 많이 동냥을
해 오면 심술이 나서 못 참아.

한번은 형이,

"나는 기와집만 있는 동네에 가서 빌어먹을 터이니 너는 초가
집만 있는 동네에 가서 빌어먹어라."

해서, 아우는 그대로 했지. 그런데 그날따라 기와집만 있는 마을
에는 돌림병이 돈다고 집집마다 문을 꼭꼭 걸어 잠가놓아서 형은

밥 한술 못 얻어먹었어. 초가집만 있는 마을에는 집집마다 잔치를 해서 아우는 맛있는 음식을 실컷 얻어먹었지. 먹고도 남아서 한 보따리 싸 가지고 왔어. 그러니 형이 심술이 나서,

"에잇, 내일은 내가 초가집만 있는 마을에 갈 터이니 너는 기와집만 있는 마을에 가거라."

이러지. 아우는 이번에도 형 말대로 했어. 그런데 초가집만 있는 마을에는 잔치 끝에 친척 집에 가느라고 집집마다 집을 비워놓아서 형은 아무것도 못 얻어먹었어. 기와집만 있는 마을에는 돌림병을 막는다고 집집마다 굿을 해서 아우는 떡을 실컷 얻어먹었지. 먹고도 남아서 한 보따리 싸 가지고 왔어.

이렇게 되니 형은 심술이 머리끝까지 나서,

"내가 얻어먹을 것을 네놈이 다 얻어먹는구나. 당장 썩 없어져 버려라."

이러면서 젓가락으로 동생 눈을 콱 찌르고 내쫓아버렸어. 아우는 형에게 눈이 찔려 소경이 되어서 쫓겨났지.

쫓겨난 아우는 앞이 안 보이는 데다 갈 데도 없는지라 무작정 산속을 헤매고 다녔어. 천방지방 헤매고 다니다가 어떤 빈집에 들어가게 됐지. 들어가서 막 자려고 하는데 밖에서 와자지껄 떠드는 소리가 들리면서 무엇이 떼거리로 몰려들어 와. 깜짝 놀라 다락에 올라가 몸을 숨기고 가만히 들어보니, 들어온 놈들이 죄다 도깨비들이더래. 글쎄 도깨비 집에 들어온 거야.

도깨비들이 모여 앉아서 이런저런 이야기를 하는데, 도깨비 한 놈이 하는 말이,

"내 오늘 별일을 다 봤네. 어떤 미련한 형이 아우 눈을 젓가락으로 찔러 소경을 만들어가지고 내쫓더군."

이러거든. 듣고 보니 제 말이야. 다른 도깨비가 그 말을 듣고는,

"소경 된 눈에는 이 산 동쪽 바위 아래 샘물에 눈을 씻고 그 옆에 있는 버드나무 이파리를 따서 문지르면 도로 밝아지는데, 그걸 모르니 딱하지."

이러네. 또 한 도깨비는,

"사람들이란 다 미련하지. 재 너머 부잣집 외동딸이 앓아누운데는 지붕 용마루 밑에 있는 천 년 묵은 지네를 잡아다 들기름에 튀겨 죽이면 낫는데, 그걸 모르고 죽기만 기다리니, 원."

이러고, 다른 도깨비는,

"참 사람들 미련한 것은 말로 다 못 해. 요 아래 동네에서는 가물어서 농사를 못 짓고 있던데, 동네 한가운데 있는 큰 바위를 들치면 물이 많이 나오는 걸 모르고 저 고생일세."

이런단 말이야.

아우는 그 말을 잘 새겨들었다가 날이 밝아 도깨비가 모두 떠난 뒤에 더듬더듬 동쪽 바위를 찾아갔어. 바위 아래를 더듬어보니 과연 샘물이 있기에 그 물로 눈을 씻었지. 그러고 나서 옆에 있는 버드나무 이파리를 따서 눈에 대고 문지르니까 신통하게도 눈이 번쩍 뜨이지 뭐야.

그러고는 그길로 재 너머 부잣집을 찾아갔어. 찾아가서 하룻밤 재워달라고 하니 그 집 주인이 불문곡직 내쫓아. 지금 외동딸이 앓아누워 다 죽어가는 판이라 바깥 사람을 들일 경황도 없다고 그

러지. 그래서,

"그러잖아도 내가 이 집 따님 병을 고칠 수 있을 것 같아서 찾아왔습니다."

했지. 그랬더니 주인이 들어오라고 해서 밥을 한 상 잘 대접하고는 어디 한번 고쳐보라고 해. 아우는 그 집 식구들에게 가마솥에 들기름을 넣어서 끓이라고 이르고는 지붕으로 올라갔어. 지붕에 올라가서 기왓장을 벗겨내고 보니, 과연 용마루 밑에 바디짝만 한 지네가 꿈틀거리고 있더란 말이야. 그걸 잡아다 들기름이 끓는 가마솥에 넣어서 튀겨 죽였지. 그러고 나니 외동딸 병이 씻은 듯이 낫더래. 주인이 고맙다고 돈을 많이 주지.

그러고 나서 가물어서 농사를 못 짓는다는 동네에 갔어. 가 보니 과연 동네 한가운데에 큰 바위가 있겠지. 동네 사람들을 불러모아 그 바위를 들춰보라고 했지. 동네 사람들이 바위를 들치니 아닌 게 아니라 물이 콸콸 쏟아져 나온단 말이야. 그러니 들판에 물을 흥건히 대고도 남지. 동네 사람들이 고맙다고 또 돈을 많이 주네.

아우는 그 돈을 가지고 집도 사고 논도 사고 밭도 사서 잘 살았단다.

은혜 갚은 두꺼비

에헴, 오늘은 은혜 갚은 두꺼비 이야기를 해볼까나. 두꺼비라고 하는 것이 생기기는 미련하고 징그럽게 생겼지마는 그게 참 영물인 모양이야. 옛이야기에 나오는 두꺼비는 다 사람한테 좋은 일만 하지, 사람 해코지하는 두꺼비는 없거든. 이것도 사람한테 좋은 일하는 두꺼비 이야기니 어디 한번 들어봐.

옛날 옛적 어떤 가난한 집에 한 처녀가 있었는데, 이 처녀가 하루는 부엌에서 아침밥을 푸고 있으려니까 난데없이 두꺼비 한 마리가 엉금엉금 기어 들어오더래. 들어와서 처녀를 한 번 쳐다보고 밥주걱을 한 번 쳐다보고 이러더란 말이지.

'아, 저것이 배가 고파서 밥을 얻어먹으러 왔나 보다. 에그, 불

쌍도 해라.'

처녀가 밥을 푸다 말고 밥 한 주걱을 사발에 담아 두꺼비한테 줬어. 두꺼비는 그 밥을 꾸역꾸역 다 먹고 나서 엉금엉금 기어 나가더래. 그다음부터 끼니때만 되면 두꺼비가 엉금엉금 부엌에 기어들어 와서 밥을 얻어먹고 가. 처녀는 밥을 지을 때 아주 두꺼비 몫까지 더 지어서 사발에 한 주걱씩 담아줬지. 두꺼비는 그 밥을 얻어먹고 날로 몸집이 커져갔어.

그럭저럭 몇 해가 지나서 처녀가 시집을 가게 됐어. 시집가기 전날 저녁에 두꺼비가 밥을 얻어먹으러 왔기에 밥을 한 사발 수북이 퍼주면서,

"두껍아, 두껍아. 불쌍한 두껍아. 이제 내가 시집가고 나면 누가 너한테 밥을 줄꼬. 이 밥이나 실컷 먹고 잘 살아라."

하면서 등을 쓰다듬어줬어. 그랬더니 두꺼비도 그 말을 알아들었는지 눈을 껌벅껌벅하면서 눈물을 흘리더래.

그 이튿날 처녀가 시집을 가는데, 가마를 타고 가면서 밖을 내다보니 아 글쎄 두꺼비란 놈이 가마 뒤를 엉금엉금 따라오지 뭐야.

'아이고, 저것이 밥 얻어먹을 데가 없으니까 나 시집가는 데까지 따라오는구나.'

이러고 시집을 갔는데, 시집가서도 끼니때만 되면 두꺼비가 부엌에 엉금엉금 기어들어 와. 밥 얻어먹으려고 말이지. 그래서 두꺼비에게 밥을 한 사발 담아주면 꾸역꾸역 다 먹고 가고, 이렇게 살았어.

그렇게 사는데, 이 색시가 사는 고을에 참 괴이한 일이 생겼어.

이 고을에 원이 내려오기만 하면 그날로 죽어. 누구든지 새로 온 원은 하룻밤 자고 나면 죽어 나온단 말이야. 그러니 이 고을에 원으로 내려올 사람이 없어. 아 누가 죽을 줄 뻔히 알면서 오겠어? 그러니 나라에서는 많은 돈을 주고 사람을 사서라도 원으로 앉히려고 동네방네 방을 붙였는데, 그래도 나서는 사람이 없어. 뭐 동냥아치고 각설이고 아무나 돈을 주고 사서 관복을 입혀가지고 동헌에 들여놓으면 이튿날 아침에 죽어 나오니 누가 나서겠느냐 이 말이야.

색시가 이 소문을 듣고 생각하기를,

'친정아버지가 나를 시집보내고 의지할 데 없이 가난하게 사는 것이 자나 깨나 마음에 걸렸는데, 내 몸 하나 없는 셈 치고 원으로 나서서 돈을 많이 받아 아버지 여생이나마 편하게 지내게 해드려야겠다.'

이렇게 작정을 하고 나섰어. 동네방네 사람 구하러 다니는 관원에게 가서 아낙네도 사겠느냐고 물어봤지. 나라에서야 급한 참에 뭐 아낙네고 남정네고 가릴 것이 있나. 선뜻 그러마고 하지. 그렇게 해서 색시는 많은 돈을 받아서 친정아버지께 보내고, 그날로 관복을 차려 입고 고을 원이 묵는 관아로 갔어.

그런데 색시가 죽으러 가는 것을 아는지 모르는지 두꺼비란 놈이 엉금엉금 기어서 색시를 따라오네.

"두껍아, 두껍아. 불쌍한 두껍아. 이제는 나를 따라와도 소용없다. 이 길이 저승 가는 길인데 누가 너에게 밥을 주겠느냐?"

그래도 두꺼비란 놈은 눈만 껌벅껌벅하면서 색시 뒤를 따라와.

가다가 멈춰 서면 두꺼비도 멈춰·서고, 걸으면 두꺼비도 따라 걷고, 이렇게 자꾸 따라오니 어쩔 도리가 있나. 함께 갔지.

관아에 가서 색시가 방에 들어가니 두꺼비도 따라 들어와. 색시가 아랫목에 앉으니 두꺼비는 윗목에 척 앉아. 둘이 그러고 앉아 있는데, 밤이 이슥해지니까 두꺼비가 갑자기 색시 머리 위로 하얀 입김을 푸우푸우 내뿜더란 말이야. 왜 그러나 하고 머리 위를 쳐다보니, 아 천장에서 팔뚝만 한 왕지네가 디룽디룽 매달려 내려와서 색시 머리를 물려고 그러지 뭐야. 그런데 두꺼비가 내뿜는 입김 때문에 못 물고 도로 천장으로 스르르 올라가더래.

조금 있으니 지네가 또 내려와서 색시를 물려고 하다가 두꺼비가 입김을 내뿜으니까 도로 올라가. 조금 있다가 또 그러고 또 그러고, 이렇게 밤새도록 지네가 내려오기만 하면 두꺼비가 입김을 내뿜어 쫓았어. 그러다 보니 날이 샜지.

날이 새니까 마을 사람들이 지게에다 거적을 얹어 짊어지고 괭이를 들고 찾아왔어. 원으로 들어간 사람은 그날로 죽어 나오니 이번에도 틀림없이 죽었을 거라고 생각하고 장사를 치르려고 온 게지. 와보니 색시가 멀쩡하게 살아 있거든. 모두들 놀라서 난리가 났지.

색시가 마을 사람들더러 천장을 뜯어보라고 했어. 사람들이 천장을 뜯어보니 대들보 밑에 커다란 왕지네가 매달려 있는데, 이놈이 그동안 얼마나 많은 사람의 피를 빨아 먹었는지 온몸이 새빨개. 사람들이 그 지네를 잡아다 장작불에 태워 죽였지. 그러고 나니 아무 일이 없어.

색시는 그 뒤에도 고을 원으로 앉아 정사를 보았는데, 세금과 부역을 줄이고 송사를 공평하게 닦아서 백성들의 칭찬이 자자했다나. 두꺼비는 어찌 되었느냐고? 참, 그 두꺼비는 지네가 죽고 난 뒤에 하늘로 올라갔다고 하는데, 본래 하늘나라 사람이었던가 봐. 하늘나라 사람이 죄를 지으면 짐승이나 벌레가 되어서 땅으로 내려온다는 말이 있잖아.

은혜 갚은 두꺼비

내쫓긴 의붓딸

옛날 어느 곳에 한 사람이 딸 하나 낳고 아내가 죽어서 후처를 얻었는데, 이 후처는 제가 낳은 자식을 여럿 데리고 와 살면서 의붓딸을 몹시 구박했어. 데리고 온 자식들은 밥도 잘 먹이고 편한 일만 시키면서 의붓딸은 밥도 잘 안 먹이고 궂은일만 시키는 거지.

아 이렇게 밤낮 구박을 하다가 그것도 성이 안 차서 의붓딸을 내쫓았는데, 나가서 밥도 못 빌어먹게 하느라고 아주 두 손을 잘라서 내쫓았어. 원, 이런 끔찍한 일이 있나.

내쫓긴 딸은 여기저기 돌아다니면서 겨우겨우 밥을 얻어먹고 목숨을 부지했는데, 하루는 어떤 마을에 갔더니 커다란 기와집 담장 밖으로 감나무 가지가 쑥 나와 있고 거기에 먹음직스러운 감이 주렁주렁 달려 있겠지. 배가 고픈 차에 얼마나 그 감이 먹고 싶은

지, 감나무 밑에 쪼그리고 앉아서 나무만 쳐다보고 있었어. 손이 없으니 감을 따려야 딸 수도 없고, 그러니 한숨만 쉬면서 쳐다보고 있을 수밖에. 그러다가 딸은 감나무 밑에 쪼그려 앉은 채로 얼핏 잠이 들었어.

마침 그때 그 기와집 담장 안에서는 이 집 아들이 방에서 글을 읽고 있었거든. 글을 읽다가 졸려서 깜박 잠이 들었는데, 꿈속에 저희 집 감나무 밑에 선녀가 내려와 있는 모습이 보이더란 말이야. 잠이 깬 총각이 그것 참 이상한 꿈이다 하고 밖에 나가 보니, 감나무 밑에 웬 비렁뱅이 계집아이가 쪼그려 앉아 졸고 있겠지. 그냥 들어가서 글을 읽다가 깜박 잠이 드니, 꿈속에 또 선녀가 감나무 밑에 내려와 있는 모습이 보여. 잠을 깨어 나가 보면 비렁뱅이 계집아이만 있고, 또 들어와서 글을 읽다 보면 깜박 잠이 들고 꿈속에 선녀가 나타나고, 이러는구나.

'필경 이 아이가 범상치 않은 아이로구나.'

총각이 이렇게 생각하고 비렁뱅이 딸을 깨워서 집으로 데리고 들어왔어. 들어와서 깨끗하게 씻기고 새 옷을 입혀놓으니, 비록 손이 잘려 나갔어도 꿈에 본 선녀 모습과 똑같거든. 그래서 기이하게 생각하고 제 집에 두기로 했어. 집안사람들이 알면 되쫓아낼지도 모른다고 생각하고 제 방 병풍 뒤에 숨겨뒀지. 아침이면 세숫물을 방으로 떠 가지고 와서 세수를 시키고, 끼니때가 되면 제 밥을 나누어 먹고, 이러면서 말이야.

집안사람들이 보니까, 전에는 이 총각이 밥상에 음식도 많이 남기고 세숫물도 말끔하더니 요새 와서는 밥상에 음식이 하나도 남지 않고 세숫물도 더 더러워졌거든. 필시 무슨 곡절이 있다고 여기고 총각 어머니가 아들 방을 뒤져봤지. 그랬더니 병풍 뒤에서 웬 계집아이가 나오지 말이야.

"이게 어찌 된 일이냐?"

"꿈에 세 번이나 선녀가 나타나서 나가 보니 이 아이가 있었습니다. 하도 기이한 일이라 제가 보살피고 있었습니다."

총각 어머니가 가만히 보니, 비록 손이 잘렸지마는 인물이 곱고 행동거지가 얌전한지라 따로 방을 마련해서 거처하게 해줬어. 몸종을 하나 딸려서 밥도 먹이고 세수도 시켜주고, 이렇게 했지.

그러다 보니 아이가 나이가 차서 참한 처녀가 됐어. 그래서 이집에서는 이 처녀를 아들하고 혼인을 시켜 며느리로 삼았지.

혼인한 지 얼마 안 되어 신랑이 서울로 과거 보러 가게 됐어. 떠나면서 신랑은 색시에게 좋은 일이든 궂은일이든 일이 생기면 편지를 써서 서울로 기별을 해달라고 그랬지.

신랑이 과거 보러 떠난 지 얼마 안 되어 색시가 아들을 낳게 됐어. 색시는 이 소식을 얼른 남편에게 알리고 싶어 편지를 써서는 하인을 시켜 보냈지. 하인이 편지를 가지고 서울로 올라가는데, 가다가 날이 저물어서 어떤 집에서 하룻밤 자게 됐거든. 그런데 하필이면 그 집이 색시를 쫓아낸 계모네 집일 게 뭐람.

색시 집 하인이 하룻밤을 지내면서 이런저런 이야기를 하다가, 저희 새 마님이 손이 없다는 말까지 하게 됐어. 그 말을 듣고 계모는 필시 제가 손을 잘라 쫓아낸 의붓딸일 거라고 여기고 밤중에 몰래 하인의 옷을 뒤져 편지를 꺼내 봤어. 보니까 쫓겨난 의붓딸이 부잣집 외동아들의 아내가 되어가지고 떡두꺼비 같은 아들까지 낳았다는 말이거든. 계모가 그만 샘이 잔뜩 나서 가짜 편지를 써서 바꿔 넣어놨어. 가짜 편지에는 그 집 어머니가 쓴 것처럼 해서,

'며느리가 아들을 낳는다는 것이 팔도 없는 흉측한 것을 낳아서 내쫓아야겠다.'

라고 써놨지. 하인은 그것도 모르고 가짜 편지를 가지고 서울로 올라가서 신랑한테 전했지. 신랑이 편지를 보고 답장을 써서 보내는데,

'그렇더라도 내가 갈 때까지는 내쫓지 말고 그대로 두시오.'

하고 써 보냈어. 그런데 답장을 가지고 내려가던 하인이 또 계모네 집에서 하룻밤을 묵게 됐단 말이야. 계모는 하인이 잠든 틈에 편지를 꺼내 보고는 또 가짜 편지로 바꿔놨어.

'당장 에미와 아이를 내쫓으시오.'

하고 써서 말이야.

하인이 가짜 편지를 가지고 집에 돌아가니, 어머니가 아들 편지를 보고 참 이상하게 생각했지만 필경 무슨 곡절이 있어서 그러려니 하고 편지에 써놓은 대로 며느리와 아이를 내쫓았어.

색시는 갓난아이를 데리고 엄동설한에 집에서 쫓겨나 여기저기 걸식을 하며 떠돌아다녔어. 하루는 어느 골짜기를 지나다가 목이 말라서 샘물을 마시는데, 아이를 등에 업은 채로 엎드려 물을 마시다 보니 아이가 그만 미끄러져 샘물에 빠져 들어가려고 한단 말이야. 색시는 급한 나머지 손도 없는 팔을 내밀어 아이를 붙잡으려고 안간힘을 썼지. 그런데 이게 웬일이야? 갑자기 샘물에서 두

손이 나와서 팔목에 척 붙지 뭐야. 색시는 잘렸던 손을 다시 찾아서 성한 몸이 됐어.

색시는 그 뒤에도 아이를 데리고 여기저기 돌아다니다가 어느 주막집에 가서 일을 해주고 붙어살게 되었지.

서울로 과거 보러 간 신랑이 급제를 해가지고 집으로 돌아와 보니 색시와 아이가 쫓겨나고 없지 뭐야. 자초지종을 들어보니 누군가 편지를 바꿔치기했다는 것을 알았지만, 우선 색시를 찾는 일이 더 급하니 색시를 찾아 나섰어. 신랑은 등짐장수 차림을 해가지고 방방곡곡을 돌아다니면서 색시를 찾았어. 몇 년 동안 찾아다니다가 어느 주막에 들게 되었는데, 거기에서 제 색시하고 똑같은 사람을 봤지. 그런데 두 손이 성한 사람이라 세상에는 저리도 닮은 사람이 있구나 하고 보고 있었어. 색시는 색시대로 제 남편하고 똑같은 사람이 주막에 들었는데 등짐장수 차림이라, 세상에는 저리도 닮은 사람이 있구나 하면서 보고 있었어.

그때 아이가 제 아버지를 보고는 쪼르르 달려가서 "아버지, 아버지" 하고 안긴단 말이야. 아이는 제 아버지 얼굴을 본 적이 없건만 천륜으로 알게 된 것이야. 그러니까 천륜은 무서운 거지.

아이 덕분에 남편은 아내를 찾고 아내는 남편을 찾아서 잘 살았지. 가짜 편지를 써서 색시를 해코지한 계모는 관에 고해서 벌을 받게 했다나. 사필귀정이란 이를 두고 하는 말이렷다.

화수분 바가지

화수분이라는 말 들어봤나? 꺼내도 꺼내도 끝도 한도 없이 나오는 보물단지를 화수분이라고 하지. 오늘은 이 화수분에 얽힌 이야기를 하나 해볼까.

옛날에 참 가난하게 사는 농사꾼이 있었어. 예나 지금이나 농사꾼 살기는 어렵지. 그런데 한 해 여름에는 흉년이 들어서 먹을 것이 똑 떨어졌네. 할 수 없이 집에 있는 세간을 파는데, 솥단지와 숟가락 젓가락만 빼놓고 몽땅 장에 가져다가 팔았지. 그렇게 해서 겨우 쌀 한 됫박을 받아 가지고 오는데, 오다 보니 웬 사람이 큰 함지에다 개구리를 잡아서 잔뜩 넣어 가지고 가더란 말이야.

"그 개구리는 뭣에 쓰려고 잡아 가시오?"

했더니,

"집에 먹을 것이 떨어져서 개구리라도 구워 먹으려고 그러지요."

하거든. 흉년이 들어서 내남없이 살기가 어렵긴 어려운 모양이야. 개구리까지 잡아다 먹을 생각을 한 걸 보니. 그래도 한창 팔딱팔딱 뛰어다닐 산 개구리를 잡아 가지고 가는 걸 보니 참 마음이 안되었거든.

'저것들도 한 세상 살려고 나왔을 텐데 여름 한 철 살아보지도 못하고 죽게 되었구나.'

싶어서 그 개구리를 저한테 팔라고 했어.

"내 이 쌀 한 됫박을 드릴 터이니 그 개구리를 나한테 파시오."

개구리 잡아 가는 사람은 세상에 이런 횡재가 어디 있나 싶지.

"그게 정말이오?"

"그럼 내가 실없이 거짓말을 하겠소? 어서 바꿉시다."

이렇게 해서 쌀 한 됫박과 개구리를 바꿨어. 쌀을 주고 개구리를 받아 가지고 근처에 있는 연못에 갔지. 가서 개구리를 한 마리씩 한 마리씩 연못에 넣어줬어. 넣어주니 개구리들은 살판났다고 신명 나게 헤엄을 쳐서 물속으로 들어가. 그렇게 개구리를 연못에 다 넣어주고 돌아서려는데, 아 물속에 들어갔던 개구리들이 '개골개골' 하면서 다시 물 밖으로 나오네.

"개구리들아, 어서 물속으로 들어가거라. 여기 나와 있다가 또 잡힐라."

그래도 개구리들은 가지 않고 개골개골거리고 있겠지. 웬일인가 하고 가만히 보니 개구리 떼가 바가지 하나를 끌고 나와서 그러고 있거든.

'옳지, 저 미물도 은혜를 갚겠다고 저러는구나. 그래, 볼품없는 헌 바가지이긴 하다마는 고맙게 받아야지.'

이렇게 생각하고 바가지를 주워 들었지. 그랬더니 개구리들도 좋은지 이리 팔딱 저리 팔딱 뛰더니 다시 물속으로 들어가더래.

농사꾼은 헌 바가지 하나를 들고 집에 돌아왔지. 집에 돌아오니 아내가 세간 팔아서 사 온 쌀을 내놓으라고 그러거든.

"쌀 대신에 빈 바가지 하나 얻어 왔소. 부엌 부뚜막에 얹어놨으니 요긴하게 쓰시오."

아내가 부엌에 나가 보더니,

"에이, 농담도 잘하는구려. 빈 바가지라더니 쌀이 하나 가득 들어 있구면."

아, 이런단 말이야. 하도 이상해서 부엌에 나가 봤더니 참말일세. 조금 전까지만 해도 텅텅 비어 있던 바가지에 어느새 하얀 입쌀이 철철 넘치게 들어 있지 뭐야. 농사꾼 내외는 그 쌀로 밥을 지어 배불리 잘 먹었어.

그런데 그 이튿날 아침에 아내가 부엌에 나가 보니, 어제 텅텅 비워놓은 바가지에 또 쌀이 하나 가득 들어 있겠지.

"여보, 이리 좀 와보우. 바가지에 또 쌀이 들어 있어요."

가 보니 참말이거든. 그러고 보니 이 바가지가 바로 말로만 듣던 화수분 바가지인 모양이야. 쌀을 퍼내고 나면 가득 차고, 또 퍼내고 나면 가득 차고, 이러니 살판났지.

'개구리들이 저희 목숨을 살려준 은공을 갚으려고 내게 이런 보물을 줬구나. 이걸 어찌 나 혼자 쓸소냐.'

이렇게 생각하고, 바가지에서 나온 쌀을 이웃 사람들에게 아낌없이 나누어줬어. 어디 이웃 사람들뿐인가. 소문이 퍼지고 퍼져서 어디고 간에 쌀 양식 떨어진 사람들은 다 찾아오지. 그래서 이 농사꾼 집 앞에는 사시사철 쌀 얻으러 온 사람들이 줄을 이었다는 군. 지금도 그런 바가지 하나 있으면 얼마나 좋겠나. 그런데 그 바가지는 농사꾼이 죽고 나자 저절로 없어져 버렸다니 참 아까운 일이지.

사람을 구해주었더니

옛날 옛적 어느 곳에 한 농사꾼이
살았는데, 이 사람이 사는 마을에 큰
강이 하나 있었어. 한 해 여름에는 비가 많
이 와서 큰물이 졌지. 큰물이 지면 강물이 많이 불어서 흙탕물이
마구 내려올 게 아니야? 하루는 농사꾼이 강가에 나가 보니, 아 노
루 한 마리가 강물에 빠져서 허우적거리며 둥둥 떠내려오고 있더
란 말이야. 아마 산골짜기를 지나다가 갑자기 불어서 내려오는 흙
탕물에 휩쓸렸던 게지.

'저 노루도 한 세상 살려고 태어났을 텐데 저렇게 죽도록 내버
려 둘 수는 없다.'

이렇게 생각하고 긴 장대로 노루를 건져줬어. 물을 많이 먹은
것을 토하게 하고 집에 데려다가 잘 보살펴줬지.

그다음 날 또 강가에 나가 보니, 이번에는 뱀 한 마리가 흙탕물에 휩쓸려 둥둥 떠내려오고 있어.

'비록 징그러운 뱀이지만 목숨은 다 같이 중한 것이니 어찌 보고만 있겠는가.'

이렇게 생각하고 뱀도 건져줬지. 오랫동안 물에 떠내려오느라고 정신을 못 차리고 있는 것을 집에 데려다 짚더미 속에 넣어두고 보살펴줬어.

그다음 날 또 강가에 나가 보니, 이번에는 사람이 물에 빠져 떠내려오면서 살려달라고 소리를 친단 말이야. 말 못 하는 짐승도 건져줬는데 사람이야 더 말할 것이 없지. 얼른 건져다가 집에 데리고 와서 미음도 쑤어 먹이고 옷도 갈아입히고 극진히 보살펴줬어.

며칠이 지나자 비도 멎고 강물도 줄어들었어. 구해준 노루, 뱀, 사람도 모두 정신을 차리고 기운을 되찾았지. 그래서 셋을 보고 이제는 저마다 제 갈 길로 가서 잘 살라고 했어. 그랬더니 노루와 뱀은 어디론가 가버렸는데, 사람은 돌아갈 집도 없고 함께 살 식구도 없다면서 가지를 않네. 무슨 일이든지 시키는 대로 할 터이니 여기서 살게 해주시오, 이렇게 부탁을 하기에 그러라고 하고 그 사람을 한식구처럼 여기고 데리고 살았어.

구해준 사람과 함께 농사를 지으면서 살았는데, 몇 달이 지나서 하루는 노루가 농사꾼을 찾아왔어.

"너는 그때 물에서 건져준 노루가 아니냐? 참 반갑구나. 그래, 무슨 일로 나를 다시 찾아왔느냐?"

그랬더니 노루가 농사꾼의 소매를 물고 끌면서 따라오라는 시능을 해. 따라갔지. 노루는 산으로 산으로 자꾸 들어가더니 한 곳에 이르러 발로 땅을 파는 시늉을 하는데, 가만히 보니 거기에 산삼이 많이 있어. 캐 보니 어린아이 몸뚱이만 한 산삼이더란 말이야. 노루가 가리키는 곳마다 산삼이 나오는데, 다 캐니 몇십 뿌리나 되더란 말이지. 산삼이라는 게 값이 좀 많이 나가나. 그걸 내다 팔아서 이 농사꾼은 금세 부자가 됐어. 산삼 판 돈으로 논도 사고 밭도 사고 기와집도 짓고, 이렇게 아주 부자가 되어 살지.

그런데 이렇게 부자로 잘살게 되니까 같이 사는 사람이 일을 안 해. 일만 안 하면 좋겠는데 돈을 달라고 해서 마구 펑펑 쓴단 말이야. 술 먹고 노름하느라고 하루가 멀다 하고 돈을 갖다 써. 보다 못한 농사꾼이 그러지 말라고 타일렀어.

"여보게, 이렇게 돈을 마구 쓰다가는 얼마 안 가서 살림이 거덜 나겠네. 이제부터는 꼭 쓸 데가 아니면 돈을 안 줄 터이니 그리 알게나."

그리고 그다음부터는 돈을 달라고 해도 꼭 쓸 일이 아니면 안 줬지. 그랬더니 이 사람이 농사꾼 몰래 돈을 훔쳐내다가 또 마구 펑펑 쓰지 뭐야. 하도 어이가 없어서 농사꾼이 이 사람을 쫓아냈어.

"내가 물에 빠진 자네를 건져준 것은 이러자고 한 일이 아니었네. 이래서는 도저히 함께 못 살겠으니 이 집을 나가게. 날 원망하지 말고 어디 가든지 부지런히 일을 해서 살게나."

그랬더니 이놈이 그만 앙심을 품고 거짓으로 관가에 고자질을 했어. 저를 구해준 농사꾼이 도둑질을 해서 부자로 잘산다고 고을 원에게 고해 바쳤단 말이야. 농사꾼은 억울하게 도둑 누명을 쓰고 관가에 잡혀 가 옥에 갇혔지.

옥에 갇혀서 가만히 생각하니 참 억장이 무너져. 물에 빠진 짐승과 사람을 건져냈더니, 짐승은 보은을 하고 사람은 배반을 하는구나 싶어서 한숨만 나오지. 그러고 있는데, 하루는 옥문으로 뱀한 마리가 스르르 기어들어 오더래. 가만히 보니까 전에 제가 구해준 뱀이거든.

'옳지, 이 뱀이 내가 곤경에 처한 것을 알고 구해주려고 왔나보다.'

하고 반가워하는데, 아 글쎄 뱀이 스르르 기어와서 농사꾼 발목을 꽉 물어버리지 뭐야. 그래놓고는 다시 스르르 기어 나가버린단 말이야. 뱀에게 물려놨으니 어떻게 되겠어? 발목이 퉁퉁 부어오르다가 나중에는 독이 온몸에 퍼져서 살이 시커멓게 죽어가지.

'몹쓸 놈의 뱀 같으니라고. 죽을 목숨을 살려줬더니 되레 나를 죽이는구나. 은혜를 원수로 갚는 것이 사람뿐인 줄 알았더니 짐승까지도 그럴 줄이야.'

이렇게 한탄을 하면서 죽기만을 기다리고 있는데, 아 그놈의 뱀이 다시 스르르 기어들어 오지 뭐야. 그런데 이번에는 그냥 온 게아니라 무슨 풀잎사귀를 하나 물고 들어왔어. 그러더니 아까 제가문 상처에다 풀잎사귀를 턱 갖다 붙여. 아, 그러니까 거짓말같이상처가 아물고 부기도 가라앉더란 말이지. 그게 뱀독을 풀어내는약초인가 봐.

그런데 다음 날 아침에 바깥이 떠들썩하기에 가만히 듣자니 이고을 사또가 간밤에 뱀한테 물려서 다 죽어간다고 그러거든.

'옳거니. 그 뱀이 어제 나한테 그런 짓을 한 까닭을 이제야 알겠구나.'

농사꾼이 얼른 옥사쟁이를 불러서, 자기를 사또에게 데려다주면 당장 고쳐보겠노라고 그랬지. 옥사쟁이가 사또에게 그 말을 고하니 사또가 농사꾼을 부를 게 아니야? 농사꾼은 풀잎사귀를 상처에 붙여서 사또의 목숨을 살려놨어.

사또는 농사꾼에게서 자초지종 이야기를 다 듣고 나서, 농사꾼을 옥에서 풀어주고 누명 씌운 사람을 도로 옥에 가두었다는 이야기야. 그러니 짐승은 은혜를 입으면 갚을 줄 아는데 사람은 그렇지 못하다는 거지. 뭐, 사람이라고 다 그럴라고. 더러 짐승보다 못한 사람도 있다는 말이겠지.

사람을 구해주었더니

금송아지

옛날 어느 고을에 배씨 성을 가진 향리가
살았는데, 사람들이 모두 "배 좌수, 배 좌수" 하고 불
렀어. 이 배 좌수가 늦도록 슬하에 자식이 없더니 늘그막에 잘 생
긴 아들 하나를 얻었어. 그러니 얼마나 좋아. 집에만 오면 그저 아
들을 들여다보며 어르고 노는 게 낙 중의 낙이었지. 그런데 좋은
일에는 반드시 궂은 일이 따르는 법인지, 아이가 겨우 걸음마를
배울 무렵 아이 어머니가 그만 병에 걸려 죽고 말았네. 눈물로 치
상을 하고 나니 아이 키울 일이 막막하지. 그래서 후처를 얻었어.
아이한테는 계모지.

그런데 이 계모가 들어와서 보니 남편이라는 사람이 허구한 날
아이만 들여다보고 산단 말이야. 아침에 눈만 뜨면 아이부터 찾
고, 향청에 나갔다 들어와도 아이부터 찾고, 그저 밤낮 아이만 끼

고 살지 저한테는 곁눈질 한 번 안 주거든. 계모의 사람됨이 본래 모질고 사나운 데다가 이런 푸대접을 받고 보니 그만 눈이 뒤집힐 지경이야. 아이가 미워서 꼴도 보기 싫은 거지. 그래서 하루는 남편이 밖에 나간 틈을 타서 아이를 안고 집 뒤 연못에 가서, 글쎄 아이를 물에다 빠뜨려 죽였어. 참 끔찍한 일이지.

그래놓고는 제가 빠뜨린 아이를 제가 도로 건져내 가지고 온 동네가 떠나가도록 울고불고 난리를 피웠어. 배 좌수가 향청에서 돌아와 보니 아이가 싸늘한 주검으로 변해 있거든. 참 하늘이 무너지는 것 같지. 자식이 죽으면 가슴에 묻는다는 옛말도 있지마는, 이제 겨우 말을 배워 "아버지, 아버지" 하며 재롱을 부리던 어린 것을 잃고 나니 참 가슴이 찢어질 것 아니야? 배 좌수는 아들의 주검을 뒷마당에 고이고이 묻어줬어. 그리고 날마다 아들의 무덤에 가서 산 사람 대하듯이 쓰다듬고 말을 하고 이렇게 지냈어.

하루는 배 좌수가 아들의 무덤에 갔더니, 조그마한 청개구리 한 마리가 무덤에서 뛰어나오면서,

"아버지, 아버지."

하고 부르더래. 아, 저 아이가 죽어서도 아비를 못 잊어 청개구리로 환생했나 보다 생각하고서 그 개구리를 데려다 방 안에 두고 키웠어. 비록 사람의 모습을 갖추지 못하고 청개구리의 탈을 썼지마는, 아들의 넋이 깃든 영물이라 애지중지 키웠지. 끼니때만 되면 맛있는 음식을 갖다 먹이고 밤에는 한이불을 덮고 자고, 이렇게 산 아들 키우듯이 했단 말이야. 그러니 청개구리도 '아버지, 아버지' 하면서 잘 따르고 재롱도 부리고 하더래.

배 좌수가 청개구리에게 푹 빠져서 날마다 청개구리만 들여다보고 사니까 계모는 또 심술이 났어. 그래서 하루는 남편이 없는 틈을 타서 청개구리를 글쎄 몽둥이로 때려 죽였어. 참 모질고도 모진 일이지.

그래놓고 계모는 남편이 돌아오니 청개구리를 개가 밟아 죽였다고 거짓말을 했어. 그러니 애꿎은 개만 화풀이를 당했지. 배 좌수는 또 하늘이 무너지는 슬픔에 잠겨 청개구리를 뒷마당에 고이 묻어줬어.

그런데 며칠 있으니 청개구리 무덤에서 파란 달개비풀이 돋아나더래. 그러더니 금세 쑥쑥 자라서 바람이 불 때마다 잎이 부딪치면서 가느다란 소리로,

"아버지, 아버지."

하고 부르지 뭐야. 아, 아들의 넋이 머무를 데가 없으니 저 달개비풀로 옮겨 갔구나, 이렇게 생각하고 배 좌수는 그 달개비풀을 아들처럼 애지중지 키웠어. 날마다 집에만 오면 뒷마당에 가서 달개비풀을 쓰다듬고 말을 하며 산 아들 대하듯이 했어. 그럴 때마다 달개비풀도 바람에 잎을 스치면서 "아버지, 아버지" 하고 애처로운 소리를 내곤 하더래.

이렇게 배 좌수가 달개비풀에 푹 빠져 있으니까 계모가 또 심술이 났어. 그래서 남편이 없는 사이에 뒷마당에 소를 몰고 가서 달개비풀을 소에게 먹여 버렸어. 배 좌수가 돌아와 보니 달개비풀이 흔적도 없이 사라지고 없거든. 어찌 된 일이냐고 물으니 소가 뜯어 먹어버렸다고 한단 말이야. 가슴을 치고 눈물을 흘리면서 슬퍼

했지. 그렇지만 소용이 있나.

　그런데 달개비풀을 먹은 소가 그날부터 배가 불러오더니 얼마 안 있어 송아지 한 마리를 낳았어. 온몸에 번쩍번쩍 황금빛이 도는 금송아지를 낳았는데, 이 송아지가 배 좌수를 졸졸 따라다니며,

　"아버지, 아버지."

하고 부른단 말이야. 아, 아들의 넋이 깃든 달개비풀이 소의 뱃속으로 들어가 마침내 송아지가 되어 나왔구나, 이렇게 생각하니 반갑기 짝이 없지. 그래서 그 금송아지를 아들인 양 고이고이 키웠어. 밥 먹을 때도 함께 먹고 잘 때도 함께 자면서 쓰다듬어주고 보듬어주고, 이렇게 키웠지.

　그러니까 계모가 또 심술이 나서 하루는 남편이 없는 사이에 금송아지를 도끼로 찍어 죽이려고 달려들지 뭐야. 금송아지가 그걸 보고 얼른 달아났지. "아버지, 아버지" 하고 슬피 울면서 어디론가 가버렸어.

　마침 그때 서울에서는 임금이 태평종이라는 금종을 얻어서 종루에 매달아놓고, 누구든지 종을 치는 사람에게 큰 상을 주겠노라고 방을 내걸었어. 무게가 천 근이 넘는 금종이라 여간 힘이 세어서는 못 치는 종이야. 그 종을 치면 온 나라가 태평하고 근심 걱정이 사라진다고 해서 그러는 거지. 그런데 아직까지 아무도 종을 치는 사람이 없어. 온 나라에서 내로라하는 장사들이 다 와서 종을 쳐봐도 꼼짝을 안 해.

　그런데 하루는 종루에 금송아지가 나타나서 뒷발로 종을 뎅뎅하고 치는데, 그 소리가 참 맑고 그윽하기가 이루 말할 수 없더래.

임금이 나가 보니 사람이 아니라 온몸에 금빛이 도는 송아지가 종을 치고 있거든. 예사로 상서로운 짐승이 아니라고 여기고 그 송아지를 대궐에 데려다가 어린 딸에게 줬어. 임금의 딸은 새로 외양간을 지어 금송아지를 넣어두고 날마다 정성을 다해 잘 보살폈지.

그럭저럭 날이 가고 달이 가고 몇 해가 지났어. 금송아지가 금종을 친 덕분인지 그동안 온 나라가 태평하고 백성들이 근심 걱정 없이 잘 살게 됐어. 모두가 태평스럽게 살아도 단 한 사람, 날마다 눈물로 날밤을 지새우는 사람이 있었는데 그 사람이 바로 아들을 잃은 배 좌수야. 금송아진들 어찌 제 아버지를 잊었을까.

그렇게 몇 해가 지나서, 금송아지가 처음부터 사람으로 자랐다면 나이 열예닐곱 살은 먹을 만큼은 되었지. 그동안 임금의 딸도 자라서 나이 열예닐곱 살쯤 되었는데, 하루는 임금의 딸이 금송아지에게 여물을 주려고 외양간에 갔더니, 아 송아지는 없고 송아지 허물만 외양간 바닥에 떨어져 있겠지. 이게 웬일인가 하고 여기저기 살피다 보니, 외양간 뒤에서 인물이 훤한 총각이 썩 나타나네그려.

"놀라지 마시오. 나는 본래 아무 고을 배 좌수의 아들인데 팔자 기구하여 죽은 목숨이 되었다가 옥황상제의 은혜를 입어 미물의 탈을 쓰고 인간 세상에 나와 공주의 은혜를 입게 됐소."
하고 그동안 겪은 일을 다 털어놓는데, 들어보니 참 기막힌 사연이거든. 임금에게 이 일을 알리니 임금도 놀라워하며 총각을 사위로 삼았어. 총각은 그 뒤에 과거를 보아 암행어사가 되어서 아버

지가 사는 고을로 내려갔어. 내려가서 계모의 죄상을 낱낱이 밝혀
멀리 귀양 보내고, 아버지를 다시 만나 한평생 잘 살았다네.

호랑이 잡는 망태

옛날에 어떤 총각이 부모도 없이 혼자서 농사를 짓고 살았는데, 논밭 한 뙈기 없이 남의 땅을 부쳐 먹고 살았어. 제 땅 가지고 농사를 지어도 관가에 이것저것 떼이고 나면 먹고살기 빠듯한데 하물며 남의 땅을 부쳐 먹으니 뭐 남는 게 있나. 입에 풀칠하기 바쁘지. 그렇게 몇 해 고생을 하다가 보니 농사짓는 게 진절머리가 나.

"에잇, 이러고 사느니 차라리 떠돌이 봇짐장사나 하고 사는 게 낫겠다."

이렇게 생각하고 그길로 집을 나섰어. 그런데 막상 나서보니 갈 곳이 있어야지. 여태 땅만 파던 농사꾼이 장사 내막을 알 수 있나. 그래서 무작정 여기저기 떠돌아다니다 보니 몇 푼 안 되는 노자마저 바닥이 나서 참 처량한 신세가 됐어.

그렇게 돌아다니다가 하루는 산속에서 날이 저물었어. 이리저리 쉴 곳을 찾다 보니 마침 그 깊은 산중에도 불이 빤한 집이 있더래. 거기 가서 주인을 찾으니 허연 노인이 문을 열고 내다보겠지. 하룻밤 자고 가기를 청하니 허락을 하기에 들어갔어.

방에 들어가 보니 노인이 짚으로 망태를 만들고 있어. 사람 하나 들어가면 딱 맞을 만한 망태를 만들고 있더란 말이지. 그건 뭣하러 만드느냐고 물어보니,

"먹고살기 어려운 사람이 여기에 들어가면 좋은 수가 생기지."

이러거든. 그 말에 총각이 귀가 솔깃해졌어. 먹고살기 어렵기로 치면 저보다 더 어려운 사람도 없을 것 같거든. 그래서,

"그 말이 정말이라면 제가 들어가도 될까요?"

하고 물었지. 노인은,

"그래도 좋겠지."

하더니 어느새 망태를 다 만들었는지 안에 들어가 보라고 하네. 들어갔지. 그랬더니 노인은 다짜고짜 망태 주둥이를 꽉 묶어서 총각을 꼼짝 못하게 해놓고는, 그놈의 망태를 장대에 꿰어 메고 밖으로 성큼성큼 나가더란 말이야.

"아, 할아버지. 대체 어디로 가는 겁니까?"

노인은 그 말에 대답도 않고 칠흑 같은 밤길을 나는 듯이 걸어서 더 깊은 산중으로 들어가네. 한참 들어가더니 큰 나무 밑에 이르러 걸음을 멈추고는 망태를 나뭇가지에 턱 걸어놓더란 말이야. 그러더니 나무 밑에 말뚝을 여러 개 박아놓고는 두말 않고 오던

길을 되짚어 가버리지 뭐야. 총각은 그만 겁이 덜컥 났지.

"아이고, 할아버지. 이 산중에 나 혼자 버려두고 가시면 어쩌란 말입니까?"

그래도 노인은 쓰다 달다 말도 없이 훨훨 가버리네. 혼자 남은 총각은 망태 속에서 오도 가도 못하고 나무에 대롱대롱 매달려 있었어. 그런데 이게 무슨 놈의 날벼락이야? 조금 있으니까 사방에서 시퍼런 불빛이 번쩍번쩍하더니 호랑이 수십 마리가 슬슬 다가오지 뭐야.

'아이쿠, 이제는 죽었구나.'

죽기를 각오하고 있으니 호랑이란 놈들이 저를 잡아먹으려고 펄쩍펄쩍 뛰는데, 망태가 어지간히 높은 데 매달려 있어서 미처 닿지를 않아. 닿지 않으니 호랑이들이 도로 밑으로 떨어지지. 떨어지면서 말뚝에 찔려 턱턱 나자빠지더란 말이야.

'옳지, 노인이 나를 미끼로 써서 호랑이를 잡으려는 계책이었군.'

한두 마리도 아니고 수십 마리나 되는 호랑이들이 펄쩍펄쩍 뛰다가 죄다 말뚝에 찔려 나자빠졌어. 그렇게 말뚝에 찔려 죽은 호랑이가 밤새 몇 마리가 되는지 몰라. 나무 밑이 온통 호랑이로 즐비해.

날이 밝으니까 노인이 와서 망태를 끌러주고는,

"자, 이 호랑이들을 우리 둘이서 나누어 갖도록 하지. 이만하면 가죽만 벗겨 팔아도 앞으로 몇 해 동안 먹고살 게야."

해서 호랑이를 둘이서 나누어 가졌지. 총각은 그 호랑이를 팔아서 돈을 많이 벌었어. 횡재한 거지.

그런데 다른 총각이 그 소문을 듣고 저도 호랑이 미끼가 되어 돈을 벌어보리라 하고 노인을 찾아갔어. 가 보니 과연 노인이 망태를 만들고 있거든.

"오늘 밤에는 나를 그 망태에 넣어주시오."

하니 노인이 그러라고 하면서 망태에 넣어 가지고 산중으로 들어가서 나무에 매달아놓았단 말이야. 나무에 매달려 있으니 호랑이들이 수십 마리 몰려와서 펄쩍펄쩍 뛰다가 떨어져 죄다 말뚝에 찔려 죽었지. 그런데 이 총각은 욕심이 많았던가,

'노인이 오면 호랑이를 나누어 갖자고 할 터이니 노인이 오기 전에 나 혼자 다 가지고 튀는 게 상책이렷다.'

하고는 미리 숨겨 가지고 간 칼로 망태를 찢고 내려왔어. 그런데 망태에서 뛰어내리다가 그만 말뚝에 찔려 죽었다나. 그러니까 호랑이 팔자나 똑같이 된 셈이지.

빨간 부채 파란 부채

옛날 옛날에 할아버지 두 사람이 한동네에 살았더란다. 한 할아버지는 가랑이가 찢어지게 가난하게 살고, 한 할아버지는 만석꾼 부자로 살았어. 가난뱅이 할아버지는 왜 가난한고 하니, 무엇이든지 생기면 생기는 대로 남에게 다 줘서 그렇지. 쌀이 생기면 저보다 더 가난한 사람에게 주고, 옷이 생기면 저보다 더 불쌍한 사람에게 준단 말이야. 이러니 뭐 재산을 모을 수 있나. 그런데 부자 할아버지는 왜 부잔고 하니, 무엇이든지 생기면 생기는 대로 다 챙겨 넣어서 그렇지. 뭐든지 한번 손에 쥐면 놓지를 않아. 제 것이고 남의 것이고 한번 손에 넣은 것은 죽어도 안 내놓아. 탐나는 물건이라도 있으면 얼든지 빼앗든지 훔치든지 해서 다 가져. 그러니 재산이 많지.

한 해는 흉년이 들었는데, 가난뱅이 할아버지는 그나마 먹고 살 양식이 떨어졌어. 그래서 하는 수 없이 부자 할아버지를 찾아갔겠다.

"거 보리쌀 있으면 좀 꾸어주오. 우리 밭에 보리가 익으면 베서 갚을 터이니."

"그러시오."

부자 영감이 웬일인지 선선히 보리쌀 한 가마를 꾸어주는데, 아 집에 와서 풀어 보니 반 넘어 모래에다 보리등겨가 섞여 있잖겠어. 먹을 만한 보리는 반도 안 돼. 하는 수 없이 그걸로 끼니를 때우고, 이러구러 여름이 되어 보리를 베가지고 한 가마를 갚았지. 모래도 겨도 안 섞고 잘 익은 걸로 골라서 한 가마를 갚았단 말이야.

그런데 이 부자 영감이 뭐라고 하느냐면, 이자로 보리쌀 두 가마를 더 내라는 거야 글쎄. 웬일로 선선히 꾸어줄 때 알아봤지. 가난뱅이 할아버지가 기가 막혀,

"보리쌀 두 가마 주고 나면 나 먹고 살 양식도 없는데 어떡하우?"
하니까,

"그건 댁의 사정이지. 정 양식이 없으면 나무라도 해다 주시오. 올 여름내 하루 한 짐씩."
이러거든. 할 수 없이 그날부터 날마다 나무를 한 짐씩 해다 줬어. 그렇게 사는데, 하루는 나무를 해다 주고 집에 오니까 웬 허름한 노인이 와서 하룻밤 재워달라네. 이 노인이 부자 영감네 집에 갔다가 퇴짜를 맞고 오는 길이었거든.

"아이고, 누추하지만 어서 들어오시오."
하고 반갑게 맞아들여서 대접을 잘해줬어. 새로 밥도 따뜻하게 짓

고 반찬도 있는 대로 정성스럽게 차려서 잘 대접을 했지. 방도 깨끗하게 치워 이부자리 펴서 재웠어. 그런데 아 아침에 일어나 보니 이 손님이 온데간데없네. 자던 자리에 부채만 두 개 달랑 놓여 있고 말이야. 가만히 보니까 하나는 빨간 부채고 하나는 파란 부채야.

"아이고, 이 손님이 부채를 두고 갔네."

부채를 들고 밖에 나가 보니 흔적도 없어. 다음에 찾으러 오면 줘야지 하고, 그날 그 부채를 들고 나무를 하러 갔거든. 나무를 하다가 날씨가 더워서 빨간 부채를 펴서 설렁설렁 부채질을 했어. 한참 부채질을 하다 보니 코가 이상해. 만져 보니 코가 이만큼 길어졌네.

'아이쿠, 내 코가 왜 이래?

아무리 쓰다듬고 만져봐도 이건 코끼리 코야. 참 별난 일도 다 있다 하면서 이번에는 파란 부채로 부채질을 설렁설렁 했지. 한참 부채질을 하다가 보니, 이건 또 뭐야. 코가 없어졌어. 만져봐도 밋밋해.

'아하, 이게 다 저 부채가 부린 요술이로구나.'

빨간 부채를 들고 슬슬 부치니까 코가 다시 길어지네. 파란 부채로 부치면 또 짧아지고. 그것 참 신기한 부채지.

그날 그 부채를 들고 나무를 한 짐 해다가 부자 영감네 집에 갖다 주러 가니까, 이 영감이 부채를 보더니 탐이 나는지 꼬치꼬치 캐물어.

"아 그건 또 어디서 났어?"

그래서, 이러이러해서 얻었는데 요술 부채라고 가르쳐줬지. 영감이 빨간 부채를 빼앗아 슬슬 부치니까 정말로 자기 코가 막 길어지거든. 파란 부채로 부치니까 짧아지고. 욕심쟁이 영감이 이걸 보고 가만히 있을 리 있나. 저 달라고 떼를 쓰지.

"아이고, 그건 안 되오. 이건 내 것이 아니라 손님이 두고 간 거라서 찾으러 오면 돌려줘야 하오."

그래도 부자 영감은 막무가내야. 나중에는 자기 집을 줄 테니 부채와 바꾸자고 그러네. 안 된다고 해도 억지로 빼앗고는 집을 바꿨어. 가난뱅이 할아버지가 큰 기와집에서 살고, 부자 영감은 오막살이 초가집에서 살게 된 거지.

이 욕심쟁이 영감이 초가집에 드러누워서 생각을 하니, 이제는 떼돈을 벌겠다 싶거든. 이 사람, 저 사람 찾아다니면서 빨간 부채로 몰래 코를 키워놓고는 파란 부채로 고쳐주면서 돈을 벌면 좀 좋아. 그런 생각을 하면서 빨간 부채로 슬슬 부채질을 하니 이 영감 코가 슬슬 길어지는 거지. 영감은 돈 벌 욕심에 기분이 좋아서 그것도 몰라.

"허허, 허허. 이제 온 나라 돈이 다 내 것이다."

이러면서 자꾸 부채질을 하니 코가 어찌 되겠어. 지붕을 뚫고 하늘로 올라가는 거지. 올라가다 올라가다 어디까지 갔느냐면 하늘나라 옥황상제 사는 대궐까지 갔거든.

이때 옥황상제가 어슬렁어슬렁 마당을 거닐다 보니, 뭐 길쭉한 것이 마당에서 쑥 올라온단 말이야.

"여봐라. 저것이 무엄하게 마당을 뚫고 올라오니 당장 묶어라."

그래서 신하들이 달려들어 나무에 꽁꽁 묶었어.

그때 땅에서는 영감이 부채질을 하다 말고 정신이 들었어.

'어이쿠, 그새 내 코가 지붕을 뚫고 올라갔네. 빨리 짧아지게 해야겠다.'

하고서는, 파란 부채로 막 부채질을 했겠다. 아 코끝이 하늘나라 나무에 묶여 있으니 어찌 되겠어? 코가 짧아지니 몸뚱이가 코에 매달려 하늘로 둥둥 떠올라가네.

'아이쿠, 이게 무슨 일이야?'

그때 하늘에서는 옥황상제가 점잖게 명하기를,

"이제 그만하면 됐으니 풀어주어라."

했지. 신하들이 달려들어 묶은 끈을 풀었어. 그래서 어찌 됐느냐고? 그다음은 나도 몰라.

눈치 삼 년 배짱 삼 년

옛날에 옛날에, 강원도 어느 깊은 산골에 나이 서른이 넘은 떠꺼머리총각이 살았지. 그런데 이 총각 사는 데서 산 하나 너머 골짝에 또 과년한 처녀가 살고 있었어. 하도 깊은 골짝이라 인근에 혼인말 넣어줄 중신아비도 없었던 모양이지. 둘이서 그렇게 나이만 자꾸 먹다가 하루는 산에서 처녀 총각이 만났단 말이야. 만나자마자 서로 마음이 끌렸던지 그날로 찬물 한 그릇 떠다 놓고 백년가약을 맺었어.

그렇게 해서 혼인을 한 이 젊은 내외가 참 재미나게 잘 살았어. 가진 것은 없어도 둘이서 정분이 두터우니 더 바랄 게 없지. 그런데 남편이 어찌나 색시를 좋아하는지, 잠시 떨어져 밭일을 나가도 그저 색시 얼굴이 눈앞에 아른아른해서 일이 돼야지. 그래서 일도 못 나가고 색시 옆에서 이렇게 얼굴만 쳐다보고 살아. 그러다 보니 밥도 못 먹을 형편이 돼 버렸네. 아, 일을 해야 밥을 먹고 살지.

보다 못한 색시가,

"아 여보, 일은 안 하고 밤낮 나만 지키고 살 작정이오?"

하니까 남편이 하는 말이,

"당신 얼굴이 눈에 삼삼해서 떨어져 있어가지고는 일을 못 하니 어떡하오."

하거든. 색시가 좋은 수를 하나 냈지.

"그럼 나와 똑같은 그림을 두 장 그려줄 테니, 이쪽 밭머리에 하나 꽂아놓고, 저쪽 밭머리에 하나 꽂아놓고 일을 하시오. 그러면 밭을 매 나가도 보고, 매 들어와도 볼 게 아니오?"

남편이 그거 참 좋은 수라 생각하고, 그림 두 장을 받아서 밭모퉁이에다 떡 걸어놓고 일을 했지. 하는데, 아 난데없는 회오리바람이 씽 불더니 그놈의 그림 한 장이 휙 날아가 버렸네. 날아가서는, 이놈이 어딜 갔느냐면 임금 사는 대궐에까지 날아간 모양이야.

임금이 대궐에 있다 보니 웬 그림 한 장이 바람에 날아와 뜰에 툭 떨어지거든. 주워서 들여다보니 참 천하절색이야. 마음에 쏙 들어서 신하들한테 당장 이런 사람을 찾아오라고 영을 내렸어. 그래서 신하들이 방방곡곡 그 색시를 찾아 나섰지. 찾다가 찾다가, 한 군데 산속을 들어가서 보니까 그림하고 똑같은 색시가 있거든. 그래서 잡아간단 말이야.

색시가 잡혀가면서 생각해보니, 아 자기 남편이, 잠시도 못 떨어져 있는 사람이 얼마나 원통하겠어. 그래서 남편한테 가만히,

"어떻게든 참고 삼 년만 견디시오. 눈치 삼 년, 배짱 삼 년 배워

서 날 찾아오시오."

하고는 하릴없이 잡혀갔네.

잡혀가서 이제 후궁이 되었는데, 이 색시가 도통 웃지를 않아. 두고 온 남편 생각에 웃음이 나오지를 않았던 모양이야. 임금이 아무리 웃겨보려고 해도 웃지를 않거든.

그럭저럭 삼 년이 지난 뒤에 이 색시가 임금한테 말하기를,

"나는 평생소원이 하나 있습니다."

하거든.

"그래, 무슨 소원이냐?"

"거지 잔치를 한번 보면 소원이 없겠습니다."

"아, 그럼 그렇게 하지."

그래서 온 나라에 거지를 불러다 잔치를 하는데, 색시는 몇 날 며칠 주렴을 늘이고 내다봐. 혹시 자기 남편이 왔나 하고. 그런데 아무리 봐도 남편이 안 와. 틀림없이 거지가 됐을 텐데 말이야. 화전이나 일구고 살았으니 옷이나 변변하겠어, 돈이 있겠어. 뭐 거지지.

그러다가 하루는 이렇게 내다보니까 자기 남편이 거지꼴이 되어서 찾아오지 않았겠어. 잔치라고 해서 음식 차려놓은 것을 먹고 춤을 추며 노는데, 그걸 보니 어찌나 반가운지 저도 모르게 웃음이 막 나왔어. 임금이 보니까 평생 안 웃던 사람이 웃는단 말이야.

"뭘 보고 그렇게 웃는가?"

하고 물으니 이 색시가,

"저기 춤추는 거지를 보고 웃습니다."

하거든. 임금이 자기가 아무리 웃겨보려고 해도 안 웃던 색시가 웃으니까 아주 기분이 좋아.

"그럼 내가 저 옷을 입고 춤을 춰도 웃겠는가?"

"그렇겠지요."

그래서 임금이 남편더러 옷을 벗으라 해서 그걸 입고 춤을 추는데, 그때 이 색시가 자기 남편에게,

"눈치 삼 년, 배짱 삼 년은 뭣에 쓰려고 배웠소?"

하고 냅다 소리를 질렀어. 그러니까 남편이 얼른 말귀를 알아듣고, 임금이 벗어놓은 옷을 입고 용상에 떡 올라가 앉아서,

"이제 거지들을 썩 내몰아라."

하고 호령을 했지. 임금도 거지 옷을 입었으니 거지지 뭐야. 그래서 쫓겨나고, 색시는 남편 만나서 잘 살았더래.

두고도거지

옛날에 어떤 정승이 살았는데, 이 사람이 늘그막에 아들을 하나 낳고 더는 자식을 못 얻었어. 그러니까 정승 집에 아들 딱 하나 있는 것이 늦둥이 외아들이란 말이지. 그러니 참 얼마나 귀한 아들이야? 두 내외가 쥐면 꺼질세라 불면 날아갈세라 온갖 정성 다 들여서 키웠지. 먹고 싶은 것 다 먹이고 입고 싶은 옷 다 입히고, 손에 물 한 방울 안 묻히고 키웠단 말이야. 그렇게 고이고이 키워서 나이 열두어 살이나 먹었던가 제법 총각 티가 나게 됐지.

하루는 어떤 스님이 바랑을 메고 동냥을 하러 왔기에 정승 부인이 쌀을 한 됫박 퍼다 줬어. 그런데 스님이 아이를 보더니 혀를 끌끌 차면서 "불쌍하다, 불쌍하다." 중얼거리지 뭐야. 그러더니 주

는 쌀도 안 받고 그냥 돌아서 가려고 한단 말이야. 정승 부인이 하
도 이상해서 물어봤지.

"스님, 왜 그러시오?"

"아무것도 아니올시다."

"아, 남의 집 귀한 자식을 보고 불쌍하다 하실 때는 분명 무슨
곡절이 있어서 그러셨을 터이니 무슨 일인지 가르쳐주시오."

그제야 스님이 마지못해 일러주기를,

"이 아이는 명이 짧아서 앞으로 석 달을 넘기지 못할 것입니다."
하거든. 듣고 보니 청천벽력 같은 소리지 뭐야. 그래 정승 부인이
스님의 바랑을 붙잡고 늘어져서 어떻게든 명을 잇는 방도를 가르
쳐달라고 빌었어. 그랬더니 스님이 하는 말이,

"귀한 집 귀한 아들이라고 너무 보듬어 안고 키워서 동티가 났
습니다. 명을 이으려면 남의 발에 밟히는 고생을 해야 하니, 꼭 살
리기를 바라거든 나를 따라 보내시오."
이러네. 아들을 살리는 길이 그 길뿐이라는데 어떻게 해. 그날로
아이를 스님한테 딸려 보냈지. 딸려 보내면서 나중에라도 귀한 집
자식이라는 걸 알아볼 수 있게 하려고 금으로 수를 놓은 비단옷
한 벌을 싸서 들려 보냈어.

스님은 아이를 깊은 산속에 있는 조그마한 암자로 데리고 가더
니 누더기 옷으로 갈아입히고는 새 이름을 지어주는데, 새 이름이
라는 게 '두고도거지'야. 집에 온갖 것을 잔뜩 쌓아두고도 거지처
럼 산다는 뜻이지. 그래놓고는 온갖 험한 일을 다 시켜. 지게 지고
나무하기, 밭 갈고 거름 주기, 방 닦고 마당 쓸기와 밥 짓고 빨래

하기까지 쉴 틈도 없이 일을 시킨단 말이야. 그래서 두고도거지는 참 손발이 부르트도록 일을 했지.

그럭저럭 석 달이 지났는데, 하루는 두고도거지가 종일 나무 열 짐을 하고 고단해서 초저녁에 자리에 누워 있으니 스님이 곁에 앉아 머리를 매만지며 이를 잡아주거든. 스님이라 살생을 못 하니까 이를 잡아가지고는 자꾸 자기 옷 속에 집어넣고 집어넣고 하는데, 그러는 중에 두고도거지가 깜박 잠이 들었어. 고단한 데다가 머리를 매만저주니까 절로 잠이 온 게지. 자다 보니 꿈인지 생시인지 몰라도 검은 도포를 입고 검은 갓을 쓴 저승사자가 턱 나타나서,

"오늘 너를 데려가려고 왔다마는 스님의 법력이 너를 가리고 있고, 또 네가 이리 고생하는 모습을 보니 차마 데려가지 못하겠다. 삼 년 뒤에 다시 오마. 그때까지 남에게 밟히는 고생을 참아내면 목숨을 백 년까지 늘리리라."

하고는 홀쩍 사라져버리더래. 언뜻 정신을 차리고 보니 스님이 온 데간데없어. 그리고 스님이 앉아 있던 자리에는 옥피리가 하나 놓여 있고 말이지. 두고도거지는 날이 새자 옥피리를 품에 넣고 정처 없이 길을 떠났어.

얼마만큼 가다 보니 큰 마을이 있기에 그 마을에서 제일 큰 기와집을 찾아갔어. 거기 가서 머슴이 되기를 청하니 주인이 허락을 해서 그 집 머슴이 됐어. 머슴이라는 게 밤낮으로 고된 일을 해야 하는 처지니 좀 힘이 들겠나. 그래도 두고도거지는 쓰다 달다 말 한마디 없이 묵묵히 일을 했어. 산에 가서 나무도 하고 논밭도 갈고 거름도 내고 마당도 쓸고, 마구간 외양간에 마소 먹이는 일도

했지. 그러다 보니 참 머슴 중에도 상머슴이 됐어.

그런데 주인집에는 딸이 셋 있었거든. 첫째 딸과 둘째 딸은 두고도거지가 천한 머슴이라고 업신여겨서 밤낮 구박을 해. 첫째 딸이라고 하는 것은 세숫물을 떠 오라 해서 떠다 주면 물이 너무 차네 뜨겁네 트집을 잡아 쏟아버리는데, 쏟으려면 딴 데다 쏟을 일이지 하필이면 두고도거지 낯에다 퍼붓는단 말이야. 이러기를 날마다 한두 번도 아니고 열두 번씩 그래. 둘째 딸이라고 하는 것은 안마당을 쓸라고 시켜놓고 비질 뒤에 콩알만 한 자갈이라도 남으면 빗자루로 때리는데, 이러기를 들며 나며 하루에도 서너 번씩 그러거든. 그런데 셋째 딸은 달라. 두고도거지 옷이 해어지면 언니들 몰래 기워 입히고, 두고도거지 머리가 북두갈고리처럼 헝클어지면 참빗으로 곱게 빗어주고, 어쩌다가 잔칫집에 갔다 오면 고기야 떡이야 싸 가지고 와서 몰래 먹이고, 이렇게 잘해준단 말이야.

그럭저럭 삼 년이 지났는데, 하루는 이웃 마을 장자네 환갑날이 되어서 온 식구가 잔칫집에 가게 됐어. 집안 어른들이 먼저 잔칫집에 가고 그다음으로 딸들이 나서는데, 먼저 첫째 딸이 나와서 말을 대령하라고 소리를 쳐. 두고도거지가 마구간에 가서 말 한 필을 내어 와서 첫째 딸 앞에 대령했겠다. 그랬더니 첫째 딸 하는 말 좀 들어보소.

"이놈아, 이 높은 말을 어떻게 타라고 그러고 섰느냐? 어서 말 아래 엎드려라."

그래서 두고도거지가 말 아래에 네 발로 엎드렸어. 첫째 딸은 두고도거지 등을 밟고 올라서서 말을 타고 갔지.

그다음에 둘째 딸이 말을 대령하라고 소리치기에 또 말을 끌어다 놨지. 둘째 딸도 두고도거지더러 엎드리라 하고서 등을 밟고 말을 타고 갔어.

셋째 딸이 나오기에 두고도거지가 또 말 아래에 엎드리려고 했지. 그랬더니 셋째 딸은 두고도거지를 부축해 일으키고는,

"나는 걸어서 갈 터이니 이따가 틈을 타서 이 말을 타고 와요. 내 맛있는 음식을 많이 감춰놓을 테니."

하고서 간단 말이야.

온 식구가 다 잔칫집에 가고 나니 집 안에는 두고도거지 혼자 남게 됐지. 두고도거지는 맑은 물에 세수하고 동백기름으로 머리를 빗고 나서, 여태 깊이 감추어뒀던 옷보자기를 끌렀지. 거기에 뭐가 들어 있나. 금으로 수를 놓은 비단옷이 들어 있지. 비단옷을 떨쳐입고 옥피리를 들고 셋째 딸이 두고 간 말을 탔지.

그렇게 차리고 나서 옥피리를 불면서 잔칫집에 갔어. 잔칫집에 당도하니 장자네 집 사람들이 하늘에서 내려온 신선이라고 허리를 굽혀 절을 하고 좋은 자리에 앉히고서 맛난 음식을 대접하네. 다른 사람들도 하늘에서 내려온 신선을 한 번이라도 더 보려고 구름같이 몰려들어 웅성웅성 참 야단법석이 났어.

그런데 셋째 딸은 눈썰미가 야무졌던지 아무래도 어디서 많이 보던 얼굴이라, 제가 맨 댕기 끝을 잘라 가지고 두고도거지 곁에 살짝 다가갔어. 그러고는 술을 따르는 척하면서 댕기 조각을 두고도거지 뒷머리에 묶어놨지.

두고도거지는 잔칫집에서 옥피리를 불며 잘 놀다가 남들보다

미리 집으로 돌아왔어. 돌아와서 비단옷을 벗고 누더기로 갈아입고 마당을 쓸고 기다렸지. 한참 뒤에 딸들이 돌아와서, 첫째 딸 둘째 딸은 잔칫집에 가서 신선 만난 이야기를 하느라 입에 침이 튀는데 셋째 딸은 아무 말이 없어. 그러다가 다른 식구들이 안 볼 때 가만히 두고도거지를 불러놓고,

"비단옷은 어디서 났으며 옥피리는 어디서 났어요? 어서 바른대로 말해봐요."

하고 묻겠지. 두고도거지가 시치미를 딱 떼고 모르는 척하니까 뒷머리에서 댕기 조각을 끌러가지고 제 댕기와 맞춰보는데, 맞춰보니 딱 맞거든. 두고도거지가 하는 수 없이 그동안에 있었던 일을 다 말해줬어. 그러고 나니 셋째 딸이 댕기를 매었다가 끌렀다가 하느라고 헝클어진 머리를 참빗으로 빗어주더란 말이야. 머리를 빗어주니까 절로 잠이 솔솔 올 것 아니야? 그래서 얼핏 잠이 들었어. 자다 보니 꿈인지 생시인지 몰라도 삼 년 전에 보았던 저승사자가 나타나서,

"삼 년 늘린 네 수명도 오늘로 다 되었다마는, 그동안 남에게 밟히는 고생을 참아냈으니 약속한대로 너를 데려가지 않겠다. 이제는 백 년 뒤에나 다시 오마."

하고는 연기같이 사라지더래. 언뜻 정신을 차리고 보니 셋째 딸이 아직도 제 머리를 빗어주고 있거든. 그길로 주인에게 가서 모든 것을 밝히고, 주인의 승낙을 얻어 셋째 딸과 백년가약을 맺었어.

두고도거지가 셋째 딸과 혼인하는 날, 금으로 수놓은 비단옷을 입고 옥피리를 불면서 색시와 함께 말을 타고 떠나는데, 그 광경

이 참 장관이거든. 그 광경을 보려고 첫째 딸과 둘째 딸은 지붕 위
에 올라가서,

"이럴 줄 알았다면 내가 옷 기워 입힐걸."

"이럴 줄 알았다면 내가 머리 빗어줄걸."

하면서 한탄을 하다가 그만 땅에 떨어져서 죽었대. 그렇게 떨어져
죽은 자리에 쌍버섯이 났는데, 사람들은 그걸 보고 죽은 두 딸의
혼이 버섯이 되었다고 그랬대.

샛별 머슴

옛날에 글 읽는 선비가 한 사람 살았는데, 벼슬도 못 하고 글만 읽으면서 살다 보니 사는 형편이 참 말이 아니야. 아니 할 말로 눌러도 뭣밖에는 나올 게 없는 그런 형편이란 말이지. 그도 그럴 것이, 조상 대대로 벼슬 없는 선비로 살아와서 물려받은 재산도 없지, 옛날 법이라는 게 돼먹지 못해서 양반은 굶어 죽어도 일은 못 한다지, 이러니 입에 풀칠이라도 하고 사는 게 오히려 신통하지.

이 사람이 어린 아들 셋을 두었는데, 한 해는 먹을 것이 없어서 아들 삼형제가 몇 날 며칠 아무것도 못 먹고 쫄쫄 굶게 됐어. 마침 가을이라 집집마다 가을걷이 채비를 할 때인데, 보다 못한 아내가 남편더러 채근을 했지.

"여보, 이러다가는 저 어린 것들이 다 굶어 죽게 생겼으니 논에 서 있는 벼이삭이라도 좀 잘라다 먹입시다."

"아무리 배가 고파도 남이 애써 농사지어놓은 곡식에 어찌 함부로 손을 댄단 말이오?"

"아 그까짓 벼이삭 몇 개 자른다고 표가 나겠소? 고집 부리지 말고 오늘 밤에 나가서 몇 개 잘라 오시오."

선비가 하릴없이 그날 밤이 이슥하기를 기다려 낫을 들고 나갔어. 남의 논에 가서 벼이삭을 자르려고 하는데 자꾸 뒤가 켕겨. 뒤가 켕겨서 하늘을 떡 올려다보니, 마침 새벽녘이 되었던가 동쪽 하늘에 샛별이 반짝반짝 떠 있는데, 아 그것이 자기를 내려다보고 꾸짖는 것 같더란 말이지.

'아이고, 내가 이게 무슨 짓이냐. 굶어 죽는 한이 있더라도 남의 곡식에 손을 대서는 안 되는데. 저 샛별 보기 부끄럽구나.'

이렇게 생각하고 그냥 돌아섰어. 빈손으로 집에 돌아오니 아내가 잔소리를 늘어놓지.

"아 그래, 기껏 낫을 들고 나간 양반이 빈손으로 들어와요? 식구들 다 굶어 죽일 작정이오?"

"하늘에 있는 샛별 보기 부끄러워 그 짓은 못 하겠소. 날이 밝으면 내 산에 가서 칡뿌리라도 캐어 올 테니 너무 걱정 마오."

참, 그래서 날이 밝으니까 산에 가서 칡뿌리를 캐다가 삶아 먹고 겨우 목숨은 부지했는데, 그것도 하루 이틀이지 내내 그러다가는 칡뿌린들 남아나겠어? 앞으로 무얼 먹고 사나 하고 걱정이 늘

어졌는데, 그날 저녁에 웬 떠꺼머리총각이 문간에 턱 찾아왔어. 찾아와서는,

"저는 갈 곳 없는 떠돌이인데 이 집에 머슴살이를 할까 하니 거두어주십시오."

이러거든.

"마음은 고마우나 우리는 농사지을 논밭도 없는 데다 당장 먹을 양식도 없는 형편이니 딴 집에나 가보게."

했더니,

"이 댁 형편을 다 알고 왔으니 거두어나 주십시오. 제가 도와드리면 살 길이 생길 것입니다."

이런단 말이야. 듣던 중 고마운 말이라 반갑게 맞아들였지. 맞아들이기는 했는데, 워낙 가난한 집이라 머슴 할 일이 없어. 농사를 지으려니 논이 있나 밭이 있나, 집안일을 하려니 세간이나 변변한가. 주인이 되레 미안해서,

"내일부터 당장 무슨 일을 할 텐가?"

하니,

"가을걷이 철이니 남의 농사일을 거들어주고 품삯으로 양식을 받아다 먹고 살아야겠습니다. 주인도 저를 도와 함께 일을 해주십시오."

하거든.

"나는 이날 이때까지 글만 읽어서 일하는 법을 배우지 못했다네."

하니까,

"그러니까 이제부터 배우셔야지요."

하면서 가을걷이하는 법을 이것저것 가르쳐주더란 말이야. 그 이튿날부터 선비는 머슴과 함께 남의 집에 가서 품을 파는데, 참 등이 휘어지도록 일을 했어. 명색이 선비가 남의 품팔이를 한다고 동네 양반들 손가락질을 받아가며 일을 했지. 그래서 그해 겨울을 그럭저럭 굶지 않고 넘겼어.

이듬해 봄이 되니까 머슴이,

"이제부터는 노는 땅을 일구어 논밭을 만듭시다."

하기에 머슴 말대로 여기저기 못 쓰게 된 땅을 빌리고 얻어다가 논밭을 일궜어. 밭을 갈아 씨를 뿌리고 거름을 주고 김을 매고, 참 억척같이 일을 했어. 머슴은 밤낮으로 선비에게 일하는 법을 가르쳐가면서도 제 몸 아끼지 않고 일을 도와주고, 한번 일 맛을 들인 선비도 죽자 살자 일을 했지. 그 덕분에 가을이 되니까 곡식을 제법 많이 거둬들여서 곳간에 쌓아두고 먹을 만큼 되었어.

이렇게 되니 머슴이 하직 인사를 하네.

"이제는 이 댁도 양식 걱정 안 하고 살게 됐으니 저는 그만 가겠습니다."

선비가 고맙고 섭섭해서,

"굶어 죽게 된 우리 식구를 살려준 은인인데 새경이라도 받아 가지고 가게."

하니까,

"저는 새경 따위를 받을 형편이 못 됩니다. 주인이 지난 해 남의 논에 선 벼이삭을 자르려고 하다가 제가 지켜보는 걸 보고 그만두신 일이 있지 않습니까? 그 마음 씀이 하도 고마워서 제가 조금 도 와드렸을 뿐이니 그런 걱정은 마십시오."

하고는 홀쩍 사라지기를 연기처럼 사라지더라네. 그러고 보니 머슴이 이 집에 와 있는 동안에는 새벽녘에 샛별이 뜨지 않았단 말이야. 그러니 그 머슴이 샛별머슴이지. 마음을 바르게 쓰면 하늘에 뜬 샛별도 도와준다는 이야기지. 선비는 어떻게 되었느냐고? 그야, 그 뒤에도 부지런히 일을 해서 아주 잘 살았지. 그저께까지 살다가 어저께 죽었다네.

소금을 내는 맷돌

옛날 옛적 어느 마을에 가난한 농사꾼이 살았다는군. 어느 추운 겨울날이었는데, 아 이 사람이 저녁을 지어 먹으려고 보니까 밥 지을 양식이 없네그려. 하는 수 없이 한동네 사는 형님네 집에 저녁거리를 꾸러 갔어. 남의 땅 부쳐 먹는 농사꾼들 사는 꼴이야 다 어슷비슷하니, 형님네 집엔들 양식이 넘칠까. 겨우 좁쌀 한 바가지를 얻어 가지고 나왔지.

좁쌀 바가지를 들고 그 동네에서 제일가는 부잣집 앞을 지나는데, 웬 거지 노인이 등에 맷돌을 짊어지고 담 밑에 쓰러져 있지 뭐야. 보아하니 낯선 노인인데, 아마도 부잣집에서 하룻밤 묵고 가기를 청하다가 쫓겨나왔나 봐. 그 집 주인은 소문난 구두쇠에다가 심술쟁이거든.

"여보시오, 노인장. 정신 차리시오."

잡고 흔들어보았지만 벌써 얼어 죽었는지 꿈짝도 하지 않더래. 얼른 노인을 둘러업고 집으로 돌아왔지. 돌아와서 방에 눕혀놓고, 아궁이에 불을 때어 언 몸을 녹이고, 얼어 온 좁쌀로 조당수를 쑤어 먹이고, 이렇게 지극정성으로 간호를 했더니 노인이 부스스 깨어나더라는 거야.

"아이고, 노인장. 정신이 드십니까?"

그런데 노인은 깨어나자마자 두리번거리며 뭘 찾기부터 하더라네.

"혹 내 등에 지운 맷돌 못 보았소?"

노인을 업고 올 때 맷돌도 함께 업고 왔거든.

"그건 염려 마십시오. 저 윗목에 잘 간수해두었습니다."

했더니,

"그럼 됐소. 늙은 것이 은혜를 입었는데 가진 거라고는 저 맷돌뿐이오. 저걸 드릴 터이니 사양치 말고 받으시오."

하더라네.

이튿날 일어나 보니 노인은 온데간데없고 맷돌만 덩그러니 남아 있더래. 맷돌을 얻긴 했는데 뭘 넣고 갈 것이 있어야지. 집 안에 곡식이라고는 어제 조당수 쑤어 먹고 남은 좁쌀 한 줌밖에 없으니 말이야. 그래서 하릴없이 빈 맷돌을 돌렸지. 빈 맷돌을 빙빙 돌리다 보니 이 추운 겨울을 양식도 없이 어찌 날꼬 하는 생각이 들거든.

"에이그, 이 맷돌에서 하얀 쌀이나 술술 나왔으면 좋겠다."

그랬더니 정말로 맷돌에서 하얀 쌀이 술술 나오지 뭐야. 이키 이게 뭐야 하고 멈추니까 안 나와. 다시 돌리니까 또 나와. 술술 나와서 금세 두어 가마니나 나왔어. 그걸로 밥을 지어 배불리 먹었지.

　그다음부터는 맷돌을 돌리기만 하면 뭐든지 다 나와. '떡 나와라' 하면 떡이 나오고, '옷 나와라' 하면 옷이 나온단 말이야. 그것 참 신통하기도 하지. 이런 맷돌이 있으니 부자 되기는 식은 죽 먹기보다 쉽지 뭐. 그래서 남부럽지 않게 아주 잘살게 됐어. '곡식 나와라', '살림 나와라' 해서 나온 것을 형님네 집에도 주고, 농네 사람들에게도 고루고루 나누어줬지. 그러니까 온 동네 사람들이 모두 다 잘살게 됐어.

　그런데 이 마을 부잣집 주인이 보니까 가난뱅이로 살던 사람이 갑자기 큰 부자가 돼서 잘살거든. 게다가 이제까지는 자기가 동네에서 제일가는 부자였는데, 이제는 온 동네 사람들이 죄다 부자가 되어 잘사니까 자기나 남이나 똑같게 됐단 말이야. 이 심술 많은 사람은 또 남 잘되는 꼴은 못 보네.

　'에구, 분하다. 그 거렁뱅이 노인이 그런 보물을 가진 걸 진작에 알았으면 내가 재워주고 얻는 건데. 그러면 나 혼자 더 큰 부자가 됐을 텐데. 에구, 분해.'

하면서 배를 끙끙 앓지만 엎질러진 물이니 소용이 있나. 며칠 동안 끙끙 앓다가 꾀를 낸다는 것이 거지 잔치를 베푸는 꾀를 냈어. 온 데 거지를 다 모아다 먹이는 거지. 그러다 보면 보물 맷돌 가진 거지 하나쯤 걸려들지 않을까 하고서 말이야. 그런데 몇 날 며칠

거지 잔치를 해도 맷돌 가진 거지는 안 나타나네그려. 산지사방에서 소문을 듣고 거지들이 꾸역꾸역 모여드는데, 모두들 하나같이 잔뜩 얻어먹기만 하고 그냥 가버린단 말이야. 한 보름씩 그러다 보니 그 좋던 살림도 거덜이 날 판이야. 나중에는 화가 머리끝까지 나서,

"야, 이놈들아. 얻어 처먹기만 하고 맷돌 하나 주는 놈 없으니 이게 무슨 경우냐?"

하고 몽둥이를 들고 설치니, 영문을 모르는 거지들은 다 줄행랑을 놓고 말았지. 이래서 거지 잔치도 끝장이 났어.

부잣집 주인이 머리를 싸매고 누워서 어떻게 하면 저 보물 맷돌을 얻을 수 있을까 하고 밤낮으로 궁리했지만 뾰족한 수가 날 리 없지. 어찌어찌하다가 뾰족한 수를 하나 냈는데, 그 수가 뭔고 하니 훔치는 수라.

'그 까짓것 훔쳐내면 그만인데 내가 왜 이런 고생을 했을꼬.'

이 욕심 사나운 사람이 한밤중에 몰래 들어가 맷돌을 훔쳤겠다. 훔쳐 내오긴 했는데, 이걸 동네에서 쓰다가는 당장 들킬 터이니 안 될 말이지. 맷돌을 짊어지고 멀리멀리 달아났어. 아무리 멀리 달아나도 나라 안에서 쓰다가는 소문이 나서 언젠가는 들킬 터이니 그것도 안 될 말이지. 아주 바다 건너 남의 나라에 가서 쓰겠노라 하고서 그길로 배를 탔어.

맷돌을 배에 싣고 바다 한복판에 나가니 이제야 안심이 되는구나. 맷돌을 돌려보고 싶은데 무얼 나오게 할까 궁리하다가 소금을 내기로 했어. 그때야 소금이 귀한 물건이니 그것만 잔뜩 가지면

세상에서 제일가는 부자가 될 것 같거든.

"딴 것일랑 말고 귀한 소금이나 나와라."

하면서 맷돌을 빙빙 돌리니 하얀 소금이 술술 나온단 말이야. 그걸 보니 기분이 좋아서 어쩔 줄을 몰라.

"옳지, 옳지. 소금 나와라. 자꾸자꾸 나와라."

맷돌을 하염없이 돌리니 소금이 금세 배에 하나 가득 쌓였지. 소금이 배에 가득하니 배가 스르르슬슬 가라앉기 시작하는데, 욕심쟁이는 그것도 모르고 기분이 좋아서,

"잘 나온다, 잘 나와. 또 나와라, 또 나와."

하면서 자꾸자꾸 맷돌을 돌리지 뭐야. 그러니 배가 바다 밑으로 쑥 가라앉을 수밖에. 욕심쟁이는 바다에 빠져 죽어도 맷돌은 자꾸 자꾸 돌아가니 소금은 그저 쉴 새 없이 나오지. 그저께도 나오고 어제도 나오고 아직도 나온다네. 그때부터 바닷물이 짜게 됐다는 이야기야.

소금을 내는 맷돌

까치의 보은

옛날에 어떤 선비가
과거를 보러 갔지. 가다
보니 길가 버드나무에 까치
둥지가 있는데, 아 구렁이란 놈이 까치를
잡아먹으려고 까치 둥지로 슬슬 기어올라가더란 말이야.
가만히 두면 까치가 곧 죽게 생겼거든. 선비가 까치를 살리려고
구렁이를 활로 쏘았어. 그래서 구렁이는 살을 맞고 죽고 까치는
살았지.

　그러고 나서 길을 가다가 날이 저물었는데, 산속에서 그만 길을
잃어버렸네. 한참 동안 헤매다 보니 멀리서 불이 반짝반짝해. 이
깊은 산속에도 사람 사는 집이 있어서 저렇게 불빛이 비치는구나
하고 반가워서 그 불빛을 찾아갔지. 가 보니 고래 등 같은 기와집

인데, 문밖에서 주인을 찾으니 젊은 아낙이 나와. 하룻밤 묵어가 기를 청하니까 방 안으로 들어오라고 해서 저녁밥까지 잘 차려주 더라는군.

저녁밥을 먹고 자리에 누웠는데, 하루 종일 걸어서 몹시 피곤할 게 아니야? 그래서 금방 잠이 들었지. 자다가 보니 숨이 막히고 온 몸이 답답하더라는 거야. 놀라서 깨어 보니, 아 글쎄 커다란 구렁 이가 몸을 친친 감고 있지 뭐야. 굵기는 홍두깨만 하고 길이는 댓 발이나 되는 것이 온몸을 친친 감고 있으니 숨이 막힐밖에. 그런 데 구렁이가 혀를 날름날름거리면서 하는 말이,

"아까 낮에 네가 활을 쏘아 죽인 구렁이가 바로 내 남편이다. 그 원수를 갚으려고 여기서 너를 기다리고 있었다. 네가 내 남편을 죽였으니 너도 한번 죽어봐라."

이러거든. 그래서 선비가 좋은 말로 타일렀어.

"내가 네 남편을 죽였다 하나 그것은 까치를 살리려고 한 일이 다. 죄 없이 죽는 목숨을 살리려고 했을 뿐이지 네 남편에게 무슨 원한이 있었겠느냐? 내가 네 남편에게 원한이 없으니 너도 나에게 원한을 품을 까닭이 없지 않으냐?"

그 말에 구렁이도 잠깐 생각하는 듯하더니 다시 혀를 날름날름 거리며 말하기를,

"나는 오늘 밤 자정이 되면 때가 차서 승천하게 되어 있다. 만약 그 전에 뒷산에 있는 종각에서 종이 세 번 울리면 하늘의 뜻으로 알고 너를 살려주려니와, 종이 울리지 않으면 너를 죽여 남편의 원수를 갚겠다."

이런단 말이야. 얼마 안 있으면 자정이 될 것인데 이 캄캄한 밤중에 누가 종을 치겠어? 선비는 이제 살기는 다 틀렸구나 생각하고 죽기만을 기다리고 있었지. 그런데 이게 웬일이야. 자정이 다 되어갈 무렵에 뒷산에서 종소리가 들려오지 않겠어? 희미하지만 틀림없이 종이 울리는 소리가 '뎅, 뎅, 뎅' 하고 세 번 들리더란 말이야. 그러자 구렁이가 감았던 몸을 스르르 풀면서,

"하늘이 너의 편이니 원통하지만 어쩔 수가 없구나. 약속대로 살려주마."

하더니, 갑자기 바람이 불고 안개가 자욱한 속으로 사라져버리더래.

이튿날 아침에 선비가 뒷산 종각에 올라 보니, 종 밑에 까치 세 마리가 머리에 피를 흘리고 죽어 있더래. 종에도 피가 묻어 있고 말이야. 그러니까 까치들이 은혜를 갚으려고 머리를 종에 부딪쳐 소리를 낸 것이지. 선비는 까치들을 양지바른 곳에 고이 묻어주었단다. 까치도 은혜를 알고 보은을 하거늘, 하물며 사람이야 더 말할 것이 무엇인가.

술이 나오는 그림

옛날 백두산 기슭에 총각 나무
꾼이 살았는데, 이 총각은 날이면
날마다 백두산에 올라가 나무를 해
다 팔아서 홀어머니를 봉양했어.

한번은 동지섣달 추운 겨울에 산에 가서 나무를 하는데, 아 어
디서 희미하게 앓는 소리가 들리더라네. 사람이 몹시 아파서 앓는
소리 같은데, 도무지 이 산중에 누가 살기에 저런 소리가 나나 하
고 소리 나는 곳으로 가봤지. 가 보니 전에 못 보던 움막이 한 채
있는데, 앓는 소리는 거기서 새어 나오더라는 거야. 이 총각이 백
두산에 나무하러 다닌 지 십 년이 넘었는데 이곳에 이런 움막이
있는 것은 처음 본단 말이야. 이상하게 생각하고 움막에 들어가
보니, 방 안에 하얀 노인이 누워 있더란 말이지. 그런데 금방이라

도 숨이 넘어갈 듯이 갸르릉거리며 앓고 있거든.

노인을 잡고 흔들어 깨워도 정신이 없기에, 제가 해 온 나무로 방에 불을 덥게 때고 소나무 껍질을 벗겨 죽을 쑤어 먹였지. 온 정성을 다해 간호를 했더니 잠시 뒤에 노인이 정신을 차리더라는군. 그런데 기운이 없어 말은 못 하고 눈물만 주르르 흘리고 있어. 그걸 보니 하도 가엾어서 그다음 날부터 날마다 움막에 와서 노인을 정성껏 보살펴줬어. 집에서 쑤어 온 미음도 떠먹이고 대소변 수발도 들어주고, 이렇게 잘 간호해줬더니 며칠 뒤에는 아주 맑은 정신으로 돌아왔어. 노인이 총각 손을 부여잡고,

"의지할 곳 없는 몸이 산중에서 뜻하지 않게 병이 들어 죽는 줄 알았더니 젊은이 덕택에 다시 살아났네."

하고 참 고마워하더니 지필묵을 꺼내 들고 그림 한 폭을 그려줘. 노인의 손끝에서 붓이 펄펄 나는 듯하더니, 푸른 소나무에 흰 두루미가 한 마리 앉아 있고 바위 밑에 맑은 샘물이 솟아나는 그림 한 폭이 금세 그려져 나와.

"가진 것이라고는 그림 그리는 재주뿐이라 이것으로 보답하려 하니 사양 말게나."

그래서 그림 한 폭을 얻어 가지고 집에 돌아왔지.

이튿날 총각이 그림을 품에 넣고 또 산에 나무를 하러 갔어. 그런데 웬일인지 어제까지 그 자리에 있던 움막이 온데간데없지 뭐야. 움막이 없으니 노인도 없지. 그것 참 이상한 일도 다 있다 하면서 나무를 했어. 나무를 한 짐 해서 산을 내려오는데 목이 몹시 말라. 근처에 샘물도 없고 해서 그냥 앉아서 쉬는데, 심심풀이로

품속에 넣어뒀던 그림을 꺼내 보았지.

그림 속 경치가 어찌나 좋은지 한참 넋을 잃고 바라보다가, 문득 그림 속에서 솟아나는 맑은 물이 참 시원해 보여서 손으로 한번 쓰다듬어 보았어. 그랬더니 이게 웬일이야. 그림 속의 소나무에서 학이 날갯짓을 하더니, 샘물 그림에서 정말로 맑은 물이 쪼르르 흐르지 뭐야. 그 물을 손에 받아 마셔봤더니 이게 물이 아니고 술이야. 맛도 향기도 그윽한 술인데, 한 모금 마시자마자 정신이 맑아지면서 온몸에 기운이 솟아오르더래.

그 노인이 신선이었던 모양이지. 그러면 그림에서 나오는 술은 불로장생한다는 신선주일 테니, 총각은 보물을 얻어도 아주 큰 보물을 얻었네그려.

총각은 집에 돌아와 그림에서 나온 술로 홀어머니 봉양 잘하고, 이웃 사람들한테도 달라는 대로 술을 내어줬어. 술을 마신 사람들은 모두 병이 낫고 기운이 솟아나니, 이 소문이 금세 멀리까지 퍼졌지. 소문을 들은 사람들이 구름같이 몰려와 술을 얻고 돈을 놓고 가서, 가난하던 총각은 부자가 되어 잘살게 됐어.

그런데 이런 일에는 반드시 못된 사람이 끼어들게 마련이지. 고을 원이 소문을 듣고 그림이 탐나서 사람을 보내 총각을 관아로 불러들였어.

"듣자 하니 네가 신묘한 그림을 가지고 있다던데, 그런 귀한 것을 관에 바칠 생각은 없느냐?"

원이 바라는 대로 그림을 바치기만 하면 무사할 줄 알지만, 그렇다고 제 것을 무작정 빼앗기고 싶지는 않단 말이야. 그래서 딱

부러지게 거절을 했지. 눈독을 들인 원이 그런다고 순순히 물러설까. 구실아치들을 부추겨 송사를 걸게 해놓고 며칠 뒤에 다시 총각을 잡아들인다.

"네 이놈, 그런 줄 몰랐더니 요사스러운 물건으로 백성들을 현혹시켜 돈을 벌었겠다. 여기 네 술을 먹고 병이 난 증인이 있으니 딴소리 말렷다."

관에서 벼르면 되는 일도 안 되고 안 되는 일도 되는 법이니 어쩔 수가 있나. 총각은 억울하게 오라를 지고 그림은 원에게 빼앗기고 말았지.

그런데 그때 갑자기 백발노인 한 사람이 나는 듯이 관아에 들어오더니,

"명색 관장이라는 자가 어찌 이리 음흉한고. 이러니 백성들이 호환(호랑이에게 당하는 화)을 두려워 않고 산속으로 몸을 숨기지 않느냐."

하고 원을 크게 나무라더라네. 그러고는 원이 들고 있던 그림을 낚아채어 소나무 위에 앉은 학을 한 번 문지르니, 갑자기 학이 날갯짓을 하며 그림 속에서 튀어나오더라지 뭐야. 노인이 총각을 데리고 학의 등에 오르자, 학이 크게 울며 높이 날아올라 어느덧 구름 속으로 사라지더라는 거야. 지금도 백두산 기슭에는 흰 학을 탄 사람이 가끔 구름 사이로 나타난다고 하는 말이 있어.

제3부

우연한 행운

정신없는 도깨비

옛날 옛적 어떤 마을에 나이 예닐곱 살
먹은 어린아이가 있었는데, 태어나자마자
부모를 여의고 혼자서 살았어. 어린아이가 혼자서 살려니 좀 힘이
들겠나. 남의 집 궂은일을 거들어주고 한 푼 두 푼 주는 대로 받아
서 입에 풀칠이나 하고 살았지.

하루는 이 아이가 이웃 마을 초상집에 가서 일을 해주고 돈 서
푼을 받았어. 그 돈 서 푼을 손에 꼭 쥐고 집으로 돌아오는데, 모
퉁이를 딱 도니까 꼭 저만 한 아이가 썩 나타나더니,

"아무개야, 아무개야."

하고 제 이름을 부르고는 손뼉을 딱딱 치거든. 가만히 보니까 그
게 도깨비야. 도깨비는 머리에 뿔 달린 줄 아는 사람이 많지만 그
게 아니야. 사람하고 똑같이 생겼지. 그런데 아무나 만나면 이름

을 꼭 두 번씩 부르고 손뼉을 딱딱 친다나. 그걸 보고 도깨비인 줄 알지.

길에서 갑자기 도깨비를 만났으니 이 아이가 참 놀랐지. 그래도 뭐 아무렇지도 않은 척했어. 도깨비를 만나서 놀란 모습을 보이면 안 되거든. 그러면 도깨비가 기분이 나빠져서 꼭 해코지를 하게 돼. 그래서 태연하게,

"왜 부르느냐?"

하니까,

"내가 지금 돈이 없어서 그러는데 딱 서 푼만 꾸어다오."

이러거든. 도깨비가.

돈이라고는 초상집 일해주고 받은 것 달랑 서 푼뿐인데 그걸 꾸어달라니 딱하게 되었지. 그래도 안 꾸어줬다가는 무슨 심술을 부릴지 모르니 어떻게 해. 꾸어줬지. 꾸어주면서,

"너 이 돈 꼭 갚을 테지?"

하고 다짐을 받았어. 도깨비는,

"아무렴, 내일 저녁에 꼭 갚을 테니 염려 마라."

하고는 연기같이 가버렸어.

아이는 도깨비한테 돈 서 푼을 꾸어주고 나니 양식 살 돈이 없어서 그날은 쫄쫄 굶었어. 그 이튿날도 남의 집에 가서 일을 해주고, 저녁에 집에 와 있으려니까 밖에서 누가 불러.

"아무개야, 아무개야."

하고 손뼉을 딱딱 치는데, 나가 보니 어제 만났던 도깨비거든. 도깨비가 돈 서 푼을 들고 왔어.

"어제 꾼 돈 서 푼 갚으러 왔다. 옛다, 받아라."

하고 돈 서 푼을 줘. 받았지. 그놈의 도깨비 참 약속도 잘 지키네 그려.

그런데 그다음 날 저녁이 되니까 밖에서 또 누가 불러.

"아무개야, 아무개야."

하고 손뼉을 딱딱 치는데, 나가 보니 또 그 도깨비가 왔어.

"왜 그러느냐?"

"어제 꾼 돈 서 푼 갚으러 왔다. 옛다, 받아라."

이러고 또 돈 서 푼을 준단 말이야. 어제 틀림없이 갚았는데 또 줘.

"이게 무슨 돈이야? 꾼 돈은 어제 갚았잖니?"

하니까 도깨비가 하는 말이,

"어라, 얘 좀 봐. 내가 언제 갚았다고 그래? 어제 길에서 너한테 돈 서 푼 빌리고 오늘 처음 만나는데 언제 갚아?"

이러면서 부득부득 돈을 놓고 가. 아하, 도깨비라고 하는 것이 무엇이든지 잘 잊어버린다더니 이를 두고 하는 말이렷다. 그런데 제가 꾼 것은 안 잊고 갚은 것은 잊어버리니 그것도 우스운 일이지. 어찌 됐든 아이한테는 공돈이 서 푼 생긴 셈이니 나쁠 거야 없지.

그런데 그다음 날 저녁에 도깨비가 또 찾아왔어. 또 와서 아무개야, 아무개야, 이름을 두 번 부르고 손뼉을 딱딱 치기에 나가 보니 또 어제 꾼 돈 갚으러 왔다네. 이건 뭐 사흘이 지나도 어제 꾼 돈이라지. 그러면서 돈 서 푼을 줘. 두 번씩이나 갚았는데 왜 또 주느냐고 암만 얘기해도 부득부득 돈을 놓고 가기에 할 수 없이 받았지.

그다음부터 이놈의 도깨비가 날마다 와서 돈 서 푼씩 주고 가네 그려. 날마다 저녁때만 되면 찾아와서 아무개야, 아무개야, 부르고 손뼉을 딱딱 치고 어제 꾼 돈 갚으러 왔다고 그런단 말이야. 그래 나중에는 귀찮아서 내다보지도 않고,

"알았으니 거기 놓고 가거라."

하면 돈을 놓고 가지. 이렇게 해서 아이는 날마다 공돈을 서 푼씩 받게 됐어. 하루 종일 일해봐야 서 푼 받기 바쁜데 날마다 공돈이 서 푼씩 생기니 좀 좋아. 그래서 살기도 전보다 훨씬 나아졌지.

그렇게 몇 달이 지났는데, 하루는 도깨비가 돈 갚으러 왔다가 냉큼 가지를 않고 머뭇머뭇하더니,

"얘, 나 너희 집에서 좀 놀다 가면 안 될까?"

이러거든. 날마다 돈 서푼씩 갖다 주는 도깨비인데 그만 청을 못 들어줄까. 그래서 그러라고 했지.

도깨비가 집 안으로 들어왔기에 이런저런 이야기를 하고 놀았지. 그런데 이 집에 다 찌그러져가는 냄비가 하나 있었거든. 도깨비가 그 냄비를 보고는,

"저건 찌그러져서 못 쓰겠다. 우리 집에 저런 냄비가 많이 있는데 새것으로 하나 갖다 줄까?"

이런단 말이야. 새 냄비를 준다는데 마다할 리 있나. 하나 갖다 주면 고맙겠다고 그랬지. 그러마 하고 도깨비가 갔어.

그런데 그다음 날 저녁에 도깨비가 찾아와서 아무개야, 아무개야, 부르고 손뼉을 딱딱 치기에 나가봤더니, 아 이번에는 돈 서 푼에다가 냄비까지 얹어서 들고 왔어. 한 손에는 돈을 들고 한 손에

는 냄비를 들고서는,

"어제 꾼 돈 서 푼 갚으러 왔다. 옜다, 받아라."

하고 돈을 줘. 돈 꾼 지 몇 달이 지났는데 아직도 어제 꾼 돈이라니 참 우습지. 돈을 주고 나서는,

"자, 새 냄비다. 이것도 받아라."

하면서 냄비를 준단 말이야. 고맙다고 하고 받았지.

이튿날 아침에 도깨비가 준 새 냄비에다 밥을 지어서 잘 먹었어. 잘 먹고 냄비를 싹 씻어뒀는데, 점심밥을 지어 먹으려고 냄비 뚜껑을 탁 열어보니까, 아 이게 무슨 조화야. 냄비 안에 밥이 하나 가득 들어 있네. 김이 무럭무럭 나는 하얀 쌀밥이 말이야. 먹고 나서 싹 씻어두면 또 저절로 밥이 하나 가득 들어 있고, 먹고 나면 또 그러고, 이러네 글쎄. 그러니까 이게 요술냄비지. 도깨비들은 그런 걸 많이들 가지고 있다고 그러잖아.

이러니 뭐 그다음부터는 살판났지. 양식이 떨어져도 걱정이 있나, 밥 짓는다고 고생할 일이 있나. 언제든지 냄비 뚜껑만 탁 열면 밥이 하나 가득 들어 있으니 좀 좋아. 그런데 더 좋은 건, 그날부터 저녁마다 도깨비가 와서 돈도 주고 냄비도 주는 거야. 아무개야, 아무개야, 부르고 손뼉을 딱딱 쳐서 나가보면, 아 도깨비가 한 손에 돈을 들고 한 손에는 냄비를 들고 서 있단 말이야.

"어제 꾼 돈 서 푼 갚으러 왔다. 옜다, 받아라."

하고 돈을 주고 나서,

"자, 새 냄비다. 이것도 받아라."

하고 냄비를 주거든. 그러니까 돈 갚은 것만 잊어버리는 게 아니

라 냄비 준 것까지도 잊어버리는 모양이야.

어찌 됐든 이건 참 수가 났지. 날마다 공돈 서 푼씩 생기는 것만 해도 그저 그만인데, 요술냄비까지 날마다 하나씩 생기니까 이런 횡재가 어디 있나그래. 아이는 냄비를 많이 얻어서 아침밥 짓는 냄비, 점심밥 짓는 냄비, 저녁밥 짓는 냄비를 하나씩 따로 두고, 그래도 남아서 온 동네 사람들한테 하나씩 나누어줬어. 그러니 온 동네 사람들이 다 살판났지 뭐야.

그렇게 날마다 도깨비한테서 돈 서 푼과 냄비를 얻으면서 살았지. 그렇게 또 몇 달이 지났는데, 하루는 도깨비가 돈과 냄비를 주고 나서 또 얼른 가지를 않고 머뭇머뭇하더니,

"얘, 나 너희 집에서 좀 놀다 가면 안 될까?"

이러거든. 그러라고 했지. 그래서 또 이런저런 이야기를 하고 놀았어. 그런데 이 집에 다듬잇방망이가 하나 있었거든. 옛날에 어머니가 옷을 다듬을 때 쓰던 방망이인데, 그게 닳아서 좀 작아졌어. 도깨비가 그걸 보고는,

"저건 너무 작아서 못 쓰겠다. 우리 집에 저런 방망이가 많이 있는데 큰 걸로 하나 갖다 주마."

이런단 말이야. 그러고는 참, 그 이튿날 저녁에 도깨비가 방망이를 가지고 왔어. 이번에는 한 손에 돈을 들고 한 손에는 냄비를 들고, 방망이는 허리춤에 차고 왔어.

"어제 꾼 돈 갚으러 왔다. 옜다, 받아라."

하고 돈을 주고 나서,

"자, 새 냄비다. 이것도 받아라."

하면서 냄비를 주고,

"내가 큰 방망이도 하나 주기로 했지? 자, 여기 있다."

하면서 방망이를 줘. 뭐 지금까지 날마다 갖다 준 걸 죄다 잊어버리고 처음 갖다 주는 것처럼 그러니 참 우습지.

이 아이가 도깨비한테서 방망이를 받아 보니 방망이가 참 크고 좋아. 그래서 그걸 다듬잇돌에다가 뚝딱뚝딱 두드리면서,

"나도 어머니가 있었으면 여기 이렇게 두드려서 새 옷 한 벌 지어줄 텐데……. 새 옷이나 한 벌 있었으면 좋겠다."

했더니, 아 금세 새 옷이 턱 나와. 새 이불도 있었으면 좋겠다 하니까 새 이불도 턱 나오고. 그러니까 그게 도깨비 방망이지. 뭐든지 나오라고 하면 다 나오는 방망이란 말이야. 그러니 얼마나 좋아. 방망이를 두드려서 새 집도 나오게 하고, 장롱도 나오게 하고, 병풍도 나오게 해서 아주 번듯하게 차려놨지.

그런데 더 좋은 건 말이야. 그다음 날부터 도깨비가 날마다 와서 돈도 주고 냄비도 주고 방망이도 주는 거야. 아무개야, 아무개야, 부르고 손뼉을 딱딱 쳐서 나가보면, 도깨비가 한 손에 돈을 들고 한 손에는 냄비를 들고 방망이는 허리춤에 차고 턱 서 있거든.

"어제 꾼 돈 갚으러 왔다. 옛다, 받아라."

돈 꾼 지 일 년이 다 되어가는데 아직도 어제래.

"자, 새 냄비다. 이것도 받아라."

냄비는 수도 없이 받았는데 또 줘.

"내가 큰 방망이도 하나 주기로 했지? 자, 여기 있다."

어제 하나 준 걸 잊어버리고 또 주지. 햐, 이러니 수가 나도 보

통 난 게 아니지 뭐야. 그날부터 날마다 공돈 서 푼에다가 요술냄비에다가 도깨비 방망이까지 얻게 되니 이건 뭐 감당도 못할 횡재지. 아이는 방망이를 많이 얻어서 금 내는 방망이, 은 내는 방망이, 옷 내는 방망이를 하나씩 따로 두고, 그래도 남아서 온 동네 사람들한테 하나씩 나누어줬어. 그러니 온 동네 사람들이 죄다 큰 부자가 됐지.

그렇게 해서 또 몇 달이 지났는데, 하루는 이 아이가 이웃 마을 잔칫집에 가게 됐어. 처음에 도깨비를 만났던 그 모퉁이를 딱 도는데, 누가 자꾸 불러. 아무개야, 아무개야, 두 번 부르고 손뼉을 딱딱 치는데, 아 그 소리가 머리 위에서 들린단 말이야. 그래서 하늘을 쳐다봤더니 공중에 그 도깨비가 붕 떠 있더란 말이야. 그런데 이놈의 도깨비가 공중에 붕 떠서 훌쩍훌쩍 울고 있어.

"아, 너 왜 거기서 울고 있느냐?"

하니까 이 도깨비가 울면서 하는 말이,

"내가 죄를 많이 지어서 하늘에 있는 도깨비 나라 임금님한테 벌 받으러 가는 길이다."

이러거든. 무슨 죄를 지었느냐니까,

"살림을 너무 헤프게 산 죄란다. 나는 아무 짓도 안 한 것 같은데, 집에 있는 돈이고 냄비고 방망이고 마구 남을 갖다 줘서 우리 집 살림이 거덜이 났대."

아, 이런단 말이야. 듣고 보니 참 미안한 일이지. 그래도 뭐 어쩔 도리가 있나. 도깨비 나라 일을 사람이 참견할 수는 없으니 말이야. 그런데 도깨비가 그다음에 하는 말이 더 가관이야. 뭐라고

하는고 하니,

"내가 지금 올라가면 언제 올지 모르는데, 너한테 돈 서 푼 꾼 것도 못 갚고, 냄비와 방망이도 못 주고 가는구나. 참 미안하다. 하늘에서 벌 다 받고 내려오면 그때 꼭 주마."

이러더래. 제가 지금까지 그렇게나 많이 갖다 준 걸 죄다 잊어버리고 말이야. 그러고는 훌쩍 하늘로 올라갔는데, 그 뒤로는 아무도 그 도깨비를 못 보았다는군. 뭐 아직도 하늘에서 벌 받고 있는지 몰라. 그건 그렇고, 누구든지 도깨비가 돈 꾸어달라거든 두말 말고 꿔주게나. 그렇게만 하면 횡재수가 터질 테니. 하하.

정신없는 도깨비

이상한 돌쩌귀

옛날에 소금 장수가 살았는
데, 이 사람이 어렸을 적부터
소금 장사를 해서 나이 마흔이
넘도록 소금 짐만 지고 다녀. 그러니 소
금 장사에는 아주 이골이 났지. 소금을 기름종이로 덮어 가지고
다니는데, 이 기름종이가 소금에 절 대로 절어서 물기를 머금으면
눅눅해지거든. 날씨가 궂을 만하면 기름종이가 먼저 눅눅해지니
까 이 사람이 비가 올 걸 미리 알아. 아무리 맑은 날이라도 기름종
이가 눅눅해지면,

"두고 봐라. 비가 곧 온다."

하고 소금 장수가 큰소리를 치는데, 아 그게 신통하게도 딱딱 맞
아떨어진단 말씀이야. 소금 장수야 기름종이 눅눅해지는 걸 보고

그러지만 딴 사람들은 내막을 잘 모르니 그저 신통하기만 하지. 그래서 모두들 이 소금 장수를 기막힌 도인으로 알았어. 그러다 보니 소문이 퍼지고 퍼져서 근방에 모르는 사람이 없게 됐지.

그런데 이때 어떤 고을에 변이 생겼어. 무슨 변인고 하니, 그 고을에 원이 부임해서 내려가기만 하면 그날로 죽어. 어제까지 멀쩡하던 신관 사또가 하룻밤 자고 나면 싸늘한 시체로 변한단 말이지. 그것도 한두 사람이 아니고 벌써 다섯 사람이나 죽었어. 이러니 어느 누가 그 고을에 가려고 하겠어. 아무도 안 가지.

이런 판국에 신통한 도인이 있다는 소문이 어찌어찌해서 대궐에까지 퍼지게 되었던 모양이야. 그러니 임금이 어쩌겠나. 당장 불러올리라지. 그래서 이 소금 장수가 임금한테 불려 가게 됐어.

아, 그러니 소금 장수는 걱정이 태산이야. 자기는 그저 기름종이 하나만 믿고 큰소리를 쳤는데, 그게 소문이 나는 바람에 임금한테까지 불려 가는 신세가 됐으니 앞일이 걱정이지. 그래도 뭐 어떻게 해. 나라에 뽑혀 가는 도인이라고 해서 좌우에 역졸들이 떡 벌어지게 옹위를 하고 가니 도망을 칠 수가 있나, 소문이 날 대로 난 판국에 이제 와서 난 아니오 할 수가 있나. 울며 겨자 먹기로 따라갈 수밖에.

그렇게 해서 서울로 가는데, 가다가 일행이 주막에 들게 됐어. 주막에서 저녁을 먹고 밤이 이슥해서 방에 누워 있는데, 주막 주인이 문밖에서 불러. 무슨 일이냐고 물으니,

"우리 집 여편네가 원인 모를 병으로 몸져누워 있는데 고칠 방도가 없습니다. 병이 워낙 깊어 오늘 밤을 넘기기 어려울 듯하니

높으신 도술로 제발 살려주십시오."

이런단 말이야. 허 그것 참. 사십 평생 소금 짐만 지고 다닌 주제에 죽을 목숨을 어떻게 살려? 앞이 캄캄하지. 이 일을 어떻게 하나 하다가, 에라 모르겠다, 이왕에 일이 이렇게 되었으니 도인 행세나 하고 보자, 이렇게 생각하고는 주인더러,

"잘 알았으니 물러가 있으시오."

했지. 그래놓고 나니 가슴이 답답해. 그래서 밖에 나와 어정거렸지. 마당에 나와 어정거리다 보니 마당 구석에 오래된 쇠돌쩌귀가 하나 자빠져 누워 있거든. 누가 쓰다가 버린 모양이야. 그래 하도 답답해서,

"돌쩌귀야, 돌쩌귀야. 이 일을 어쩌면 좋으냐?"

했지. 그랬더니,

"무슨 일로 그러십니까?"

하는데, 가만히 보니까 아 글쎄 돌쩌귀가 말을 하네. 돌쩌귀가 말을 해. 아, 이것 참 귀신이 곡할 노릇이다 싶어서 돌쩌귀한테 말을 걸었지. 주막 아낙네가 앓아누워서 다 죽어가는데 나더러 고쳐달라 하니 어떡하면 좋으냐고 말이야. 그랬더니 돌쩌귀가 하는 말이,

"아, 그것은 어렵지 않습니다. 그 주막을 지을 때 집터 밑에 해골이 있는 것을 모르고 지어서 그 해골 귀신이 심술을 부리는 것이니, 방구들을 파고 해골을 들어내어 딴 데 묻어주면 될 것입니다."

이런단 말이야. 참, 하늘이 무너져도 솟아날 구멍이 있다더니 이를 두고 한 말이 아니야? 소금 장수가 그길로 주막에 가서 주인더러 방구들을 파보라고 일렀지. 방구들을 파보니 아닌 게 아니라

해골이 하나 나와. 그걸 양지바른 곳에 묻어줬더니 그 집 아낙네 병이 씻은 듯이 나았어.

이렇게 되니 이 소금 장수 이름이 더 나서 아주 하늘을 찌를 듯하지. 죽을 목숨을 살려놨으니 세상에 이런 도인이 어디 있나 그래. 도인 중에 도인이라고 사람마다 입에 침이 말라. 소금 장수는 돌쩌귀를 아예 비단보에 싸 가지고 서울로 올라가는데, 가는 골골마다 도인이 지나간다고 사람들이 구름같이 모여들어. 모여든 사람들이 저마다 이런 일이 있는데 좀 도와주시오 하면, 소금장수는 돌쩌귀한테 물어보고 척척 가르쳐주지. 그게 다 신통하게 맞아떨어지니 다들 혀를 내두르지 뭐야.

이렇게 해서 대궐까지 갔어. 임금이 소금 장수를 조용히 불러다가,

"아무 데 고을에 기이한 일이 있어 너를 불렀다. 그 고을에 원이 내려가기만 하면 그날로 죽어 나오기가 다섯 차례이니 이게 어인 일이냐?"

하고 묻겠지. 소금장수는 돌쩌귀가 있으니 마음 푹 놓고,

"아, 그것은 저를 그 고을 원으로 내려보내 주시면 잘 해보겠습니다."

했지. 임금이 당장 소금 장수에게 벼슬을 주어서 그 고을 원으로 내려보냈어. 이렇게 해서 소금 장수는 원이 되어 고을로 내려갔어. 그런데 제가 뭘 어떻게 할 재주가 없으니 돌쩌귀한테 물었지.

"돌쩌귀야, 이제 어쩌면 좋으냐?"

"동헌 뒤에 수백 년 묵은 고목이 있는데, 그 나무 구멍 속에 백

여우 세 마리가 살고 있습니다. 그 백여우들이 조화를 부려서 원을 죽게 만드니, 그놈들을 없애야 합니다."

"어떻게 없앤단 말이냐?"

"장작 삼백 짐을 마련하여 고목 밑에 쌓아놓고, 새끼줄 삼천 발을 꼬아 장작을 묶으십시오. 그리고 용한 사냥꾼 서른을 뽑아 고목 둘레에 세워놓고 장작에 불을 지르십시오. 여우들이 놀라 뛰어나오거든 사냥꾼더러 활을 쏘게 하십시오. 한 마리라도 놓쳐서는 안 됩니다."

소금 장수가 그대로 했지. 장작 삼백 짐을 고목 밑에 쌓아놓고 새끼줄 삼천 발로 묶었어. 활 잘 쏘는 사냥꾼 서른을 뽑아 둘레에 세워놓고 장작더미에 불을 질렀지. 불길이 솟아오르니 여우 세 마리가 뛰어나오는데, 사냥꾼들이 활을 쏘아 두 마리는 맞히고 한 마리는 놓쳤어. 어찌 됐든 백여우가 없어지니까 그 고을도 조용하게 됐지.

소금 장수는 그 고을 원이 되어 정사를 잘 보고 살았어. 그런데 얼마 안 가서 또 일이 났어. 무슨 일인고 하니 이번에는 이웃 나라 임금이 불러. 우리나라고 이웃 나라고 간에 임금이 부른다는데 안 갈 수 있나. 갔지. 가면서 돌쩌귀한테 물었어. 이웃 나라 임금이 무슨 일로 나를 부른다더냐 하고 말이야. 그랬더니 돌쩌귀가 하는 말이,

"그때 백여우 세 마리를 다 못 죽이고 한 마리를 놓친 것이 화근입니다. 그 여우가 이웃 나라로 도망가서 예쁜 여자로 둔갑을 해가지고 그 나라 임금의 첩이 되었는데, 몸이 아프다는 핑계를 대

고 이 병에는 우리나라 도인만이 고칠 수 있다고 임금을 꾀어서 이렇게 되었습니다. 거기 가기만 하면 당신 간을 빼 먹으려고 할 것입니다."

이런단 말이야. 어허, 듣고 보니 가기만 하면 죽을 판이야. 이 일을 어떻게 하느냐. 돌쩌귀한테 물어봐야지 어떻게 하긴 뭘 어떻게 해. 돌쩌귀가 가르쳐주기를,

"압록강을 건너기 전에 백두산 아래 아무 마을에 가면 '삼족구'라는 다리 셋 달린 개가 있을 것이니 그 개를 사다가 도포 소매 속에 넣어 가지고 가십시오. 제아무리 사악한 백여우라도 삼족구한테는 못 당할 것입니다."

하기에 그대로 했지. 참 백두산 아래에 가니까 몸집은 조그마한데 털 색깔이 빨갛고 다리가 셋 달린 개가 있어. 그 개를 큰돈을 주고 사서 도포 소매 속에다 넣어 가지고 갔지.

이제 이웃 나라 대궐에 들어가니까, 임금이 후원 별당에 가서 첩의 병을 고쳐달라고 그런단 말이야. 후원 별당으로 갔지. 열두 대문을 열고 들어가니 방 안에 젊은 여자가 누워 있는데, 진맥을 하는 척하고 소매 속에서 삼족구를 풀어놨어. 그랬더니 삼족구가 '멍' 하고 한 번 짖더니 훌쩍 뛰어서 누워 있는 여자 목을 단번에 물어버리거든. 그러니까 여자는 '캥' 하고 비명을 지르고는 백여우가 돼서 꼬리를 두 발이나 뻗고 죽어버렸어.

이렇게 해서 소금장수는 죽을 목숨이 살아서 우리나라로 돌아왔어. 돌아와서 생각하니 이제까지 도인 노릇을 하고 죽을 고비를 넘긴 것이 모두 돌쩌귀 덕분이라, 비단보에 싼 돌쩌귀를 어루만지

면서,

"어떻게 하면 너의 은혜를 갚을 수 있느냐?"

했더니 돌쩌귀가 갑자기 슬피 울면서 하는 말이,

"저는 본래 의주 사는 뱃사람입니다. 배를 타고 장사를 하다가 풍랑을 만나 죽었는데, 제 혼이 저승에 들지 못하고 배에 달린 돌쩌귀에 붙어 떠돌아다니다가 당신을 만났습니다. 제 식구들이 아직 의주에 살고 있으니 부디 저를 거기에 데려다주십시오."

이런단 말이야. 소금 장수가 그 말을 듣고 의주에 있는 옛집을 찾아갔지. 가보니 식구들은 장사하러 나간 가장의 생사를 모르고 이제나저제나 기다리고 있더란 말이야. 거기 가서 돌쩌귀를 내놓고 그동안 사정 이야기를 하니, 식구들이 모두 돌쩌귀를 얼싸안고 슬피 울어. 돌쩌귀도 슬피 울다가,

"이제 나는 식구들을 만나서 여한이 없으니 부디 조상 무덤 밑에 묻어주십시오. 그러면 혼도 편안히 저승에 들 것입니다."

하거든. 그래서 그 집 식구들과 함께 돌쩌귀를 후히 장사 지냈지. 그리고 소금장수는 도인 노릇을 그만두고 깊은 산속에 들어가서 풀뿌리를 캐 먹으며 살았는데, 들리는 소문에는 아직도 잘 살고 있다지 아마.

이야기 흉내 내기

빤질 빤질
보는구나~

옛날에 한 청상과부가 살았는데, 이 사
람은 이야기 듣기를 참 좋아했더래. 그런
데 이야기를 듣기만 좋아했지 정작 저더러
하라면 잘 못 해. 그래서 어떡하면 나도 남들처럼 이야기를 멋들
어지게 잘해보나, 자나 깨나 그게 소원이었지. 생각 끝에 어디서
든 이야기를 하나 들으면 꼭 새겨뒀다가 그걸 흉내 내보자, 이렇
게 작정을 하고 그대로 했어.

이 과부 이웃집에 이야기를 아주 잘하는 할머니가 살았는데, 하
루는 과부가 할머니를 찾아갔어. 가서 재미있는 이야기 좀 해달라
고 그랬지. 그런데 할머니는 그날따라 할 이야기가 없더래. 아무
리 생각해도 할 이야기가 없으니까 그저 멍하니 앉아 있었지. 여
름철이라 문을 활짝 열어놓고 앉아 있었는데, 마침 마당에 커다란

두꺼비 한 마리가 엉금엉금 기어 오더란 말이야. 그걸 보니 우습기도 하고 재미있기도 해서 혼잣말로 가락을 붙여가지고,

"엉금엉금 기는구나."

했지. 과부는 두꺼비를 못 봤으니까 그게 이야기인 줄 알았지. 그래서 그 말을 꼭꼭 새겨뒀어.

'엉금엉금 기는구나. 엉금엉금 기는구나.'

이러고 몇 번 외워뒀지.

그때 두꺼비란 놈이 엉금엉금 기어 오다가 파리를 보고 혀를 쑥 내밀어 날름 잡아먹거든. 할머니가 그걸 보니 또 우습기도 하고 재미있기도 해서 가락을 붙여가지고,

"날름날름 먹는구나."

했지. 이번에도 과부는 두꺼비를 못 봤으니까 그게 이야기인 줄 알지. 그래서 또 몇 번 외워서 새겨뒀어.

'날름날름 먹는구나. 날름날름 먹는구나.'

이렇게 말이야.

그런데 이번에는 두꺼비란 놈이 또 어디 파리가 없나 하고 눈을 빤질빤질하게 뜨고 살피거든. 할머니가 그걸 보고 또 재미있어서,

"빤질빤질 보는구나."

했지. 흥이 나서 가락을 붙여가지고 말이야. 그러니까 과부는 그것도 이야기인 줄 알고 자꾸 외웠어.

'빤질빤질 보는구나. 빤질빤질 보는구나.'

그러고 나니 두꺼비는 어디론가 가버리고, 할머니는 당최 할 말이 없어. 그래서 그냥 우두커니 앉아 있기만 했지. 그러니까 과부

는 이제 이야기가 다 끝났나 보다 하고 집으로 돌아왔어.

그날 밤에 과부가 방에 앉아서 물레를 돌리면서 이야기 흉내를 냈어. 낮에 할머니한테 배운 이야기 있잖아. 그걸 잘 새겨뒀으니까 혼자서 한번 해보는 거지. 할머니처럼 가락을 붙여가지고,

"엉금엉금 기는구나."

했지. 그런데 그때 마침 이 집에 도둑이 들었단 말이야. 도둑이 뭘 훔치려고 들어오는데, 문이 잠겼으니까 개구멍으로 엉금엉금 기어 들어왔지. 기어 들어오다 보니 방 안에서 물레 소리가 씨룽씨룽 나더니 난데없이,

"엉금엉금 기는구나."

이러거든. 아, 가슴이 뜨끔하지. 제가 엉금엉금 기어 들어오는 걸 누가 보고서 저러나 싶어서 가슴이 뜨끔할 것 아니야? 그래서 정신없이 살금살금 기어서 부엌으로 들어갔어. 부엌에 들어가니 솥에 밥이 남아 있는데, 이놈의 도둑이 배가 고팠거든. 그래서 솥에 밥 남은 걸 손으로 날름날름 집어먹었겠다. 그때,

"날름날름 먹는구나."

아, 이런단 말이야. 방에서. 도둑이 그만 등골이 서늘해지지. 과부는 아무것도 모르고 물레질을 하면서 이야기 흉내 낸다고 그러는데, 도둑이 듣기에는 똑 저보고 그러는 것 같거든.

'아, 캄캄한 부엌에서 내가 하는 일을 어찌 저리도 잘 아는가? 도대체 어떤 사람이기에 저렇게 용한가?'

도둑이 이렇게 생각하고 살금살금 방문 앞에 다가가서 손가락에 침을 묻혀 문구멍을 뚫었지. 그러고 나서 문구멍에 눈을 바짝

들이대고 빤질빤질 들여다봤겠다. 그때 물레질하던 과부가,

　"빤질빤질 보는구나."

이러지 뭐야. 이쪽을 보지도 않고 말이야. 과부는 할머니한테서 배운 이야기를 흉내 낸다고 그러지만, 도둑이 듣기에는 영락없이 저를 보고 하는 말이거든. 도둑이 그만 기겁을 하고 물러나지.

　'아이쿠, 가슴이야. 내가 오늘 이 집에서 도둑질을 하다가는 내 목숨 달아나겠다.'

　도둑이 이러고 그만 걸음아 날 살려라 하면서 내뺐지. 그래서 이야기 흉내 내다 보기 좋게 도둑을 쫓았단다.

좁쌀 한 알로 장가들기

에헴, 이번에는 좁쌀 한 알로 장가 든 이야기 한번 해볼까나.

옛날 충청도 어느 곳에 늦도록 장가 못 간 노총각이 있었지. 이 총각, 사람 하나는 똑똑하고 야무진데 집안이 너무 가난해. 그래서 나이 서른이 넘도록 장가를 못 갔지. 아 장가를 가려니 뭐 쥐뿔이나 있나. 하다 못해 숟가락 요강단지라도 있어야 색시를 데려오든 말든 할 텐데, 수중에 돈 한 푼도 없으니 원.

그래서 이 총각, 색시 구하러 집을 나섰어. 시골구석에서 농사 짓다가는 장가도 못 가고 늙어 죽을 테니 발길 닿는 대로 어디든 다녀보자, 이렇게 작정을 하고 길을 떠났지. 떠날 때 노자라고 가지고 갈 게 없으니까 짚신을 잔뜩 삼아 주렁주렁 걸머지고, 쌀독을 들여다보니 곡식이라고는 좁쌀 한 알밖에 없기에 그걸 품에 넣고 갔어.

가다가 가다가 날이 저물어 주막에 들게 됐지. 주막에 들어서 주인더러 좁쌀 한 알을 맡기면서 잘 간수해달라고 그랬단 말이야.

"이걸 잘 맡아두었다가 내일 길 떠날 때 꼭 돌려주시구려."

"아 그러지요."

주인이 받아 들고 보니 좁쌀 한 알이거든. 별 싱거운 사람 다 보겠다고 그걸 그냥 방구석에 던져놨어. 그런데 그 좁쌀을 밤새 쥐가 먹어버렸단 말이야. 아침에 일어나서 총각이 주인더러 어제 맡긴 좁쌀을 달라 하니 좁쌀이 없거든.

"아, 그것 간밤에 쥐가 먹어버린 모양이오. 내 다른 좁쌀로 물어드리리다."

"안 돼요, 안 돼. 꼭 그 좁쌀이어야 하오."

"쥐가 먹어버린 걸 난들 어떡하오?"

"그러면 좁쌀 먹은 쥐라도 내놓으시오."

주인이 하릴없이 쥐를 한 마리 잡아다 줬어. 총각은 그 쥐를 품에 넣고 또 길을 떠났지.

가다가 가다가 날이 저물어 또 주막에 들었어. 이번에는 쥐를 주인한테 맡기면서 잘 맡아달라고 그랬지.

"주인장, 이 쥐를 잘 맡아두었다가 내일 돌려주오."

"쥐는 무엇에 쓰려고 가지고 다니는지 모르지만 그렇게 하지요."

주인은 쥐를 받아 망태에 넣어가지고 시렁에 얹어놨어. 그런데 밤새 그 집 고양이가 잡아먹어 버렸거든. 이튿날 아침에 총각이 어제 맡긴 쥐를 달라 하는데 쥐가 있나.

"그 쥐를 우리 집 고양이가 잡아먹어 버렸는데, 내 다른 쥐를 한 마리 드리리다."

"안 돼요, 안 돼. 꼭 그 쥐여야 하오."

"허 그것 참. 그 쥐는 벌써 고양이 뱃속에 들어 있는데 무슨 수로 내놓는답니까?"

"그러면 쥐를 먹은 고양이라도 내놓으시오."

주인이 할 수 없이 고양이를 줬어. 총각은 고양이를 받아가지고 목에 끈을 매어 줄을 잡고 갔어.

가다가 가다가 날이 저물어 또 주막에 들었는데, 이번에는 주인한테 고양이를 맡겼지.

"이 고양이를 잘 맡아두었다가 내일 아침에 돌려주오."

"그러지요."

주인이 고양이를 받아 들고 어디에 매어둘까 살펴보니 마땅히 둘 데가 없어. 그래서 마구간 기둥에 매어놨지. 그랬더니 밤새 마구간에 있던 말이 고양이를 밟아서 고양이가 그만 죽어버렸네. 이튿날 총각이 고양이를 달라는데 죽어버렸으니 어떻게 해.

"아, 이것 참 미안하게 됐소이다. 그 고양이가 간밤에 말발굽에 밟혀 죽어버렸는데, 내 다른 고양이를 한 마리 드리리다."

"다른 고양이는 소용이 없소. 꼭 그 고양이가 아니면 안 돼요."

"허허, 그 고양이는 죽었는데 난들 어떡하란 말이오?"

"그러면 고양이 밟아 죽인 말이라도 주시오."

꼭 그 고양이가 아니면 안 된다고 떼를 쓰니 도리가 있나. 말을 줬지. 총각은 말을 얻어서 올라타고 꺼떡거리면서 갔어.

가다가 가다가 날이 저물어 또 주막에 들었지. 이번에는 주인에게 말을 맡기면서 잘 맡아달라고 그랬어. 주인이 그러마 하고 말을 맡았는데, 하필 그날따라 말 탄 손님이 많은지라 마구간이 꽉 찼어. 그래서 하는 수 없이 외양간에 매어놨지. 그런데 밤새 외양간의 황소가 뿔로 떠받아 말이 죽고 말았네그려. 일이 되느라고 그러는지 안 되느라고 그러는지, 주막에 맡기는 짐승마다 죽어 나간단 말이야. 이튿날 총각이 길을 떠나면서 말을 달라고 하는데, 말이 죽어버렸으니 큰일 났지.

"아이고 손님, 그 말이 간밤에 황소 뿔에 받혀 죽어버렸습니다. 다른 말을 드릴 터이니 타고 가시오."

"그럴 수는 없어요. 꼭 그 말이 아니면 안 돼요."

"죽은 말을 어떻게 살려내란 말이오?"

"그러면 말을 떠받은 황소라도 주시오."

떼를 쓰니 도리가 있나. 줬지. 이렇게 해서 좁쌀 한 알이 황소 한 마리가 됐어. 총각은 황소를 타고 흔들거리면서 갔지.

그러다 보니 한양에 다 왔는데, 문안에 들어서자 날이 저물었어. 그래서 또 주막에 들었지. 총각은 주막 주인에게 황소를 맡기면서 잘 맡아달라고 했어. 그런데 그놈의 황소까지도 무사하지 못하게 됐네그려. 어떻게 되었는고 하니, 주인 아들이 하나 있는 것이 천하의 망나니인데 이놈이 밤새 노름을 하다가 노름 밑천이 떨어져서 새벽녘에 집으로 털레털레 와보니 못 보던 황소가 한 마리 있거든. 옳다구나 하고 당장 고삐를 풀어 소를 끌고 소전에 갖다 팔아버렸단 말이야. 노름 밑천 하려고.

아침에 일어나 보니 황소가 없거든. 총각이 어제 맡긴 소를 달라 하는데 있어야 주지.

"손님, 우리 집 아들놈이 간밤에 그 소를 내다 팔아버린 모양이오. 내 그 소 대신 다른 황소를 한 마리 사드리리다."

"아, 그건 안 되지요. 꼭 그 황소를 찾아주시오."

"이미 팔아먹은 황소를 어디 가서 찾는단 말이오?"

"에이, 그럼 소전에 가서 찾아봐야겠군."

총각이 그길로 소전에 갔어. 이러이러한 소가 오늘 새벽에 어디로 팔려 갔는지 아느냐고 수소문을 했지. 수소문을 해보니 그 소가 정승 집에 팔려 갔다네. 마침 그날이 정승 딸 생일이라, 생일상에 놓을 고깃감으로 소 한 마리를 사 갔다 이런 말이지.

이 총각이 불문곡직 정승 집에 찾아갔어. 가 보니 생일잔치가 한창인데, 이 총각이 다짜고짜 들어가서 내 소 내놓으라고 고함을 쳤겠다. 아, 정승 집에서는 금지옥엽 같은 딸 생일이라고 황소 한 마리 잡아서 한창 잔치를 벌일 판인데, 웬 떠꺼머리총각이 들어와서 내 소 내놓으라고 야단을 하니 기가 막히지. 하인들이 달려들어 내쫓으려고 하는데, 정승이 가만히 보니 필경 무슨 곡절이 있어 보인단 말이야. 그래서 조용히 총각을 불러다가 무슨 연유로 그러느냐고 물어봤지. 총각이 자초지종을 죽 이야기하는데, 가만히 들어보니 그게 좁쌀 한 알이 쥐가 되고, 쥐가 고양이가 되고, 고양이가 말이 되고, 말이 소가 된 내력이거든.

"그래, 네 사정은 잘 알겠다만 네 소는 이미 잡아버렸으니 어떻게 하면 좋겠느냐?"

"예, 그러면 그 소 잡아먹은 사람이라도 제게 주십시오."

소 잡아먹은 사람이 누구겠어. 다름 아닌 정승 딸이지. 정승 딸 생일이라고 소를 잡았으니 이치가 그렇잖아?

정승이 가만히 보니, 총각이 비록 행색은 보잘것없지마는 말하는 품이 담대하고 야무진 데다 적당히 능글맞기도 해서 밉지 않거든. 이놈이라면 사위 삼아도 되겠다 싶어서, 제 집에 두고 글을 가르쳐서 나중에 사위를 삼았어. 그러니 총각은 원대로 되었지. 이게 좁쌀 한 알로 장가든 이야기야.

방아 찧는 호랑이

옛날 옛적 갓날 갓적 호랑이가 담배 피우고 까막까치 말할 적에, 어느 두메산골 외딴집에 젊은 내외가 어린 남매를 데리고 살았지.

하루는 내외가 산 너머 친척 집에 잔치가 있어서 거기에 가느라고 집을 비우게 됐어. 어린아이들이 따라가려고 하는 걸, 먼 길 가는 데 거치적거린다고 잘 구슬려서 떼어놓았단 말이야.

"이따가 올 때 떡이야 고기야 많이 가져올 테니 이 감자나 구워 먹고 놀아라."

이러고 감자를 한 소쿠리 내주면서 아이들을 달래놓고 가버렸지.

아이들끼리 화롯불에 감자를 구워 먹으면서 놀고 있는데, 이때 산에서 호랑이 한 마리가 어기적어기적 내려왔구나. 뭐 먹을 것이 없나 하고서 말이야. 이 호랑이가 이 집에 슬슬 기어들어 와서 문틈으로 방 안을 빼꼼 들여다보니까, 아이들 둘이서 화롯불에 감자를 구워 먹고 있거든.

'마침 배가 고프던 참인데 잘되었다. 저 감자도 빼앗아 먹고 아이들도 잡아먹으면 좀 좋으냐.'

호랑이가 입맛을 쩍쩍 다시면서 문으로 들어가려고 앞발을 내밀어 문고리를 잡아당겼어. 그런데 문고리가 안 잡히는 바람에 애꿎은 문살만 벅벅 긁었지. 오누이가 방 안에서 놀다 보니, 밖에서 문살 긁는 소리가 '드드득 드드득' 나거든. 놀라서 문틈으로 내다보니까 집채만 한 호랑이가 문으로 들어오려고 그런단 말이야.

"에구머니, 호랑이다."

누이동생이 무서워서 발을 동동 구르니까, 오라비가 얼른 반짇고리에서 바늘을 한 움큼 꺼내가지고 창호지에다 콕콕 찔러놨어. 호랑이가 또다시 문을 열려고 앞발로 문살을 긁으니까, 창호지에 박힌 바늘이 발바닥을 콕콕 쑤시거든.

"어이쿠, 따가워."

호랑이가 기겁을 하고 물러났지. 그러고는 이제 문으로는 못 들어가겠으니까 다른 곳으로 들어갈 데를 찾는 거야. 빙빙 돌아다니다 보니 바깥 아궁이가 눈에 띄거든. 그 아궁이로 쑥 들어갔어. 아궁이 속에서 구들장을 뚫고 들어가려는 거지.

오누이는 바깥이 한참 동안 조용하니까 어떻게 됐나 하고 또 문틈으로 내다봤지. 내다보니까 호랑이가 바깥 아궁이에 몸을 들이밀고 꼬리만 달랑달랑하거든.

"에구머니, 호랑이가 아궁이로 들어온다."

누이가 무거워서 벌벌 떠니까, 오라비가 얼른 뒷문을 열고 나가 젖은 짚단에 불을 붙여서 굴뚝에다 집어넣었지. 젖은 짚단에 불이 붙었으니 연기가 사방팔방에 진동을 하지. 그래놓고 다시 방에 들어와서 문을 잠그고 있었단 말이야.

호랑이란 놈이 아궁이로 들어가서 구들장을 뚫으려고 용을 쓰는데. 굴뚝 쪽에서 매캐한 연기가 사정없이 밀어닥치거든.

"어이쿠, 숨 막혀."

매운 연기가 방고래 속을 가득 메우니 견딜 수가 있나. 얼른 밖으로 나올 수밖에.

조그마한 아이들에게 두 번씩이나 당한 호랑이가 화가 잔뜩 나서 다른 곳으로 들어갈 데를 찾아 빙빙 돌더니, 글쎄 이번에는 지붕으로 올라가네. 지붕을 뚫고 내려가려고 말이야.

오누이는 바깥이 또 조용해서 문틈으로 내다보니까 호랑이가 안 보이거든. 이제 살았나 보다 하고 한숨을 쉬는데, 지붕이 왈각달각해. 그러더니 천장에 구멍이 뻥 뚫리면서 호랑이 다리가 쑥 내려와. 호랑이가 지붕에 구멍을 뚫어놓고 한쪽 발을 디디려고 밑으로 내리는 거지.

"에구머니, 호랑이가 지붕에서 내려오네."

오누이는 뭐 어떻게 할 수가 없으니까 서로 부둥켜안고 발만 동동 굴렀어. 그러다 보니 아까 구워 먹던 감자가 아직도 화롯불에 남아 있는 게 보이거든. 새까맣게 구워진 감자를 얼른 호랑이 발 밑에 갖다 놨어. 호랑이가 한쪽 발은 지붕에 두고 한쪽 발을 뻗어서 척 디디니까 뜨거운 감자가 밟힌단 말이야.

"어이쿠, 뜨거워."

깜짝 놀라서 발을 들어 올렸어. 조금 있다가 또 발을 내리니까 아직도 뜨겁지. 또 냉큼 들어 올렸어. 조금 있다가 또 발을 내리고, 뜨거우니까 또 올리고. 이렇게 천장에서 한쪽 발을 올렸다 내렸다 하고만 있는 거지. 그걸 보니까 꼭 절굿공이로 절구방아를 찧는 것 같단 말이야. 오누이는 무서운 것도 잊어버리고 재미있어서 깔깔 웃어댔어.

"에구 에구, 우스워라. 호랑이가 방아를 찧네."

"잘됐다. 얘야, 엄마가 방아 찧으려고 놓아둔 좁쌀 좀 내와."

누이동생이 좁쌀을 바가지로 퍼 오니까, 그걸 화롯불에 뜨겁게 달구어서 호랑이 발밑에 갖다 놨어. 호랑이는 밑에 뭐가 있는지도 모르고 발을 내려다보니까 또 뜨겁거든. 그러니까 발을 또 들어 올렸지. 내렸다가 뜨거우니까 또 들어 올리고. 이렇게 자꾸만 발을 올렸다 내렸다 하지. 그 바람에 좁쌀이 아주 잘 찧어진단 말이야. 오누이는 재미있어서 깔깔 웃어대면서 하루 종일 호랑이 방아로 좁쌀을 아주 잘 찧었어.

저녁이 되어서 내외가 집에 돌아와 보니, 지붕 위에 호랑이 한 마리가 지쳐서 축 늘어져 있거든. 하루 종일 쉬지 않고 방아를 찧어대서 힘이 다 빠졌지 뭐야. 그래서 쉽사리 끌어내려 잡았어.

그리고 방에 들어가 보니 아이들이 좁쌀 닷 말을 모두 잘 찧어 놨거든.

"얘들아, 너희들이 무슨 재주로 이 많은 좁쌀을 다 찧어놨니?"

"호랑이 발이 오르락내리락해서 그걸 절굿공이 삼아서 찧었지요."

　호랑이 잡고 좁쌀 잘 찧고, 아주 횡재를 한 거지 뭐야. 하하.

뭉게뭉게 올라간다

옛날 어느 곳에 글만 읽는 선비가 살았어. 벼슬도 못 하고 글만 읽으며 살다 보니 집안 형편이 말이 아니지. 아 일을 해야 먹고살 것인데 당최 일은 하지 않고 공자 왈 맹자 왈만 하고 앉았으니 뭐가 생기나. 목구멍에 거미줄을 칠 지경인데, 그나마 아내가 날품팔이를 해서 곡식 됫박이나 얻어 오는 것으로 근근이 연명을 했지.

하루는 선비의 아내가 마당에 우케(벼)를 널어놓고 일하러 나간 사이에 소나기가 쏟아졌어. 그런데도 선비는 남의 떡 나 몰라라 하고 방에 앉아 글만 읽었지. 그러니 어떻게 되겠어. 우케가 몽땅 물에 휩쓸려 떠내려가 버렸지. 아내가 집에 돌아와 그 꼴을 보니 참 기가 탁 막히거든.

"이래서는 못 살겠으니 내일부터 밖에 나가 돈을 벌어 오든지, 그게 싫으면 아예 집을 나가든지 하세요."

"허허, 평생 글 읽는 재주밖에 못 배운 내가 어디 가서 어떻게 돈을 번단 말이오? 그리고 집을 나가면 어디 가서 무얼 먹고살란 말이오?"

"두말하기 싫으니 내일 당장 나가요."

이쯤 되니 안 나갈 도리가 있나. 나갔지. 막상 행장을 꾸려 나가기는 했는데, 나가보니 앞이 막막하거든. 뭐 어떻게 하자는 작정도 없으니까 그저 발길 닿는 대로 자꾸 갔어.

가다 보니 한 마을에 그늘 좋은 정자나무가 있고 그 아래 사람들이 몇이 앉아 있기에 저도 가서 쉬었지. 쉬면서 생각해보니 제 신세가 참 한심하거든. 그놈의 글을 읽는다고 평생 헛고생만 하다가 기어이 마누라한테까지 쫓겨나는 신세가 됐으니 얼마나 한심해. 그래서 혼잣말로,

"한심 가련타, 이 신세야. 한심 가련타, 이 신세야."

했지. 그랬더니 옆에 있던 사람들이 깜짝 놀라며 무릎을 치네.

"거 참 용하고도 용하오. 이 생원네 집에 우환이 있는 걸 어찌 아셨소?"

이러고 야단법석을 떨어. 알고 보니 그 마을에 이씨 성에다가 '신세'라는 이름을 가진 생원이 있는데 그 생원의 고명딸 이름이 '한심'이라네. 그 한심이가 몹쓸 병에 걸려 다 죽게 됐다는 거지. 그런 판국에 '한심 가련타, 이 신세야' 하고 중얼거렸으니 이건 뭐 족집게도 이런 족집게가 없지. 이래서 선비는 뜻밖에도 용한 점쟁

이로 알려졌어.

일이 이렇게 되니 이 생원네 집에서는 선비를 귀인 모시듯이 모셔다가 사랑에 앉혀놓고 딸 살릴 도인이 왔다고 대접이 이만저만이 아니야. 지금까지 좋다는 약은 다 써보고 용하다는 의원은 다 불러다 보였어도 차도가 없어 근심하던 차에 이런 귀인을 만났으니 그럴 만도 하지. 온갖 정성으로 대접을 하고 나서,

"부디 딸의 병을 고칠 방도를 가르쳐주십시오."

하고 머리가 땅에 닿도록 절을 한단 말이야. 이러니 선비는 참 오도 가도 못하게 됐어. 이미 소문이 짜한 판국에 이제 와서 난 모르오 했다가는 무슨 봉변을 당할지 모르고, 게다가 이런 융숭한 대접을 받고 네 떡 나 몰라라 하자니 미안하기도 해서,

"며칠 기다리면 무슨 방도가 있을 거외다."

하고 말았지. 그런데 방도가 있으려니 뭘 알아야 말이지. 용하다는 의원들도 못 고친 병을 제가 뭘 어떻게 해. 별수가 없으니까 그저 잠자코 주는 밥이나 먹고 문객들과 장기나 두면서 지냈어. 그러니 주인집에서는 애가 타서 하루에도 몇 번씩 하인을 보내어 방도가 생겼느냐고 묻겠지. 그럴 때마다 좀 더 기다려보라고 이르고 돌려보냈어.

하루는 장기를 두고 있는데 하인이 와서 또 보챈단 말이야.

"아씨 병을 고칠 방도를 어서 가르쳐주십시오."

안 그래도 장기가 안 되는 판에 자꾸 보채니까 선비가 그만 역정이 났어. 그래서 장기판을 하인에게 냅다 던져버렸지. 그랬더니 하인은 옳지, 이걸 삶아 먹이라는 뜻인가 보다, 생각하고 장기판

을 주워 가지고 주인에게 갔어.

"사랑방 도인님이 이걸 던져주던데요. 아마 삶아 먹이라는 뜻인 것 같습니다."

"옳거니. 불치병에는 여러 사람의 손독이 명약이라 하더니, 과연 장기판에는 손독이 잔뜩 묻었겠다. 얘들아, 어서 푹 삶아라."

장기판을 삶아서 그 물을 딸에게 먹였지. 아 그랬더니 그만 병이 씻은 듯이 낫더래. 거참, 희한한 일도 다 있지.

이 생원네 집에서는 딸의 목숨을 살려준 은인이라고 참 대접을 잘해주더래. 그래서 또 며칠 잘 얻어먹었지. 그러다 보니, 아 이번에는 이웃 마을 부잣집에서 사람들이 우 몰려와서 선비를 모셔 간다고 야단법석이야. 그 집에서는 금은보화를 몽땅 도둑맞았는데 그걸 좀 찾아달라고 왔어. 에라, 이왕에 일이 이렇게 되었으니 부잣집에 가서 대접이나 잘 받아보자, 이렇게 생각하고 따라갔지.

가 보니 부잣집에서는 온갖 음식을 큰 상에 떡 벌어지게 차려놓고 선비를 상 앞에 앉히더니,

"부디 금은보화를 훔쳐간 도둑을 찾아주십시오."
하고 온 식구가 절을 하면서 부탁을 하네. 도둑이고 뭐고 우선 음식이나 먹고 보자 싶어서 차려놓은 음식을 이것저것 집어먹었어. 그런데 부잣집 식구들은 그사이를 못 참고,

"제발 도둑의 이름이라도 가르쳐주십시오."
하고 득달같이 재촉을 해. 그런데 그놈의 도둑을 무슨 수로 알아내? 뾰족한 수도 없고 할 말도 없어서 멍하니 앞만 바라보고 있으려니까, 상 위에 놓인 떡에서 김이 뭉게뭉게 올라가더란 말이야.

갓 쪄낸 떡이니까 김이 많이 나지. 무슨 말이든지 하기는 해야겠고 할 말은 없으니까 혼잣소리로,

"뭉게뭉게 올라간다. 뭉게뭉게 올라간다."

하고 말았지. 그랬더니 모여 선 사람들이 저마다,

"그러면 그렇지."

"내 그럴 줄 알았다."

하고 웅성거리더란 말이야. 알고 보니 그 마을에 '뭉개'라는 사람이 살고 있었나 봐. 그런데 참 희한하게도 그 뭉개를 잡아다 물어 보니 정말 도둑이지 뭐야. 이래서 참 우연히 도둑을 잡았다는 이야기야.

세 가지 유산

옛날에 어떤 사람이 아들 삼형제를 두었는데, 삼형제가 다 커서 장가갈 나이가 되었을 때 이 사람이 병이 들어 죽게 됐어. 죽기 전에 아들 삼형제를 불러놓고,

"내가 평생 덕을 쌓지 못한 것이 한이 되어 논밭이고 집문서고 값나갈 만한 것은 모두 남에게 주었으니 섭섭하게 생각하지 마라. 남은 물건이라고는 이것밖에 없으니 셋이서 나누어 갖도록 해라."

하고는 담뱃대, 맷돌, 장구를 줘. 그러고는 죽었어.

아들 삼형제는 아버지 장사를 치르고 나서 유산 세 가지를 나누었는데, 맏이는 나이가 많다고 담뱃대를 가지고, 둘째는 기운이 세다고 맷돌을 가지고, 막내는 장구를 잘 친다고 장구를 가졌어.

그러고 나서 셋이서 집을 떠났어. 여기 있어 봐야 집이 있나, 논밭이 있나, 먹고살 길이 없으니까 어디든지 가서 재주껏 먹고살기로 한 거지. 한참 가다 보니 세 갈래 길이 나와. 그래서 맏이는 왼쪽 길로 가고, 둘째는 가운데 길로 가고, 막내는 오른쪽 길로 가기로 했어. 셋이서 의논하기를,

"여기서 헤어지되 누구든지 살 만하게 되면 다시 돌아와서 여기에 집을 짓고 살도록 하자. 그러면 우리 삼형제가 다시 만날 것 아니냐."

이렇게 약속을 하고 헤어졌어.

맏이는 담뱃대를 가지고 왼쪽 길로 하염없이 갔어. 몇 날 며칠을 가다 보니 산중에서 날이 저물었는데, 마침 그 깊은 산중에 고래 등 같은 기와집이 한 채 있더란 말이지. 그래서 거기에 들어가서 주인을 찾았어. 주인을 찾으니 아주 먼 데서 희미하게,

"누구시오?"

하는데 젊은 여자 목소리야. 대문을 열고 들어가니 또 대문이 있고, 대문을 열고 들어가니 또 대문이 있고, 이렇게 열두 대문을 다 열고 들어가니 참 대궐 같은 집 안에 처녀 혼자 동그마니 앉아 있거든.

"규중처녀가 어찌 이 산중에 혼자 사시오?"

하고 물으니 처녀가 하는 말이,

"본래 우리 식구가 일곱이었는데 며칠 전부터 밤마다 한 사람씩 죽더니 이제는 나 혼자 남았습니다. 오늘은 내가 죽을 차례입니다."

이런단 말이야. 그것 참 괴이한 일도 다 있다 싶어서 겁도 나지마는 산중에서 처녀가 죽는다는데 그냥 보고만 있을 수 있나. 그래서

"오늘 밤에 내가 무슨 일인지 알아볼 터이니 다락에 올라가 숨어 있으시오."

하니까 처녀는,

"그러다가 손님까지 변을 당하면 어쩌려고 그러십니까?"

하고 말려. 하지만 맏이는 아무 걱정 말라고 하고 처녀를 다락에 숨겨놨어. 그러고는 제가 처녀 옷을 입고 촛불 밑에 앉아 있었지.

밤이 이슥해지니까 밖에서 찬바람이 씨잉 하고 일더니 열두 대문 여는 소리가 삐꺽삐꺽 하고 열두 번이 나. 그러더니 촛불이 혹 꺼지면서 시커먼 것이 방 안으로 스르르 들어오겠지. 들어오더니 뭐 어떻게 손을 쓸 새도 없이 기다랗고 시커먼 것이 제 아랫도리를 휙 감아서 꼼짝을 못하게 하더란 말이야.

'아이고, 이제는 꼼짝없이 죽었구나. 이럴 때 칼이라도 하나 있었으면 이걸 단번에 두 동강 내버릴 텐데, 수중에 가진 거라고는 아무짝에도 못 쓰는 담뱃대뿐이니 어쩐담.'

그러다가 에라, 이왕에 죽을 바에는 아버지가 물려주신 담뱃대로 담배나 한 대 피우고 죽을란다 하고서 담뱃대를 물고 불을 당겼어. 아, 그런데 이게 웬일이야. 담배 연기를 몇 모금 내뿜었더니 아랫도리를 감고 있던 것이 스르르 나가떨어지네. 촛불을 켜고 살펴봤더니, 글쎄 길이가 열댓 자나 되는 시커먼 왕지네가 쭉 뻗어 있어. 지네라고 하는 것은 독한 담배 연기를 쐬면 죽거든. 그래서 참 아버지가 물려준 담뱃대 덕분에 목숨을 건졌지.

243
세 가지 유산

그러고 나서 다락문을 열고 보니, 처녀가 그 사이에 혼절을 해서 정신을 못 차리고 있어. 너무 겁이 나서 그런 게지. 물을 끓여다 먹이고 팔다리를 주무르고 하니까 깨어났어. 처녀가 깨어나서 맏이에게 절을 하면서,

"목숨을 구해주신 은인이니 평생 서방님으로 모시고 은공을 갚을까 합니다. 마침 부모님이 남기신 패물이 있으니 그걸 가지고 함께 여기를 떠납시다."

이러거든. 그래서 맏이는 예쁜 색시도 얻고 패물을 팔아서 돈도 많이 얻었어. 그러니까 참 살 만하게 된 거지. 그래서 아우들과 약속한 대로 갈림길로 돌아와서 집을 짓고 살았어.

둘째는 맷돌을 짊어지고 가운데 길로 갔어. 몇 날 며칠을 하염없이 갔지. 가다 보니 둘째도 산중으로 들어가게 됐는데, 날이 저물어 묵을 곳을 찾다 보니 어디쯤 다 허물어져 가는 집이 한 채 있더래. 거기 가서 주인을 찾아도 아무 대답이 없어. 몇 번 불러도 대답이 없기에 들어가 봤지. 들어가 보니 빈 집이야. 다리도 아프고 기운도 없고 해서 거기서 하룻밤 자기로 했지. 누워서 잠을 청하는데 갑자기 밖에서 시끌벅적한 소리가 들려. 내다보니 뭐 키가 팔대장승 같은 놈들이 방망이를 하나씩 들고 마구 시끄럽게 떠들면서 들어오거든.

'아이고, 내가 집을 잘못 들었구나.'

둘째는 급한 김에 맷돌을 둘러메고 다락으로 올라갔어. 다락에 올라가서 다락문 틈으로 가만히 내다보니, 험상궂은 놈들이 우르르 몰려들어 와서,

"얘들아, 배고픈데 밥이나 먹자."

하더니,

"밥 나와라, 밥."

하고서 들고 있던 방망이를 빨랫방망이 두드리듯이 뚝딱뚝딱 두드리지. 그러니까 금세 하얀 쌀밥이 솔솔 나오거든.

'아, 저것들이 말로만 듣던 도깨비로구나.'

하면서 보고 있으니, 이놈들이 밥을 다 퍼 먹고 옷 나와라, 돈 나와라 하면서 장난을 치다가 나중에는 춤을 추면서 한바탕 놀아대지. 밤이 얼추 지나가고 새벽녘이 될 때까지 그러고 놀더니 한 도깨비가,

"얘들아, 인내 난다. 인내 나."

하면서 코를 벌름벌름한단 말이야. 그러니까 다른 도깨비들도 킁킁 냄새를 맡으면서 돌아다니더니,

"저 다락에서 인내가 난다."

하면서 둘째가 숨어 있는 다락으로 슬슬 올라오네. 큰일 났지.

'이키, 이제는 꼼짝없이 죽었구나. 이럴 때 몽둥이라도 하나 있었으면 저것들을 한 대씩 후려패고 도망이나 갈 텐데, 가진 거라고는 아무짝에도 못 쓰는 맷돌뿐이니 어쩐담.'

그러다가 에라, 이왕에 도깨비한테 잡혀 죽을 바에는 아버지가 물려주신 맷돌이나 한번 돌려보고 죽을란다 하고서 맷돌을 드르렁 드르렁 돌렸어. 그랬더니 아 이게 웬일이야. 도깨비들이 맷돌소리를 듣고 혼비백산해서 방망이고 뭐고 몽땅 집어던지고 우르르 도망을 가네. 빈 맷돌을 드르렁 드르렁 돌려댔으니 그 소리가

좀 큰가. 본래 도깨비라고 하는 게 겁이 많아서 맷돌 소리가 집 무너지는 소리인 줄 알고 도망을 간 게지. 둘째가 다락에서 내려와 보니 뭐 금방망이 은방망이가 지천으로 널려 있어. 도깨비들이 내던져놓은 게. 그걸 주워 가지고 나왔지.

이래서 참 아버지가 물려준 맷돌 덕분에 부자가 됐지. 부자가 돼서 살 만하니까 형제끼리 약속한 대로 갈림길로 돌아와 집을 짓고 살았어.

막내는 장구를 둘러메고 오른쪽 길로 갔어. 몇 날 며칠을 걸어서 낯설고 물선 곳에 갔지. 그런데 어쩌다 보니 막내도 깊은 산중에 들어가게 됐어. 산중에서 날이 저물었는데, 거기는 아주 깊은 산중이라 집도 절도 없어. 그래서 여기저기 헤매고 다니다 보니, 아 저만치 앞에서 시퍼런 불빛이 번쩍번쩍해. 그것도 한두 개가 아니고 수십 개가 예서 번쩍 제서 번쩍하는데, 그게 뭔고 하니 호랑이 눈이야. 호랑이들이 막내를 잡아먹으려고 떼 지어 몰려왔다 이 말이야. 참 큰일 났지.

막내는 엉겁결에 근처에 있는 나무 위에 올라갔어. 그랬더니 이놈의 호랑이들이 목말을 타고 올라와. 제일 큰 놈이 밑에 엎드리고 그다음 놈이 그 위에 올라타고 또 그다음 놈이 그 위에 올라타고, 이렇게 목말을 타고 올라오는데 뭐 잠깐이야. 잠깐 사이에 얼추 닿겠거든. 꼼짝없이 호랑이 밥이 될 판이지.

'에구, 이제는 죽었구나. 이럴 때 총이라도 하나 있었으면 저놈들을 쏘아 죽일 텐데, 가진 거라고는 아무짝에도 못 쓰는 장구뿐이니 어쩐담.'

그러다가 에라, 이왕에 호랑이 밥이 될 팔자라면 아버지가 물려주신 장구나 한번 쳐보고 죽을란다 하고서 장구를 쿵덕쿵덕 쳤지.

"덩기덩기 더덩기, 불쌍한 우리 아기 저 고개 어찌 발 벗겨 넘길손가."

"덩기덩기 더덩기, 불쌍한 우리 아기 저 고개 어찌 발 벗겨 넘길손가."

아주 노래까지 곁들여 한바탕 신나게 쳤지. 그랬더니 이놈의 호랑이들이 신이 나서 줄줄이 목말을 탄 채로 덩실덩실 춤을 춘단 말이야. 어깨도 으쓱으쓱, 앞다리도 덜렁덜렁, 뒷다리도 움찔움찔, 이렇게 춤을 추다가 목말이 와르르 무너지면서 죄다 목이 부러져 죽어버렸어.

날이 새서 막내가 내려와 보니 나무 밑에 호랑이들이 즐비해. 그걸 죄다 팔아서 돈을 많이 벌었지. 아 호랑이 가죽이 좀 비싼가.

그렇게 해서 막내도 살 만하니까 형들하고 약속한 대로 갈림길에 돌아와 집을 짓고 살았어. 삼형제가 어찌나 재미나게 잘 살았는지 아직도 그 골에 가면 웃음소리가 끊이지 않는다네.

도깨비가 준 보물

옛날 어느 곳에 좀 어수룩하고 모자라는 총각이 살았어. 나이 스물이 넘도록 콩과 보리를 못 가리고, 하나에 둘 더하는 셈도 못할 만큼 둔했지. 마음 쓰는 품이야 나무랄 데 없지마는 세상 물정을 몰라도 너무 모르니 사람 구실을 할 수 있나. 총각 부모는 자식 때문에 걱정이 늘어졌어.

"저 아이가 세상 물정을 저리 모르니 우리가 죽고 나면 혼자서 어떻게 살지 걱정이오."

"그러게나 말이오. 사람은 바깥으로 돌수록 깨인다 하니 세상 구경이나 하게 집에서 내보냅시다."

이렇게 의논을 하고 아들을 내보냈어. 총각은 괴나리봇짐을 짊어지고 집을 떠났지. 얼마만큼 가다가 산속에서 날이 저물었는데,

잘 곳을 찾아보니 마침 다 쓰러져가는 빈집이 있겠지. 그래 거기에 들어갔어.

들어가 보니 이놈의 집이 도깨비 집이야. 험상궂게 생긴 암도깨비가 턱 나와서,

"히히히, 잘 만났다. 나와 함께 일 년만 살자."

하는데, 뭐 안 살 재간이 있어야지. 도깨비하고 같이 살았어. 일 년이 지나니까 도깨비가 보자기를 하나 주면서,

"이 보자기를 퍼놓고 손뼉을 치면 쌀이 생기지."

하거든. 그래서 보자기를 죽 퍼놓고 손뼉을 짝짝 쳤더니 아닌 게 아니라 하얀 입쌀이 보자기에 하나 가득 생기더래. 그 보자기를 가지고 집에 갔지. 집에 가는 길에 날이 저물어 주막에 들었어. 주막에 들어서 주막 주인에게 보자기를 맡기면서,

"절대로 이 보자기를 퍼놓고 손뼉을 치면 안 돼요."

했겠다. 그러니 주인이 왜 그런 소리를 하나 싶어서 밤중에 보자기를 퍼놓고 손뼉을 짝짝 쳐봤지. 그랬더니 쌀이 수북이 생기거든. 주인이 그만 욕심이 나서 보자기를 슬쩍 감춰두고 그 이튿날 다른 보자기를 내줬어.

총각은 그것도 모르고 집에 돌아가서 어머니 아버지에게 자랑을 했어.

"어머니, 아버지. 제가 쌀 나오는 보자기를 얻어 왔어요."

하면서 보자기를 퍼놓고 손뼉을 짝짝 쳤지. 그런데 나오긴 뭐가 나와. 아무것도 안 나오지. 그러니 어머니 아버지는 땅이 꺼져라 한숨을 쉬면서 아들을 야단쳐.

"네가 일 년 동안 세상 구경을 하고도 아직 사리분별을 못하는 구나. 도로 나가서 더 배우고 오너라."

그래서 총각은 할 수 없이 또 집을 나갔어. 나가도 마땅히 갈 데 가 없으니까 또 도깨비 집을 찾아갔지.

"보자기를 잃어버렸다고? 그럼 나하고 일 년만 더 살자."

그래서 도깨비하고 일 년을 더 살았지. 일 년이 지나니까 도깨 비가 말 한 마리를 주면서,

"이 말 궁둥이를 때리면 금돈이 나오지."

하거든. 말 궁둥이를 탁 때려보니 참말로 금돈이 하나 뚝 떨어져. 또 때리니 또 나와. 때릴 때마다 금돈이 하나씩 나온단 말이야. 그 말을 끌고 집에 갔지. 가다가 날이 저물어서 주막에 들었어. 주인 에게 말을 맡기면서,

"이 말 궁둥이는 절대로 때리지 말아요."

했지. 주인이 그 말을 듣고 가만히 있을 리 있나. 밤중에 몰래 말 궁둥이를 때려보니 금돈이 뚝 떨어지거든. 그만 욕심이 나서 그 말을 감춰두고 그 이튿날 다른 말을 내줬어.

총각은 그것도 모르고 집에 돌아가서 자랑을 했지.

"어머니, 아버지. 이것 보세요. 금돈을 내는 말을 얻어 왔어요."

하고서 말 궁둥이를 탁 때려보니 뭘 나오기나 하나. 아무것도 안 나오지. 자꾸자꾸 때렸더니 떨어진다는 게 똥 덩어리만 뚝 떨어진 단 말이야. 어머니 아버지가 또 땅이 꺼져라 한숨을 쉬면서 야단 을 쳐.

"네가 아직도 나아진 게 없구나. 도로 나가거라."

하는 수 없이 또 집을 나갔지. 갈 데가 없으니까 또 도깨비한테 갔어.

"그럼 나하고 일 년만 더 살자."

또 일 년 살았지. 일 년이 지나니까 도깨비가 방망이를 하나 주면서,

"이 방망이를 보고 '때려라' 하면 방망이가 사람을 때리지."

하거든. 그 방망이를 얻어서 집에 갔지. 가다가 날이 저물어서 주막에 들었어. 주막 주인에게 방망이를 맡기면서,

"이 방망이더러 '때려라' 하면 큰일 나요."

했지. 주막 주인이 두 번이나 재미를 봤으니 이번에도 좋은 게 나올 줄 알고 밤중에 방망이를 내놓고 '때려라' 했지. 그랬더니 방망이가 벌떡 일어나 주인을 마구 두들겨 팬단 말이야. 아파서 도망가면 쫓아와서 때리고, 또 도망가면 쫓아와서 때리고, 이러니 견딜 수가 있나. 주인이 총각 자는 방에 들어가서 싹싹 비는구나.

"아이고, 내가 잘못했소. 접때 훔친 보자기도 내놓고 말도 내놓을 테니 제발 살려주오."

이래서 보자기와 말을 도로 찾았지. 보자기와 말을 찾아가지고 집에 가니, 그제야 어머니 아버지가 우리 아들 철 다 들었다고 반겨주더래. 그러나저러나 총각 집에서는 그 뒤로 보자기와 말 덕분에 잘살았는데, 보자기는 하도 폈다 접었다 하는 바람에 망가져서 못 쓰게 되고, 말은 하도 궁둥이를 때려서 죽어버렸다나. 그러니 도로아미타불이지.

소원을 들어주는 그림

옛날에 두 사람이 살았는데, 어릴 때부터 참 다정하게 지냈어. 콩 하나가 생겨도 혼자 안 먹고 둘이 나누어 먹을 만큼, 그만큼 친하게 지냈더라 이 말이야. 둘이 서로 약속하기를,

"우리 나중에 커서 내가 잘되면 너를 도와주고, 네가 잘되면 나를 도와주고 해서 같이 잘 살자."

하고 철석같이 약속을 했어.

둘이가 잘 커서 나이가 차니까 장가도 가고 했는데, 서로 멀리 헤어졌어. 그리고 세월이 많이 흘렀는데, 그중 한 사람이 참 가난하게 살아. 과거를 몇 번 보아도 자꾸 떨어지고, 살림은 점점 쪼들리고, 나중에는 먹을 것도 없어서 온 식구가 굶을 판이야. 그래서 아내보고,

"내가 어렸을 때 서로 도와주기로 약속을 한 친구가 있는데, 이제 그 친구를 찾아가 봐야겠소."

하니까, 그 부인이 돈이 없어서 머리를 잘라 팔아서 노자를 만들어줘. 그걸로 노자를 해가지고 친구를 찾아갔지.

어떻게 물어물어 서울 사는 친구 집까지 갔는데, 가 보니 과연 친구는 잘살아. 고래 등 같은 큰 기와집에서 하인도 여럿 거느리고 참 잘살더란 말이야. 이 사람이 찾아가니 옛 친구가 왔다고 얼마나 반가워하는지 몰라. 그래서 둘이 반갑게 인사를 하고 나서, 이 가난한 친구가,

"자네가 잘사는 것을 보니 참 반갑네. 그런데 나는 어찌 운이 없는지 먹고 살 양식도 없는 형편이라네. 그래서 마누라 머리를 잘라 팔아서 노자를 해가지고 오는 길일세."

하고 신세타령을 했어. 그러니까 잘사는 친구가,

"그러면 진작 오지 왜 이제야 왔는가? 아무 걱정 말고 여기서 며칠 묵어가게."

하고서 참 극진히 대접을 하더란 말이야. 한 며칠 잘 대접을 받고 나서,

"이제 그만 가봐야겠네. 먹고 살 양식이나 사게 돈 몇 푼만 꾸어주게."

하니까, 아 글쎄 이 친구가 돈은 안 주고 종이를 한 장 주네. 가만히 보니까 황새가 한 마리 그려져 있는 종이란 말이야. 그걸 주면서 잘 가라고 해. 가난한 친구가 그걸 턱 받아 들고 들여다보니까 기가 막히거든.

"여보게. 우리가 어렸을 때 어려우면 서로 도와주기로 약속을 해서, 내 그것을 믿고 자네를 찾아왔는데, 당장 돈 한 푼이 아쉬운 사람한테 돈은 안 주고 그림을 주면, 이 그림을 가지고 내가 어떻게 살아가란 말인가?"

하고 원망을 했어. 그러니까 이 잘사는 친구가,

"아 참, 내 그 그림을 어떻게 쓰는지 가르쳐주지 않았네그려. 돈이 없어서 고생스러울 때마다 회초리로 황새 다리를 한 번씩 치게나. 그러면 좋은 일이 생길 걸세."

이러거든. 무슨 영문인지는 모르지만 좋은 일이 생긴다니까 그걸 가지고 나섰어. 그런데 그림을 준 친구가 또 신신당부를 해.

"여보게. 아무리 돈이 궁해도 하루에 한 번씩만 황새 다리를 쳐야 하네. 하루에 꼭 한 번씩일세."

그래서 그러마 하고, 서로 작별 인사를 하고 길을 떠났어. 가다가 생각해보니, 이것 참 궁금하거든. 이게 뭐기에 돈도 안 주고 이걸 주면서 회초리로 치면 좋은 일이 생긴다 했을까 싶어서, 종이를 펴놓고 회초리로 황새 다리를 딱 때려봤어. 그랬더니, 아 글쎄 황새 궁둥이에서 돈 꾸러미가 '떨꺽' 하고 떨어지는 거야. 그것 참 신기하거든. 그래서 그만 집에는 가지 않고 한양 주막에서 실컷 돈을 쓰면서 놀았어. 돈 떨어지면 그림을 펴놓고 황새 다리만 딱 때리면 돈 꾸러미가 나오니, 이건 뭐 돈을 아주 흥청망청 써도 남아. 그래서 날마다 술 먹고 노는데, 나중에는 그것도 모자라서,

'이거 뭐 하루에 한 번 때려가지고야 언제 돈을 실컷 써보나. 아예 푸짐하게 때려서 돈 나오는 대로 실컷 쓰고 집에 가야겠다.'

하고서는, 그림을 펴놓고 황새 다리를 아주 불이 나게 때렸어. 때리니까 돈 꾸러미가 철컥, 철컥, 철컥, 자꾸 떨어져. 아 그러다가 한 스무 번 때리니까 황새 다리가 그만 뚝 부러지네. 그러고는 돈이고 뭐고 아무것도 안 나와.

이 사람이 남은 돈을 다 쓰고서는 또 친구를 찾아갔어. 가서는,

"아, 이 사람아. 내가 망령이 나서 자네 시키는 대로 안 하고 여러 번 때리다가 그만 황새 다리를 분질러놨네. 이걸 어쩌면 좋은가?"

하니까, 친구가 하는 말이,

"내 그럴 줄 알았다."

하고는, 또 며칠 동안 대접을 잘해. 잘 얻어먹고 가려고 하니, 이번에는 항아리가 그려진 종이를 줘. 주면서 하는 말이,

"돈이 궁하거든 이 항아리를 똑똑 두드리는데, 제발 이번에는 하루에 한 번씩만 두드려야 하네."

이러거든. 그러마 하고 가지고 오다가, 그림을 펴놓고 항아리를 똑똑 두드리니까 항아리 주둥이에서 돈 꾸러미가 툭 튀어나오네. 이 사람이 또 그놈을 가지고 주막에서 퍼질러 앉아서 먹고 놀았어. 제 버릇 개 못 준다고, 몇 날 며칠을 먹고 놀다보니까 또 욕심이 생겨서, 에라 모르겠다 하고 항아리를 자꾸 두드렸어. 돈이 투깍, 투깍 하고 나오다가 이것도 한 스무 번 두드리니까 그만 항아리가 폭삭 깨져버렸네. 그래놓고 이 사람이 또 친구를 찾아갔어.

"이 사람아. 내가 또 항아리를 깨뜨려버렸네. 어쩌면 좋은가?"

"그래, 내 그럴 줄 알았다. 그런데 이번에는 꼭 시키는 대로 해야지 만약 또 실수했다가는 자네하고 나하고 다 죽을 테니깐 그리

소원을 들어주는 그림

알게."

"이번에는 어떤 일이 있어도 내 약속을 꼭 지킴세."

그래서 또 그림을 한 장 받았는데, 이번에는 돈 궤짝이 그려진 그림이야.

"이걸 가지고 집으로 곧장 가서, 하루에 한 번씩만 손을 넣어야 하네. 하루에 꼭 한 번씩만."

신신당부를 해. 그러마 하고 오는데, 이 사람이 또 집에 안 가고 주막에 가서 놀았어. 그림을 펴놓고, 돈 궤짝에 손을 넣으면 돈이 한 꾸러미씩 나오거든. 그걸 가지고 술 먹고 놀다가, 하루는 이 사람이,

'이거 도대체 돈이 얼마나 들어 있기에 이렇게 나오는지 모르겠다. 시험을 한번 해봐야지.'

하고서는 손을 자꾸 집어넣으니까, 이거 뭐 돈 꾸러미가 밑도 끝도 없이 자꾸 나와. 이제는 스무 번 아니라 서른 번, 마흔 번 해도 돈 궤짝이 깨지길 하나 부러지길 하나. 자꾸자꾸 손을 집어넣는 대로 돈이 나오는 거지.

이때 나라에 큰 창고가 하나 있는데, 이 창고에서 꼭 하루에 돈이 한 꾸러미씩 없어지거든. 그래도 워낙 창고가 크고 돈이 많아서 표가 안 났어. 그런데 하루는 창고 지키는 사람이 보니까, 창고 안에서 돈이 쩔렁쩔렁 날아가더래. 돈 꾸러미가 하나둘도 아니고 수십 개, 수백 개가 쩔렁쩔렁 날아가는데, 지붕 굴뚝으로 해서 하염없이 날아가는 거야. 돈이 돈을 따라서 줄줄이 달려 올라가는 거지.

그래서 창고 지키는 사람들이 그 돈을 따라 가봤대. 그랬더니, 어느 주막 안으로 쩔렁쩔렁 들어간단 말이야. 따라가 보니, 웬 사람이 앉아서 돈 궤짝 그려놓은 종이를 펴놓고 손을 불쑥불쑥 넣으면서,

"어이쿠, 또 나온다. 어이쿠, 또 나온다."

이러면서 돈을 꺼내고 있잖아. 옆에는 돈이 산더미처럼 쌓여 있고.

그래서 나랏돈 훔치는 도둑이라고 꽉 붙잡아서 오라를 지웠어. 그리고 관청에 끌고 갔지. 끌고 가서 문초를 하는데,

"네 이놈! 어디서 그런 재주를 배웠느냐?"

하고 바른 대로 대라고 곤장을 치니까, 이 사람이 그동안 있었던 일을 죄다 말했어. 그러니까 그림을 그려준 친구도 같이 잡혀 왔지 뭐야. 둘을 잡아놓고,

"너희들은 나랏돈을 훔쳐냈으니 살려둘 수 없다."

하고서 둘 다 사형 선고를 내렸어. 친구 말대로 이제는 둘 다 죽게 생겼거든.

"그러게 이 사람아, 내가 뭐라고 시켰나? 하루에 한 번씩만 꺼냈으면 아무 탈 없었을 게 아닌가?"

"내가 잘못했네. 다시는 안 그럼세."

"다시는 안 그러고 뭐고 이제는 죽을 판일세."

사형 날짜가 되어서 둘이 끌려 나왔어. 형장으로 끌려가서 이제 곧 죽을 판인데, 그림을 그려준 친구가 관원에게 사정을 해.

"죽기 전에 그림을 한번 그리고 죽게 해주시오."

죽을 사람 소원인데 누가 안 들어주겠어. 큰 종이에다가 붓하고

먹하고 갖다 주니까, 이 친구가 종이에 말을 한 마리 그려. 하얀
말을 한 마리 그리고 채찍을 그리더니, 갑자기 붓을 집어던지고는
친구더러,

"자네, 나를 꼭 붙잡게."

하고서, 그림 속의 말 잔등에 얼른 올라타고,

"백마야, 가자."

하고 채찍으로 한 번 때리니까 말이 펄펄 살아서 '히힝' 하고 공중
으로 떠올라 가더래. 그래서 횡하니 하늘로 올라갔어. 그다음은
어떻게 됐는지 나도 몰라.

석숭의 복

석숭이라고 하면 구만구천구백 석지기 부
자요, 고금에 없는 부자 중에 상부자라고 그러
는 말이 있지. 그런데 석숭이 본래 그런 부자가 아
니었다는군. 젊었을 때는 참 뭣한 말로 가랑이가 찢어지게 가난했
다네. 어찌나 간고하게 살았는지 논밭은 고사하고 변변한 집 한
칸이 없어서 남의 집 머슴살이를 했다지.

이 석숭이 남의 집 머슴살이를 하는데, 저도 돈을 좀 벌어보겠
노라고 마음을 아주 단단히 먹고 큰 독 하나를 줜 집 뒤란에 묻어
놨어. 그러고는 새경을 받는 족족 그 독 안에 돈을 넣고 묻었지.
한번 넣은 돈은 하늘이 무너져도 꺼내 쓰지 않고, 이렇게 한 십 년
모았더니 독 안에 돈이 가득 찼단 말이야. 그렇게 되니까 이제 머
슴살이를 그만두고, 독에 든 돈으로 살림밑천을 해서 농사를 짓든

지 장사를 하든지 내 힘으로 살아보리라 하고 주인한테 하직을 하고 나왔어.

독을 짊어지고 가는데, 가다 보니 물 좋고 정자 좋은 곳이 있어서 독을 내려놓고 쉬었지. 한참 쉬고 나서 독을 들여다보니까, 아 이런 변이 있나. 돈이 한 푼도 없어. 십 년 머슴살이해서 모은 돈이 하나도 없어. 참 억장이 무너지지. 이게 무슨 조화냐, 아무리 생각해도 제 복이 없는 탓이지 뭐 다른 사달이 있을 것 같지 않단 말이야.

'아이고 내 팔자야. 이렇게 지지리도 복이 없어가지고야 어떻게 살아간단 말이냐.'

석숭이 생각하다가, 대체 왜 이렇게 복이 없는지 염라국 염라대왕한테 가서 물어나 봐야겠다고 작정을 했네. 그래서 염라국을 찾아 길을 떠났어. 가다가 배고프면 빌어먹고, 날 저물면 인가 찾고, 이렇게 하염없이 갔지.

하루는 가다가 날이 저물어 불이 빤한 인가를 찾아가니 젊은 색시가 바느질을 하고 있어.

"주인 계시오?"

"예, 주인 있소."

"하룻밤 유해 갑시다."

"그러시오."

이렇게 해서 그 집에서 하루 묵어가게 됐는데, 주인 색시가 저녁밥을 한 상 차려주기에 먹고 나서 이런저런 수작을 했지.

"젊은 색시가 왜 혼자 사시오?"

"아이고, 내 팔자는 무슨 놈의 팔자인지 남편을 정해놓으면 죽고, 정해놓으면 죽고 하니 어쩌겠소."

"내가 지금 염라대왕한테 내 팔자 물어보러 가는데 색시 것도 물어봐 드리겠소."

"그러면 참 고맙지요."

그래서 거기서 묵고 또 갔지. 한참 가다 보니 허연 영감이 수염이 꽁꽁 얼어서 고드름이 됐는데, 그 꼴로 지게에다 큰 바위를 짊어지고 오도 가도 못하고 있어.

"영감님은 왜 그러고 있습니까?"

"왜 그런지 나도 모르겠네."

"내가 지금 염라국 염라대왕한테 내 팔자를 물어보러 가는데, 영감님 것도 물어봐 드릴까요?"

"아, 그러면 좋지."

그래서 또 자꾸 가는데, 가다 보니 또 날이 저물었어. 휘휘 둘러보니 너른 들판에 마을은 없고 어디 수수깡으로 얼기설기 엮어놓은 오두막이 하나 있어. 거기에 갔지.

"주인 있소? 여기서 하룻밤 유해 갑시다."

"방이 비좁아 손님 들일 데가 없소만, 앉아서라도 하룻밤 묵으시려면 들어오시오."

들어가 보니 참 집 꼴이 말이 아니야. 수수깡 엮어 친 방 한 칸에 주인 내외와 아이 셋이 들어앉았는데 발 들일 틈이 없어.

"왜 이러고 사십니까?"

"어찌 된 팔자인지 집을 지으면 무너지고 지으면 무너지니 살

수가 있소? 집이 무너져도 목숨이나 부지하려고 이렇게 수수깡 집에서 산다오."

"어, 그것 참 안되었소. 내가 지금 염라대왕한테 내 팔자 물어보러 가는데 댁네 것도 물어봐 드리리다."

"그러면 좋지요."

그래서 거기서 하루 묵고 또 갔지. 몇 날 며칠 가다 보니 큰 강이 나오는데, 강가 모래밭에서 커다란 이무기가 이리 데굴 저리 데굴 구르고 있어.

"왜 그렇게 구르느냐?"

"내 팔자가 기구하여 여기서 천 년을 굴러도 아직 용이 못 되고 있다."

"내가 지금 염라국 염라대왕한테 내 팔자 물어보러 가는 길인데 네 것도 물어봐 주마."

"저 강 너머가 염라국인데, 그러면 내가 강을 건네다 주지."

석숭이 이무기 등을 타고 강을 건넜어. 강을 건너자 큰 집이 있고, 집에 들어서니 높은 마루에 염라대왕이 앉아 있어. 석숭이 염라대왕 앞에 가서 넙죽 엎드려 절을 했지.

"대왕님, 석숭이 인사드립니다."

"오, 네가 석숭이냐? 네가 올 줄 알았다."

"저는 남의 집 머슴살이 십 년에 돈 한 닢 못 만져보는 팔자라, 대왕님께 물어보러 왔습니다."

"아, 이제부터는 팔자가 펴질 테니 걱정 마라."

"남편을 정해놓으면 죽고, 정해놓으면 죽고 하는 색시 팔자는 왜 그렇습니까?"

"배필을 못 만나서 그렇다. 마지막 죽은 남편 제사 지내고 나서 처음 만나는 사람이 그 색시 배필이다."

"수염이 얼어서 고드름이 된 노인이 바위를 짊어지고 오도 가도 못하는 것은 왜 그렇습니까?"

"그 사람이 산지기로 있으면서 산에 나무 하는 아이들 낫도 빼앗고 도끼도 빼앗고 지게도 빼앗아서, 그 죄 갚음을 하느라고 그렇다. 지나는 사람 백 사람한테 지게 지고 절하면 된다고 그래라."

"집을 지으면 무너지고 지으면 무너져서 수수깡 집에서 사는 사람은 왜 그렇습니까?"

"그 사람은 조상 제사를 잘 못 모셔서 그렇다. 이제부터 제삿날이 되면 찬물 한 그릇이라도 정성껏 떠놓고 근신하라고 해라."

"저 강 건너 모래밭에서 승천을 못 하고 구르는 이무기는 왜 그렇습니까?"

"그놈은 욕심이 많아, 하나만 있으면 될 여의주를 둘이나 가지고 있어서 그렇다."

이렇게 다 묻고는 절을 하고 물러났어. 물러나서 돌아오는데, 강가에 이르니 이무기가 업어 건네려고 마중을 나와 있어.

"염라대왕님이 뭐라고 하더냐?"

"하나만 있으면 될 여의주를 둘이나 가지고 있어서 그렇다고 하더라."

이무기가 석숭을 건네주고는, '캑캑' 하더니 여의주 하나를 토해놓아. 그러니까 하늘에 오색 무지개가 걸리더니 이무기가 그 무지개를 타고 스르르 승천을 하지. 석숭은 이무기가 토해놓은 여의 주를 주워 가지고 갔어.

가다가 수수깡 오두막집에 들렀지.

"염라대왕님이 뭐라고 그럽디까?"

"조상 제사를 잘 못 모셔서 그렇답니다. 제삿날에는 찬물 한 그릇이라도 정성껏 떠놓고 근신하라셨소."

또 가다가 바위 짊어진 노인을 만났지.

"염라대왕님이 뭐라고 그러던가?"

"영감님이 산지기로 있으면서 나무하는 아이들 낫도 빼앗고 도끼도 빼앗고 지게도 빼앗아서 그렇답니다. 지나는 사람 백 사람한테 지게 지고 절하면 된다고 그러십디다."

또 가다가 색시 집에 들렀지.

"아, 이제 오시오? 염라대왕님이 뭐라고 하시던가요?"

"배필을 못 만나서 그렇다오. 마지막 죽은 남편 제사 지내고 나서 처음 만나는 사람이 댁의 배필이라 하셨소."

"그래요? 어제가 마지막 죽은 남편 제삿날이었는데, 그 뒤로 아무도 못 만났으니 당신이 처음 만나는 사람이오."

이렇게 해서 석숭이 그 색시 배필이 되어 백년가약을 맺고 살았어. 그 뒤로는 팔자가 펴서 논밭 사고 집 사고 그러다가 나중에는 구만구천구백 석지기 부자가 되어 살았단다. 이게 석숭이 부자 된 내력이야.

고삿섬과 고삿돌

옛날에 식구는 많으면서 아주 가난하게 사는 집이 있었어. 온 식구가 등이 휘어지도록 일을 하는데도 늘 가랑이가 찢어지게 가난해. 왜 그런고 하니, 애써 농사를 지어놓으면 땅 임자가 반쯤 가져가고, 또 나라에서 세금으로 거두어가고, 이래서 남는 게 없단 말이야. 그러니 재산을 모을 수가 있나. 입에 풀칠하기 바쁘지.

이 집에 아홉 살 먹은 아들이 있었는데 말이야, 이 아이가 하루는 집안 식구들을 모아놓고서,

"이제부터 우리 식구 누구든지 밖에 나갔다 들어올 적에 돌멩이 하나씩이라도 가지고 들어오도록 해요. 그래서 무엇이든 조금씩 모아보자구요."

하거든. 그거 괜찮은 생각이다 하고 식구들이 모두 그대로 따랐

지. 그다음부터는 누구든지 밖에 나갔다 들어올 때 빈손으로 들어오는 법이 없어. 그런데 밖에 나간들 뭐 쓸 만한 게 있어야 말이지. 그저 죽어라고 흔해빠진 돌멩이만 주워 모은단 말이야. 들일을 나갔다가도 돌멩이 하나씩 주워 들고 오고, 나무를 하러 갔다가도 돌멩이 하나씩 주워 들고 오고, 이러니 금세 그 집 마당에 돌무더기가 산더미만 하게 쌓였어.

그런데 그 집 식구 중에서 누군가 돌멩이라고 주워 들고 온 게 사실은 금덩어리였던 모양이야. 그런데도 그 집 식구는 아무도 그걸 금덩어리인 줄 몰랐어. 그걸 돌무더기 맨 위에다 턱 올려놓고서는 그냥 돌멩이인 줄만 아는 거지.

그런데 그 마을에 땅임자 영감이 살았거든. 마을 사람들이 부쳐 먹는 논밭이 죄다 이 영감 땅이란 말이야. 밤낮 일 안 하고 놀아도 가을이 되면 농사꾼들이 농사지은 걸 반 넘어 갖다 바치니 손끝 하나 까딱 안 하고 부자가 되어 살지. 이 영감이 하루는 담 너머로 그 가난뱅이 집을 건너다보니까 돌무더기 위에 누런 금덩어리가 번쩍번쩍하거든.

'아니, 저건 금덩어리가 아닌가? 저 가난뱅이가 저걸 돌무더기 위에 올려놓은 걸 보니 저것도 그냥 돌멩이로 아나 보지. 저만하면 쌀 천 석 값도 넘겠는걸.'

욕심이 생긴 땅임자 영감이 얼른 가난뱅이 집으로 가서 수작을 걸었어.

"이 사람아. 여기 이 돌멩이는 뭣에 쓰려고 이렇게 쌓아놨나?"

그러니 아버지 대신 아홉 살 먹은 아들이 썩 나서.

"우리가 여태 하도 가난하게 살다 보니 재산 모으는 게 소원인데, 아무리 애를 써도 재산은 안 모이고 해서, 이거라도 모아보자고 이렇게 쌓아놨습니다."

그러니 땅임자 영감이 아이를 슬슬 구슬리는구나.

"이 돌무더기를 돈으로 치자면 뭐 쌀 한 되 값이나 되겠나. 그렇지만 내가 꼭 쓸 데가 있어서 그러니 쌀 백 석하고 이 돌무더기를 바꾸는 게 어떻겠느냐?"

아, 돌무더기를 쌀 백 석하고 바꾸자는데 누가 마다해.

"그게 소원이라면 바꾸겠습니다. 그런데 서로 약속에 실수가 없도록 증거를 남겨두는 게 좋겠습니다."

나중에 딴말이 없도록 하자는 얘기지. 아, 황금덩어리가 굴러들어 올 판인데 무슨 짓을 못 하겠어. 당장 문서를 만들어 도장을 찍고 증인까지 세웠단 말이야. 그래서 이제 돌무더기와 쌀 백 석을 맞바꾸게 됐지.

지주 영감이 속으로 셈을 하기를,

'금덩어리가 줄잡아도 쌀 천 석 값은 될 터이니, 쌀 백 석을 줘도 구백 석이 남는구나. 이거야말로 횡재로다.'

하고 그저 싱글벙글이야.

먼저 가난뱅이네가 쌀 백 석을 실으러 갔어. 온 식구가 지게를 지고 가서 산더미 같은 노적가리를 헐어 싣고 오는데 지주 영감이,

"맨 위의 쌀가마니는 고삿섬이니 내려놔라."

하거든. 옛날에는 곡식 가마니를 쌓을 때 제일 잘 여문 것을 맨 위에다 올려놨는데 그걸 고삿섬이라 했지. 조상님께 고사 지낼 때

바치는 쌀섬이라는 뜻이지. 그래서 맨 위의 쌀가마니 하나를 내려놓고 다 실어 왔어.

그리고 이제 지주 영감네가 돌무더기를 실어 갈 차례가 됐지. 하인들이 말과 수레를 잔뜩 끌고 와서 돌무더기를 헐어 실으려고 하는데, 이 집 아들이 또 썩 나서. 깡충깡충 돌무더기 위에 올라가더니,

"영감님도 고삿섬 하나를 내려놨으니, 우리도 고삿돌 하나 내려놓습니다."

하고는 맨 위에 있는 금덩어리를 달랑 집어서 내려놓네. 하 이거 야단났네그려. 그거 하나 보고 쌀을 백 석씩이나 줬는데 말이야.

"애, 너 다른 돌멩이를 고삿돌로 쓰면 안 되겠느냐?"

영감이 울상이 되어 숫제 애원을 하는구나.

"영감님도 고삿섬으로 맨 위의 것을 내려놨잖아요. 그러니 우리도 맨 위의 돌을 고삿돌로 써야지요."

이러니 별수 있어? 그냥 돌멩이만 바리바리 실어 갔지. 가난뱅이네는 쌀 백 석에다 금덩어리까지 갖게 됐으니 부자가 됐지 뭐야. 그래서 잘 살았더란다. 아홉 살 먹은 아이는 아흔아홉 살까지 살다가 어저께 죽었다지.

거북이와 차돌이

자, 오늘은 거북이가 물건 찾는 이야기
를 하나 하지. 거북이가 어떻게 물건을 찾느
냐고? 아, 그게 딱딱한 껍질 쓴 거북이 아니고 사람 이름이야.

옛날 어떤 마을에 거북이라는 아이하고 차돌이라는 아이가 살
았지. 거 왜 옛날에는 아이들 이름을 그렇게 짓지 않았나. 개똥처
럼 아무 데나 굴러다녀도 병 없이 살라고 개똥이, 바위처럼 튼튼
하게 자라라고 바우, 장난쳐서 속 썩이지 말고 얌전하라고 얌전
이, 이렇게 말이야. 거북이와 차돌이도 그런 식이지. 거북이라는
짐승은 사람보다 더 오래 살거든. 한 이백 년씩이나 산다니까. 그
래서 거북처럼 오래 살라고 거북이지. 차돌이는, 말하나 마나 차
돌처럼 단단하게 자라라고 차돌이지 뭐.

이 두 아이가 서로 참 친하게 지낸 모양이야. 콩 하나가 생겨도

반쪽으로 나누어 먹을 만큼 친하게 지냈는데, 그만 거북이에게 일이 생겼어. 갑자기 아버지가 병에 걸려 시름시름 앓더니 약도 한 번 제대로 못 써보고 죽고 말았지 뭐야. 그런데 설상가상으로 아버지가 죽은 뒤에 어머니까지 밤낮으로 슬퍼하며 울기만 하더니 그만 죽고 말았어. 그러니 거북이는 하루아침에 천애고아가 돼버린 거지. 형제도 없이 혼자 남았는데, 아 친척들이 우 달려들어 집 문서고 땅문서고 다 빼앗아 가버리니 팔자에 없는 거지 신세가 됐지.

불쌍한 거북이는 집도 절도 없는 신세가 되어 밥을 빌어먹으며 사는데, 차돌이가 그 꼴을 보니 참 가슴이 아프단 말이야. 제 집은 먹고살 만하니 거북이를 제 집에 데려다가 같이 살면 좋으련만, 차돌이 아버지가 그건 허락을 안 해주네. 그러니 그저 때가 되면 제 몫으로 돌아온 밥이나 싸다가 거북이에게 갖다 주고, 저 입던 헌 옷이나 벗어주고, 이렇게 지냈지.

차돌이가 어떻게 하면 거북이를 제 집에 데려다 같이 살꼬 궁리를 하다가 묘한 꾀를 하나 냈어. 그 꾀가 뭔고 하니 제 집 물건을 제가 훔치는 꾀야. 차돌이네 집에는 조상 대대로 물려 내려오는 은수저가 한 벌 있는데, 이건 차돌이 아버지가 애지중지하는 물건이거든. 비단 보자기에 싸서 장롱 깊숙이 넣어두었다가 제사 때야 꺼내 쓰곤 하는 물건이란 말이야. 이걸 몰래 훔쳐낸 거지. 훔쳐내서 지붕 기왓장 밑에 넣어두고는 시치미를 뚝 떼고 있었다 이런 말이야.

며칠 뒤에 제삿날이 되어서 차돌이 아버지가 은수저를 찾아보니 없거든. 그래서 집안이 발칵 뒤집혔어. 온 식구가 다 나서서 은수저를 찾는다고 난리가 났지만, 그놈의 기왓장 밑에 숨겨둔 걸 어떻게 찾아. 차돌이 아버지는 제사상을 차려놓고 조상 뵐 면목이 없다고 땅이 꺼져라 한숨만 쉬지. 이때 차돌이가 슬그머니 나섰어.

"아버지. 은수저를 찾을 묘책이 있습니다."

그러니 아버지 귀가 번쩍 뜨이지.

"무슨 묘책이냐?"

"제 동무 거북이한테 귀신도 놀랄 만한 재주가 하나 있습니다. 잃어버린 물건을 족집게처럼 잘 찾아내지요. 거북이에게 은수저를 찾으라고 해보시는 것이 좋겠습니다."

"그래? 그 아이한테 그런 재주가 있었더냐? 그러면 어서 불러오너라."

"그런데 아버지, 만약 거북이가 은수저를 찾아내면 그 보답으로 우리 집에 같이 살게 해주신다고 약속해주시렵니까?"

당장 발등에 불이 떨어졌는데 무슨 약속을 못 해. 그러마고 했지.

차돌이가 이제는 되었다 하고 얼른 거북이를 찾아갔어.

"거북아. 이제 네가 살 길이 터졌다. 우리 집에 가서 아버지가 은수저 어디 있느냐고 묻거든 다른 말 말고 '지붕 위 기왓장 밑에 있습니다'라고만 해라. 그 말만 하면 너는 우리 집에서 나와 함께 살게 돼."

거북이는 영문도 모르고 차돌이를 따라갔지. 가보니 과연 차돌이 아버지가 은수저 행방을 묻겠지. 차돌이가 시킨 대로 지붕 위 기왓장 밑에 있다고 그랬단 말이야. 찾아보니 정말로 거기에 있거든.

"허어, 예사 재주를 가진 아이가 아니로군. 약속한 일이니 너는 오늘부터 우리 집에서 살도록 해라."

이렇게 해서 거북이는 거지 신세를 면하고 차돌이 집에서 살게 됐단다.

그래서 잘 살았느냐고? 그랬으면 좋으련만, 생각지도 않은 일이 일어났지 뭐야. 거북이가 잃어버린 물건을 잘 찾는다는 소문이 한 입 건너 두 입으로 퍼지다 보니 임금님 귀에까지 들어간 모양이야. 때마침 임금님이 옥새를 잃어버렸단 말이야. 대궐에 도둑이 들어서 옥새를 훔쳐갔다 이 말이지. 옥새가 없으면 임금 노릇을 제대로 못 할 판국인데, 이런 소문을 들으니 귀가 번쩍 뜨이지. 거북이가 사는 고을 수령에게 파발을 띄워, 지체 말고 거북이라는 아이를 대궐로 보내라고 명령을 했어.

그래서 거북이는 느닷없이 대궐로 들어가게 됐어. 대궐에 들어간 거북이는 임금님 앞에 가 넙죽 엎드렸지.

"네가 잃은 물건을 귀신같이 잘 찾는다는 아이더냐?"

"제게는 그런 재주가 없습니다. 사실은……."

거북이가 사실대로 고하려고 했지만 임금님은 들으려고도 하지 않고,

"뉘 앞이라고 꼬리를 빼려드느냐? 내가 다 알고 있느니라."

하면서 호령이 추상같구나.

"지금부터 열흘 말미를 줄 터이니 그동안에 옥새를 찾아놓도록 하여라. 찾으면 큰 상을 내리려니와, 만약 못 찾으면 내 명을 소홀히 한 죄로 죽음을 면치 못할 것이다."

그러고 나서 성 밖에 거처를 마련해주고, 거기서 지내면서 옥새를 찾아내라고 하는 거야. 거북이는 그 집에 들어가 꼼짝도 않고 열흘을 보냈어. 왜냐고? 아 밖에 나가 돌아다녀 본들 무슨 소용이 있어? 이러나저러나 못 찾기는 매한가지일 터이니 차라리 가만히 들어앉아 있는 게 낫지.

그럭저럭 아흐레가 지나, 이제 내일이면 임금님 앞에 나아가 옥새나 목숨이나 둘 중에 하나를 내놓아야 할 판국이야. 거북이가 방 안에 앉아 가만히 생각해보니 제 신세가 참 처량하거든. 끝내 이렇게 억울하게 죽고 마는구나 하는 생각을 하니 저도 모르게 온몸이 덜덜 떨리더란 말이야. 그런데 때마침 겨울이라 바깥바람이 쌩쌩 부니까 방문에 붙은 문풍지도 바르르 떨겠지. 그걸 보고 거북이가,

"문풍지야, 너는 왜 그리 떨고 있느냐?"

하고 혼잣말을 했어. 나는 슬프고 억울하고 두려워서 떤다마는, 문풍지 너는 무슨 일로 떠느냐 이 말이지. 그런데 그 말이 떨어지자마자 방문이 벌컥 열리더니 웬 상투쟁이 사내가 들어오지 않겠어? 들어오더니 다짜고짜 거북이 손을 부여잡고,

"애야, 제발 나를 살려다오. 내 이름까지 아는 걸 보니 내 사정도 알겠지만, 식구들이 굶는 것을 차마 못 보아 대궐에는 값진 것도 많으리라 하고 잠시 나쁜 마음을 먹었다. 옥새를 훔치기는 했지만, 겁이 나서 대궐 안 연못 속에 던져 넣고 나왔으니 부디 내 이름은 대지 마라."

이러는구나. 그러고 보니 이 도둑 이름이 문풍지였던 모양이야.

성이 문이고 이름이 풍지였던 게지. 시골에서 웬 아이가 옥새 찾으러 왔다는 소문을 듣고, 도둑이 제 발 저리다고 날마다 거북이가 거처하는 집 밖에서 서성거렸던 모양이야. 춥기도 하고 두렵기도 해서 덜덜 떨면서 문밖에서 엿들으니 안에서 '문풍지야, 너는 왜 떠느냐?' 하거든. 아이쿠, 저 아이가 내 이름도 알고 떠는 것도 아는구나, 이제는 빠져나갈 구멍이 없으니 들어가서 살려달라고 사정하는 수밖에 없다, 이렇게 생각하고 들어온 거지.

이렇게 해서 거북이는 손가락 하나 꼼짝 않고 옥새를 찾게 됐어. 도둑한테는 이름을 대지는 않을 터이니 걱정 말고 돌아가라 이르고, 이튿날 임금님 앞에 나갔지.

"그래, 옥새는 찾았느냐?"

"예, 대궐 안 연못 물을 퍼내어 보십시오."

임금님이 신하들을 시켜 연못 물을 퍼내니 과연 바닥에 옥새가 떨어져 있겠지. 그래서 거북이는 목숨을 건지고 큰 상까지 받게 됐어.

그래서 잘 살았느냐고? 그랬으면 좋으련만 그게 아니야. 거북이가 임금님한테서 받은 상을 바리바리 싣고 고향으로 가는데, 도중에 도적 떼를 만났으니 낭패지. 험상궂게 생긴 도적 두목이 거북이 앞을 가로막고 한다는 말이,

"네가 숨은 물건을 용하게 찾아내는 아이렸다. 내가 이 궤짝 안에 어떤 물건을 넣어 가지고 왔으니 어디 알아맞혀 보아라. 열을 셀 때까지 알아맞히면 집으로 고이 보내주려니와, 만약 못 맞히면 저승으로 보내주마."

이런단 말이야. 듣고 보니 참 기막히지. 임금님 옥새는 열흘 말미가 있다 보니 어쩌다가 운 좋게 찾았다지만, 이건 당장 열을 셀 때까지 알아맞히라니 빠져나갈 구멍도 없지. 그걸 무슨 재주로 알아맞혀?

도적 두목은 '하나, 둘, 셋' 하고 세기 시작하는데, 거북이가 가만히 생각해보니 제 신세가 참으로 처량하단 말이야. 어린 나이에 부모를 여의고 빌어먹는 신세가 됐다가 차돌이가 꾀를 부려 겨우 거지 팔자를 면했더니, 그 꾀가 화근이 되어 임금님에게까지 불려가서 목숨이 달아날 판국에 운 좋게 옥새를 찾아 이제는 살았구나 했는데 끝내 여기서 허망하게 죽는구나, 이런 생각을 하다 보니 저도 모르게,

"아이고, 차돌이 때문에 거북이가 죽는구나."

하고 중얼거리게 됐어. 일이 이렇게 된 것이 다 차돌이 꾀 때문이니까 그런 소리가 나온 게지. 그랬더니 '여덟, 아홉' 하고 세던 도적 두목이 갑자기 세기를 뚝 그치는 거야. 그러더니 무릎을 치고 탄복을 하며 궤짝 뚜껑을 열어젖히는데, 글쎄 궤짝 안에 거북 한 마리가 차돌 밑에 눌려 있지 뭐야. 차돌이 무거워서 그 밑에 깔린 거북이 곧 죽게 됐으니 말이 딱 들어맞았지.

도적들은 모두 혀를 내두르며 가버리고, 거북이는 또 한 번 죽음을 면하고 고향에 돌아갔지. 그래서 잘 살았느냐고? 그렇지. 그 뒤로는 아무 탈 없이 잘 살았더란다.

중국 임금이 된 머슴

 머슴이 임금 된 이야기 하나 할까. 옛
날에 남의 집 머슴 사는 총각이 살았어.
일 잘하고 허우대도 멀쩡한 총각인데 한
가지 흉이 있다면 말을 할 때 말이 새서
가운데치가 안 나온다는 것이야.

"고구마 그만두고 누룽지 주오."

한다는 게,

"곰마 그만두고 눙지 주오."

이러는 거지.

이 총각이 일을 잘해서 농사를 다락같이 지어놨는데, 주인이 애
썼다는 말 한마디 않고 밤낮 밥 많이 먹는다고 구박을 하지 뭐야.

"너 밥을 그렇게 많이 먹다가 우리 집 살림 다 말아먹겠다."

이러면서 먹던 밥까지 빼앗아 간단 말이야. 총각이 화가 나겠어, 안 나겠어.

'에라. 이 집 나가서 딴 데 가서 머슴 살고 말지.'

이렇게 생각하고는,

"나 나간다. 나 나간다."

한다는 것이 말이 새서,

"나 난다, 나 난다."

이러거든. 주인이 들어보니, 난데없이 난다네. 하늘로 훨훨 나는 줄 알고,

"야, 이놈아. 네가 정말 난단 말이냐?"

하고 물으니까, 총각이 슬그머니 장난기가 돌았어. 그래서,

"아, 내가 날지요."

"어디 그럼 날아봐."

그러니까,

"엄 없는(어림없는) 소리 마세요. 아, 우리 고을 사또가 날아라 해도 날지 말지 한데, 영감님이 날란다고 날 줄 알아요?"

했거든. 주인 영감이 그 소리를 듣고는 당장 사또에게 쪼르르 달려가서 고해 바쳤단 말이야. 우리 집 머슴 사는 놈이 이러이러한 말을 했다고 말이지. 그러니까 사또가 영을 내려서 이 머슴을 잡아갔어. 데려다 놓고,

"네가 정말 나느냐?"

하니까, 이 머슴이 이제 장난질에 이골이 났네. 큰소리를 뻥뻥 쳐.

"예, 날지요."

"어디 한번 날아보아라."

그러니까,

"날님(나라님)이 날아라 해도 날지 말지 한데, 사또가 날란다고 내가 날겠습니까? 안 날지요."

이러니 사또가 화가 나서,

"이놈을 당장 큰칼 씌워서 옥에 가두어라."

하고는, 당장 나라님한테 상소를 올렸네. 우리 고을에 이러이러한 머슴이 이러이러한 말을 했다고 말이지. 그러니까 나라님이,

"당장 불러올려라."

해서 또 나라님 앞에 불려갔어. 나라님이 묻기를,

"네가 정말 날 줄 아느냐?"

하니까, 이 머슴이 참 딱하게 됐거든. 이제 와서 못 난다고 하면 거짓말한 죄로 벌을 받을 것이고, 이러나저러나 벌 받기는 마찬가지 아니겠어? 에라 모르겠다 하고 또 큰소리를 쳤어.

"예, 날다뿐입니까."

"그럼 어디 한번 날아보아라."

하니까,

"에, 그건 업겠습니다(어렵겠습니다). 중국 임금이 날아라 해도 날지 말지 한데, 나라님이 날란다고 내가 날겠습니까?"

이러고 간 큰 소리를 하네. 나라님이,

"그것 참 맹랑한 놈이로구나. 갖다 가두어라."

해서 옥졸들이 머슴을 옥에 가두었어.

그런데 소문이 얼마나 빠른지 그 소식을 중국 임금이 들었던 모

양이야. 조선에 사신을 보내서,

"당신네 나라에 나는 사람이 있다니, 구경 좀 하게 보내주시오."

하는구나. 그래서 이 머슴이 이제 중국에까지 가게 됐네그려. 중국에 가니까, 조선에서 나는 사람 온다는 소문이 퍼져서 구경꾼이 온 장안에 들어차게 모였어. 모여서 머슴을 보고 손가락질을 하고 저희들끼리 수군대고 난리 났어. 이 머슴이 아주 으스대면서 중국 임금 앞에 떡 나갔지.

"그래, 네가 날 수 있느냐?"

이제는 뭐 어떻게 할 도리도 없게 됐으니 또 큰소리를 치는 거지.

"예, 잘 날지요."

"한번 날아봐라."

하니까,

"어이구, 그거 암 때나(아무 때나) 나는 것이 아닙니다. 나는 일이 얼마나 어려운데 시도 때도 없이 난단 말입니까?"

했거든.

"그럼, 언제 날 수 있느냐?"

까짓것, 중국에까지 왔으니 실컷 구경이나 하자고 생각하고,

"한 달 뒤에나 날지요. 그 전에는 절대 못 납니다."

했지.

"그럼, 한 달 뒤에 보자."

이러고 나왔는데, 나는 사람 왔다고 대접을 아주 잘해줘. 잘 얻어먹고, 구경 잘 하다가 약속한 날이 되었단 말이지. 중국 임금 앞에 불려 갔어.

"오늘이 난다고 한 날이 아니냐?"

"글습지요(그렇습지요). 이제 제가 날 테니 저 큰 산 밑에 가서 기다려보십시오."

그래서 중국 임금하고 구경꾼들이 모두 산 밑에 가서 와글와글 거리는데, 머슴은 혼자서 산으로 올라갔단 말이야. 산꼭대기에 올라가서 이리 보고 저리 보고 돌아다니면서 이제 떨어져 죽을 데를 찾거든. 까짓것, 떨어지는 거나 나는 거나 그게 그거지 뭐, 하고서 말이야.

그렇게 다니다 보니까 어디서 말소리가 들려. 가까이 가보니 조그마한 산토끼 두 마리가 옷과 부채를 놓고 아웅다웅하고 있거든. 가만히 보니까 무당이 굿할 때 쓰는 부채처럼 방울 달린 커다란 부채가 하나 있고, 스님이 입는 장삼처럼 소매가 넓고 기다란 옷이 한 벌 있단 말이야.

"넛들(너희들) 여기서 뭘 하느냐?"

토끼들이 서로 나서서 말을 하는데,

"이것은 하늘을 나는 옷이거든요. 이 옷을 입고 부채를 펴서 슬 슬 부치면 하늘로 막 올라가는 건데, 이것을 내가 먼저 주웠는데 쟤가 제 것이라고 우기잖아요."

"아녜요. 내가 먼저 주웠는데 쟤가 우기는 거예요."

이런단 말이야. 이것 참 잘되었다 싶어서 토끼들을 슬슬 구슬렸어.

"넛들 중에서 누가 이걸 갖든지 못 가진 쪽은 섭섭할 것 아니냐. 괜히 이것 때문에 싸우면 사이만 나빠질 테니 차라리 날 다오. 그게 내 목숨 살리는 물건이다."

그러니까 토끼들이 한참 수군수군하더니 그 말이 옳다 싶었는지 옷과 부채를 주네. 고맙다 하고서 옷을 입고 부채를 쫙 펴서 부치니까 몸이 둥둥 떠올라. 한참 둥둥 떠서 올라가다 보니, 아차, 내려오는 방법을 안 배웠네. 밑에 가물가물하는 토끼들을 보고 큰소리로 물었어.

"얘들아, 이거 내려갈 땐 어떻게 하는 거냐?"

"부채를 한 쪽씩 접으면 돼요."

그래서 부채를 한 쪽씩 접으니까 몸이 슬슬 내려와. 그렇게 해서 중국 임금이 있는 곳에 덩실덩실 내려갔지. 중국 임금이 아주 놀라서 눈이 왕방울만 해졌어. 자기도 한번 날아보고 싶거든.

"나도 그것 입고 부채질하면 날 수 있을까?"

"그렇겠지요."

"그 옷 좀 빌려주겠나?"

"그러지요."

그래서 중국 임금이 옷을 입고 부채를 부쳐서 둥둥 떠 올라갔는데, 너무 높이 올라가서 잘 보이지도 않아. 그런데 이 임금이 내려오는 방법을 알아야지. 그냥 높은 데서 둥둥 떠다니기만 한단 말이야.

밑에서는 아무리 기다려도 임금이 안 내려오니까 조선에서 온 이 사람을 새 임금으로 삼아야 한다고 의논을 해서, 이 머슴이 그만 중국 임금이 되었구나. 하늘로 올라간 헌 임금은 솔개가 됐고, 그 솔개는 아직도 못 내려오고 하늘에서 빙빙 돌고 있다나.

머슴이 임금 된 내력이 이렇단다.

중국 임금이 된 머슴

해몽 못할 꿈

옛날 평안도 어느 고을에 어떤 사
람이 남의 집 머슴을 살았던 모양
이야. 하루는 주인 영감 환갑날이 되
어서 손님들이 많이 모였는데, 이 머슴이 갑자기 어젯밤에 희한한
꿈을 꾸었다고 하면서 해몽을 좀 해달라고 그러거든. 손님들이 무
슨 꿈을 꾸었는가 하고 물으니까, 이 머슴이 꿈 이야기를 하려다
말고 갑자기 벌떡 일어나면서,

"에이, 이 꿈 해몽은 우리 고을 사또나 하면 했지, 손님들은 못
해요."

하더니 그길로 곧장 고을 원을 찾아갔어. 고을 원에게 가서 어젯
밤에 희한한 꿈을 꾸었는데 해몽을 좀 해달라고 하니 어디 한번
말해보라고 그러지. 이 머슴이 꿈 이야기를 꺼내려다 말고 또 벌

떡 일어나더니,

"에이, 이 꿈 해몽은 평양감사나 하면 했지, 사또는 못해요."
하면서 달아난단 말이야. 머슴이 그 길로 평양감사를 찾아갔어.
찾아가서 어젯밤에 희한한 꿈을 꾸었는데 해몽을 좀 해주시오 하
거든. 평양감사가 무슨 꿈을 꾸었기에 그러느냐 하니, 이놈이 말
을 하려다 말고 또 벌떡 일어서더니,

"에이, 이 꿈 해몽은 임금님이 하면 했지, 대감은 못해요."
하면서 내빼고 말지. 머슴이 그길로 임금님 사는 대궐에 찾아갔
어. 대궐 앞에서 왔다 갔다 하고 있으니 대궐 지키는 파수꾼이 왜
그러느냐고 묻겠지. 임금님한테 꿈 해몽 좀 부탁하러 왔다고 하니
파수꾼이 임금에게 가서 말을 전했던 모양이야. 임금이 들어오라
고 해서 들어갔지.

"너는 무슨 꿈을 꾸었기에 나한테까지 찾아와 해몽을 청하는고?"
임금이 물으니까 이놈이 말을 할 듯 말 듯 하더니 또 벌떡 일어
나면서,

"에이, 이 꿈은 중국 임금님이 하면 했지, 우리 임금님은 못해요."
하더라나. 임금이 괘씸해서 이놈을 당장 옥에 갖다 가뒀지.

머슴이 옥에 갇혀서 죽을 날만 기다리고 있는데, 하루는 감옥
천장에서 어린 쥐 한 마리가 죽어서 툭 떨어지더라네. 그런데 어
디서 어미 쥐가 기다란 자를 물고 오더니 죽은 쥐 몸에다 올려놓
고 한 자 두 자 재더란 말이지. 그러니까 죽었던 쥐가 발딱 일어나
서 쪼르르 기어간단 말씀이야. 머슴이 그걸 보고 발을 한 번 탕 구
르니까 어미 쥐가 놀라서 자를 내던지고 도망가버리겠지. 그 자를

주워서 품속에 넣어뒀어.

그런데 마침 그때 임금의 외동딸이 병이 나서 죽었던 모양이야. 임금이 애지중지하던 공주가 죽어서 너무 슬픈 나머지 장사도 못 지내고 날마다 애고애고 하면서 지냈거든. 머슴이 그 소문을 듣고 감옥을 지키는 옥사쟁이에게,

"나를 내보내 주면 공주를 살리겠소."

했지. 옥사쟁이가 그 말을 믿을 리 있나. 안 된다고 하니 이 머슴이 못 믿겠으면 죽은 개를 한 마리 가져와 보라고 그러거든. 옥사쟁이가 긴가민가하면서도 죽은 개를 가져다 놓으니까 남들이 안 볼 때 자로 한 자 두 자 재어서 턱 살려놓았단 말씀이야. 그러니까 옥사쟁이가 임금한테 고해서 머슴이 임금 앞에 불려 갔어.

"듣자니 네가 죽은 개를 살렸다지? 우리 공주도 살려낼 수 있겠느냐?"

"만약 살려내면 저를 사위로 삼아주시겠습니까?"

공주는 이미 죽은 목숨이니 살려만 준다면야 무슨 짓을 못 해. 임금이 그러마고 했지. 그러니까 머슴이 외딴 방 하나를 치우고 향불을 피워놓으라고 해. 그리고 자기가 공주를 살릴 동안에 아무도 근처에 얼씬하지 못하게 해달라고 그런단 말이야. 임금이 그대로 다 해주니까, 머슴이 공주 주검에다 자를 올려놓고 한 자 두 자 재어서 살려놓았어.

공주가 자다 깬 사람처럼 벌떡 일어나서 걸어 나오니까 임금이 기뻐서 어쩔 줄을 모르지. 머슴한테 좋은 옷을 입혀놓으니 허우대가 멀쩡한 게 사위 삼아도 되겠거든. 그래서 아주 떡 벌어지게 혼

인 잔치를 치렀어. 머슴은 팔자에 없는 부마가 되어서 떵떵거리고 잘 살지.

그런데 그때 마침 중국 임금의 딸이 병이 들어 죽었던 모양이야. 중국 임금이 소문을 들으니 조선에 죽은 사람 살리는 명의가 있다고 그러거든. 당장 사신을 보내서 이 머슴을 데려오게 했어.

머슴이 중국에 가서 공주를 살리려고 보니, 워낙 죽은 지 오래돼서 그런지 암만 자로 재어도 살아나지 않더래. 중국 임금이 자기 딸을 못 살려놓은 걸 알면 당장 죽이려고 달려들 터이니, 그런 험한 꼴 당하기 전에 내 발로 나가서 죽자고 머슴이 산속으로 들어갔어.

머슴이 산속에서 죽을 자리를 찾다 보니 마침 낭떠러지 끝에 널따란 바위가 있겠지. 저기서 떨어져 죽겠노라고 그 위에 올라갔더니, 마침 큰 호랑이 한 마리가 냅다 뛰어오다가 바위에 쾅 하고 부딪쳐서 그만 낭떠러지 아래로 떨어져 죽더라지 뭐야. 그런데 어디서 다른 호랑이가 나오더니 죽은 호랑이를 큰 자막대기로 한 자 두 자 재겠지. 그러니까 죽었던 호랑이가 벌떡 일어나서 막 돌아다닌단 말씀이야. 호랑이가 가진 자막대기를 보니까 자기 것보다 훨씬 크고 길거든. 머슴이 용을 써서 큰 바윗덩어리를 낭떠러지 밑으로 굴리니까, 호랑이가 놀라서 자를 내던지고 도망가버리더래.

머슴이 그 자막대기를 주워가지고 중국 공주에게 가서 한 자 두 자 재었더니 거짓말처럼 살아나더란 말이지. 그런데 이런 변이 있나. 중국 임금도 자기 딸을 살려준 은인이라고 그만 머슴을 사위로 턱 삼아버린단 말씀이야. 그래서 중국 공주를 데리고 조선에 돌아왔지.

조선 공주는 첫째 부인 삼고 중국 공주는 둘째 부인 삼아서, 조선 공주는 금 대야에 물을 떠다 오른발을 씻어주고 중국 공주는 은 대야에 물을 떠다 왼발을 씻어주고, 이렇게 호강하면서 살았더란다. 그제야 머슴이 제가 꾼 꿈 이야기를 하기를,

"내가 그때 꾼 꿈에 한쪽에서는 해가 뜨고 한쪽에서는 달이 뜨는데 한 발은 해를 밟고 한 발을 달을 밟고 서 있었더니, 이렇게 되려고 그런 꿈을 꾸었구나."

하더라나.

거짓 명궁

옛날에 어떤 시골 총각이 한양 구경을
갔어. 나이 서른이 넘도록 장가도 못 가고 등
이 휘어지도록 일만 하다가 보니, 이래서야 평생 무슨 낙으
로 사나 하는 생각이 들거든. 그래서 대처로 나가면 무슨 수가 나
겠거니 하고 논밭을 팔아 노자를 장만해서 무작정 한양으로 올라
갔단 말이야.

그런데 한양 인심이 좀 야박한가. 장사라도 해보려고 밑천을 들
이면 들이는 족족 다 떼여. 장사 수완이 없어서 그렇기도 하지만,
한양 장사꾼들이 처음부터 어수룩한 시골 사람 등이나 쳐 먹으려
고 덤벼드는 데야 당할 재간이 있나. 한 서너 달 여기 기웃 저기
기웃하다 보니 수중에 돈은 다 떨어져 가고, 그동안 속는 데 이골
이 나서 오기만 잔뜩 쌓였지.

그런데 이 총각이 그동안 장안을 여기저기 돌아다니면서 한 가지 배운 게 있어. 그게 뭔고 하니, 한양 사람들은 차림새를 보고 사람대접을 한다는 거지. 쥐뿔도 없는 건달이라도 아래위로 미끈하게 차려입고 활이나 메고 다니면 돈깨나 있는 한량이라 해서 대접을 받고, 아무리 실속 있는 사람이라도 허름한 농사꾼 차림으로 돌아다니면 어딜 가나 푸대접을 받는 게 한양 인심이더란 말이야.

　'에라, 이왕에 돈 벌기는 글러먹었으니 원 없이 한량 행세나 해 보고 미련 없이 집에 가자.'

　총각이 몇 푼 안 남은 돈으로 새 옷을 사 입고 활을 사서 둘러메고 한량 차림으로 장안을 돌아다녔어. 아, 그랬더니 과연 사람들이 쳐다보는 눈초리부터 달라지지 뭐야. 그러니 저절로 어깨도 으쓱해지고 공연히 걸음걸이에도 힘이 들어가지.

　그렇게 돌아다니다가 어디서 죽은 꿩 두 마리를 주웠어. 꿩을 줍기는 주웠는데 어디 넣을 데가 없으니까 화살에 꿰어 가지고 갔지. 가다가 주막에 들었는데, 주막집 주인이 화살에 꿰인 꿩을 보고는,

　"아이고, 이 한량님이 화살 하나로 꿩을 두 마리나 잡으셨군."

하면서 호들갑을 떨어. 그 소리를 듣고 주막에서 쉬던 사람들이 우르르 몰려들어 구경을 하느라 야단법석이 났어.

　"명궁일세, 명궁이야. 나는 새를 떨어뜨린다는 말은 들었어도 화살 하나로 꿩 두 마리 잡은 걸 보기는 처음일세."

　몰려든 사람들이 모두 무릎을 치며 감탄을 해. 구태여 그게 아니라고 변명을 하기도 쑥스럽고 해서 그러나 마나 가만히 있었단 말이야. 그랬더니 그중에 한 사람이 나서서 소매를 잡아끌어.

"나는 정승 댁 문객인데, 긴히 드릴 말씀이 있으니 같이 가시지요."

그래서 그 사람을 따라나섰어. 어디로 가는고 했더니 곧바로 정승네 집으로 가더래. 고래 등 같은 기와집으로 들어가더니 정승 앞에 데리고 가서,

"대감, 이 사람이 보기 드문 명궁이라 데리고 왔습니다."

하거든. 정승이 반색을 하더니 좌우를 물리고 가만히 말하기를,

"며칠 전부터 우리 집에 괴이한 일이 생겨서 명궁을 찾고 있었네. 다름 아니라 뒷마당 감나무에 밤만 되면 부엉이 한 마리가 와서 울고 가는데, 그 일이 있고부터 집에 우환이 끊이지 않는다네. 벌써 아들 셋을 잃고 딸 하나 남았는데, 또 부엉이가 와서 우는 날이면 하나 남은 딸마저 잃을까 두려우이. 그동안 내로라하는 명궁을 다 불러다 일을 맡겼지만 아무도 부엉이를 쏘아 맞히지 못했다네. 부탁건대 오늘 밤 우리 집에 묵으면서 그놈의 부엉이를 쏘아 잡아주게나. 그러면 내 그 은혜는 잊지 않음세."

이런단 말이야. 총각이 듣고 보니 앞일이 막막하거든. 활시위를 어떻게 당기는지도 모르는 판에 내로라하는 명궁도 못 잡은 부엉이를 잡으라니 될 말인가. 그렇다고 이제 와서 못 하겠다고 물러설 수도 없는 노릇이지. 에라 모르겠다 하고 큰소리를 쳤어.

"염려 놓으십시오. 내 오늘 밤에 틀림없이 그놈의 왼눈을 쏘아 맞히지요."

이렇게 큰소리는 쳐놓았는데 막상 밤이 되니 눈앞이 캄캄해. 그런데 하늘이 무너져도 솟아날 구멍이 있더라고, 궁리하다 보니 좋은 수가 번개같이 떠올라. 아 어떻게든 부엉이만 잡으면 됐지, 그

놈의 것을 꼭 활로 쏘아 잡으라는 법은 없지 않은가.

총각이 어두워지기를 기다려 옷을 훌훌 벗고 맨살에다 온통 새까맣게 먹칠을 해가지고 부엉이가 날아든다는 감나무 위로 기어 올라갔어. 올라가서 나뭇가지에 딱 붙어서 매달려 있었지. 온몸에 먹물을 칠해놨으니까 깜깜한 밤에 부엉이 아니라 부엉이 할아비 눈에도 띌 리가 없지. 그렇게 나무에 매달려 기다리다 보니, 아닌 게 아니라 밤이 이슥해지니까 어디서 부엉이 한 마리가 푸덕푸덕 날아오더니 바로 윗가지에 앉는단 말이야. 총각이 얼른 손을 뻗쳐 부엉이 모가지를 잡아 단번에 비틀어 죽였어. 죽은 부엉이 왼눈에다가 화살을 박아서 마당에 던져놨지. 그래놓고 몸을 씻고 옷을 입고 들어와 잠을 잤어.

이튿날 아침에 정승이 마당에 나가보니 과연 부엉이가 왼눈에 화살을 맞고 죽어 있거든. 정승이 무릎을 치며 탄복을 해.

"야, 참으로 용한 재주로군. 백 년에 하나 나올까 말까 한 명궁일세."

정승이 좋아라 하면서 당장 이 총각을 사위로 삼았어. 총각이 아니었으면 하나 남은 딸마저 죽었을 터인데 총각 덕분에 죽을 목숨이 살았다고 말이야. 이래서 참 팔자가 폈지. 정승 딸을 아내로 맞아 정승네 집 이웃에 살림을 나서 참 재미나게 잘 살았어.

그런데 살다 보니 딱한 일이 생기네. 나라에서 활쏘기 대회를 한다고 그러지. 활쏘기 대회를 한다고 온 나라에서 명궁들이 모여드는데, 아 천하명궁이라고 소문난 이 사람이 안 나간대서야 말이 되나. 장인이고 아내고 등을 떠다미는데 어쩌. 할 수 없이 활을 둘러메고 나갔지.

나가기는 했는데, 다른 사람들이 활을 쏘는 것을 보니 기가 콱 질려. 모두들 수백 걸음 밖에서 과녁을 겨냥해 시위를 당기는데, 쏘았다 하면 과녁 한복판에 씽씽 날아가 박힌단 말이야. 저는 뭐 활대를 어떻게 들고 어떻게 겨냥하는지도 모르니 오금이 저릴밖에.

모두들 활을 다 쏘고 드디어 이 사람 차례가 됐어. 이 사람이 활을 들고 나가 서기는 했는데, 어떻게 해야 할 바를 몰라서 그냥 활시위만 잔뜩 당기고 가만히 서 있어. 아, 어떻게 쏘는지 알아야 쏘든지 말든지 하지. 구경하는 사람들이 모두 숨을 죽이고 보고 있는데, 아 아무리 기다려도 활시위를 놓지 않는단 말이야. 한나절 동안 그러고 서 있으니 장인이 답답해서,

"이 사람아, 어서 활을 쏘지 않고 뭘 하고 있어?"

하고 팔을 툭 건드렸어. 그 바람에 화살이 시위를 떠나 횡 날아가네. 날아가서, 어디로 갔는고 하니 이게 과녁 쪽으로 안 가고 하늘 위로 날아갔어. 그런데 마침 그때 하늘에 솔개 두 마리가 날아가고 있었거든. 화살이 용하게 그중 한 마리를 맞혀 떨어뜨렸지. 그것도 아주 신통하게 왼눈을 딱 맞혔단 말이야. 구경하던 사람들이 모두 입을 딱 벌리고 감탄을 하는데 정작 활을 쏜 사람은,

"에이, 장인어른 때문에 일을 그르쳤습니다. 가만히 두었으면 두 마리를 한꺼번에 맞혔을 건데 팔을 건드리는 바람에 한 마리밖에 못 맞혔잖습니까. 내 이제 다시는 활을 쏘나 보세요."

이러고 투덜거리더라네. 그 뒤로 참 다시는 활을 안 쏘더라는군. 아, 쏠 줄 알아야 쏠 것 아닌가.

제4부

세태와 교훈

며느릿감 고르기

옛날에 어떤 양반집 아들이 장성하
여 장가들 나이가 됐거든. 그런데 이 집
아들이 오대 독자야. 오대 독자니 좀 귀한 아들인
가. 귀한 아들이라고 금이야 옥이야 하고 키웠더니 암사내가 되어
서 세상 물정을 몰라. 아버지가 가만히 보니까 저래가지고는 장가
를 보내도 살림이나 제대로 지키고 살지 못할 것 같단 말이야. 그
래서 며느리를 아주 똑똑하고 당찬 사람으로 구해야 되겠다, 이렇
게 생각했어. 그래야 아들 녀석도 살림 지키고 사는 법을 배울 테
니까.

그래서 며느릿감을 구하노라고 동네방네 소문을 냈어. 어떻게
소문을 냈는고 하니, 누구든지 자기 집에 와서 쌀 한 말 가지고 세
식구가 석 달을 먹고 살면 며느리로 삼겠노라, 이렇게 했어. 그러

니까 남자 종하고 여자 종을 하나씩 딸리고 쌀 한 말을 주면 그것으로 세 식구가 석 달을 먹고 살라는 말이야. 그렇게 소문을 내놓으니 여기저기서 한다 하는 양반집 처녀들이 며느리 되겠다고 왔어. 양반집이고 살림도 넉넉하고 하니 혼처야 그만한 데가 없지. 그래서 많이들 왔는데, 처녀가 오면 남자 종과 여자 종을 하나씩 딸려서 따로 거처를 마련해주고 쌀 한 말 갖다 놓고는 그만이야. 그걸로 석 달을 버텨보란 말이지.

그런데 오는 처녀마다 석 달은커녕 한 달을 채 못 넘겨. 어른 하나가 못 먹어도 한 달에 한 말은 먹어야 사는데, 아무리 양을 줄여도 그것 가지고는 석 달을 못 버티겠거든. 쌀 한 줌씩 넣어 죽을 끓여 하루에 두 끼씩 먹어도 한 달 버티기 힘들지. 그러니 오는 처녀마다 아껴아껴 먹다가 쌀 떨어지면 두 손 들고 가버리지 뭐 어떻게 해.

그런데 그 집 이웃 마을에 아주 가난한 농사꾼이 살았어. 이 농사꾼한테 과년한 딸이 하나 있었는데, 집안 형편이 워낙 어려워서 여태 시집을 못 보냈거든. 그 딸이 하루는 아버지한테,

"저 건너 양반 댁에서 쌀 한 말로 세 식구가 석 달을 먹으면 며느리 삼겠노라 한다는데, 제가 한번 가보겠습니다."

하겠지. 그래서 아버지가,

"한다 하는 양반집 규수들도 왔다가 한 달을 못 버티고 돌아갔다는데 네가 무슨 재주로 석 달을 버티겠느냐?"

하고 말렸지. 그래도 딸은,

"염려 마시고 보내만 주십시오."

하거든. 그래서 보내줬지.

이 처녀가 양반 집에 가니까, 참 종 내외를 딸려서 쌀을 딱 한 말 주고는 그만이야. 그런데 다른 사람 같으면 쌀을 한 홉씩 두 홉씩 내다가 죽을 쑨다 어쩐다 수선을 피울 텐데, 이 처녀는 무슨 생각이 있는지 첫날부터 쌀 한 되를 뚝딱 퍼서 밥을 푸지게 지어놓고 먹자고 하네. 종들이 도리어 걱정이 돼서,

"아, 이렇게 먹어가지고는 열흘을 못 넘깁니다."

해도 그저 아무 염려 말고 실컷 먹으라고 하네. 그 이튿날도 쌀 한 되 뚝딱 퍼서 밥을 지어놓고 배를 두드려가면서 먹고, 또 그다음 날도 그러고, 이렇게 한 사흘 지낸 뒤에 이 처녀가 종들을 불러놓고,

"자, 이제 먹을 만큼 먹었으니 슬슬 일하러 나가자구요. 나하고 아주머니는 들에 가서 나물을 캐고, 아저씰랑 산에 가서 하루 한 짐씩 나무를 해 오면, 그걸 팔아서 양식을 사다 먹자구요."

이러는 거지. 그게 이 처녀 꿍꿍이속이야. 아, 가만히 앉아서 아무리 아껴봐. 쌀이 줄지 어디 늘기를 하나. 일을 하면 절로 돈도 생기고 쌀도 생기고 하니 무슨 걱정이 있어.

참, 그래서 그날부터 세 식구가 일을 했어. 여자 둘은 나물을 캐다가 팔고, 남자는 나무를 해다가 팔고, 그 돈으로 쌀을 사다 들여놓으니 먹는 것보다 쌓이는 게 더 많아. 석 달 동안 실컷 먹고도 쌀이 한 가마나 남았어.

석 달이 지나서 주인 양반이 어떻게 됐나 하고 와보니 쌀을 가마째로 쌓아놓고 살고 있거든. 무릎을 탁 치지.

"옳거니. 너야말로 내 며느리로구나. 바로 날을 받아 혼례를 올리도록 하자."

이렇게 해서 처녀는 양반집 며느리가 되었는데, 그 뒤로 자기도 억척같이 일하고 제 남편도 일을 고되게 시켜서 아주 듬직한 사내로 만들어놨다네. 남정네고 아낙네고 간에 일 안 하고서야 사람 구실을 할 수 있나.

백정과 어사

이것은 그리 멀지 않은 옛날 이야기
야. 서울 성 밖에 고씨 성을 가진 백정이
한 사람 있었는데, 억척으로 일을 해서 돈을 수만금 모았어. 근처
에서는 견줄 사람이 없을 만큼 부자가 되었지. 그런데 백정이 아
무리 부자가 되면 뭐해? 천한 백정이라고 어른, 아이 할 것 없이
이놈 저놈 해대니 천대 안 받고 가난하게 사느니만 못하지.

이 백정이 사는 곳에서 얼마 안 떨어진 곳에 윤씨 성을 가진 양
반 한 사람이 살았어. 그런데 이 양반은 사는 게 너무 가난해. 너
무 가난해서 먹고살 길이 없으니까 나랏돈을 좀 꾸어다 쓴 모양인
데 그것도 못 갚을 형편이 됐어. 나랏돈을 갚아야 할 기한이 내일
모레라, 이 양반은 그저 죄 받기를 기다리는 중이야.

백정이 그 사정을 알고 하루는 남의 눈을 피해 밤중에 가만히

돈을 한 바리 싣고 양반 집을 찾아갔어. 아무리 가난해도 양반은 양반이라, 천한 백정은 들일 수 없다고 하인들이 문간에서 내쫓는 것을 어찌어찌 빌고 빌어서 겨우 양반을 만났지. 감히 고개도 못 들고 꿇어앉아서,

"외람된 말씀이오나 듣자니 나리께서 나랏돈을 갚지 못해 걱정하신다기에 돈을 좀 싣고 왔습니다. 천한 돈이나마 소용에 닿으시거든 거두어주십시오."

하면서 돈을 내놓았어. 양반이 보니 그 돈이면 빌려 쓴 나랏돈을 갚고도 남겠거든. 물에 빠진 사람이 배를 만난 격이지마는 양반 체면에 넙죽 받을 수 있나. 점잖게 사양을 했지.

"그것이 너한테도 중한 돈일 터인데, 내가 어찌 까닭 없이 받겠느냐?"

"소인이 비록 미천한 몸이지마는 모아놓은 돈이 조금 있습니다. 이것을 드린다고 해서 먹고사는 데는 아무 지장이 없으니 꽤 넘치 마시고 받아주십시오."

이쯤 되니 양반도 더 사양을 못 하고 돈을 받았어. 그 돈 덕분에 양반은 나랏돈을 갚고 한숨 돌리게 됐지.

그러고 난 뒤에 얼마 안 있어 백정은 가산을 모두 팔아가지고 서울을 떠나 저 경상도 안동 땅으로 내려갔어. 천대받고 사는 것이 하도 싫어서 내일모레 죽는 한이 있더라도 양반 행세나 한번 해보자고 내려갔지. 낯설고 물선 곳에 가면 저를 알아보는 사람도 없을 테니 양반 행세를 한들 어떠랴 싶었던 게지.

안동 땅에서도 양반이 제일 많이 산다는 곳에 가서 자리를 잡고

사는데, 이 사람이 양반 행세를 하면서도 다른 양반들과 어울리지를 않고 집에만 틀어박혀 지내거든. 원, 평생 백정 노릇만 해왔으니 양반 노릇을 뭐 어떻게 하는지 알아야 말이지. 섣불리 어울리다가는 본색이 탄로 날 것 같으니까 두문불출하고 지낸단 말이야. 그러니까 다른 양반들이, 저렇게 예의범절도 모르는 걸 보니 필시 근본도 없는 상것 나부랭이일 거라느니 뭐니 별별 소리를 다 해.

그런데 때맞춰 들려오는 소문이, 전에 저한테서 돈을 받은 서울 양반이 큰 벼슬을 하게 됐다고 그러거든. 옳다구나 하고 양반들 많이 모인 곳에 가서 큰소리를 쳤지.

"인사가 늦어서 미안하게 됐소이다. 저로 말하면 이번에 큰 벼슬자리에 오른 윤 아무개 대감과 아주 가까운 사이요."

그만해도 좋으련만, 다른 양반들이 어떤 사이냐고 자꾸 묻기에 그 양반이 자기 매형이라고 거짓으로 둘러댔어. 그 뒤로부터는 다른 양반들도 괄시를 못 하더라네. 본래 양반이라고 하는 것이 높은 벼슬아치라면 껌벅 죽는 데다 촌수라면 사돈의 팔촌까지도 끌어대기 좋아하는 사람들이니 그럴밖에.

아, 그러고 그냥 넘어갔으면 좀 좋아. 이 소문이 퍼지고 퍼져서 그 고을에 와 있던 암행어사 귀에까지 들어갔네. 그런데 일이 공교롭게 되느라고 글쎄 그 암행어사가 바로 윤 아무개 대감의 맏아들이지 뭐야. 그러니 이게 어떻게 되나. 암행어사가 소문을 들어보니 고 아무개라는 양반이 자기 외삼촌이 된다는 얘긴데, 저한테는 그런 외삼촌이 없거든. 이건 필시 무슨 곡절이 있겠거니 싶어서 암행어사가 하루는 고 백정네 집을 찾아갔어.

"듣자니 이 댁 주인이 윤 아무개 대감의 처남이라고 하는데, 내가 바로 그 윤 아무개의 아들이오. 그런데 나에게는 그런 외삼촌이 없으니 이게 대체 어떻게 된 일이오?"

고 백정이 들으니 청천벽력 같은 소리지 뭐야. 아이고, 내가 왜 쓸데없는 허풍을 떨어서 일을 이 지경으로 만들었나 싶어서 죽을 맛이야. 암행어사 앞에 넙죽 엎드려 사죄를 하고 그동안의 사정을 죄다 털어놓았지. 백정으로 천대받고 사는 것이 하도 원통하여 양반 행세나 한번 해보려고 하다 보니 이런 일이 생겼는데 죽을죄를 저질렀다고 말이야. 암행어사가 들어보니 저희 아버지가 늘 은인이라고 이야기하던 바로 그 사람이거든. 그래서 아무 염려 말라고 하고는, 다음에 관가에서 사람이 오면 이렇게 저렇게 하라고 일러주고 갔어.

그러고 나서 며칠 뒤에 고 백정이 사는 집에 관가에서 사령들이 큰 가마를 메고 들이닥쳤어. 동네 사람들이 모두 무슨 일인가 하고 우르르 몰려들었지. 사령들이 가마를 마당에 내려놓고는,

"암행어사 분부 받들고 왔습니다."

하고 야단이 났어. 고 백정은 태연하게 마루에 앉아서 잔뜩 점잔을 빼고 있지.

"그래, 무슨 분부냐?"

"어사께서 이 댁 나리의 생질이라 하시면서, 나리를 모셔 오면 인사를 드리겠다고 하십니다."

그 말을 들은 고 백정 하는 꼴 좀 보게. 마루를 탕탕 치면서 마구 노발대발이야.

"뭐라고? 그놈이 암행어사로 왔으면 마땅히 제 발로 나를 찾아와서 인사를 해야지 감히 어른을 오라 가라 해?"

이쯤 되니 구경 왔던 동네 양반들이 놀라서 눈망울이 화등잔만 해지지. 고을 관장도 벌벌 떠는 암행어사에게 이놈저놈 하면서 욕을 해대니 놀랄밖에. 이게 다 암행어사와 짜고 하는 일이지만, 사정을 모르는 동네 양반들은, 과연 지체가 하늘을 찌르는 양반이구나 하고 그다음부터는 백정 앞에서 설설 기게 됐어.

이렇게 해서 고 백정은 다른 양반들이 우러러보는 몸이 되어 잘 살았지. 그런데 일이 여기서 끝났으면 좋으련만 그게 아니야.

암행어사가 서울에 올라가서 아버지에게 이 일을 낱낱이 고해 바쳤거든. 그러니 아버지도 참 잘했다고 칭찬을 하는데, 옆에서 그 말을 듣고 있던 둘째 아들이 그만 심술을 부린단 말이야.

"아니, 형님. 그래 그 천한 백정 놈을 우리 외숙이라고 떠들고 다녔단 말입니까?"

"그 사람이 비록 백정이라 하지마는 우리 아버지가 곤경에 빠졌을 때 도와주지 않았느냐?"

"아무리 그렇더라도 그 천한 것이 양반 행세를 하고 다니는 걸 그냥 둘 수는 없습니다."

둘째 아들이 그길로 떨쳐 일어나 경상도 안동 땅으로 내려갔어. 내려가자마자 바로 관가에 가서, 자기는 서울 윤 아무개 대감의 둘째 아들이며 얼마 전에 다녀간 암행어사의 동생인데 죄인 잡으러 왔으니 어서 사령들을 부르라고 으름장을 놓았지. 그러니 고을 원이고 육방관속이고 설설 기면서 사령들을 불러 모았어. 윤가가

사령들에게 호령하기를,

"내 외숙이라고 떠들고 다니는 고 아무개가 실은 백정 놈이니, 어서 가서 그놈을 잡아 오너라."

하니 사령들은 영문도 모르고 고 백정네 집에 갈 수밖에. 가서 이러이러한 사람이 와서 잡아 오란다고 그랬지. 고 백정이 들으니 이것 참 큰일이 나도 보통 난 게 아니거든. 지금까지 잘 버텨왔는데 이제 와서 죽여주십시오 할 수도 없고, 그 심술 사나운 놈한테 대들 수도 없고, 참 이러지도 못하고 저러지도 못하게 됐단 말이야. 그런데 하늘이 무너져도 솟아날 구멍이 있더라고 좋은 꾀가 번개같이 떠올랐어. 고 백정이 시치미를 뚝 떼고 하는 말이,

"어, 그 아이가 어렸을 때 한 번 미치더니 그 병이 도진 게로군. 어서 가보자."

하고 사령들을 앞세우고 관가에 갔어. 가보니 윤가는 낯이 붉으락 푸르락해가지고 서 있다가 고 백정이 의관을 갖추고 활개를 치며 걸어 들어오는 것을 보고 눈에 불이 일어서는 애꿎은 사령들에게 불호령을 내리지.

"이놈들아, 저 못된 백정 놈을 오라를 지워 끌고 오지 않고 어째 걸어 들어오게 하느냐? 당장 오라를 지워라."

그런데도 고 백정은 태연하게 사령들을 돌아보면서,

"내가 뭐라고 하더냐? 저 눈자위 돌아가는 것 좀 보아라. 미쳐도 아주 단단히 미쳤으니 저대로 둬서는 안 되겠다. 어서 묶어라."

하지. 그러니 사령들이 누구 말을 듣겠어? 하나는 눈에 불을 켜가지고 고래고래 악을 쓰고, 하나는 태연자약하게 뒷짐을 지고 서

있으니 당연히 태연한 쪽 말을 듣지. 당장 달려들어 윤가를 꽁꽁 묶었어.

"이놈들, 이게 무슨 짓이냐? 백정 놈은 저기 있는데 왜 나를 묶느냐?"

그러나 마나 고 백정은 천연덕스럽게 사령들에게 약쑥을 한 단 구해 오라고 해서는,

"저 아이가 어릴 때도 저러는 걸 내가 쑥뜸으로 고친 적이 있으니 이번에도 뜸을 지지면 나을 게다."

하고는 뜸장을 주먹만 하게 비벼서 윤가의 등에다 붙여놓고 불을 그어댄단 말이야. 맨살에 쑥이 타 들어가니 죽을 맛이지.

"아이고 아야. 아이고 아야. 이 못된 백정 놈이 날 죽이네."

"어허, 이번에는 너무 많이 미쳐서 한두 곳 떠서는 안 되겠다. 한 열 곳 지지면 낫겠지."

뜸장을 한꺼번에 열 개를 비벼서 등에다 붙여놓고 불을 붙여놓으니 어떻게 되겠어? 아주 등살이 벗겨지는 것 같지.

"아이고, 아이고."

"아직 정신이 덜 들었나 보구나. 한 백 곳 더 지져볼까?"

윤가가 그 말을 들으니 이러다가는 죽을 것 같거든.

"아이고, 외삼촌. 정신이 듭니다. 이러지 마십시오."

"웬걸. 다시는 병이 도지지 않게 좀 더 뜨자꾸나."

"아니오. 다시는 안 그럴 겁니다."

"그게 정말이냐?"

"예, 풀어만 주시면 두말 않고 서울로 올라가겠습니다."

이렇게 다짐을 받고 풀어줬지. 그러니 찍소리 않고 서울로 올라
가더래. 고 백정은 그 뒤로도 양반 행세를 하면서 잘 살았다나.

시어머니 길들이기

옛날에 아주 성미가 고약한 시어머니
가 있었어. 어찌나 성미가 고약한지 잠
시도 며느리를 들들 볶아대지 않으면 남들
이 도리어 이상하게 여길 지경이야. 들들 볶아도 이건 뭐 앞도 뒤
도 없는 것이, 걸음을 걸어도 빨리 걸으면 촐싹댄다고 트집, 천천
히 걸으면 느려터졌다고 트집이고 밥을 지어도 많이 지으면 살림
헤프게 산다고 트집, 적게 지으면 소견머리가 오그랑쪽박이라고
트집이야. 이러니 뭐 안 볶일 재간이 없지.

아들 딸 하나 있는 것을 장가보낸 뒤로 벌써 며느리를 세 번이
나 갈아치웠다면 알 만하지. 첫 번째 며느리는 시어머니 앞에서
방귀 뀌었다고 소박 놓고, 두 번째 며느리는 밥상 나르다가 엎질
렀다고 쫓아내고, 세 번째 며느리는 트집 잡을 것이 없으니까 말

버릇 나쁘다고 친정에 보내버렸어. 이렇게 며느리를 셋씩이나 쫓아내고 나니 아무도 이 집에 시집오려고 하는 처녀가 없어. 아, 어느 정신 나간 처녀가 그런 집구석에 시집가려고 하겠어?

그런데 그 동네에 참 정신 나간 처녀가 하나 있었던지, 제 발로 그 집에 시집을 가려고 한단 말이야. 처녀 부모가 기를 쓰고 말렸지만 한사코 가겠다고 그러지.

"너, 그 집에 시집가서 석 달을 넘긴 며느리가 없다는 걸 알고 하는 소리냐, 모르고 하는 소리냐?"

"저한테도 다 생각이 있어서 그러니 염려 말고 보내주십시오."

제가 기어코 가겠다는 걸 어떻게 해. 보냈지.

시어머니는 세 번째 며느리를 쫓아내고 나서 심술부릴 데가 없어 심심하던 차에 새 며느리가 들어오니 고양이 쥐 만난 듯이 들들 볶아대기 시작하는데, 그래도 새 며느리는 낯빛 한 번 안 바꾸고 고분고분해. 그저 "예, 예. 잘못했습니다." 하면서 때리면 맞고 차면 차이고, 이렇게 지낸단 말이야. 보다 못한 시아버지가 며느리더러,

"얘, 너희 시어머니 등쌀에 네가 명대로 못 살겠다. 그만 친정으로 가는 게 어떠냐?"

하니 며느리는 생글생글 웃으면서,

"어머님께서 제 잘못을 일깨워주시는데 무엇이 덜 차서 친정에 가겠습니까?"

이러고 말지. 이게 소문이 나서 온 동네 사람들이 하늘 아래 저렇게 착한 며느리는 없을 거라고 입에 침이 말랐어.

그러다가 하루는 며느리가 시아버지와 남편이 없는 사이에 새끼줄 한 타래와 회초리를 들고 시어머니 앞에 갔어.

"이 못된 것아, 그건 무엇하러 들고 왔느냐?"

"예, 어머님 버릇 고쳐드리려고 그럽니다."

며느리가 낯빛도 안 바꾸고 생글생글 웃으며 시어머니를 새끼줄로 꽁꽁 묶어서 문고리에 매달아놓고 회초리 든 손에 침을 탁 뱉는다. 시어머니는 갑자기 당한 일이라 말도 못 하고 눈알만 굴리며 묶여 있는데 며느리는 태연하게,

"어머님이 미워서 이러는 게 아니라 버릇을 고쳐드리려고 이러는 것이니 고깝게 생각하지는 마십시오."

하더니 회초리로 시어머니를 사정없이 두들겨 패는구나. 시어머니는 하도 어이없고 분하고 원통해서 꺽꺽거리며 숨넘어가는 소리만 내지. 며느리는 한참 그렇게 매질을 하고 나서,

"오늘은 이쯤 해두겠습니다만 어머님이 버릇을 못 고치시면 또 회초리를 들 수밖에 없으니 그리 아십시오."

하고 시어머니를 풀어줬지. 그러고 나서 잽싸게 숨어버리니, 시어머니는 화풀이할 데가 없어서 맨발로 문밖에 나가 고래고래 악을 써.

"아이고, 동네 사람들. 내 말 좀 들어보소. 우리 집 며느리가 날 때렸소. 날 때렸어."

아, 그러면 동네 사람들이 그 말을 믿겠어? 착하다고 소문난 며느리가 시어머니를 때렸다는 말을 누가 믿겠느냔 말이야. 모두들 저 할망구가 며느리한테 행악질하다가 기어이 미쳐버렸다고 손가

락질이나 하지.

동네 사람들이 아무도 제 말을 안 믿어주니까 시어머니는 분을 못 이기고 남편이 일하는 곳에 가서 대성통곡을 해.

"아이고, 영감. 며느리가 날 때렸다오. 아이고, 분해."

그러면 누가 믿을까?

"쯧쯧, 저 할망구가 이제는 아주 돌아버렸군그래. 아, 그걸 말이라고 해?"

이번에는 아들한테 달려가서 땅을 치며 하소연을 하지.

"얘야, 세상에 이런 일이 어디 있느냐? 네 색시가 날 때렸단다."

아들인들 그 말을 믿겠어?

"나 원 참, 어머니도. 꾸며대려면 좀 그럴 듯하게 꾸며대세요."

이러니 시어머니는 속이 타지. 속이 타서 아주 새까맣게 된들 무슨 방도가 있나.

저녁이 되어 시아버지와 남편이 돌아오니까 며느리는 언제 그랬느냐는 듯이 고분고분해져서, 시어머니가 욕지거리를 퍼부어도 "예, 예. 잘못했습니다." 하면서 때리면 맞고 차면 차이고, 이러거든. 그럴수록 시어머니 속은 더 부글부글 끓지.

그 이튿날, 시아버지와 남편이 일하러 나가자마자 며느리는 또 시어머니를 새끼줄로 꽁꽁 묶어놓고 회초리로 두들겨 팼어.

"어머님이 아직도 버릇을 못 고치셨으니 이럴 수밖에 없습니다."

그날도 시어머니는 며느리한테 실컷 두들겨 맞고 동네방네 떠들고 다녔지만 아무도 믿어주는 사람이 없어.

그 이튿날, 시아버지와 남편이 나간 뒤에 며느리가 또 새끼줄과

회초리를 들고 시어머니한테 갔어. 그랬더니 시어머니가 그만 눈물을 줄줄 흘리면서,

"오냐, 오냐. 내가 잘못했다. 이제 다시는 안 그럴 터이니 이제 그만해라."

하고 싹싹 빌지. 그러니 며느리도 매질한 것을 사죄하고, 그다음부터는 더 극진히 효도하면서 살더래.

형제의 재주

옛날 어느 곳에 한 홀어미가 어린 아들 둘을 데리고 살았지. 혼자 몸으로 아들 둘을 키우려니 얼마나 고생이 많겠어? 그래도 어머니는 고생을 낙으로 삼고 삯바느질에 날품팔이로 한 푼 두 푼 돈을 모아가며 아들을 잘 키웠지. 그렇게 아들을 키워서 형 나이 열두 살, 아우 나이 열 살이 되었을 때 어머니가 두 아들을 불러놓고,

"사내가 큰일을 하려면 집 안에만 틀어박혀 있어서는 안 된다. 너희들도 이제 나이가 들 만큼 들었으니 집을 떠나 재주껏 공부를 하고 오너라. 내 그동안 한 푼 두 푼 모아놓은 돈을 나누어줄 터이니 그것으로 십 년 동안 공부를 하고, 십 년이나 지나거든 돌아오너라."

하고 돈 꾸러미를 하나씩 내줬어. 아들들은 어머니한테 하직 인사를 하고 집을 떠나 제각기 갈 길로 갔지.

그러고 난 뒤에 어머니는 혼자서 온갖 궂은일을 하면서 십 년이 되기를 기다렸어. 이러구러 십 년이 되어서 아들 둘이 돌아왔는데, 참 훤칠한 장골이 되어가지고 왔어. 셋이서 반갑다고 얼싸안고 그동안 잘 지냈느냐, 고생이 얼마나 많았느냐, 이렇게 인사를 나누고 나서,

"그래, 그동안 어디 가서 무엇을 배워 왔느냐?"

하고 어머니가 물었지. 그랬더니 형은 몹시 부끄러워하면서,

"그동안 배운 거라고는 도둑질하는 재주밖에 없습니다."

하고 아우는,

"불도를 닦아 부처님의 영험하신 힘을 빌리는 재주를 배워 왔습니다."

하거든. 듣고 보니 형은 참 안 배우느니만 못한 재주를 배워 왔고, 아우는 참 좋은 공부를 해 왔단 말이야.

그때가 마침 섣달 그믐날이라 집집마다 설 쇨 채비가 한창인데, 이 집에는 미처 설음식을 장만하지 못했어. 그래서 어머니가 걱정을 하니 두 아들이 슬그머니 밖으로 나가.

먼저 형이 동네를 한 바퀴 휘 돌아보고는, 그 동네에서 제일 큰 부자 양반 집 앞에 가서 뭐라고 뭐라고 중얼중얼하더니 가난한 집 앞에 가서 또 뭐라고 뭐라고 중얼중얼해. 이렇게 집집마다 돌아다니면서 중얼중얼하고는 마지막으로 저희 집 앞에 와서 중얼중얼해. 아, 그러니 온 동네가 발칵 뒤집혔어. 쌀이 없어 설음식을 장만 못 한 집에서는 갑자기 어디서 왔는지 쌀이 한 말씩 두 말씩 턱

턱 생기고, 돈이 없어 설빔을 장만 못 한 집에서는 갑자기 어디서 왔는지 돈이 열 냥씩 스무 냥씩 턱턱 생긴단 말이야. 형제네 집에도 쌀 한 말과 돈 열 냥이 생겼어. 그러니 집집마다 한편으로 놀라고 한편으로 기뻐하느라고 야단법석이 났지. 그런데 부자 양반 집만은 아무 일이 없는 것처럼 조용해.

어머니가 놀라서 이게 어찌 된 일이냐고 물으니 형이 하는 말이,

"제가 방금 동네를 한 바퀴 둘러보니 집집마다 쌀이 없고 돈이 없어서 한숨 소리가 끊이지 않는데, 유독 부자 양반네 집만은 곳간에 쌀이 썩어나고 돈궤에 돈이 곰팡이가 필 지경이었습니다. 그래서 못된 술수를 조금 부려 부자 양반네 쌀과 돈을 어려운 집에 얼마간 나누어준 것뿐입니다."

하거든. 그 말을 듣고 어머니가 말없이 고개를 끄덕끄덕해.

아우는 어떻게 하는고 하니, 아우도 형처럼 동네를 한 바퀴 휘돌면서 여기저기 살펴. 집집마다 기웃거리며 살피더니 어느 다 찌그러져가는 초가집 앞에서 걸음을 멈추고 염불을 막 외워. 한참 염불을 외우고 나서 집으로 돌아오더니 어머니더러,

"어머니, 제가 방금 부처님의 힘을 빌려 좋은 설음식을 장만해 놓았습니다. 어서 솥뚜껑을 열어보세요."

하거든. 어머니가 솥뚜껑을 열어보니, 아까까지만 해도 비어 있던 솥 안에 커다란 대구 한 마리가 솥이 넘치게 들어 있더란 말이야.

어머니가 놀라서 어찌 된 일이냐고 물었지. 그랬더니 아우는,

"제가 방금 동네 여기저기를 다니다 보니 마침 한 집에 좋은 대구 한 마리가 있기에 부처님의 힘을 빌려 어머니 드리려고 여기

갖다 놓은 것입니다."

이런단 말이야. 그 말을 듣고 어머니가 크게 야단을 쳐.

"맏이는 비록 도둑질을 배웠다고 하나 그 재주를 옳은 일에 쓰는데, 너는 어찌 그 좋은 재주를 잘못 써서 부처님을 욕되게 하느냐? 그 대구는 부모도 없이 늙은 할아버지를 모시고 사는 아이가 할아버지 병 고칠 약에 쓰려고 장에 가서 사 오는 것을 내가 어제 봤느니라. 그 불쌍한 아이 것을 훔쳐다가 우리 식구가 먹자는 게냐? 그런 짓을 하고도 부끄럽지 않으냐?"

그래서 아우는 제 잘못을 뉘우치고 대구를 도로 아이네 집에 돌려줬어. 그리고 그다음부터는 형제가 모두 재주를 옳은 일에만 쓰고 살았지. 그런데 부자 영감네 집에는 쌀과 돈이 얼마나 많았던지, 제 집 쌀과 돈으로 온 동네가 배불리 먹고 설을 잘 쇠었는데도 표가 안 나서 끝내 눈치를 못 채더래.

저승길도 같이 가라

옛날에 두 사람이 한날한시
에 죽었어. 그러니까 저승길
을 둘이 같이 가게 된 거지.
그런데 한 사람이 뭐라고 중얼

중얼거리면서 가거든. 같이 가던 사람이,

"당신 지금 뭐라고 중얼거리는 거요?"

하니까,

"나는 극락 가려고 염불 외우면서 가지요. 나무아미타불, 나무
아미타불……."

하고 중얼중얼 염불을 외우면서 간단 말이야.

"아이고, 그거 나도 좀 가르쳐주오. 나도 극락 좀 가게."

그래서 '나무아미타불'을 외우라고 가르쳐줬어. 이 사람이 염

불을 배워서 외우며 가는데, 그만 도랑을 하나 건너뛰다가 잊어버렸네.

"여보시오, 나 염불 잊어버렸소. 다시 가르쳐주오."

하는데, 염불 잘하는 사람은 벌써 저만치 앞서가. 가르쳐주기도 귀찮고, 저 혼자서 극락 가고 싶었던가 몰라. 할 수 없이 이 사람이 겨우 생각했다는 것이,

"천타불 만타불 줄아미타불, 천타불 만타불 줄아미타불……."

이러고 얄궂은 염불을 외우면서 갔단 말이야. 참 말도 안 되는 염불을 외우면서 가는데, 앞서간 사람은 저 혼자 저승 문 앞에까지 갔어. 가서, 안으로 들어가려고 하니까 문지기가 막아.

"뒤에 오는 사람하고 같이 오지. 왜 혼자서 먼저 오느냐?"

그래서 저승 문 옆에 붙어 서 있다가 뒤에 사람이 오니까 같이 들어갔지. 들어가니까, 염라대왕이 저승길 올 때 어떻게 하고 왔느냐고 묻겠지. 앞서간 사람은,

"저는 나무아미타불을 공들여 외우며 부지런히 앞서 왔습니다."

하고, 나중 온 사람은,

"저는 염불을 잊어버려서 천타불 만타불 줄아미타불 하면서 뒤따라 왔습니다."

했거든. 그러니까 염라대왕이,

"염불을 틀리게 외운 것은 죄가 되지 않으나 저 혼자 살겠다고 동행을 뿌리친 것은 중죄다."

하면서 나중에 간 사람은 꽃방석에 앉히고, 먼저 간 사람은 기름 가마로 보내버렸어. 그리고 꽃방석에 앉은 사람더러 염불 한 번

더 외워보라고 했더니, 그새 또 잊어버리고,
"천보살 만보살 천보살 만보살, 비나이다."
이러더래. 하하하.

눈먼 부엉이

요새도 그런 일이 없기야 하겠나
마는, 옛날 한때는 벼슬아치들이 뇌
물을 먹고 뒤를 봐주는 일이 많았던 모
양이야. 과거를 보는 데도 뇌물이 왔다 갔다 했다 하니
참 고약한 일이지.

전에 한 선비가 살았는데, 이 사람이 어릴 적부터 과거 공부를
해서 글도 잘 쓰고 아는 것도 많아. 그런데 과거를 보기만 하면 번
번이 떨어져. 글을 잘 못 써서 그런 것도 아니고 아는 게 적어서
그런 것도 아니야. 시관들에게 뇌물을 안 바쳐서 그래. 시관들이
모두 썩어빠져서 시권은 안 보고 뇌물 바친 양을 따져서 급제다
낙방이다 제멋대로 정해버리니 그럴밖에. 그래서 이 선비가 과거
에 일곱 번 내리 떨어졌는데, 그러고 나니 참 억장이 무너져.

이때 나라에서 임금이 미행을 나섰어. 미행이라고 하는 것은 임금이 허름한 옷을 입고 밤에 몰래 대궐 밖을 돌아다니면서 백성들이 사는 모습을 살피는 게 미행이야. 임금이 미행을 나서서 여기저기 돌아다니다가 한 곳에 가니 웬 선비가 집 앞에 서서 뭐라고 중얼중얼거리고 있더란 말이지. 뭐라고 그러나 하고 들어보니 이 선비가 한다는 말이,

"개구리 때문에 부엉이 눈이 멀었구나. 개구리 때문에 부엉이 눈이 멀었구나."

이러고 중얼거리거든. 개구리 때문에 부엉이 눈이 멀었다? 암만 생각해도 무슨 말인지 알 수가 없어. 그래서 임금이 그 선비한테 다가가서 물어봤지.

"방금 들으니 '개구리 때문에 부엉이 눈이 멀었다'고 뜻 모를 말씀을 하시는데 그게 대체 무슨 말이오?"

그랬더니 선비가 허허 웃기만 하고 대답을 안 해. 그럴수록 궁금증이 나서 자꾸 물으니까 그제야 이야기를 하는데, 그게 이런 이야기야.

"옛날에 꾀꼬리하고 황새하고 노래자랑을 하게 됐지요. 둘 중에 누가 노래를 더 잘하나 내기를 했다 이런 말입니다. 그런데 심판을 부엉이가 보게 됐어요. 황새가 가만히 생각해보니 저는 애당초 이기기 글렀거든요. 황새라고 하는 것이 목은 길지마는 소리야 꾀꼬리를 당할 재간이 있나요. 꾀꼬리는 목청이 좋아서 간드러지게 노래를 잘하는데, 황새란 놈은 기껏해야 '벅' 하는 외마디소리밖에 못 지르니 아예 상대가 안 되지요. 그런데도 황새란 놈은 욕

심이 많아서 어떻게든 제가 꾀꼬리를 이겨보고 싶었단 말입니다. 그런데 재주로는 도저히 안 되겠으니까 심판 보는 부엉이한테 뇌물을 줬어요. 때는 한겨울인데, 어디 개울을 뒤져서 개구리 한 마리를 얻었습지요. 이걸 부엉이한테 갖다 바치고는, '당신도 알다시피 내가 덩치만 컸지 어디 노래 부르는 재간이 있소? 그러니 이걸 받고 심판이나 잘 해주시오.' 이렇게 은근슬쩍 구슬려놨단 말입니다. 부엉이는 동지섣달에 참 난데없는 개구리 한 마리를 얻고 보니 마음이 달라졌어요. 노래 부르는 날이 돼서, 먼저 꾀꼬리가 노래를 하는데 참 간드러지게 잘하지요. 뭐 들어보면 간장이 살살 녹거든요. 그다음에는 황새가 노래를 하는데, 이놈은 당최 할 줄 모르니까 '뻑' 하고 한 번 소리를 지르고는 두말이 없어요. 이건 누가 봐도 상대가 안 되는데, 그래도 부엉이는 뇌물로 개구리 얻어먹은 게 있으니 어떡합니까. '꾀꼬리가 노래를 하기는 잘한다마는 너무 간드러져서 못 쓰겠고, 황새는 한마디밖에 안 했지마는 소리가 우렁차서 쓸 만하다. 그래서 황새가 이겼다.' 아, 이렇게 억지로 심판을 봤다 이런 이야기가 있습니다. 그때부터 부엉이가 눈이 멀었다는데, 오늘 저녁에 그 이야기가 생각나서 한번 지껄여본 것뿐입니다."

임금이 이야기를 다 들어보니, 이게 짐승의 이야기지마는 사람 사는 세상을 아주 잘 찔러서 한 말이거든. 필경 무슨 곡절이 있겠구나 싶어서 다시 물어봤어.

"보아하니 나이도 지긋한 선비가 왜 벼슬길에 나서지 않고 묻혀 사시오?"

그랬더니 선비는 또 한 번 허허 웃으면서,

"과거를 보기야 여러 번 봤지요. 그런데 과장에 온통 개구리 잡은 황새와 눈먼 부엉이가 판을 치니 꾀꼬리는 어디 발붙일 곳이 있더랍니까?"

하겠지. 그제야 임금이 무슨 말인지 알아차리고 선비를 잘 타일렀어.

"그렇기는 하지마는 세상에 어디 눈뜬 부엉이가 한 마리도 없겠소? 들으니 며칠 뒤에 별과가 있다는데 꼭 나가보시오."

그래놓고 임금이 대궐에 돌아와서 바로 아무 날 별과를 본다는 방을 내걸었어. 선비가 과장에 가보니 시제가 붙었는데, 아 그게 '개구리 때문에 부엉이가 눈이 멀었다.'라는 글귀거든. 다른 사람들이야 아무리 시관에게 뇌물을 바쳤어도 글을 못 쓰지. 아, 무슨 말인지 알아야 쓸 게 아니야? 그래서 이 선비 혼자 글을 써내어서 급제를 했다, 그런 이야기가 있어. 이런 이야기 들으면 가슴이 뜨끔한 사람도 있을걸?

떡 자루와 돈 자루

옛날에 돈 많은 부자 양반과 그 집에 머
슴 사는 총각이 있었어. 부자는 돈 모으는 걸
낙으로 삼고 커다란 자루에 돈을 넣어 두고 허구
한 날 돈만 들여다보고 살았지. 돈 자루에 돈이 점점 불어가는 것
을 낙으로 삼고 입만 떨어지면 '돈, 돈' 하고 눈만 떨어지면 돈 자
루부터 찾고, 행여 누가 훔쳐갈세라 잘 때도 돈 자루를 베고 자고,
이러면서 살았지.

이렇게 '돈, 돈' 하면서 사니까 자연히 인색할 수밖에 없지. 한
푼이라도 아끼려고 별의별 짓을 다해. 머슴에게 밥을 준다는 것이
쌀이 아까우니까 강냉이로 떡을 만들어주는데, 그것도 많이나 주
나. 하루에 딱 세 개, 아침에 하나 점심에 하나 저녁에 하나씩 주고
말지. 더러 머슴이 몸이 아파서 일을 못 하는 날에는 그나마 안 줘.

이러니 머슴은 강냉이떡에 목을 매고 그저 그것 아니면 죽는 줄 알고 살았지. 부자가 돈 모으는 것처럼 강냉이떡을 모으는데, 끼니때마다 떡 부스러기 떨어지는 것을 주워서 볕에 바짝 말려 자루에다 넣어뒀어. 부자가 그러는 것처럼 잘 때도 떡 자루를 끼고 자고, 눈만 떨어지면 떡 자루를 들여다보면서 자루에 떡 부스러기가 점점 모이는 걸 낙으로 삼고 살았지.

부자는 머슴이 떡 부스러기를 모으는 것을 보고 박장대소를 하면서 비웃기를,

"이 어리석은 놈아, 그깟 떡 부스러기를 모아서 어디에 쓰겠다는 거냐? 그것 한 자루 다 채워야 돈 한 푼만 하겠느냐?"

하지. 그러나 마나 머슴은 떡 부스러기를 모아서 한 자루를 다 채웠어.

그런데 그해 여름에 비가 참 많이 왔어. 많이 와도 이만저만 온 게 아니고 아주 하늘에 구멍이 뚫린 것처럼 왔어. 한 달 이레를 내리 비가 쏟아붓는데, 처음에는 논밭이 물에 잠기더니 다음에는 길이 잠기고 그다음에는 집이 물에 잠겼어. 이렇게 되니 온 동네 사람들이 산꼭대기로 피난을 갔지. 물을 피해 산으로 올라가는 사람이 집을 떠메고 갈 수가 있나? 집집마다 제일 귀한 것 하나씩만 메고 지고 갔지. 부자와 머슴도 피난을 갔는데, 부자는 돈 자루가 제일 귀하니까 돈 자루를 짊어지고 가고, 머슴은 떡 자루가 제일 귀하니까 떡 자루를 짊어지고 갔어.

산꼭대기에 올라가서 자리를 잡고 앉았는데, 하루 이틀이 지나도 물이 줄어들 기미가 안 보여. 사흘 나흘이 지나도 그대로야. 그

러니 당장 급한 게 먹을 것이지. 머슴은 떡 자루에서 떡 부스러기를 한 줌씩 꺼내어 맛있게 먹는데, 부자는 돈 자루에서 돈을 꺼내 먹을 수는 없는 노릇이니 딱하지. 부자는 머슴 옆에 앉아서 떡 부스러기를 한 줌 나누어주기를 기다렸지마는 머슴이란 놈은 주인이 배를 곯는 걸 아는지 모르는지 저 혼자만 먹는단 말이야. 그것 좀 달라고 하자니 주인 체면이 깎일 것 같고, 그래서 배고픈 걸 참고 견뎠어.

그런데 한 닷새 지나니까 부자 뱃속에서는 꼬르륵 소리가 진동을 하고 눈앞이 흐릿흐릿해지는데, 이러다가는 굶어 죽을 것 같단 말이지. 옆에서는 머슴이 떡 자루를 끼고 앉아 떡 부스러기를 '얌냠' 소리까지 내어가며 먹는데, 그걸 보니 눈이 뒤집힐 지경이야. 이 지경이 되면 체면이고 뭐고 차릴 것이 없지. 실없는 웃음까지 슬슬 흘려가며 머슴한테 빌붙었어.

"얘, 그 떡 부스러기 한 줌만 다오."

그랬더니 머슴이 눈을 휘둥그렇게 뜨고 한다는 소리가,

"아, 영감님 같은 양반님도 이런 걸 다 잡수십니까요? 이런 것은 천한 우리나 먹는 줄 알았는데요."

하고는 줄 생각을 않네.

"양반이라고 못 먹는 것이 있다더냐? 그러지 말고 좀 다오. 내 떡값으로 돈 닷 푼을 주마."

그래도 머슴은 줄 생각을 않지.

"돈이 적어서 그러는 게로구나. 옜다, 한 냥을 주마. 떡 부스러기 한 줌에 돈 한 냥이면 그게 어디 적은 돈이냐?"

그래도 머슴은 거들떠볼 요량조차 하지 않네.

"좋다, 좋아. 내 큰맘 먹고 닷 냥을 주마."

그래도 머슴은 못 들은 척, 떡 부스러기만 냠냠 먹고 있겠지.

"그러면 열 냥이면 되겠느냐?"

그래도 묵묵부답.

"그러면 오십 냥. 논 한 마지기 값이다."

그래도 묵묵.

"그러면 백 냥."

"그러면 천 냥."

그래도 대답이 없어. 천 냥을 준다는데도 싫다니 무슨 방도가 있나. 할 수 없이 쫄쫄 굶으며 온 하루를 더 보냈어.

그다음 날이 되니 부자는 참 더는 못 견딜 지경이 됐어. 배는 고플 대로 고파서 창자가 뒤틀리고 눈앞에 헛것이 왔다 갔다 하는데, 이러다가는 곧 숨이 넘어갈 것 같거든. 그런데 옆에서는 머슴이 입맛까지 다셔가며 떡 부스러기를 냠냠 먹고 있으니 이건 뭐 미칠 지경이야. 그래서 부자가 돈 자루를 통째로 머슴에게 갖다 안기면서 싹싹 빌었어.

"아이고, 얘야. 이 돈 자루 다 줄 테니 제발 그 떡 부스러기 한 줌만 다오."

그제야 머슴이 못 이기는 척 돈 자루를 받고 떡 부스러기를 집어주더래. 부자는 애지중지하던 돈 자루를, 제 입으로 돈 한 푼보다 못하다고 한 떡 부스러기 한 줌하고 바꾼 셈이지.

집안이 화목한 비결

옛날 어느 곳에 김 서방네와 이 서방네가 이웃해서 살았어. 두 집 다 식구 수도 그만그만하고 가진 살림도 그만그만한데, 딱 한 가지 다른 게 있었어. 그게 뭔고 하니, 김 서방네는 식구들이 서로 사이가 나빠서 허구한 날 싸우면서 살고, 이 서방네는 식구들이 서로 사이가 좋아서 날마다 웃으면서 살아. 동네 사람들도 두 집안 사정을 다 알아서, 우지끈 뚝딱 싸우는 소리만 나면,

"또 김 서방네 집에서 싸움을 하는 게로군."

하고, 와그르르 웃는 소리만 나면,

"이 서방네 집에서는 또 재미난 일이 생겼나 보군."

하지.

하루는 김 서방네 소가 온 동네 밭을 휘젓고 다니며 곡식을 다 망쳐놨어. 김 서방이 풀 먹이느라 소를 언덕 위에 매어놓았는데, 식구들이 안 보는 사이에 소가 고삐를 끊고 달아난 거지. 식구들이 억지로 소를 붙잡아 외양간에 매어놓고 나서 대판으로 싸움을 벌이는데, 서로 내가 옳으니 네가 그르니 하고 싸워.

"아, 이 여편네야. 아침에 소여물을 어떻게 주었기에 소가 배고파 날뛰게 만들어?"

김 서방은 아내를 나무라고,

"너는 눈을 어디에 달고 다니기에 소 코밑에서 빨래를 하면서 고삐 끊는 것도 못 봤니?"

아내는 며느리를 나무라고,

"아, 당신은 뭐하는 사람이 소가 풀을 다 뜯어 먹도록 옮겨 매지도 않고 그냥 뒀어요?"

며느리는 제 남편을 나무라고,

"아버지도, 참. 진작에 소고삐를 단단히 매어뒀으면 이런 일이 생기지 않았을 것 아녜요?

아들은 제 아버지를 나무라고, 이러느라고 옥신각신 분주하게 싸웠지. 한참 동안 그렇게 티격태격, 실쭉샐쭉하다가 김 서방이 가만히 생각해보니, 이웃에 사는 이 서방네는 무슨 재주로 싸움한 번 하는 일 없이 화목하게 잘 사는가 싶거든. 그래 이 서방네 집에 찾아가서,

"자네 집 식구들은 무슨 재주로 일 년 가야 싸움 한 번 없이 그

리 화목하게 잘 사는가? 우리 집에서는 오늘도 대판으로 싸움이
났다네."

했더니 이 서방이,

"그래, 오늘은 무슨 일로 싸웠는가?"

하고 묻겠지. 그래서 소가 고삐를 끊고 달아난 일 때문에 싸웠다
고 했더니 이 서방이 허허 웃으면서,

"우리 집 식구들이 어떻게 하는지 잘 보게."

하더니, 마당에 매어놓은 소를 일부러 고삐를 풀고 엉덩이를 때려
내쫓더란 말이야. 소가 마구 돌아다니니까 온 식구가 여기저기서
달려 나와 붙잡아가지고 마당에 도로 매어놓고 나서 한 자리에 모
이거든.

'이제는 이 서방네도 별수 없이 대판으로 싸움이 나겠지.'

했더니 웬걸, 싸움은커녕 큰 소리 한 번 안 나와.

"내가 소고삐를 단단히 매어두지 않은 것이 잘못이오."

이 서방이 이렇게 자기를 탓하니까,

"웬걸요. 내가 아침에 여물을 든든히 먹였더라면 소도 더 얌전
했을 텐데, 다 내 잘못이오."

아내는 이렇게 자기를 탓하고,

"어머님, 그런 말씀 마세요. 제가 우물가에 있으면서 소를 빨리
잡지 못한 탓이에요."

며느리는 이러고,

"아니오. 내가 점심 먹고 소를 풀밭에 옮겨 매어놓는다는 게 그
만 깜빡했소. 다 내 잘못이오."

아들은 이러더라네. 그러니까 싸움이 날 리가 있나. 서로 자기 탓이라고 우기다가 금세 와그르르 웃음이 터지지. 그걸 보고 김 서방이 무릎을 치면서 가더래.

거짓 죽음에 거짓 울음

옛날에 어떤 사람이 딸 셋을 두었
어. 몸 안 아끼고 부지런히 일을 했던가 논
밭뙈기도 실하게 갖추고 살림도 제법 일구어 규모 있게 살았던 모
양이야. 그러니 자연히 딸 셋을 정성 들여 키웠지. 잘 먹이고 잘
입히고 모자랄 것 없이 키웠단 말이야. 그렇게 잘 키워서 셋을 다
시집보냈어.

딸을 다 시집보내고 나니 늙은 내외만 남았는데, 평생 딸 키우
는 재미로 살다가 다 떠나보내고 나니 쓸쓸할 것 아니야? 그래서
양자를 들여서 양며느리를 보았지. 양자와 양며느리를 데리고 살
다가 보니, 핏줄도 다른 젊은이들을 고생시키는 것이 안 되어서
따로 세간을 내보냈어. 안 나가려고 하는 것을 억지로 구슬려서
내보냈단 말이지. 그래서 다시 늙은이 내외만 남게 됐어.

그렇게 살다가 자꾸 나이를 먹어서 죽을 날이 멀지 않게 되니 자식들에게 살림을 물려줘야 하겠는데, 아무래도 제 핏줄을 가진 딸들한테 더 마음이 쏠리더란 말이야. 몇십 마지기나 되는 논밭떼기를 모두 양며느리네한테 물려주기가 아까웠던 게지. 그래서 이참에 아주 딸네들을 만나서 논밭떼기나 좋이 떼주리라, 이렇게 마음먹고 딸네 집에 갔어.

먼저 첫째 딸네 집에 갔지. 가 보니 다른 식구들은 아무도 없고 첫째 딸 혼자서 베틀에 올라앉아 베를 짜고 있더래.

"얘야, 내가 왔다. 아비가 왔어."

반가워서 크게 불렀더니 첫째 딸은 베틀에서 내려올 생각도 않고,

"아버지 오셨어요? 오시려면 진작 오신다는 말이라도 하고 오실 것이지 이렇게 불쑥 오셔서 놀라게 하시나요. 요 베 다 짜놓고 나갈 테니 밖에서 기다리세요."

이러면서 짤캉짤캉 베만 짜고 있더라지 뭐야. 한참 동안 밖에서 기다려도 베틀에서 내려올 생각을 안 하기에 이 사람이 그냥 돌아섰어.

그다음에는 둘째 딸네 집에 갔지. 가 보니 둘째딸은 집 앞 개울에서 빨래를 하고 있더래.

"얘야, 내가 왔다. 아비가 왔어."

반가워서 크게 불렀더니 둘째딸은 핼끗 돌아보기만 하고,

"아버지도 참, 좀 한가할 때 오시지 하필이면 이렇게 바쁠 때 오셨어요? 지금 빨랫감이 밀려서 그러니 이 빨래 다 할 때까지 거기

서 좀 기다리세요."

이러고 뚝딱뚝딱 방망이질만 하고 있더라지 뭐야. 한참 동안 서서 기다려도 빨래만 하고 거들떠보지를 않기에 이 사람이 그냥 돌아섰지.

그러고는 셋째 딸네 집에 갔어. 가 보니 셋째 딸은 한창 저녁 밥상을 차리고 있더래.

"얘야, 내가 왔다. 아비가 왔어."

반가워서 크게 불렀더니 셋째 딸은 땅이 꺼져라 한숨을 쉬면서,

"시집 식구들이 들에서 돌아오면 주려고 저녁밥을 식구 수대로 딱 맞추어 지었는데 이렇게 갑자기 오시면 어떡해요? 아버지 때문에 새로 밥을 더 지어야 하니 좀 기다리세요."

하면서 딸강딸강 밥상만 차리고 있더래. 한참 동안 기다려도 새로 밥을 짓는 기미는 안 보이고 밥그릇만 딸강거리고 있기에 이 사람이 그냥 돌아섰어.

돌아서서 집으로 오는 길에 양며느리네 집에 들렀지. 양며느리는 마당에서 짚불을 피워놓고 베를 매고 있다가, 시아버지가 오는 것을 보고는 베 매던 것도 팽개치고 버선발로 달려 나와 맞아들이더래. 그러고는 곧장 암탉을 잡고 더운밥을 짓고 해서 극진히 대접을 하지.

이 사람이 양며느리네 집에서 하룻밤을 자고 집에 돌아와서, 며칠 뒤에 거짓으로 딸네 집에 부고를 보냈어. 자기가 죽은 것처럼 써가지고 말이야. 그러고는 방에 병풍을 둘러치고 병풍 뒤에 가만히 누워 있었지. 그랬더니 딸들이 아버지 죽었단 소식을 듣고 달

려왔어.

먼저 첫째 딸이 달려와서 머리를 풀고 슬피 우는데, 얼마나 구슬프게 우는지 듣는 사람 눈에서 눈물이 절로 날 지경이야.

"아이고 아버지, 아이고 아버지. 며칠 전 우리 집에 오셨을 때 제가 베 짜다 말고 달려 나가 씨암탉 잡아 더운 밥 지어드렸더니 맛있게 드시고 나서 재 너머 무논 닷 마지기 너 주마 하시더니 이렇게 돌아가시다니요. 아이고 아버지, 아이고 아버지."

그다음에 둘째 딸이 달려와서 머리를 풀고 슬피 우는데, 바닥을 탕탕 치며 몸부림을 치는 게 얼마나 애통해 보이는지 몰라.

"아이고 아버지, 아이고 아버지. 며칠 전 우리 집에 오셨을 때 제가 빨래하다 말고 달려가 씨돼지 잡아 국 끓여드렸더니 맛있게 드시고 나서 강 건너 마른논 닷 마지기 너 주마 하시더니 이렇게 돌아가시다니요. 아이고 아버지, 아이고 아버지."

그다음에는 셋째 딸이 달려와서 머리를 풀고 슬피 우는데, 병풍 귀를 잡고 늘어져 곡을 하는 품이 까무러칠까 겁날 지경이야.

"아이고 아버지, 아이고 아버지. 며칠 전 우리 집에 오셨을 때 제가 저녁 밥상 차리다 말고 송아지 잡아 술대접해드렸더니 맛있게 드시고 나서 윗마을 개똥밭 닷 마지기 너 주마 하시더니 이렇게 돌아가시다니요. 아이고 아버지, 아이고 아버지."

세 딸이 이렇게 통곡을 하는 걸 들어보니 기가 막히거든. 이 사람이 그만 부아가 치밀어서 벌떡 일어나 병풍을 걷어내고 호통을 쳤지.

"이런 못된 것들, 무엇이 어쩌고 어째? 네가 언제 씨암탉 잡아

더운 밥 지어줬어? 네가 언제 씨돼지 잡아 국 끓여줬어? 네가 언제 송아지 잡아 술대접했어? 내 죽음이 참 죽음인 줄 알았더냐?"

그랬더니 세 딸이 울음을 뚝 그치고 한다는 말이,

"그럼 저희들 울음이 참 울음인 줄 알았어요?"

하더라나. 거짓 죽었던 사람은 그 뒤로 오래오래 살다가 살림은 죄다 양며느리한테 물려주고 엊그제 죽었다는데, 옛날이야기야 다 거짓말 아닌가. 뭐 참말로 그런 딸이 있었을라고.

며느리가 장모 되다

오늘은 며느리가 장모 된 이야기
하나 할까? 며느리는 장모 되고 시아버
지는 사위 되고, 뭐 그런 이야기야.

옛날 어떤 집에서 외아들을 장가보내 며느리를 보았는데, 손주
도 못 보고 외아들이 그만 덜컥 죽어버렸네. 얼마 안 있어 안주인
도 죽고, 이러니 식구라고는 달랑 시아버지와 며느리만 남게 됐
어. 홀시아버지하고 청상과부 며느리만 사는 거지.

그런데 이 며느리가 효성이 지극해서 홀시아버지를 참 끔찍이
도 잘 모셔. 아침저녁 문안은 물론이고, 추우면 추울세라 더우면
더울세라 어디 불편한 데는 없는지 밤낮으로 공대하기를 지극정
성으로 한단 말이야. 이러니 동네 사람들 칭송이 자자했지.

그런데 시아버지는, 며느리가 청춘에 혼자되어 저 같은 늙은이

때문에 고생하는 것이 너무 딱해서 맘이 편치를 않아. 밥을 먹어도 돌을 씹는 것 같고 잠을 자도 가시방석에 누운 것 같거든. 저만 아니면 며느리가 홀가분하게 개가해서 팔자를 고칠 수도 있을 터인데, 저 때문에 저러고 사는 것 같아서 말이지. 그래서 하루는 며느리를 불러다 놓고 조용조용 타일렀어.

"얘야, 며늘아가. 내 말 좀 들어보아라. 네가 나 때문에 이리 고생하는 걸 보기가 참 괴롭다. 너같이 젊은 나이에 어찌 그리 살겠느냐. 나는 살날도 머지않았으니 내 걱정일랑 말고 어서 좋은 자리 찾아서 잘 살도록 해라."

효성 지극한 며느리가 그 말을 바로 따를 리 있나.

"아버님, 그게 무슨 말씀이십니까? 연로하신 아버님을 홀로 두고 제가 어디를 가겠습니까? 그런 말씀 입 밖에도 내지 마십시오."

그래도 시아버지는 자꾸 며느리를 타일렀어.

"아니다. 이렇게 살면 내 맘인들 편하겠느냐? 내 아직 몸이 성하니 얼마든지 혼자 살 수 있다. 차라리 내 마음이나 편하게 해다오. 내가 가진 돈을 좀 갈라줄 터이니 그걸 가지고 바로 떠나거라."

그러면서 돈을 한 보따리 내놓거든.

시아버지가 이렇게까지 하니까 며느리도 어쩔 수 없어서 하직 인사를 하고 그 집을 나왔어. 나와서 정처 없이 가는데, 어느 곳을 지나다 보니 다 쓰러져가는 오막살이 초가집에서 한 처녀가 아궁이에 불을 때고 있거든. 거기 가서 불을 때주면서 이런저런 이야기를 했지. 이야기를 하다 보니 이 처녀는 어려서 어머니를 잃고 홀아버지와 단둘이 살고 있는데, 집이 가난하여 아버지도 재취를 못 하고 저도 혼기를 놓쳐 이렇게 살고 있다고 그런단 말이야. 가만히 생각해보니 이런 집이라면 인연을 맺을 만하거든. 그래서 제 사정 이야기를 하고 함께 살자고 그랬어. 처녀 집에서야 불감청이 언정 고소원일 테니 마달 리 있나. 그래서 그 처녀 아버지와 혼인을 해서 살았어.

시아버지한테서 얻어 온 돈을 밑천 삼아 논밭도 조금 사고 억척같이 일을 해서 잘살았어. 가난하던 집 살림살이도 조금 펴지게 되고 말이야. 그런데 두고 온 홀시아버지가 내내 마음에 걸려. 그러고 보니 이 집 딸이 과년한데 아직 시집을 못 가고 있거든. 그래서 남편한테 말을 했어.

"저렇게 과년한 딸을 평생 처녀로 늙히시렵니까?"

"시집보내고 싶은 마음이야 굴뚝같지만, 혼기를 놓쳐 저렇게 늙어버린 처녀를 누가 데리고 가겠소?"

그래서 전에 같이 살던 시아버지 말을 했지. 시아버지가 혼자 살고 있는데, 비록 나이는 많지마는 심덕이 후하고 살림살이도 먹고살 만하니 그리로 시집보내면 어떻겠느냐, 이렇게 말이지. 그러니까 남편도 좋다고 해서 딸을 시아버지한테 시집보냈어.

아, 이러니 어떻게 됐어? 며느리는 장모 되고 시아버지는 사위 된 거지. 안 그래? 참 기구한 팔자지마는 다 마음 넓고 인정 많은 사람들이 만든 인연이지. 좋다면 좋은 인연 아니야?

나락 모가지를 끊었다가

이 이야기 한번 들어봐. 옛날에 절에 사는 스님이 조그만 아이를 하나 데려다 길렀어. 아마 아버지도 어머니도 없는 아이였던 모양이지. 그래서 데려다가 길렀는데, 나이가 한 여남은 살 먹으니까 공부를 가르쳐서 상좌를 만들었어. 말하자면 꼬마 중이지.

상좌가 똑똑하고 말도 잘 듣고 하니까, 스님이 자주 심부름을 보냈던 모양이야.

"저 아래 마을 아무개네 집에 가서 시주 쌀 보내라고 일러라."

"산 너머 암자에 가서 아무개 스님 오시라고 일러라."

이렇게 심부름을 보냈는데, 하루는 상좌가 마을에 심부름 갔다가 돌아오는 길에 길가에 누렇게 익은 나락을 봤거든. 나락이 잘 익어서 고개가 축축 늘어져 있었단 말이야. 상좌가 그걸 보니 하도 탐스러워서 대체 낟알이 몇 개나 붙어 있을까 세어보려고 세 송이를 끊었어. 끊어서 들고 절에 돌아왔지. 그런데 스님이 그걸 보고는,

"너 왜 나락 모가지를 끊어 가지고 왔느냐?"

하고 물어.

"예, 이삭이 하도 탐스러워서, 대체 낟알이 몇 개나 붙어 있나 세어보려고 끊어 왔습니다."

그랬더니 그만 스님이 불호령을 내려.

"그 논 임자는 피땀 흘려 그렇게 농사를 잘 지어놨는데, 네가 장난삼아 곡식 이삭을 끊었으니 그 죄가 크다. 내가 너를 소로 만들 터이니, 그 집에 가서 이삭 하나에 한 해씩 삼 년을 일하고 돌아오너라."

스님이 도술을 부리는 스님이거든. 상좌를 소로 만들어서 마을로 내려보냈어. 소가 된 상좌가 나락 주인 집 앞에 가서 '음매애' 하고 울면서 서 있으니까 주인이 데리고 들어갔어.

주인이 송아지를 데려다 외양간에 매놓고 아무리 기다려도 찾아 가는 사람이 없으니까 데리고 일을 시켰지. 삼 년을. 삼 년 동안 밭도 갈고 논도 갈고, 풀 먹고 외양간에서 자면서 일을 했어. 그러다 보니 코뚜레에 꿰인 코에서는 피가 맺히고 발굽은 떡떡 갈라지고 목덜미는 멍에를 지느라고 닳아서 반질반질해졌지.

그럭저럭 삼 년이 지난 뒤에 스님이 논 주인 집에 와서,

"이 소가 일을 잘합디까?"

하고 물어. 그러니 주인이,

"아이고, 잘하다뿐입니까? 이 소 덕분에 우리 농사가 몇 배나 잘되었답니다."

하지. 그제야 스님이 종이에 글을 몇 자 써서 소한테 던졌어. 그러니까, 아 그만 소가 다시 사람이 돼. 주인은 기겁을 해서 뒤로 나자빠지고, 스님이 자초지종을 차근차근 이야기해주니까,

"아이고, 그깟 나락 세 송이 때문에 삼 년씩이나 소로 만드셨어요?"

하고 탄식을 해. 그러니까 스님은 허허 웃으며,

"소승은 어렸을 때 절간에서 쌀을 씻다가 쌀알 세 개 흘린 죄로, 한 알에 한 해씩 삼 년 동안 소가 되어 일한 적도 있소이다. 거기에 견주면 아무것도 아니지요."

하더란다. 그래서 곡식을 함부로 건드리면 안 된다는 거지.

나락 모가지를 끊었다가

산삼과 이무기

콩 심은 데 콩 나고 팥 심은 데 팥 난단 말은 들
어봤지? 죄는 지은 데로 가고 덕은 닦은 데로 간
다는 옛말도 있어. 그런 말에 꼭 맞는 이야기가
하나 있으니 어디 한번 들어보게나.

에헴, 옛날에 심마니가 셋이서 한마을에 살았지. 셋 다 똑같이
산삼 캐는 심마니이니 부르기 좋게 김가, 이가, 박가라고 하지. 이
중 김가는 사람됨이 경위 바르고 올곧은데, 이가와 박가는 의뭉스
럽고 욕심이 많았던 모양이야.

한번은 셋이서 깊은 산중에 심을 캐러 갔겠다. 이리저리 심을
찾아 산속을 헤매다 보니 깎아지른 벼랑에 이르렀지. 벼랑 위에서
아래를 굽어보니 천 길 낭떠러지라 밑이 가물가물한데, 그 한가운
데쯤 산삼이 수북이 나 있더란 말이야. 저것만 다 캐면 셋이서 나

누어도 한 삼 년은 놀고먹을 만하다 싶거든. 그런데 벼랑이 얼마나 가파른지 대체 발붙일 곳이 없더란 말이지.

심마니가 산삼을 보았으니 그냥 지나칠 수는 없는 노릇이고, 내려가자니 엄두가 안 나고 해서 궁리 끝에 한 가지 꾀를 냈지. 칡을 걷어다가 사람이 하나 들어앉을 만한 둥구미를 엮고, 둥구미 끝에 칡으로 꼬아 만든 줄을 길게 달았어. 그래놓고 셋 중 하나가 둥구미를 타고 내려가서 산삼을 캐다가 올려 보내기로 한 거야.

이제 누군가 둥구미를 타고 내려가야 하는데, 이가와 박가는 서로 눈치만 슬슬 보면서 안 내려가려고 그러거든. 그래서 할 수 없이 김가가 내려가기로 했어. 이가와 박가는 벼랑 위에서 줄을 잡고 둥구미를 드리워주고, 김가는 둥구미를 타고 벼랑 아래로 내려갔지.

김가가 내려가 보니 산삼이 위에서 보던 것보다 더 많아서 아주 지천으로 나 있어. 그걸 캐다가 둥구미에 가득 실었지. 그러고 나서 줄을 끌어 올리라고 신호를 보냈어. 둥구미에 사람도 타고 산삼도 싣고 할 수는 없으니까, 산삼을 먼저 실어 보낸 다음에 둥구미가 내려오면 사람이 타고 올라가려고 그랬단 말이야.

그런데 위에 있던 두 사람이 산삼을 보고는 욕심이 나서 그만 딴마음을 먹었지 뭐야. 귀한 산삼을 셋이서 나누어 가지는 것보다 둘이서 나누어 가지면 더 많이 차지할 수 있다, 이런 엉큼한 속셈으로 그만 둥구미를 내던지고 달아나버렸어.

이렇게 되니 벼랑 가운데 남은 김가는 참 딱한 신세가 됐어. 벼랑을 기어 올라갈 수도 없고 내려갈 수도 없으니 그 자리에서 옴

산삼과 이무기

짝달싹을 못하지. 산삼이 난 자리라야 그저 겨우 한 사람이 두 발 붙이고 앉으면 그만일 만큼 좁은 곳이라, 거기에 웅크리고 앉아서 죽기만을 기다렸어. 마침 캐다 만 산삼 두어 뿌리가 남아 있기에 그걸 캐 먹으면서 며칠이나마 견디긴 했지.

그럭저럭 한 사나흘이 지났는데, 이제 두어 뿌리 남은 산삼마저 다 캐 먹고 나니 먹을 것이 없어서 굶어 죽을 판국이야. 그런데 그때 무심코 밑을 보니 커다란 이무기 한 마리가 벼랑을 타고 슬슬 기어 올라오고 있더란 말이야. 길이가 열댓 발이나 되어 보이는 놈이 입을 쩍 벌리고 올라오는 것을 보니 틀림없이 저를 잡아먹으려고 올라오는 것 같거든.

'아이고, 이제는 죽었구나. 이래 죽으나 저래 죽으나 마찬가지이긴 하다마는, 이런 곳에서 짐승의 밥이 될 줄이야.'

이렇게 한탄을 하고 있으려니까, 웬일인지 이무기가 자기 옆을 스르르 지나쳐 위로 올라가더란 말이지. 그러더니 더 위쪽으로 올라가서 제 꼬리를 아래로 척 늘어뜨리지 뭐야. 그래도 가만히 있으니 꼬리로 김가의 몸을 툭툭 치네.

'옳지, 제 꼬리를 잡으라는 뜻인가 보구나.'

이렇게 생각하고 이무기 꼬리에 바짝 매달렸지. 그랬더니 이무기가 스르르 벼랑 위로 기어 올라가서 김가를 내려놓고는 숲 속으로 사라지더래.

이무기 덕에 목숨을 건진 김가가 산길을 내려가다 보니 큰 나무 밑에 이가와 박가가 쓰러져 있는데, 가만히 보니 둘 다 죽었네그려. 둘의 손에는 술잔이 들려 있고, 옆에 술병이 넘어져 있는데 술이 쏟아진 곳에는 풀이 새카맣게 타 죽어 있어. 그걸 보니 짐작이 가지. 둘이서 산삼을 가지고 내려가다가 이 나무 밑에서 쉬게 됐는데, 한번 욕심에 눈이 어두워진 사람들이 무슨 짓을 못 할까. 서로가 서로의 술잔에 몰래 독약을 타서 죽였겠지.

사람은 죽었어도 산삼은 고스란히 남아 있기에 김가는 산삼을 가지고 마을에 내려와서, 두 사람은 산에서 급병을 만나 죽었다고 했지. 그리고 산삼은 세 몫을 갈라 죽은 두 사람의 식구들에게 한 몫씩 주고, 제 몫까지 두 사람의 장례비에 보태 쓰라고 나누어줬어. 그러고 나서 김가는 병 없이 오래오래 잘 살았는데, 들리는 말로는 아흔아홉 살까지 살았다네.

재주 있는 삼형제

옛날 옛날 호랑이 담배 피울
적에, 어느 시골 마을에 삼형제가
살았더란다. 그냥 삼형제가 아니고 아주 기이한
재주가 하나씩 있는 삼형제가 살았더란다.

맏이는 눈이 밝아서 뭐든지 잘 보는데, 그냥 눈이 밝은 게 아니
고 아무리 멀리 있는 것도 다 보고 아무리 꼭꼭 숨겨놓은 것도 다
봤다네. 산 너머 동네 보리방아 찧는 것도 다 보고 땅속에서 두더
지 낮잠 자는 것도 다 봤다네.

둘째는 힘이 장산데, 그냥 장사가 아니고 아무리 무거운 것도
다 들고 아무리 덩치 큰 것도 다 졌다네. 집채만 한 바윗덩이도 덜
렁 들고, 보릿가마 열두 짐도 한 어깨에 다 졌다네.

막내는 맷집이 좋은데, 그냥 맷집 좋은 게 아니고 맞으면 맞을

수록 힘이 펄펄 살아났다네. 회초리로 맞으면 간지럽다고 웃고, 몽둥이로 맞으면 "어이 시원타, 어이 시원타." 하며 더 큰 걸로 때려달라 했다네.

이 삼형제 사는 마을에 흉년이 들었더란다. 흉년이 들어서 온 마을 사람들이 굶어 죽을 판이었단다. 삼형제네 집에도 밥을 못 지어 먹어 아궁이에 풀이 소복이 났단다.

하루는 삼형제가 산 위로 올라갔지. 먼저 맏이가 그 밝은 눈으로 여기저기 둘러봤지. 어디고 간에 굶는 사람뿐인데, 아이고 한 곳을 보니 곳간에 쌀가마니가 그득하더라네. 거기가 어디냐면 고을 원이 사는 관청의 곳간인데, 그 곡식 풀어 먹이면 온 마을 사람 배불리 먹고도 남을 것 같거든. 안 되겠다, 동네 사람 다 굶는 판에 토색질로 거둔 곡식 저 먹겠다고 저리 쌓아놓았으니, 저걸 꺼내다가 여러 사람 먹여보자, 이렇게 궁리를 했어.

둘째가 밤을 도와 곳간에 썩 들어가서 한 어깨에 서른 가마씩 예순 가마를 짊어지고 나와서는 온 마을 사람에게 나누어주고, 그래도 남아서 이웃 동네 사람들까지 배불리 먹였단다.

이튿날 날이 밝으니 호랑이 같은 원이 곳간에 곡식 훔쳐 간 놈 찾는다고 사령들을 풀어서 죄 없는 사람을 막 잡아가네. 이때 막내가 썩 나섰지.

"곡식 훔쳐 간 놈 여기 있소. 날 잡아가시오."

그래서 원이 막내를 잡아다 형틀에 묶어놓고 볼기를 때리는데, 곤장이 '철썩' 할 때마다 "어이 시원타." 하니 사또가 약이 올라 쇠막대기로 치라네. 쇠막대기로 맞으니 더 기운이 펄펄 나거든.

"어이 시원타. 더 큰 몽둥이는 없는가."

사령은 때리다가 때리다가 제풀에 지쳐 나자빠지고, 원은 약이 오를 대로 올라 발발 떨다가 화병이 나서 꼴까닥.

삼형제는 동네 사람들하고 천년만년 잘 살았단다. 병 없고 근심 걱정 없이 잘 먹고 잘 살았더란다.

소가 된 사람

옛날 어느 곳에 남의 집 머슴살이하
는 사람이 있었어. 머슴이란 게 그렇잖아. 밤
낮 뼈 빠지게 일해도 남는 게 없지. 몇 푼 안 되는 새경 받아 옷 사
입고 신 사 신고 나면 빈털터리니까 말이야. 게다가 머슴 일이라
는 게 좀 힘드나.

십 년 머슴살이에 남는 건 골병뿐이라더니 나이 스물에 여기저
기 안 아픈 데가 없고, 참 이렇게 살다가는 제명에 못 죽을 것 같
거든. 그래서 이 사람이 머슴살이 그만두고 집을 나왔어.

나와서는 딱히 갈 데도 없으니까 그저 정처 없이 걸었지. 가다
보면 무슨 살 길이 나오겠거니 하고 걷는데, 그러다 보니 그만 날
이 저물었어. 곳은 깊은 산골 고갯길이어서 집도 없고 절도 없는
곳이야. 그런 데서 날이 저물었으니 어째. 나무 밑이든 무덤가든

잘 만한 데를 찾아서 자야지. 그래 여기저기 살피며 가다 보니, 마침 저 멀리서 불빛이 반짝반짝하지 뭐야. 잘됐다 하고 찾아갔지.

가보니 아니나 다를까, 그 산속에 오막살이 초가집이 한 채 있더래. 주인을 찾으니 머리 허연 노인 부부가 나와.

"길 가는 사람인데 하룻밤 묵어갈 수 있겠는지요?"

그러니까 아주 반가워하면서 들어오래. 들어갔지.

들어가 앉아 있으니 노파가 부엌에 가서 떡을 한 사발 가지고 들어와.

"대접할 거라곤 이것밖에 없으니 이거라도 드시우."

시장하던 참이라 사양하고 자시고 할 게 있나. 고맙다고 하고는 그냥 먹었지. 한 개, 두 개, 세 개를 먹고 나니, 아 이런 변이 있나. 몸이 슬슬 달라져.

어떻게 달라지는고 하니 먼저 몸통이 커져. 몸통이 스르르 커져서 황소 몸통만 하게 되더란 말이지. 그다음에는 팔다리가 달라지는데, 그냥 울룩불룩 늘어나서 네 다리가 돼. 팔은 앞다리가 되고 다리는 뒷다리가 되고.

그러고 나서는 머리가 달라져. 어떻게 달라지는고 하니 커다랗게 부풀어서 눈은 퉁방울눈이 되고 귀는 쫑긋 길어지고 입은 툭 튀어나와 쭉 찢어지고 코는 쑥 들어가 콧구멍만 커다래져서 벌름벌름해. 그다음에는 엉덩이에서 꼬리가 나와. 쑥 나와서 덜렁덜렁. 그러고는 온몸에 가는 털이 숭숭 나.

그러니 뭐야? 영락없는 소지. 사람이 소가 돼버린 거야. 떡 세 개를 먹고 나니 그만 소가 됐어.

"아이, 이게 뭐야? 내 몸이 왜 이래?"

놀라서 소리를 쳤더니 그 소리는 안 나고 목구멍에서 '음매!' 하고 소 울음소리가 나네.

"뭐야? 목소리는 또 왜 이래?"

하니까 또 그 소리는 안 나고 '음매!' 소리만 나.

"아이고, 큰일 났다. 내가 소가 되다니."

해도 '음매!' 소리만 나고,

"이 일을 어째? 누가 나 좀 살려줘요!"

해도 '음매!' 소리만 나.

그걸 보고 노인 부부는 헤헤 웃더니, 소가 된 머슴을 코뚜레를 꿰고 고삐를 매어서 꼼짝 못하게 해놓고는 저희들끼리 수작을 해.

"이놈을 내일 장에 내다 팔자."

"그래. 이번엔 젊은 놈이니 값도 좋겠지."

"이놈이 아흔다섯 번째인가?"

"그래. 이제 다섯 놈만 더 소 만들어 팔면 백을 채우고, 그러면 우린 사람이 된다. 돈 많은 부자 사람이 되는 거다."

수작하는 꼴을 가만히 보니 바지춤으로 치맛자락으로 꼬리가 삐죽이 나와 있어. 여우 꼬리가. 이것들이 여우였던 게야. 여우가 노인 부부로 둔갑을 해서 지나가는 사람을 꾀어다가 떡을 먹여서 소로 만들어 팔아먹는 게지. 그렇게 소 만들어 팔아먹은 사람이 이제까지 아흔넷이나 되었던가 봐. 이 머슴이 아흔다섯 번째로 걸린 거고. 그렇게 백 사람을 채워서 이것들이 사람이 되려고 하는 수작이야. 사람이 되기만 하면 그동안 소 팔아 챙긴 돈이 많으니 그걸로 부자 돼서 살 속셈이지.

이렇게 앞뒤 사정을 다 알았지마는, 안들 이제 와서 무슨 소용이야? 이미 때는 늦었는데. 이미 소가 됐고, 아무리 말을 해도 입에서는 '음매!' 소리밖에 안 나고, 이러니 무슨 수가 있어?

하릴없이 코뚜레 꿰이고 고삐에 매여 있다가, 이튿날 아침에 장에 끌려갔어. 끌려가서 어떤 사람한테 팔렸지. 여우는 소 산 사람한테 가만히 이르기를,

"이 소한테는 무를 먹이면 안 되니 무는 절대 먹이지 마오."

하고는, 돈을 챙겨 가버렸어.

소가 된 머슴은 끌려가서 소로 살았지. 외양간에서 자고, 볏짚이나 먹고, 날만 새면 나가서 일하고, 해 지면 주인한테 이끌려 들어오고…….

일이야 남의 집 머슴 살 때도 밤낮으로 했으니 못 할 건 없지. 하지만 이게 참 할 짓이 못 돼. 머슴 살 때 죽도록 일하고 골병만 들었는데, 소가 돼서 또 죽도록 일하니 골병이 안 들 수 있나.

"아이고, 내가 이렇게 사느니 그만 죽는 게 낫겠다."

생각다 보니 여우가 자기를 팔면서 주인한테 무를 먹이지 말라고 한 말이 떠오르거든.

'무를 먹이지 말라는 걸 보니 무를 먹으면 죽기라도 하나 본데, 까짓것 먹고 죽어버리자.'

이렇게 생각하고, 틈을 봐서 무를 훔쳐 먹었어. 큰 무 한 개를 우걱우걱 다 먹고 나니, 아니 이게 웬일이야? 몸이 슬슬 달라져. 전에 여우가 준 떡을 먹고 달라질 때처럼 달라지는데, 이번엔 거

꾸로야.

먼저 몸통이 스르르 줄어들어 사람 몸통만 하게 되더니, 그다음에는 네 다리가 줄어들어서 사람 팔다리처럼 돼. 앞다리는 팔이 되고 뒷다리는 다리가 되고.

그러고 나서는 머리가 줄어들고 눈, 귀, 입, 코가 다 사람 것이돼. 그런 다음 엉덩이에 붙어 있던 꼬리가 쑥 들어가고 온몸에 난털이 없어졌지.

그러고 나니 사람이 됐어. 도로 멀쩡한 사람이 됐단 말이야. 무를 먹으면 도로 사람 된다고, 그래서 여우가 못 먹게 했나 봐.

어쨌든 다시 사람이 됐으니 무슨 걱정이야? 주인한테 사연을 얘기하고, 그길로 그 집을 나왔지.

나와서 또 정처 없이 걸어가는데, 가면서 생각해보니 그놈의 여우가 참 괘씸하단 말이야. 아 멀쩡한 사람을 소로 만들어 팔아먹다니, 아무리 여우라도 참 못됐잖아. 그런 여우가 사람이 되면 어떻겠어. 온갖 못된 짓은 다 하고 자빠질 것 아니야? 게다가 소 판 돈으로 부자 되어 살 텐데, 못된 놈이 부자 되면 가난한 사람을 얼마나 괴롭히겠어?

'안 되겠다. 아무래도 내가 앙갚음을 좀 해줘야겠다.'

그길로 그 고개를 찾아갔어. 찾아가 보니, 아닌 게 아니라 여우가 여태 그 집에 있더래. 노인 부부로 둔갑한 여우 말이야. 있다가 이 사람이 찾아가니까 또 반겨 맞아들여. 그러고는 또 떡을 내놓으면서 먹으래.

이 사람이 떡을 받아서 먹는 체하고는 안 먹었어. 입에 넣고만 있다가 틈을 봐서 꺼내어 삿자리 밑에 넣어놨지. 한 개, 두 개, 세 개를 다 그렇게 했어.

그러고 나서 태연하게 가만히 앉아 있으니, 이놈의 여우들이 밖에 나가서 저희들끼리 수군수군 수작을 해.

"이상하다. 왜 떡을 세 개나 먹고도 소가 안 되지?"

"그러게. 저놈만 소로 만들어 팔면 이제 백을 채우는데."

들어보니 그새 네 사람을 더 소로 만들어 팔아먹었나 봐. 그래서 아흔아홉이 된 게지. 이 사람만 소로 만들면 이제 백을 채운단 얘기거든.

"네가 떡을 잘못 만든 것 아냐?"

"네가 떡을 잘못 찐 것 아냐?"

저희들끼리 옥신각신하더니,

"우리가 한번 먹어보는 수밖에 없다."

하고는 떡을 먹네. 여우 둘이서. 떡을 한 개, 두 개, 세 개 먹으니까 일 났지. 소가 돼버렸어. 여우가 소가 됐단 말이야. 소 되는 떡을 먹었으니 소가 안 되고 어쩔 거야?

소가 된 여우를 이 사람이 얼른 달려들어 코뚜레를 꿰고 고삐를 매어서, 날이 밝는 대로 장에 갖다 팔았어. 두 마리 다 팔아 돈도 두둑이 챙겼지.

이렇게 보기 좋게 앙갚음을 했는데, 그러고 나니 여기저기서 소 되었던 사람들이 다 도로 사람으로 돌아오더래. 여우한테 홀려서 소가 되어 팔려 간 아흔아홉 사람들 말이야, 모두 다시 사람 모습을 되찾았어. 그래서 다들 잘 살았더래.

소가 된 여우는? 아직도 어디선가 소가 되어 일하고 있을지 모르지.

소가 된 사람

임금님 귀는 당나귀 귀

옛날에 한 임금이 있었
는데, 이 임금한테 말 못
할 걱정거리가 하나 생겼
어. 그게 뭐고 하니, 갑자기 어느 날부터 귀가 쑥쑥 커져서 당나귀
귀만 하게 돼버렸단 말이야. 한 사흘 새 자고 일어나면 이만큼, 자
고 일어나면 이만큼씩 커져서 귀가 머리 위로 삐죽 솟아올라가게
됐단 말이지. 한 사흘 그렇게 커지고 나서 그다음부터 더 커지지
는 않았는데, 거울을 들여다보면 참 기막혀. 사람인지 당나귄지
분간을 못할 지경이지.

임금이 가만히 생각해보니, 이건 귀가 커서 불편한 것보다 밖에
알려지는 일이 더 겁난단 말이야. 임금이라고 하는 것은 모름지기
백성들한테 하늘같이 우러러 보여야 체통이 서겠는데, 귀가 당나

귀 귀가 되어서 남들 앞에 나서 봐. 웃음거리밖에 더 되겠어? 그러니 밖에 나갈 수가 없지. 귀가 커지는 날부터 몸이 아프다는 핑계를 대고 방구석에 틀어박혀 개미 새끼 하나 얼씬 못 하게 하고 지냈어. 그런데 평생 그러고 살 수는 없는 노릇이거든.

임금이 머리를 싸매고 이 궁리 저 궁리 하다가 갓장이를 불렀어. 뭐, 불러도 곱게나 부르나. 방 안에서 이불을 쓰고 누워서 밖에다 대고 냅다 고함을 질러서 부르지.

"여봐라, 밖에 누가 없느냐? 어서 갓장이를 대령시켜라."

하고 말이야. 그래서 솜씨 좋은 갓장이가 불려 왔어. 갓장이가 방에 턱 들어가 보니, 허허 참 가관이거든. 임금 귀가, 이건 뭐 당나귀 나라에 가도 귀 작다고 쫓겨날 일은 없겠단 말이야. 다짜고짜 웃음부터 터져 나오는 걸 억지로 꾹꾹 눌러 참았지. 아, 임금 앞에서 무엄하게 웃었다가 모가지 달아나려고. 그래서 일부러 잔뜩 성을 낸 것 같이 해가지고 임금 앞에 엎드려 어명을 기다렸지.

"여봐라. 당장 큰 모자를 지어 올리되, 이 귀가 감쪽같이 덮일 만큼 큰 모자를 지으렷다. 그리고 내 귀가 이렇다는 걸 아는 사람은 나 말고 너밖에 없으니, 무슨 일이 있어도 발설하지 않도록 하여라. 함부로 주둥아리를 놀렸다가는 네 모가지가 백 개라도 살아남지 못하리라."

듣고 보니 저를 부른 연유를 알겠거든. 그길로 집에 가서 참 어지간히 큰 모자를 하나 지어 임금에게 바쳤어. 임금이 그놈을 받아 턱 써보니, 이건 뭐 모자가 아니라 장독을 덮어쓴 것 같지. 워낙 귀가 커서 그놈의 것을 다 가리자니 그럴밖에. 그러나 마나 귀를 가렸으니 이제는 됐단 말이야. 병이 다 나았다 하고 밖으로 나와서 사방 쏘다니며 임금 노릇을 했어. 사람들이 봐도, 아따 그놈의 모자 한번 크다 하지 그 속에 당나귀 귀가 들어앉아 있는 줄은 모르거든.

그런데 갓장이가 모자를 지어 바치고 나서부터 그만 실성한 사람같이 돼버렸네. 왜 그렇게 됐느냐고? 아 그걸 몰라서 물어. 그놈의 당나귀 귀를 보기는 봤지, 그 좋은 구경을 하고 말은 못 하지, 생각하면 할수록 웃음은 나오지, 이러니까 밤낮 허허 허허 웃고 다닌단 말이야. 밥 먹다가도 허허, 길 가다가도 허허, 잠자다가도 허허, 당나귀 귀 생각만 하면 웃음이 나오니 실성한 사람같이 늘 웃고 다니지 뭐야. 아는 사람이 그 꼴을 보고,

"아 자네는 무슨 좋은 일이 있어서 그렇게 밤낮 웃고 다니는가?"

하고 물으면,

"아, 아무것도 아닐세. 그럴 일이 있어. 허허, 허허."

이러니 다들,

"그 참, 아까운 사람 하나 버려놓았네그려. 쯧쯧."

하고 혀를 차지.

그런데 날이 갈수록 갓장이는 정말로 미칠 지경이야. 사람이 하고 싶은 말은 하고 살아야지, 입이 근질근질한 걸 꾹꾹 눌러 참고 살려니 이건 참 고역도 그런 고역이 없네. 길 가다가 아무나 붙잡고 임금님 귀는 당나귀 귀라고 소리치고 싶은데, 그랬다가는 모가지가 달아날 판이니 억지로 참는 거지. 사람이 입안에 든 말을 참으면 병이 된다네. 이 갓장이가 참말로 병이 났어.

병이 나서 시름시름 앓다가 생각해보니, 이래 죽으나 저래 죽으나 매한가지인데 죽기 전에 원 없이 실컷 소리나 질러보자 싶거든. 그래서 하루는 밤중에 엉금엉금 기어 나와서 집 근처에 있는 대숲에 들어갔어. 사람 많은 곳에서 말을 내놓았다가는 임금이 알고 요절을 낼 것이고, 까짓것 저 하나 죽는 거야 괜찮지만 화가 식구들한테까지 미칠지도 모른단 말이야. 그러니 차라리 아무도 없는 데서 혼자 속 시원하게 소리나 질러보자고 그런 데를 들어간 거지. 가서,

"임금님 귀는 당나귀 귀다!"

"임금님 귀는 당나귀 귀다!"

하고 참 시원하게 소리를 질렀어. 그러고 나니 십 년 묵은 체증이 한꺼번에 다 내려가는 것 같고, 앓던 이가 쑥 둘러빠지는 것 같지. 그놈의 말 한마디 못 해서 참 얼마나 답답했던고.

그렇게 소리를 지르고 나니 원도 한도 없어. 원도 한도 없으니 편안하게 죽었지.

그런데 이 갓장이가 죽고 난 뒤부터 이상한 일이 생긴단 말이야. 밤만 되면 대숲에서 무슨 소리가 나. 바람이 불면 댓잎이 바람에 스치면서,

"스스스 스스스, 임금님 귀는 당나귀 귀다!"

"스스스 스스스, 임금님 귀는 당나귀 귀다!"

하는 소리가 나거든. 사람들이 그 소리를 듣고 수군거리니까, 자연히 그 소문이 임금 귀에까지 들어갈 게 아니야. 임금이 노발대발하면서, 신하들에게 당장 그 대숲에 있는 무엄한 대나무를 다

베어버리라고 호령을 했지. 신하들이 대나무를 다 베어버리니까 한동안 그런 소리가 안 들리더니, 이듬해 벤 자리에서 댓잎이 자라니까 또 그 소리가 들려. 그래서 임금이 사람을 시켜서 이번에는 아예 대나무를 뿌리째 뽑아버렸어. 그래놓고 그 자리에 동백나무를 심어놨단 말이야. 그런데 이 동백나무도 밤이 되어 바람이 불기만 하면 잎사귀에 바람이 스치면서,

"싸그락 싸그락, 임금님 귀는 당나귀 귀다!"

"싸그락 싸그락, 임금님 귀는 당나귀 귀다!"

하지 뭐야. 이 소문이 퍼지니까 임금이 사람을 시켜 그놈의 동백나무도 다 베어버리고, 뿌리 밑동까지 싹 뽑아내 버렸어. 아주 요절을 내버린 거지. 그랬더니 그다음부터는 아무 소리도 안 들리더라네.

아, 그러면 뭐해. 소문이 퍼질 대로 퍼져서, 온 나라 백성 중에 임금님 귀가 당나귀 귀인 줄 모르는 바보는 한 사람도 없게 됐는데.

송아지와 바꾼 무

옛날 옛적 어느 시골에 농사꾼 한
사람이 살았어. 이 사람이 어느 해
무 농사를 지었는데, 김매고 거름 주
고 알뜰살뜰 가꾸었더니 가을이 되어 참 탐스러운 무가 쑥쑥 뽑혀
나오더래. 그런데 그중에 한 놈은 어찌나 큰지 어린아이 몸뚱이만
한 것이 뽑혀 나오더라지 뭐야.

이 농사꾼은 그 큰 무를 자기가 먹기 아까워서 고을 원님에게
가져가기로 했어. 그 고을 원님은 어질고 사리에 밝아서 백성들
세금도 감해주고 송사도 바르게 보아 칭송이 자자했다는군. 농사
꾼은 짚으로 섬을 곱게 엮어서 그 안에 무를 넣어 가지고 원님을
찾아갔지.

"사또, 소인이 여러 해 동안 남새 농사를 했습니다만, 이렇게 큰

무는 처음 봅니다. 농사가 잘된 것도 다 사또께서 어질게 고을을 다스려주신 덕택이니, 이것을 사또께 바치겠습니다."

사또가 입이 닳도록 칭찬을 하고 나서 호방을 부르더니,

"이 귀한 선물을 받고 그냥 보낼 수는 없느니라. 요새 들어온 물건 중에 줄 만한 것이 있겠느냐?"

하고 묻지. 호방이 말하기를 다른 것은 없고 송아지 한 마리가 있다고 하니, 원님이 그럼 그걸 내주라고 이르더래.

농사꾼은 무 하나 바치고 송아지 한 마리를 얻었으니 횡재를 한 셈이지.

그런데 한동네에 사는 욕심쟁이 농사꾼이 그 소문을 들으니 은근히 샘이 난단 말이야. 그럴 줄 알았으면 자기가 먼저 무를 갖다 바치는 건데, 한 번 갖다 바친 무를 또 가지고 갈 수야 없지 않아. 어떻게 하면 자기도 횡재를 할까 궁리하다 보니 좋은 생각이 떠올랐어.

'옳거니. 무 하나 갖다 바치고 송아지 한 마리 얻었다 하니, 송아지를 갖다 바치면 더 큰 걸 얻겠지. 모르긴 몰라도 논 두어 마지기야 못 얻으려고.'

이런 생각으로 자기가 먹이던 송아지를 끌고 원님을 찾아갔지.

"사또, 소인이 여러 해 동안 소를 먹여왔습니다만 이렇게 살진 송아지는 처음 봅니다. 이렇게 송아지를 잘 먹인 것도 다 사또 덕택이라, 이것을 사또께 바치려고 가져왔습니다."

사또가 이번에도 침이 마르도록 칭찬을 하고 나서 호방을 불러 묻겠지.

"요새 들어온 물건 중에서 무어 귀한 것이 없느냐?"

욕심쟁이는 속으로 이제야 횡재를 하는구나 하고 좋아했어. 원님에게야 귀한 물건이 많을 테니 금덩어리 하나쯤 주지 않을까 하고 잔뜩 목을 빼고 기다렸지. 그런데 호방이 하는 말이,

"귀한 물건이라면 며칠 전에 들어온 큰 무가 있습니다."

하지 뭐야. 원님이 그럼 그걸 내주라고 이르니, 사령이 어린아이 몸뚱이만 한 무를 안고 와서 욕심쟁이에게 턱 안겨주네.

욕심쟁이는 횡재하려고 송아지를 갖다 바쳤다가 무 하나를 얻어 왔으니, 자기네 송아지하고 무 농사꾼의 무를 맞바꾼 셈이 아닌가. 그렇지?

송아지와 바꾼 무

밥보자기와 볼기

이건 참 옛날 사람들 살아가는 내력이 담긴 이야기인데, 뭐 요새도 이런 비슷한 일이 없을까 몰라. 옛날에 어떤 사람이 딸 둘을 두었는데, 둘 다 나이가 차서 시집보낼 때가 됐거든. 그런데 이 사람 집안이 그저 그만해. 그러니까 무슨 떵떵거리는 권문세가도 아니고, 그렇다고 밤낮 양반 앞에서 코를 박고 사는 집도 아니란 말이지. 살림도 그저 그만해. 노적가리 쌓아놓고 사는 천석꾼 만석꾼도 아니고, 그렇다고 가랑이가 찢어지는 가난뱅이도 아니고, 그저 밥이나 먹고 살 만하단 말이지.

이 사람이 친구들에게 중신을 청하면서,

"내 딸을 그저 뼈다귀나 안 잃을 데 말을 좀 내어주게. 뼈다귀나 안 잃을 데."

이랬어. 그러니까 살림은 고사하고 지체 있는 양반집에 딸을 보내 겠다 이런 말이야. 그래서 친구들이 여기저기 알아봤던지, 어찌어 찌 소원대로 뼈다귀나 안 잃을 데로 시집을 보내게 됐어.

그렇게 시집을 보내놓고 한 삼 년 지났는데, 딸이 어떻게 사는 지 궁금하기도 하고 보고 싶기도 하고 해서 한번은 딸네 집에 찾 아가 보았단 말이지. 찾아가서 보니까 이게 참 당최 형편없는 집 이야. 집이라는 게 곧 쓰러질 것 같은 오막살이인데, 사립문은 다 찌그러져서 너덜너덜하고 아궁이에는 언제 불을 땠는지 풀이 뾰 족뾰족 돋아나고, 이 지경이거든.

"이리 오너라."

하니까 자기 딸이 나오는데, 아 이것이 밥보자기를 허리에 두르고 나오더라 이 말이야. 그러니까 앞치마가 없어서 밥상 덮는 밥보자 기를 앞치마 삼아 두르고 사는 거지. 참 기가 탁 막혀서 말도 안 나와.

"햐, 네가 사는 꼴을 보니 참 어렵기는 어렵구나. 뼈다귀나 안 잃을 데를 찾아 보냈더니 입에 풀칠을 못 하니 낭패로고."

거기서 하룻밤을 자고 이 사람이 집에 돌아왔지. 돌아와서 이번 에는 둘째 딸 중신을 청하려고 친구들을 찾아다니며,

"내 딸을 그저 밥이나 먹는 데 말을 내어주게. 밥이나 먹는 데."

했단 말이야. 맏딸이 사는 꼴을 보니 하도 기가 질려서, 둘째는 지 체 따지지 말고 살림깨나 있는 집에 중신을 해달라 이거지. 이번 에도 친구들이 여기저기 알아보고 소원대로 밥술이나 먹는 집에

말을 넣어줬어. 그래서 그리로 시집을 보냈거든.

시집을 보내놓고 한 삼 년 있다가 둘째 딸네 집에도 한번 가보았어. 어떻게 사나 하고서. 그런데 이 집에는 사위고 사돈이고 죄다 드러누워서 일어나지를 못하고 있네. 어찌 된 일이냐 물으니,

"아 밤낮 볼기 맞느라고 몸이 성할 날이 없습니다."

이러는구나. 그러니까 이 집이 말하자면 상놈의 집인데, 재산이 좀 있으니까 근방 양반들이 걸핏하면 잡다 뭘 좀 빼앗아볼 요량으로 트집을 잡고 볼기를 친다 이런 말이야. 옛날에야 못된 양반들이 이 모양으로 토색질하는 게 예사였지 않아?

이 사람이 둘째 딸 사는 꼴을 보니 이것도 참 못 볼 일이거든.

"허허, 너는 밥이나 먹는 데를 찾아 보냈더니 사위 볼기가 남아나지 않는구나."

거기서 또 하룻밤 자고 지팡이를 질질 끌면서 돌아오는데, 혀를 끌끌 차면서 혼자 중얼거리기를,

"밥보자기가 나으냐, 볼기가 나으냐?"

이렇게 한탄을 하며 갔어.

"밥보자기가 나으냐, 볼기가 나으냐?"

이렇게 연신 중얼거리면서 가니 마침 길 가던 사람이 듣고는,

"그게 무슨 소리요?"

하고 묻겠지.

"아, 당신이 알 바 아니오."

"그 무슨 곡절이 있는 듯해서 물어보는 것이니 어디 말 좀 해보오."

자꾸 묻기에 신세 한탄을 했지.

"내가 딸을 둘 뒀는데, 하나는 뼈다귀나 안 잃을 데를 찾아 시집 보냈더니 워낙 궁색하여 밥보자기를 두르고 살고, 하나는 밥이나 먹는 데를 찾아 시집보냈더니 양반에게 볼기 맞느라 정신이 없고, 이러니 둘 다 불쌍해서 못 보겠소. 그래서 밥보자기 두르고 사는 게 나으냐, 볼기 맞고 사는 게 나으냐 하고 혼잣말을 했소이다."

길 가던 사람이 듣고 보니 참 딱하단 말이야. 그런데 이 나그네가 누군고 하니 바로 박문수 어사야. 박문수라면 삼남에서 이름 석 자 모르는 사람이 없는 명어사 아닌가. 박 어사가 무슨 마음을 먹었는지 두 딸이 출가한 집 내력을 소상하게 물어보더니, 그길로 그 고을 관아에 가서 원에게,

"인근에 내 피붙이가 있어서 좀 보고자 하니 불러다 주시겠소?" 하고 어디 사는 아무개라고 볼기 맞는 사위 이름을 댔단 말이지. 그래서 고을 원이 인마를 갖춰가지고 그 볼기 맞는 집에 보냈어. 그 집 사위가 방에 드러누워 있다 보니 벙거지 쓴 사령들이 우르르 몰려와서,

"관에서 좀 보시잡니다." 하거든. 아이쿠, 탕건 쓴 양반 나부랭이들한테 푸지게 당하더니 이제는 관가에까지 불려 가 볼기를 맞게 생겼구나 하고 겁이 잔뜩 났어. 그렇지만 관에서 오라는데 안 갈 수가 있나. 억지로 기어 나와서 가마를 타고 관가에 당도하니, 박 어사가 버선발로 뛰어나와 손을 덥석 부여잡으며,

"아우가 여기에 산다는 말만 듣고 한 번도 못 찾아봤더니, 마침

지나는 길에 한 번 보고나 가자고 청하였네. 바쁜 사람을 오라 가라 해서 미안하이."

하고 방으로 이끈단 말이야. 밤낮 양반한테 볼기만 맞던 사람이 어사에게 아우 소리를 들으니 정신이 하나도 없어.

박 어사가 남의 귀가 없는 곳에 데리고 들어가서 조용조용 이르기를,

"아까 길에서 여차여차한 이야기를 들었네. 들어보니 참 딱하여 내가 자네 피붙이 노릇을 할 테니 그저 그런 척하고 지내게. 그러면 아무도 자네를 괴롭히지 못할 걸세. 그리고 그 살림 다 가지고 있어봐야 죽을 때 안고 가는 것도 아니니 큰동서에게 반만 뚝 떼어주게. 그 집 형편이 아주 딱하다니 적선하면 서로 좋은 것 아닌가."

하는데, 들어보니 고맙고 이치에 맞는 말인지라 그대로 했어. 이 사람이 박문수 어사의 먼 친척 아우뻘이 된다는 소문이 쫙 퍼지니, 그다음부터는 양반 나부랭이고 뭐고 아무도 건드리지 않더라나. 그리고 맏이에게 재산을 절반 뚝 떼어주니 그 집도 허리를 펴고 살게 되었지. 그래서 다 잘 살게 되었다는 이야기야.

제5부

슬기와 재치

방귀 안 뀌는 사람 있나

세상에 방귀 안 뀌는 사람도
있나? 없지. 그런데 옛날에는
무슨 놈의 법이 아이가 어른
앞에서 방귀 뀌면 버릇없다고
야단치고, 색시가 신랑 앞에서 방귀
뀌면 부끄러움을 모른다고 타박을 주고, 이랬다지 뭐냐.

옛날에 어떤 색시가 첫날밤에 방귀를 뀌었어. 대례를 치른다고
잔뜩 고생을 하다가 마음이 놓여서 그런지 저도 모르게 신랑 앞에
서 방귀를 뀌었단 말이야. 그래놓고 나니 저도 부끄러워서 얼굴을
붉히면서 고개를 푹 숙이고 있는데, 아 신랑이란 작자가 그걸 보
고 안색이 싹 달라져. 웬만큼만 마음이 넓은 사람 같으면 색시 무
안할까 봐 헛웃음 한 번 흘리고 넘어갈 일이 아니야? 그런데 이놈

의 신랑은 소갈머리가 밴댕이 콧구멍만도 못한지 그길로 그만 신방을 나가버리네. 첫날밤에 신랑 앞에서 조심성도 없이 방귀를 마구 뀐다고 단단히 화가 나서 트집을 잡은 거지. 저희 아버지가 웃손으로 와 있는 방에 가서, 자고 이튿날 아침에 온다 간다 말도 없이 저희 집으로 가버렸단 말이야. 그러고 보니 그 신랑 아버지라는 작자도 속이 좁아터지기는 마찬가지였던 모양이지. 아, 웬만큼만 마음이 넓은 사람 같으면 아들을 야단쳐서 도로 신방에 들여보내야 할 것 아니야?

어쨌든 첫날밤에 신랑이 도망을 가버렸으니 색시 집에서는 야단이 났지. 그만 일로 삐뚤어져서 도망가버린 신랑이 괘씸하기도 하지마는, 첫날밤에 방귀 뀌고 소박맞았다는 소문이라도 나 봐. 남우세스러운 일 아니야, 그게? 그래서 사람을 신랑 집에 보내어 참 백배사죄를 했어.

"우리 집 딸아이가 버릇없이 자란 탓에 그런 일을 저질렀으니 부디 한 번만 용서하고 색시를 데려가시오."

이렇게 빌고 달래서 겨우 신랑을 도로 데려왔어. 거, 옛날에는 삼일신행이라고 해서 신랑이 색시 집에서 사흘 밤을 자고 신행길을 차렸단 말이야. 그래서 신랑이 사흘 밤을 잤는데, 아 사흘째 되는 날 밤에 색시가 또 방귀를 뀌었네그려. 색시 딴에는 접때 한 번 실수한 일도 있고 해서 단단히 조심을 하느라고 했는데, 원래 방귀라고 하는 것이 참으면 참을수록 더 나오는 법이거든. 참다 참다 아주 대판으로 뀌어놓았단 말이야. 이래놓으니 신랑이 뭐 가만히 있겠나. 안 그래도 속이 밴댕이 콧구멍처럼 좁아터진 위인이 두 번씩이나 실수한 걸 두고 그냥 넘어갈 리 없지. 두말 않고 그 자리에서 내빼버렸어.

두 번이나 내뺀 놈에게 또 빌러 찾아 가기도 무엇하고, 빌러 간다고 해서 고분고분 돌아올 사람 같지도 않고 해서 색시 집에서는 그만 두 손 들고 색시를 친정에 그냥 두었어. 그러니까 이 색시는 혼례를 치르기는 치렀으되 시집에는 못 가고 친정에 눌러사는 소박데기가 된 거지.

그런데 얼마 안 있어 이 색시 배가 불러오더니 달이 차서 아이를 낳았어. 참 떡두꺼비 같은 아들을 턱 낳아놓았단 말이야. 이 아이를 잘 키워서 십 년 남짓 지나니까 글방에도 다니고 놀러도 다니고 하는데, 하루는 아이가 글방에서 돌아오더니 제 어머니더러,

"어머니, 어머니. 글방에 갔더니 아이들이 날 보고 애비 없는 후레자식이라고 놀리는데, 대체 우리 아버지는 어디에 계시나요?"

이러고 묻겠지. 아이한테 사실대로 말하기가 뭣하기도 하고, 은근히 속도 상하고 해서 슬쩍 둘러대기를,

"저어기 바닷속에 꽁하고 엎드려 있는 밴댕이가 너희 아버지다."

했지. 방귀 좀 뀌었다고 달아난 남편이 얼마나 미웠으면 그랬겠나. 아이는 말귀를 알아들었는지 못 알아들었는지 가만히 있더니, 며칠 뒤에 또 묻기를,

"어머니, 어머니. 글방에 갔더니 아이들이 우리 어머니는 소박데기라고 그러는데 소박데기가 뭐예요?"

이런단 말이야. 이제는 아이한테 숨길 수도 없겠다 싶어서 사실대로 다 말해줬어. 첫날밤에 방귀 뀌었다고 도망간 남편을 어찌어찌

빌어서 도로 데려다 놓았는데, 사흘째 되는 날 또 방귀를 뀌어서 아주 가버렸다고 말이지.

그 말을 들은 아이가 우리 아버지는 어디에 사는 누구냐고 묻기에 사는 동네와 이름을 대줬어. 그랬더니 아이가 무슨 생각을 했는지 제 어머니더러 오이씨를 한 봉지 구해달라고 그래. 오이씨는 어디에 쓰려고 그러느냐 하니까, 그런 것은 묻지 말고 어서 구해달라고 그런단 말이야. 그래서 오이씨 한 봉지를 구해다 줬어.

아이는 오이씨를 가지고 제 아버지가 사는 동네에 갔어. 가서 제 아버지가 사는 집 앞을 왔다 갔다 하면서,

"오이씨 사려. 아침에 심어서 저녁에 따 먹는 오이씨 사려!"

하고 소리를 쳤어. 그랬더니 집 안에서 남자가 나와서,

"야, 이놈아. 거짓말을 해도 분수가 있지, 세상에 아침에 심어서 저녁에 따 먹는 오이씨가 어디 있단 말이냐?"

하고 막 나무라겠지. 그래서,

"이 오이씨는 방귀 안 뀌는 사람이 심으면 꼭 그렇게 되지요."

했더니 남자가 허허 웃으면서,

"이놈 보게. 세상에 방귀 안 뀌는 사람이 어디 있다고 그런 거짓말을 하느냐?"

하겠지.

"예, 세상에 방귀 안 뀌는 사람은 없지요. 그렇지만 첫날밤에 방귀 뀌었다고 소박맞은 사람은 있지요."

이쯤 되면 제아무리 눈치 없는 사람이라도 말귀를 알아듣게 마련이지. 남자가 가만히 들어보니 그게 제 말이거든.

"그래, 첫날밤에 방귀 뀌었다고 소박맞은 사람을 너는 어떻게 아느냐?"

"그분이 바로 저희 어머니입니다."

남자가 들어보니 이 아이가 제 아들이란 말이야. 아들이 저렇게 커서 제 잘못을 일깨워주려고 왔구나 생각하니 부끄럽기도 하고 미안하기도 하고 대견스럽기도 하고, 그럴 게 아니야? 그래서 아들 손을 부여잡고 사죄를 했어.

"내가 바로 네 아버지다. 네 말을 듣고 보니 내가 잘못했다. 세상에 방귀 안 뀌는 사람이 어디 있겠느냐? 내 소견이 좁은 탓으로 잠깐 생각을 잘못하여 큰 죄를 지었으니 부디 용서하고 이제부터 함께 살자."

이렇게 해서 아들은 아버지를 찾고, 아내는 남편을 찾아서 잘 살았단다. 뭐 요새야 이런 속 좁은 남자가 없겠지만, 옛날에는 더러 이런 일도 있었다는군.

가짜 산신령

옛날 어느 산골에 남편 잃은 홀어미
가 아들 하나를 데리고 근근이 살아
가고 있었어. 본디 넉넉지 못한 살림이었는
데다가 남편마저 세상을 떠나고 나니 사는 형편이 말이 아니지
뭐. 삯바느질과 날품팔이로 하루하루 그저 입에 풀칠이나 하면서
사는 게 고작이지.

그런데 하루는 이 마을에 참 용하다는 풍수장이가 왔어. 용해도
보통으로 용한 게 아니라 명풍수 중에 명풍수라고 온 나라에 이름
이 떠들썩한 사람이 왔지. 풍수장이라는 게 본래 방방곡곡 돌아다
니면서 집터니 묘 터니 좋은 자리 찾는 사람 아니야? 이 사람도 마
을 여기저기를 돌아다니면서 명당을 찾는데, 이 모자가 사는 집에
떡 와 보더니 무릎을 치며 감탄을 하네.

"야, 이 집터야말로 명당 중에 명당이로구나."

주인 홀어미가 그 소리를 듣고 어이가 없어서,

"아이고, 지관님. 그런 말씀 마세요. 이 집터가 명당 중에 명당이라면 왜 우리 모자가 이렇게 박복하게 살까요?"

했지. 그랬더니 풍수장이가 하는 말이, 이 집터가 정승 판서에다 만석꾼이 날 자리인데 집을 앉히는 방향이 틀어져서 복이 들어오다 도로 나간다고 그러거든. 그러면서,

"이 집을 헐고 새 집을 짓되, 동남으로 돌아 앉혀 지으시오. 그러면 십 년 안에 정승 판서에다 만석꾼이 날 거요."

이런단 말이야. 그런데도 홀어미는 그 말에 귀를 주지도 않고,

"남편 잃고 아들 하나 데리고 사는 홀어미가 무슨 복에 정승 판서에다 만석꾼까지 바라겠어요? 두 식구 입에 거미줄이나 안 치면 호강인 줄 알고 살아야지요."

하고 말지.

그런데 마침 그때 이 마을에서 제일가는 부자 양반이 옆을 지나다가 그 말을 들었어. 부자가 들어보니 저 가난뱅이가 사는 집터가 정승 판서에다 만석꾼이 날 명당 중에 명당이라고 그러거든. 그만 슬그머니 욕심이 동했지. 저 집터만 차지하면 지금보다 몇백 배 더 부자가 될 것 같고 높은 벼슬도 할 것 같단 말이야. 그래서 며칠 뜸을 들이다가 가난뱅이 홀어미를 찾아가서 슬슬 구슬렸어.

"내 돈을 후하게 쳐줄 터이니 이 집을 나한테 팔게나. 내가 뭐다 찌그러져 가는 이 집이 탐이 나서 그러는 게 아니라, 자네 모자가 어렵게 사는 것이 딱해서 그런다네."

그래도 홀어미는 선뜻 말을 안 들어.

"생원님 말씀은 고맙지만 이 집은 조상 대대로 살아온 집이라 팔 수 없습니다."

그 뒤로도 몇 차례 더 구슬려보았지만 꼼짝을 않네. 그래서 부자가 어떻게 하면 저 집을 손에 넣을꼬 밤낮으로 끙끙 앓다가 참 희한한 꾀를 냈어. 무슨 꾀를 냈는고 하니, 캄캄한 밤중에 홀어미네 집 감나무에 올라가서 산신령 흉내를 내기로 했어. 목소리를 산신령처럼 꾸며서 이사를 가라고 호통을 치면 제아무리 벽창호라도 말을 듣겠지 싶어서 말이야.

참, 이 부자가 그날 밤이 이슥하기를 기다려 홀어미네 집에 살금살금 들어갔어. 가서 마당가에 있는 감나무에 기어올라 갔지. 올라가서 목소리를 가다듬고 호령을 하기를,

"듣거라. 나는 이 마을을 지키는 산신령이다. 너희가 살고 있는 이 집은 운이 다했으니 어서 팔아넘기고 딴 데 가서 살도록 해라. 만약 내 말을 듣지 않으면 큰 화를 입으리라."

하고 그럴 듯하게 꾸며댔단 말이야. 주인 홀어미가 들어보니 이것 참 야단났네. 아닌 밤중에 난데없는 산신령님이 나타나서 집을 팔고 딴 데로 가라고 그러니 기가 막히지. 그래서 걱정이 늘어졌는데, 아 그다음 날 밤에 또 산신령이 찾아와서 호령을 하네.

"어서 집을 내놓고 딴 데로 가라고 일렀거늘 왜 말을 듣지 않는고? 기어이 너희 모자가 황천길로 가고 싶은 게냐?"

부자는 이참에 아주 겁을 주어서 고분고분 말을 듣게 만들겠다고 그러는 거지. 그걸 모르는 홀어미는 감나무 밑에 가서 정화수

를 떠다 놓고 엎드려 빌었어.

"영험하신 산신령님, 제발 비오니 우리 모자를 불쌍히 여기시어 명을 거두어주옵소서. 조상 대대로 살아온 이 집을 떠나면 우리 불쌍한 모자가 어디 가서 살겠습니까? 저 어린 것이 글공부를 마칠 때까지만이라도 굽어살펴 주옵소서."

이러고 참 애간장이 타게 비는데, 그걸 이 집 어린 아들이 숨어서 봤어. 아들이 보니 저희 어머니가 정화수를 떠다 놓고 빌고 들어간 다음에 감나무에서 시커먼 것이 홀쩍 내려오더니 어디론가 가거든. 가만히 뒤를 밟았지. 그랬더니 시커먼 것이 부자 양반네 집으로 썩 들어간단 말이야.

'옳거니, 저 영감탱이가 우리 집을 빼앗으려는 수작이로군. 그렇다면 나도 생각이 있지.'

이렇게 됐어.

그 이튿날, 부자는 오늘로 아주 뿌리를 뽑겠다고 일찌감치 감나무에 올라가 숨어 있다가 밤이 이슥해지기를 기다려 벼락같이 호통을 쳤어.

"너희가 감히 산신령의 말을 어기려는 게냐? 왜 아직도 집을 내놓지 않느냐? 내 오늘은 옥황상제의 명을 받들고 왔으니 지금 당장 보따리를 싸지 않으면 요절을 내주리라."

그래놓고 이만하면 겁을 먹었겠지 하고 있는데, 갑자기 머리 위에서 하늘이 찢어지는 소리가 나지 뭐야.

"네 이놈, 내가 언제 너한테 그런 명을 내렸느냐? 집터를 빼앗으려는 흑심을 품고 가난한 모자를 괴롭히다니, 그러고도 네가 정녕 산신령이란 말이냐? 내 하늘에서 모래비를 뿌려 너의 죄를 다 스리리라."

하도 갑자기 당한 일이라 정신을 못 차리고 있는데, 아닌 게 아니라 머리 위에서 우두둑 쏴 하고 모래비가 쏟아지네. 그러니 부자는 혼이 다 빠져나갔지.

"아이쿠 옥황상제님, 잘못했습니다. 다시는 그러지 않겠습니다." 하고 머리를 감싸 쥐고 나무에서 뛰어내려 걸음아 날 살려라 하고 도망을 갔지, 뭐 별수가 있나. 그러니까 이 집 아들이 부자보다 먼저 감나무 꼭대기에 올라가 숨어 있다가, 부자가 옥황상제가 어떻고 하자마자 호통을 치고 모래를 한 줌 뿌려서 혼을 빼놓은 거야. 그래서 이 집 모자는 집을 안 빼앗기고 잘 살았는데, 풍수장이가 용하긴 용했던지 십 년 뒤에는 참말로 아들이 과거에 급제를 해서 나중에는 벼슬이 정승 판서에까지 오르고 만석꾼 부자가 됐단다.

뛰는 놈 위에 나는 놈

옛날 어느 곳에 돈깨나 가진 사람이 살고 있었어. 조상이 든든하여 재물을 넉넉히 물려받은 것도 아니고, 하루아침에 횡재를 한 것도 아니야. 맨손으로 살림을 일군 거지. 밤낮으로 억척스럽게 일해서 논도 사고 밭도 사고 해서 제법 살 만하게 된 거란 말이야.

하루는 이 사람한테 웬 낯선 장사꾼이 찾아왔어. 찾아와서는 다짜고짜 돈 삼천 냥을 꾸어달라네. 주인은 하도 어이가 없어서 허허 웃고 말았지. 생면부지 뜨내기 장사꾼이 아무런 보증도 없이 큰돈을 꾸어달라니 말이나 되나. 그런데 장사꾼은 정색을 하고 주섬주섬 보따리를 풀더니 주먹만 한 금덩어리를 턱 꺼내놓네.

"보시다시피 이건 금덩어리입니다. 돈 몇천 냥 쓰려고 이 귀한 물건을 팔아치울 수는 없고, 당장 돈 쓸 일은 바쁘고 해서 그러니

이 금덩어리를 맡고 대신 돈을 좀 꾸어주십시오.”

그러고 보니 경우에 없는 부탁은 아니란 말이야. 그만한 금덩어리라면 줄잡아도 몇만 냥어치는 될 터이니 담보로서야 그만 아닌가. 주인이 마음을 턱 놓고 돈 삼천 냥을 꾸어줬어. 아무 날까지 이자를 붙여서 갚겠다는 다짐을 받아놓고서.

그래놓고 며칠이 지났어. 마침 금광을 하는 조카가 지나는 길에 들렀기에 이런저런 이야기 끝에 그 금덩어리를 내보였지. 며칠 전에 이러이러한 일이 있었노라 하고서 말이야. 그런데 조카가 금덩어리를 들고 이리저리 살펴보더니 그만 기겁을 하네.

“아이고, 아저씨. 속아도 크게 속으셨습니다. 이건 진짜 금덩어리가 아닙니다. 납덩이에 금박을 입힌 거예요.”

그러면서 젓가락으로 금덩어리 거죽을 슬슬 긁으니 얇은 금박이 벗겨져 나오고 시커먼 납덩이가 보이거든.

“이런 건 값으로 치자면 서 푼어치도 안 됩니다.”

그 소리를 들으니 온몸에 맥이 탁 풀리면서 앞이 캄캄해져. 손이 부르트도록 일해서 한 푼 두 푼 모은 돈을 이렇게 허망하게 떼이다니, 어찌 이럴 수가 있는가. 하도 억울하고 원통해서 그만 그 길로 몸져눕고 말았어.

그런데 이 집 주인에게는 여남은 살 먹은 아들이 하나 있었어. 이 아들이 보니까 제 아버지가 갑자기 드러누워 끙끙 앓거든. 틀림없이 무슨 속상한 일이 있으신가 보다 하고 연유를 물어보았단 말이야. 그러니 여차여차해서 그런다고 하거든. 아들이 잠깐 생각하더니,

"아버지, 아무 염려 마세요. 돈 삼천 냥을 이자까지 붙여서 받아낼 궁리가 있습니다."

하고서 이러쿵저러쿵 소상하게 가르쳐줘. 그 말을 듣더니 아버지가 무릎을 치며 벌떡 일어나네.

그날부터 아버지는 사람이 많이 모인 곳을 찾아다니는 거야. 뉘 집에 잔치가 있다, 뉘 집에 초상이 났다 하면 멀거나 가깝거나 찾아가고, 농사꾼이 들일을 하다가 쉬는 데도 찾아가고, 장사꾼이 들끓는 장터에도 찾아가. 가서는 다짜고짜 울음부터 내놓지. 사람들이 무슨 일로 그러느냐고 물으면 가슴을 치면서 하소연을 해.

"글쎄 내 말 좀 들어보시오. 얼마 전에 낯선 손님이 와서 금덩어리를 맡기고 돈 삼천 냥을 꾸어 갔는데, 그만 그 금덩어리를 잃어버렸지 뭐요. 이제 금덩어리 임자가 와서 금덩어리를 내놓으라고 하면 무슨 수로 그걸 물어준단 말이오. 내 재산을 몽땅 주어도 모자랄 테니, 이 일을 어떻게 하면 좋겠소?"

그 말을 들은 사람은 누구든지 혀를 차며 참 딱하게 되었다 하지. 발 없는 말이 천 리 간다고, 이렇게 소문을 짜하게 내놓으니 어떻게 되겠어? 틀림없이 돈 꾸어 간 장사꾼 귀에도 이 소문이 들어갈 게 아니야?

이렇게 여기저기 소문을 내놓고 집에 와서 기다리는 거지. 아니나 다를까, 며칠 안 있어 돈 꾸어 간 장사꾼이 제 발로 나타났어. 돈 삼천 냥에 이자까지 붙여서 딱 갖다 바치면서,

"여기 꾸어 쓴 돈과 이자를 가지고 왔으니 제 금덩어리는 돌려주시지요."

하거든. 제 궁리로는 이제 횡재할 일만 남았구나 싶은지 아주 의기양양이야. 주인은 천천히 돈을 받아서 틀림이 없는지 세어보는구나. 장사꾼은 아주 신바람이 나서,

"어서 금덩어리를 돌려주셔야지요."

하고 채근이 득달같지.

"아무렴 돌려드리고말고요."

하고 주인이 장롱에서 금덩어리를 꺼내어 장사꾼 앞에 턱 내놓으니 이놈이 아주 새파랗게 질려서 허겁지겁 도망가더라나. 뛰는 놈 위에 나는 놈 있다는 말이 이래서 생겼다지. 하하.

의관 대접

옛날에 고을을 다스리던 수령들은 대개 거들먹거리기 좋아하고 제 한 몸 살찌우기에 바빴다지만, 그 가운데에는 더러 쓸 만한 목민관도 있었다지 아마. 이 이야기도 그런 괜찮은 축에 드는 원님 이야기니 어디 한번 들어봐.

이 원님이 다스리는 고을에 행세깨나 하는 부자가 살았는데, 이 사람이 위로는 아첨하고 아래로는 떵떵거리는 위인이었나 봐. 어쩌다 저보다 지체 높은 사람을 만나면 갖은 아양을 다 떨면서도 농사짓는 백성들을 보면 제 집 하인 다루듯 했다나. 그러니 백성들 사이에 평판이 나쁠 수밖에. 발 없는 말이 천 리 간다고, 그런 소문이 원님 귀에까지 들어갔지. 원님은 언젠가 한번 버릇을 고쳐 주리라 마음먹고 있었어.

그런데 마침 그 부자가 환갑잔치를 하게 됐어. 행세하기 좋아하는 사람이라 근방에 이름깨나 있는 사람들을 다 불러대니 당연히 원님도 초대를 받게 됐단 말이야.

원님이 부러 허름한 농사꾼 차림으로 부잣집에 갔어. 해진 중의 적삼에 닳아빠진 짚신을 신고 머리에는 패랭이를 쓰고 혼자서 집 안에 썩 들어갔지. 대청에 갖가지 음식을 떡 벌어지게 차려놓고 희희낙락하고 있는 부자 앞에 서서,

"주인께서는 만수무강하십시오."

하고 축원을 했단 말이야. 부자가 이맛살을 찌푸리며 내려다보더니,

"웬 백성이 함부로 지체 높은 양반 틈에 끼려 하느냐? 보아하니 술이나 한 잔 얻어먹으러 왔나 본데, 언감생심 마루에 오를 생각 말고 대문간에나 가서 기다려라."

하더니 하인을 불러서,

"너희들은 대문을 지키지 않고 뭣들 하느냐? 저 비렁뱅이에게 술이나 한 잔 줘서 내쫓고, 앞으로는 잡인 단속을 단단히 하여라."

이러는구나. 원님이 속으로 그럴 줄 알았다 하면서 선 채로 탁배기(막걸리) 한 잔 얻어 마시고 곧장 나왔어.

부리나케 동헌으로 돌아와서, 이번에는 제대로 차림새를 갖추는 거지. 관복을 차려 입고 사모 쓰고 목화 신고 사령들을 여럿 앞세우고 위풍도 당당하게 부잣집으로 갔어. 대문을 들어서자 부자가 버선발로 뛰어나와 허리를 굽신굽신하며 온갖 아첨을 다 늘어놓네그려.

"아이고, 사또께서 이런 누추한 곳까지 납시다니 몸 둘 바를 모

르겠습니다. 어서 윗자리로 오르시지요."

마루에 오르니 상을 다 물리라 하고 새로 진수성찬을 상다리가 휘어지게 차려 와서 벌여놓고 이것저것 권해 올리는구나.

"사또, 차린 것은 없사오나 그저 많이 드옵소서."

원님은 아무 말 없이 주섬주섬 음식을 집어 드는데, 그걸 입으로 가져가는 게 아니라 다짜고짜 관복에 갖다 넣네. 소매 속에도 집어넣고 허리춤에도 쑤셔 넣고 허리띠에도 끼워 넣고.

"아니, 사또. 음식이 입에 맞지 않으십니까?"

부자가 당황해서 어쩔 줄 모르는데, 원님은 태연하게 그 짓을 되풀이하면서,

"아, 이 음식을 어찌 내가 먹겠소? 의관 대접이니 의관에게 주는 것이 옳지."

하는구나. 부자는 영문을 몰라 멀뚱멀뚱 원님 얼굴만 쳐다보고 있지.

"내 말이 틀렸소? 이 음식은 나를 보고 주는 것이 아니라 내가 입은 의관을 보고 주는 것이 아니오?"

"사또, 당치 않은 말씀입니다. 소생이 사또께 바치는 음식이지 어찌 의관을 보고 드리겠습니까?"

"그래요? 그러면 아까 탁배기 한 잔 줘서 내쫓은 것도 내 행색을 보고 그런 게 아니라 나를 보고 그러신 게요?"

그제야 부자가 사정을 알아차리고 사색이 되어 그저 죽을죄를 졌다고 손이 발이 되도록 빌었다는군. 그래서 버릇을 아주 싹 고쳐놨다는 이야기라네.

먹여주고 재워주고

에헴, 예나 지금이나 가진 사람이 못 가진 사람을 당치 않게 부려 먹는 일이야 흔하지. 그럴 때는 꾀를 써야지, 섣불리 힘으로 이기겠다고 덤벼서는 일이 안 돼요. 어디 이런 이야기 한번 들어봐.

옛날에 일찍이 부모를 잃고 바람같이 떠돌아다니는 총각이 하나 살았어. 이 총각이 하루는 어느 마을을 지나는데, 웬 젊은 부부가 집 앞에 앉아 눈물을 줄줄 흘리면서 울고 있더란 말이야. 하도 구슬프게 울기에 연유를 물었더니,

"우리 집 여섯 살배기 외동아들이 부잣집에 머슴으로 끌려갔소. 작년에 흉년이 들어 양식이 떨어졌기로 부잣집에 보리쌀 한 가마를 꾸어 먹었는데, 올해도 흉년이라 갚을 길이 없게 됐어요.

그 빚을 못 갚았다고 빚 대신에 아이를 끌고 가니 이런 억울한 일이 어디에 있겠소?"

이러거든. 가만히 듣고 보니 아닌 게 아니라 기가 막혀. 여섯 살이면 이제 겨우 부모 품 안에서 응석이나 부릴 나이인데, 그런 애를 머슴으로 부려먹겠다고 끌고 갔으니 참 해도 너무했지. 총각이 가만히 생각해보니, 그런 경위 없는 사람에게는 꾀를 쓰는 게 상책이다 싶거든. 그래서,

"고정하시고 집에 가만히 계십시오. 내가 어떻게 해보겠습니다."

이렇게 두 사람을 위로하여 안심시켜놓고, 그길로 바로 부자네 집을 찾아갔어. 가서,

"평생 이런 집에서 일 한번 해보는 게 소원이었는데 오늘에야 찾았군. 보아하니 일손이 달리는 듯한데 나 같은 사람 머슴으로 안 쓸 테요? 한참 동안 일을 안 했더니 온몸이 근질근질하네."

하고 수작을 걸었지. 주인이 방문을 열고 내다보니 비록 행색은 초라하나 몸집이 우람하여 힘깨나 쓸 것 같단 말이야. 안 그래도 일손이 달려 여섯 살배기 어린아이까지 논밭으로 내몰던 참에 이게 웬 떡이냐 싶지만, 새경 받아서 한 밑천 잡으려는 건달을 들였다가는 본전 찾기 바쁘겠기에 짐짓 슬쩍 어깃장을 놨지.

"뭐 일손이야 넉넉하지만 군이 일을 하겠다면 받아야 주지. 그런데 우리 집 살림이 보기보다 얇아서 새경은 많이 못 줘."

총각이 그 말을 기다렸다는 듯이,

"아이고, 새경은 무슨 새경을요? 그저 먹여주고 재워주고 입혀주기만 하면 족하지요."

이렇게 서근서근하게 나오니 주인이 그만 입이 헤벌어지지. 그저 밥이나 먹이고 옷이나 입히고 행랑채 문간방이나 내어주면 새경 한 푼 안 주고 부려먹게 생겼으니, 이거야말로 호박이 덩굴째 굴러들어 온 격이 아니고 뭐야. 당장 짚신을 거꾸로 신고 마당으로 내려서는데, 속 보이게 말투까지 은근히 달라지는구나.

"에헴, 그 뭐 우리 집 음식이야 먹을 만할 걸세. 입성도 딴 집보다야 나을 테고. 내 집이려니 생각하고 오늘부터 당장 일하게나."

그러니까 총각이 하는 말이,

"그런데 말씀이오, 주인마님. 듣자니 이 집에 여섯 살배기 어린애가 머슴 살고 있다던데, 나도 체면이 있는 놈이오. 그런 조무래기하고 같이 일 못 하겠으니 그놈 내보내고 나면 일을 하지요."

하거든. 아, 듬직한 일꾼이 거저 생겼는데 그런 젖비린내 나는 아이가 무슨 소용이야.

"안 그래도 내보내려고 하던 참이었네. 당장 내보내지."

주인이 이렇게 고분고분하게 나오니까 총각이 한술 더 떠서 아주 오금을 박아.

"무슨 일이든지 분명히 하는 게 좋겠지요. 이걸 전부 문서에 적어서 나 하나 마님 하나 가집시다."

그러니까 뒷말이 없도록 하자는 얘기지. 주인한테 불리한 조건이 없으니 굳이 마다할 것이 있나. 그래서 문서를 썼지.

"나 아무개는 이 총각을 먹여주고 재워주고 입혀준다. 그 대신 이 총각은 우리 집 머슴으로 일한다. 여섯 살배기 아무개는 내보낸다."

이렇게 두 장을 써서는 도장까지 꾹꾹 눌러서 각각 한 장씩 가졌단 말이야. 그리고 그날부터 그 집에서 머슴을 살았어.

이튿날 아침에 주인이 새 머슴 일하는 것 보자고 일찌감치 일어나 마당으로 나가봤지. 날이 샌 지 오래니 머슴이 일어나 분주하게 일하고 있으려니 했는데, 어찌 된 일인지 마당에 개미 새끼 한 마리 얼씬거리지 않네. 머슴 방 문을 열어보니, 아 글쎄 이놈이 큰대자로 드러누워서 눈만 멀뚱거리고 있구나. 주인 영감이 화가 머리끝까지 나서,

"아 이놈아. 냉큼 일어나서 마당도 쓸고 쇠죽도 끓여야지 뭘 하고 자빠졌어?"

하고 냅다 소리부터 질러놓고 들여다보니, 아 이놈이 벌거벗고 누워 있네.

"이런 미련한 놈, 여태 옷도 안 입고 뭘 하고 있어?"

그래도 태평스럽게 멀뚱멀뚱 쳐다보고만 있구나. 그러다가 늘어지게 하품을 하면서 한다는 소리가,

"아이 참, 영감님도. 문서에 적혀 있잖아요?"

이런다.

"아 이놈아. 문서에 뭘 어쨌단 말이냐?"

"문서에 쓴 걸 그래 벌써 잊어버리셨단 말입니까? 분명히 입혀준다고 되어 있을 텐데."

주인이 그만 어안이 벙벙해졌지 뭐야. 문서에 '입혀준다'라고 쓸 적에는 그저 헌 옷이나 두어 벌 주면 될 줄 알았지, 자기 손으로 옷을 입혀줘야 할 줄이야 누가 알았겠어. 말도 안 되는 소리 말

라고 아무리 고래고래 악을 써도 머슴이란 놈은 자꾸 문서를 들먹이며 부득부득 옷을 입혀달라니 기가 막히지. 한동안 옥신각신하다가 보니 이러다가는 저만 손해겠거든. 주인이 하릴없이 머슴 옷을 다 입혀줬어.

그제야 이놈이 슬금슬금 일어나서 마당도 쓸고 쇠죽도 끓이는구나. 그런데 아침 밥상을 받고 나니 이건 더 가관일세. 머슴 살러 왔다는 녀석이 밥은 안 먹고 멀뚱멀뚱 먼 산만 바라보고 앉아 있거든.

"이 녀석, 밥은 왜 또 안 먹어?"

주인이 다그치니까.

"아이 참, 문서에 적혀 있잖아요?"

이러고 입만 딱 벌리고 앉아 있거든.

"문서에 뭘 어쨌다고?"

"먹여주고……."

갈수록 태산이지 뭐야. 문서에 '먹여준다'라고 쓸 적에는 그저 밥이나 굶기지 않으면 되려니 했지, 제 손으로 머슴 입에 밥술을 떠먹여 줘야 할 줄이야 생각이나 했나. 한동안 또 옥신각신하다가 주인이 할 수 없이 머슴 입에다 한 숟갈 두 숟갈 떠 넣어가며 밥을 먹여줬어. 하루 종일 그러고 있으면 주인만 손해일 테니까 말이야.

이렇게 밥을 다 먹고 나서야 머슴이 슬금슬금 일하러 나가는데, 점심때가 다가오니 주인 영감이 안절부절못하네. 또 숟갈로 밥을 떠먹여 줘야 할 판이거든. 그렇지만 안 먹여줬다가는 또 문서를 들먹이며 고집을 피울 것이 뻔하니 어떻게 해? 하는 수 없이 한 술

두 술 밥을 먹여주고, 그러다 보니 저녁이 되었거든. 저녁밥도 먹여주고 나니까. 이번에는 글쎄 잠을 안 자네.

"이놈아, 잠은 또 왜 안 자?"

"문서에 있잖아요?"

"문서에 뭘?"

"재워주고……."

주인이 이제는 '문서'라는 말만 들어도 넌더리가 나고 등골이 서늘해져. 밥 먹여주고 옷 입혀주다 못해 이제는 저 커다란 덩치를 안고 자장자장 얼러줘야 할 판이니 식은땀 안 나게 됐어? 그것도 하루 이틀도 아니고 머슴 사는 동안에는 내내 그 짓을 해야 할 판이니 이거야 어디 해먹을 노릇인가. 주인이 한참 동안 한숨만 푹푹 내쉬다가 그만 소리를 벼락같이 질렀어.

"이놈아, 문서고 약속이고 다 귀찮다. 당장 내 집에서 나가!"

총각은 주인이 바로 그렇게 나오기를 기다리고 있었으니 머뭇거릴 일이 있나. 두말 않고 싱글싱글 웃으며 그 집을 나왔지. 들리는 소문으로는 총각이 구해준 여섯 살배기 아이가 나중에 총각을 수양형으로 삼아서 오래오래 잘 살았다고 그러더군.

하늘나라 밭 구경

옛날에 어떤 사람이 약관에 벼슬하여 중국에 사신으로 가게 됐어. 가서 그쪽 벼슬아치들과 수작을 하는데, 그 중국 사람 중 하나가 아주 꼴사납게 굴었던 모양이야. 자기네 나라가 조선보다 땅덩어리가 넓고 볼만한 것도 많다고 해서 그걸 가지고 아주 뻐기더란 말이야.

"저 성은 길이가 만 리나 돼서 만리장성이라 한다해. 당신네 나라는 땅이 좁아서 저런 성을 쌓을 데도 없지."

"이 탑은 꼭대기까지 올라가는 데 한나절이나 걸린다해. 당신네 나라에도 이렇게 큰 탑이 있나?"

"저 들판은 당신네 나라 땅덩어리를 다 합친 것보다 넓다해. 저 들판에서 나는 곡식으로 십만 명은 너끈히 먹고 살 수 있지."

이렇게 보이는 것마다 자랑하면서 으스대니 은근히 속이 뒤틀리지 않겠어? 그래서,

"그깟 것 가지고 뭘 그러나. 우리나라엔 하늘 위에 농사짓는 밭도 있는데."

하고 얼떨결에 거짓말을 해버렸지. 딴에는 그 허풍쟁이 콧대를 좀 납작하게 해줘야겠다고 큰소리 한번 친 것인데, 그게 화근이 될 줄이야. 중국 사람이 그 말을 듣더니,

"그것 참 신기하군. 당신네 나라에 따라갈 테니 하늘나라 밭 구경시켜줘해."

이러지 뭐야. 이키, 이거 잘못 걸렸구나 싶지만 이제 와서 아니라고 할 수도 없으니 딱하게 됐지. 엎질러진 물이요 질러놓은 불이란 말이야.

하늘나라 밭을 구경하겠다고 부득부득 따라나서는 중국 사람을 데리고 우리나라에 오긴 했는데, 앞일이 막막하거든. 우리나라에 오자마자 하늘나라 밭을 빨리 보여달라고 성화를 대기에,

"오늘은 늦었으니 내일 아침에 보자."

하고 집으로 돌아왔지. 집에 돌아와서 암만 생각해도 뾰족한 수가 생기지 않으니까 그만 이불을 쓰고 누워버렸어. 이 사람에게 칠순이 넘은 아버지가 있는데, 아들이 중국에 사신으로 갔다 오더니 인사도 하는 둥 마는 둥하고 드러누워 한숨만 푹푹 쉬고 있으니 마음이 편할 리 있나. 그래서 아들에게 연유를 물어보았단 말이야.

"무슨 걱정이 있기에 그러고 있느냐?"

"아이고, 아버지. 거짓말 한번 했다가 경을 치게 생겼습니다."

"무슨 일인데 그러느냐?"

그래서 아버지한테 이렇게 저렇게 되어서 큰일이 났노라고 고해 바쳤지. 그랬더니 아버지가,

"그러니 없는 말을 함부로 해서는 안 되느니. 이왕지사 일이 이렇게 되었으니 빠져나갈 방도를 찾아보자."

하고 한참 궁리를 하더니 무릎을 탁 쳐. 그러고는 이렇게 저렇게 해보라고 일러주더란 말이지.

아들이 그 말을 듣고 이튿날 날이 밝자마자 동네방네 다니면서 환갑 넘은 노인들과 조무래기 어린아이들을 불러 모았어. 노인들에게는 맛있는 음식을 잘 차려 대접하고는,

"부디 노래하고 춤추고 즐겁게 노십시오."

하고 이르고, 어린아이들에게는,

"너희들은 그저 서럽게 울고 있어라."

하고 일렀지. 모두들 시키는 대로 잘했지. 노인네들이야 아침부터 좋은 음식으로 대접을 받으니 절로 흥이 나서 노래 부르고 춤추고 놀지. 아이들이야 본디 우는 게 일이니 힘들 게 뭐 있나. 목청을 있는 대로 뽑아서 엉엉 서럽게 울었단 말이야.

그래놓고 중국 사람을 데리고 왔어.

"자, 이제 하늘나라 밭을 구경하러 가자."

하고 일부러 노인네들 춤추고 노는 곳과 아이들 우는 곳에 데리고 갔단 말이야. 중국 사람이 보니까 별일이거든. 한쪽에서는 노인들이 덩실덩실 춤추고 노래하느라 정신없고, 한쪽에서는 어린아이들이 모여서 서럽게 울고 있으니 이상하기도 하겠지. 그래서 아들

에게 물었어.

"저 노인들은 왜 저러고 있나해?"

바로 그렇게 묻기를 기다리고 있었단 말이야.

"아, 그것은 다 까닭이 있다. 하늘나라 밭은 너무 멀어서 가는데 삼십 년, 오는 데 삼십 년이 걸린다. 저 노인들은 육십 년 전에 밭 매러 갔다가 엊저녁에 돌아왔는데, 안 죽고 살아 왔다고 좋아서 저렇게 잔치를 벌이고 있다."

"그게 그렇게나 먼가? 저 아이들은 왜 또 저렇게 울고 있나해?"

"그거야 이제 가면 육십 년 뒤에나 돌아올 테니 그게 서러워서 저렇게 울지."

그러니까 중국 사람이 놀라지 않을 수 있나.

"어이구, 가는 데 삼십 년 오는 데 삼십 년이라. 내가 지금 구경하러 나섰다가는 다 가지도 못하고 죽어버리겠군. 난 안 갈 테야."

이렇게 꽁무니를 빼니까 일이 다 잘 풀렸지. 그래서 고비를 넘겼다나.

하늘나라 밭 구경

깨어진 벼루

옛날에 한 사람이 살았는데, 이
사람이 배운 것 없고 가난해도 배짱 하
나는 두둑해서 평생 남에게 꿀리고 사는 일이 없는 위인이야. 게
다가 오지랖도 넓을 만큼 넓어서, 좋은 일이고 궂은일이고 남의
큰일을 보면 제 일처럼 달려들어 참견하기를 좋아했지.

이 사람 사는 동네에 역졸 일을 하는 사람이 있었는데, 한번은
그 역졸 집 앞을 지나다 보니 안에서 대성통곡하는 소리가 들리거
든. 오지랖 넓기로 치면 둘째 못 갈 이 사람이 그걸 보고 그냥 지
나칠 수 있나. 대뜸 들어가서 사정을 물었지.

"이 집에 초상났단 말은 못 들었는데 이게 무슨 곡성이오?"

그랬더니 역졸이 울다 말고 한탄하기를,

"역졸의 일이라는 것이 나라의 심부름이 아니오? 우리 고을 감

사가 임금님께 진상하는 벼루를 내가 맡아 대궐에 갖다 주기로 되어 있었는데, 오늘 아침에 가지고 나서다가 그만 깨뜨려버렸소. 깨진 벼루를 가져갔다가는 내 모가지가 열이라도 붙어 있지 못할 테니 어찌 통곡할 일이 아니란 말이오?"

이러거든. 듣고 보니 참 딱하게 되었지. 그런데 이 사람이 무슨 궁리를 했는지,

"그런 일이라면 아무 걱정 말고 나한테 맡기시오. 내가 아무 뒤탈 없이 벼루를 갖다 주고 올 터이니 어서 벼루나 내놓으시오."

이런단 말이야. 역졸한테야 그보다 더 고마운 말이 어디 있나. 얼른 벼루를 내놓았지.

이 사람이 벼루를 비단보에 잘 싸가지고 어깨에 메고 서울로 올라갔어. 올라가서는 대궐로 가는 것이 아니라 딴 데로 갔네. 어디로 갔는고 하니, 그때 한창 세도가 하늘을 찌르는 정승 집으로 갔단 말이지. 떵떵거리는 정승 집이니 그 위세가 얼마나 대단하겠어? 대문 앞부터 문지기가 여럿 지키고 서서 잡인을 막는다고 기세가 등등하지. 이 사람이 다짜고짜 정승 집 대문을 지키는 문지기들 앞에 가서,

"너희들은 어서 나를 대궐로 인도하여라."

하고 거만이 뚝뚝 떨어지게 호령을 했어. 문지기들이 보니 뭐 행색도 후줄근한 시골뜨기가 보따리를 어깨에 메고 나타나서 큰소리를 빽빽 치는 것이 참 어이가 없거든. 그래서,

"너는 뭐하는 놈인데 여기 와서 행악질이냐? 이 댁이 누구 댁인지 알고나 하는 짓이냐?"

하고 욕을 퍼부어댄단 말이야. 그럴수록 이 사람은 더 거만하게 버티고 서서 험한 말을 내놓았어. 그러니 자연히 옥신각신 싸움이 벌어질 게 아니야? 문지기들 여럿이 달려들어 밀고 당기고 하는 중에 그만 이 사람이 일부러 털썩 넘어지면서 대성통곡을 했지.

"아이고, 이 불한당 같은 놈들이 임금님 벼루를 깨뜨렸네. 아이고, 아이고."

임금님 벼루라는 말에 문지기들이 깜짝 놀라지. 아무리 세도 있는 정승 집 문지기라고 해도 임금님이라는 말에 기가 안 죽을 수 있나. 그만 겁을 먹고 정승에게 달려가 이러이러한 놈이 와서 옥신각신하다가 임금님 벼루를 깨뜨렸다 한다고 고해 바쳤지. 정승도 들어보니 예삿일이 아닌 것 같아 이 사람을 불러들였어.

"어찌 된 일인지 자초지종을 말하여라."

"아이고, 대감. 저는 아무 고을 감사의 부탁으로 귀한 벼루를 대궐에 가지고 가는 참이었는데, 이 댁 문지기놈들이 그만 벼루를 깨뜨려놓았습니다요. 이 일을 어찌하면 좋겠습니까?"

정승이 가만히 생각해보니, 이 일이 알려지는 날에는 저한테 허물이 돌아올 것 같거든. 저희 집 문지기들이 벼루를 깨었으니 주인한테 허물이 안 돌아올 수 있겠나. 그래서 좋은 말로 이 사람을 달랬어.

"이왕지사 일이 이렇게 된 것을 어쩌겠느냐. 내 그 고을 감사에게 사람을 보내 뒤탈이 없도록 해줄 터이니 너는 이 일을 모르는 것으로 하고 그만 내려가도록 해라."

이쯤만 돼도 얼마나 좋아. 죽을 목숨 하나를 살려놨으니 더 바

랄 게 뭐야? 그런데도 이 배짱 좋은 사람은 거기서 물러서지 않고,

"대감께서 뒤탈이 없도록 해주신다니 고맙습니다마는, 만약에 이 일이 임금님께 알려지는 날이면 제 모가지가 백 개라도 살아날 가망이 없으니 저는 이 길로 아주 멀리 가서 숨어 살아야겠습니다. 그런데 당장 노자가 없어서 한 걸음도 뗄 수가 없으니 어찌하면 좋습니까?"

이러고 능청을 떠니 정승이 어떻게 해. 돈냥깨나 좋이 쥐여 보냈지. 그래서 참 애매한 목숨 하나 구하고 저도 횡재를 해서 잘 살았단다.

홀아비 훈장 장가보내기

　　옛날 어느 마을에 글방
이 있었는데, 글방 훈장이 홀아비야. 그런데 이 마을에는 젊은 과
부 한 사람이 살았어. 딸린 자식도 없이 청춘에 지아비를 잃고 혼
자 사는 아낙이지.

　　홀아비 삼 년에 이가 서 말이요 과부 삼 년에 쌀이 서 말이더라
고, 훈장은 사는 꼴이 말이 아닌데 과부 살림은 제법 규모가 있더
란 말이지. 그도 그럴 것이, 홀아비가 혼자 살면 음식 차림인들 구
색이 맞겠어, 의복 건사인들 깔끔하겠어. 게다가 훈장 노릇하며
밥술이나 얻어먹는 처지에 무슨 살림인들 제대로 갖춰놓고 살겠
나. 반면에 과부는 물려받은 전답에 번듯한 집까지 갖추고 알뜰살
뜰 살아가니 그 규모가 천지 차이지.

　　그런데 글방에 다니는 학동 중에서 제법 늘품이 있고 오지랖 넓은 아이가 하나 있었던 모양이야. 이 아이가 제 훈장 사는 꼴을 보니 너무 딱해서 한동네 사는 과부와 짝을 지어주려고 일을 꾸몄단 말이야. 하루는 훈장에게 넌지시 운을 떼보았어.

"훈장님, 음양이 조화를 이루는 것은 만물의 이치 아니옵니까?"

"그렇지."

"훈장님께서 혼자 사시는 것은 그런 이치에도 어긋나는 줄로 압니다."

"허허, 그놈이 별소리를 다 하는군."

"훈장님께서도 상처를 하셨고 저 건너 과수댁도 상부를 하였으니, 두 분이 재혼을 한다 해도 그리 허물이 되지는 않을 듯합니다."

"듣자 듣자 하니 이놈이 못 하는 소리가 없구나. 행여 딴 데 가서 그런 말 말아라. 공연히 수절하는 청상에게 흠집 낼 소리로다."

훈장이 속마음으로야 은근히 바라는 바이지만 겉으로 내색할 수 없어 이쯤 나무라고 말았지. 아이가 그만 눈치를 모를까. 바싹 다가앉아서 무어라고 훈장에게 귓속말로 속닥거리니, 훈장은 '허허, 그놈' '허허, 그놈' 하면서도 싫지 않는 눈치더란 말이야.

"그러니 훈장님께서는 그냥 들어가서 가만히 앉아 계시기만 하십시오. 그렇게만 하시면 일은 다 된 것이나 다름없습니다."

"그러다가 온 동네에 우셋거리 될까 두렵구나."

"글쎄, 걱정 마시라니까요. 동네 사람들도 다 바라는 바입니다."

"허허, 그것 참."

그러고 나서 이튿날 아침 일찍 아이가 과부댁에 찾아갔어.

"이 댁 아주머니 계십니까?"

"왜 그러느냐?"

과부가 아침밥을 짓느라 부엌에 있다가 얼굴을 내밀지.

"우리 훈장님 모시러 왔습니다."

"그게 무슨 말이냐? 너희 훈장님께서 여기 계실 까닭이 없는데."

"에이, 아주머니도. 온 동네 사람들이 다 알고 있는데 왜 그러십니까?"

"뭘 안다는 거냐?"

"우리 훈장님이 이 댁에서 주무신다는 건 삼척동자도 다 아는 일입니다."

이쯤 되니 과부 얼굴이 홍당무보다 더 새빨개지지. 그때 이웃 사람이 소를 빌리러 왔어. 논을 갈게 소를 하루만 빌려달라고 하니까, 사랑방 문이 덜컥 열리더니 언제 왔는지 훈장이 홑옷 바람으로 방에 가부좌를 틀고 앉아서,

"우리도 오늘 논을 갈아야 하니 안됐지만 소는 딴 데 가서 빌리시오."

하지 뭐야. 일이 이렇게 되면 온 동네에 소문나기는 금방이지. 이제 와서 그게 아니라고 길길이 뛰어봐야 우셋거리밖에 더 되나. 과부도 사리에 밝은 사람인지라 모든 눈치를 다 알아차리고,

"모처럼 부탁인데 못 들어드려서 어쩌지요? 우리도 오늘 논을 갈아야 한답니다."

하더래. 그렇게 해서 둘이 내외가 되어 잘 살았더란다. 잘 살다가 어저께 죽어서 장사 지냈는데, 나도 문상 가서 장사 떡 실컷 얻어먹고 왔지. 하하하.

진드기와 파리도

황희 정승이야 모르는 사람이 어디 있을라고. 그 황희 정승이 총각 처녀 짝지어준 이야기 하나 할까.

옛날에 궁녀라고 하면 이게 임금이 가진 물건이나 다름없었거든. 임금이 죽어라 하면 죽는 시늉이라도 해야 하는 게 궁녀 신세란 말씀이야. 게다가 임금 얼굴 한 번 못 보았어도 평생을 수절하며 살아야 하는 게 또한 궁녀 신세지. 그러니 궁녀가 임금 몰래 외간남자를 만난다는 건 곧 목숨을 내놓은 일이 아니고 뭐겠나.

그런데 그렇게 목숨을 걸고 한 총각을 만나는 궁녀가 있었나봐. 원래 이 처녀 총각은 한동네에 살면서 일찍부터 장래를 약속한 사이였는데, 처녀가 그만 사냥 나간 임금 눈에 들어 궁궐로 들어가게 됐단 말이야. 그러니 한시도 처녀를 못 잊는 총각은 밤마다 수십 리 길을 걸어 궁궐로 달려가곤 했지. 남의 눈을 피해 궁궐 담을 넘어 들어가서 대숲에 숨어 있으면, 처녀가 또 남의 눈을 피해 대숲으로 와서 만나곤 했던 거야.

이렇게 위태위태하게 몰래 만나던 두 사람은 그만 어느 날 내시한테 들키게 됐단다. 총각은 잽싸게 담을 넘어 달아났는데, 처녀야 어디 달아날 데가 있나. 꼼짝없이 잡혀서 문초를 당하게 됐지. 곤장을 맞고 주리를 틀리면서도 처녀는 끝내 사랑하는 사람 이름을 대지 않았는데, 신하들이 처녀가 살던 마을에 내려가 수소문한 끝에 총각의 정체를 알아냈다는군.

이렇게 해서 총각은 쫓기는 신세가 됐지. 몇 날 며칠을 숨어 다니며 이 궁리 저 궁리하던 총각이 드디어 어질다고 소문난 황희 정승을 찾아가기로 했어. 죽기 살기로 딱한 사정을 말하고 처녀를 풀어줄 것을 청원해보리라 하고서 말이야.

그런데 막상 황 정승네 집 대문 앞까지 가고 보니 더는 발길이 안 떨어지더라지 뭐야. 참대같이 곧다고 소문난 황 정승에게 그런 사사로운 사정을 들이대기가 거북했던 게지. 생각다 못해 총각은 그동안의 사정을 종이쪽지에 세세하게 적어서 굴비 두름에 매달아 정승 집 담 안에 던져 넣었대.

이튿날 아침에 황 정승 부인이 장을 뜨려고 장독간에 나와 보니, 난데없는 굴비 한 두름이 떨어져 있지 않겠나. 이상하게 생각하고 굴비두름을 들어 올리니 종이쪽지가 달려 올라오거든. 펼쳐 보니 구구절절이 애틋한 사연이라 부인이 그만 감동을 했어.

'한 나라의 정승이 되어서 이런 억울한 일을 바로잡지 못해서야 될 말인가. 그런데 이 양반 성질이 워낙 꼬장꼬장해서 탈이야. 굴비 두름째로 내보이면 틀림없이 부정한 물건이니 내버리라 할 것이고, 종이쪽지만 불쑥 내밀었다가는 사사로운 청원이라고 읽어보지도 않고 물리칠지 모르니 이 일을 어떡한다?

부인이 궁리 끝에 종이쪽지를 다시 굴비 두름에 매달아 마당에 놀고 있는 개한테 던져주었어. 정승 집에 붙어살면서 여태 보리누룽지만 얻어먹던 개는 이게 웬 떡이냐고 달려들어 마파람에 게 눈 감추듯 먹어치우지. 그래놓고 부인이 남편 들으라고 일부러 큰 소리로 투덜거리기를,

"원 영감도 망령이지. 말로는 청렴이니 결백이니 하면서 뒷구멍으로 백성들 고혈이나 빠는 줄 누가 알았겠나."

이러니 황 정승이 깜짝 놀라 뛰어나올 수밖에.

"뭐라고? 그게 무슨 말이오?"

황 정승이 나와 보니 마당에 웬 굴비 두름이 떨어져 있는데 벌써 개가 깨끗이 먹어치웠단 말이야. 그리고 보니 그 굴비가 뇌물이라면 개가 받아먹은 셈이거든. 물리치고 말고 할 것도 없는지라 새끼줄에 매달린 종이쪽지를 펴본단 말씀이야. 쪽지에 적힌 글을 다 읽고 나더니 가타부타 말도 없이 의관을 차려 입고 휘적휘적 활개를 저으며 궁궐로 가더라네.

궁궐에 들어가서 임금을 보자마자 황 정승은 허허 웃기부터 하는구나. 임금 앞에서 큰 소리로 웃는 것은 불경이라 임금이 노여워하는 빛을 띠어도 자꾸 허허 허허 웃기만 하니 좌중이 모두 어이가 없어서 입을 딱 벌리고 황 정승 입만 쳐다보네. 보다 못한 임

금이 짜증을 낸다.

"아니 경은 무슨 일로 실없이 웃는 거요?"

"소신이 방금 궐문을 들어서는데, 글쎄 숫진드기와 암파리가 싸우고 있지 않겠습니까?"

"진드기와 파리 같은 미물이 싸운단 말은 처음 듣소. 그리고 그런 미물을 두고 암수를 어찌 가린단 말이오?"

"글쎄 소신의 말씀을 더 들어보십시오. 숫진드기가 암파리더러 하는 말이 '파리야, 파리야. 나하고 살자꾸나.' 하지 않겠습니까? 그러니까 암파리가 하는 말이 '너는 어찌 세상 물정을 그리도 모르느냐? 요새 웬 시골 총각이 처녀하고 살려다가 쫓겨 다니는 일을 모르느냐?' 이럽디다. 그러니까 진드기가 '세상에 그런 법이 어디 있느냐? 우리 같은 벌레도 마음만 맞으면 암수가 짝을 지어 사는데, 만물의 으뜸이라는 사람이 짝짓는 걸 죄를 지운단 말이냐? 그럴 리가 없다.' 하고, 파리는 그렇지 않다 하고, 이렇게 싸우더란 말입니다. 그래서……."

이쯤 되면 바보가 아닌 다음에야 무슨 말을 하려는지 알아차리지 않겠어? 임금이 손을 휘휘 내저으며 황 정승 말을 가로막더니,

"내 경이 무슨 말을 하자고 하는지 알겠소. 그만하오."

하고는 내시를 불러,

"갇힌 궁녀를 궐에서 내보내고 총각도 더 찾지 마라."

하더란다. 그 뒤에 처녀 총각은 혼인해서 아흔아홉 살까지 살았다지.

여름 기러기

그리 멀지 않은 옛날 이야기야. 벼슬아치들이 죄다 썩어문드러져서 매관매직이 예삿일일 때 이야기니 그리 알고 들어. 그때 북촌 고을에 권세가 당당한 정승이 살고 있었대. 권세 있는 정승이면 당연히 문객이 들끓게 마련인데, 이 문객이라는 것이 다 그렇고 그런 건달들이야. 돈꿰미나 갖다 바치고 정승 비위나 슬슬 맞춰가며 어정거리다가 벼슬이나 한자리 얻어볼 욕심으로 득실대는 거지.

그런 문객이 늘어날수록 정승은 처지가 더 난처하게 되었어. 면목으로 봐서는 모두 벼슬 한자리씩 안겨주고 싶으나 벼슬자리라는 게 무슨 떡 부스러기도 아니고, 그렇다고 몇몇 사람 청만 들어주자니 말썽만 생길 것이고, 이래저래 난감하게 되었다는 말이지. 그래서 정승이 한 가지 꾀를 냈는데, 그 꾀가 무엇인고 하니 이야기를 잘 꾸며대서 자기를 감쪽같이 속이는 사람에게 벼슬자리를 주기로 했단 말이야. 그러면 뒷말도 없을 것이고, 사내가 그만한 입담과 뱃심이 있어야 큰일을 할 수 있다는 구실도 되니 좀 좋아.

그래서 문객들이 저마다 정승을 속인다고 난리가 났어. 별별 해괴한 거짓말을 들고 나와 능청을 떨었지만, 어지간한 속임수에 넘어갈 정승이 아니지. 미리 그만 대책도 없이 판을 벌였을라고. 아무리 그럴 듯한 거짓말을 꾸며대도 정승이 좀처럼 넘어가지 않으니 모두들 헛물만 켜고 나앉지 뭐야. 소문을 듣고 산지사방에서 꾸역꾸역 모여드는 사람들은 많았지만, 모두들 내놓은 거짓말이 신통치 않았던지 아무개가 벼슬자리 얻었단 말은 종내 들리지 않거든.

일이 이쯤 되자, 한다 하는 능청꾸러기들도 죄다 두 손을 들고 말았어. 아무래도 벼슬자리 얻기는 영 글렀다고 생각한 사람들이 하나둘 보따리를 싸서 떠나버리니, 그 잘난 속임수 판도 슬슬 거둘 때가 되었단 말이야.

이때 남촌에 사는 젊은이 한 사람이 몇 안 남은 문객들 틈에 슬그머니 끼어들었어. 본래 집안도 변변치 못한 데다가 살림도 찢어지게 가난하여 벼슬자리는 꿈도 못 꾸어본 형편인데, 정승이 이런 일을 벌이고 있다는 소문을 듣고 찾아온 거지. 이 젊은이가 정승 앞에 나아가 한마디 하겠다고 했겠다.

"자네는 처음 보는 젊은이로군. 그래, 무슨 말로 날 속일 텐가?"

정승은 별로 탐탁지 않게 대했지만, 젊은이는 개의치 않고 슬슬 말문을 여는구나.

"대감, 제가 아까 댁으로 오는 길에 참 이상한 것을 보았습니다."

"그런 말은 많이 들어봤지. 그래, 무엇을 봤는고?"

"다름이 아니오라, 수표교를 건너다 보니 기러기 한 마리가 앵두를 물고 날아가다가 다리 위에 떨어뜨리지 않겠습니까? 주워서 보니 어찌나 큰지 장독간의 된장독만 했습니다."

정승이 그런 시시한 거짓말은 귀가 아프도록 들어본지라 하품을 하며 받아넘기지.

"말도 안 되는 소리 말게. 그런 앵두가 세상에 어디 있어?"

"참, 다시 생각해보니 된장독이 아니라 간장독만 했습니다."

"그만한 앵두도 없어."

"아니 아니, 사발만 했습니다."

"그것도 거짓말이야."

"간장종지만 했습니다."

"거짓말."

"밤톨만 했습니다."

"거짓말."

이렇게 차츰 줄여나가다가,

"참, 잘 생각해보니 앵두만 했습니다."

하게까지 됐단 말이야. 앵두를 앵두만 하다는데 뭐라고 할 거야?

"참 딱한 사람이군. 그래 그까짓 어린애 장난 같은 말로 날 속이려 했나? 이제 사실대로 말했으니 그만 가보게."

그런데 젊은이는 빙글빙글 웃으며 한 번 더 다짐을 놓네.

"틀림없이 제가 사실대로 말씀드렸지요?"

"글쎄 그렇다니까. 그러니 날 못 속인 게야."

"대감님께서는 안 속으려고 하셨지만 분명 속으셨습니다."

"어째서? 앵두를 앵두만 하다고 했는데 뭘."

"누가 앵두를 가지고 그런답니까? 기러기 말씀이지요. 이 한여름에 기러기가 어디 있겠습니까? 대감께서는 설마 기러기가 구시월이나 되어서 날아온다는 걸 모르지는 않으셨겠지요."

이렇게 되어서 정승은 꼼짝없이 당하고 말았대. 젊은이는 소원대로 군수 한자리를 얻어가지고 갔는데, 당시로서는 보기 드문 청백리가 되었다나.

대장장이와 목수의 이사

옛날 어느 마을에 대장장이와 목수가 이웃해서 살았어. 그런데 대장장이네 집과 목수네 집은 바짝 붙은 게 아니라 사이가 좀 떴어. 그 사이가 뜬 곳에는 대밭이 하나 있었지.

대장장이는 쇠를 다루는 사람이니 밤낮 챙강거리는 게 일이지. 쇠를 달구는 데는 풀무질이요 쇠를 두드리는 데는 망치질인데, 그 소리가 좀 시끄러운가. 챙강챙강 푸시시 챙강, 이러고 밤낮으로 소리를 내지.

목수도 나무를 다루는 사람이니 밤낮 뚝딱거리는 게 일이지. 나무를 자르는 데는 톱질이요 못을 박는 데는 망치질인데, 이건 또 좀 시끄러운가. 뚝딱뚝딱 시울렁 뚝딱, 이러고 밤낮으로 소리를 내지.

이렇게 챙강챙강 뚝딱뚝딱 하면서 살았는데, 어느 해에 웬 양반이 이 마을에 이사를 왔어. 서울에서 높은 벼슬을 하다가 나이가 많아서 쉬러 내려온 양반인데, 이 양반이 제 딴에는 좋은 집터를 찾는다고 지관을 데리고 왔다 갔다 하더니, 대장장이와 목수네 집 사이에 있는 대밭이 천하명당이라고 거기에 터를 잡았어. 대를 모두 베어내고 그 자리에 고래 등 같은 기와집을 턱 지어놓고 사는 거지.

명당자리 집터에 집을 짓고 사는 것까지는 좋은데, 하루 이틀 살아보니 이거 원 시끄러워서 견딜 수가 있나. 앞뒷집에서 밤낮으로 소리를 내는데, 앞집에서 챙강 하면 뒷집에서 뚝딱 하고, 앞집에서 푸시시 하면 뒷집에서 시울렁 하고, 이거 뭐 소리가 끊이지를 않거든.

본래 이 마을에 살던 사람들이야 그 소리가 귀에 익기도 했지만, 다 같이 일하면서 사는 사람들이라 시끄러운 줄을 모르지. 도리어 하루라도 챙강 뚝딱 소리가 안 나면 잠이 안 올 만큼 정이 붙었지. 그렇지만 평생 일 안 하고 글만 읽고 살던 양반님 귀에는 그 소리가 무척 거슬린단 말이야. 양반님네야 그저 둘레가 고요해서 마당에 오동잎 지는 소리까지 들려야지 글도 읽히고 시도 나오고 그런 모양이지.

아, 이래서 이 양반이 참 견딜 수가 없어. 글 좀 읽으려고 하면 챙강, 시 좀 읊으려고 하면 뚝딱, 이러니 사람 환장할 노릇이지. 마음 같아서는 저 두 놈의 집을 몽땅 부숴버리고 대장장이와 목수에게 곤장이나 몇 대 안겨서 멀리 쫓아버렸으면 좋겠는데, 저희 집 종도 아니고 명색 양민한데 그럴 수는 없거든. 생각다 못해 이 양반이 하루는 대장장이와 목수를 찾아갔어. 먼저 대장장이를 찾아가서,

"내가 풍수를 좀 볼 줄 아는데, 자네 집터가 오행으로 말하면 물의 터일세. 자고로 물이라고 하는 것은 불과 상극이니, 불을 다루는 자네 일에는 맞지 않으이. 더 늦기 전에 딴 데로 이사를 가는 것이 좋겠네. 이사하려면 돈이 들 터이니 내가 좀 보태줌세."

이렇게 구슬리면서 돈냥깨나 좋이 내놓았어. 그랬더니 대장장이는,

"아이고, 대감께서 소인을 이렇게나 생각해주시니 몸 둘 바를 모르겠습니다요. 분부대로 합지요."

하고 선선히 응낙을 한단 말이야. 이제 됐다 하고 그다음에는 목수를 찾아가서,

"내 지리를 보니 자네 집터가 오행으로는 불의 터일세. 불이라고 하는 게 뭔가? 나무를 태우지 않나? 그러니 나무를 다루는 자네한테는 맞지 않으이. 내 이사 비용을 좀 보태줄 터이니 딴 데로 집을 옮기게나."

하고서 또 돈냥깨나 좋이 내놨지. 그랬더니 목수도,

"그것 참 고마우신 말씀입니다요. 소인은 무식해서 여태 그런 것도 모르고 살았습지요."

하면서 당장이라도 이사를 가겠다고 하거든.

양반은 제가 낸 꾀가 생각할수록 대견스러워서 싱글벙글하면서 집에 돌아왔지. 돌아와서 방에 느긋하게 앉아 있으니, 아닌 게 아니라 저녁에 대장장이와 목수가 찾아와서 내일 이사를 가게 됐다

면서 인사를 해. 그것 참 잘되었다 하고 떡이야 술이야 잘 대접해서 돌려보냈지.

이튿날이 되어서 이 양반이 일어나 보니, 아침부터 앞뒷집에서는 전보다 더 요란하게 챙강 뚝딱 하는 소리가 나거든. 밀린 일을 마저 해놓고 이사를 가려나 보다 하고, 그 소리가 그치기만 이제나 저제나 하고 기다렸지. 그런데 해가 중천에 떠도 그놈의 시끄러운 소리가 그치지를 않네. 좀 있으면 조용해지겠지 했는데, 아날이 어둑어둑해질 때까지 그놈의 소리가 그칠 기미도 안 보여.

'아, 이놈들이 사람을 속여도 분수가 있지, 오늘로 이사를 가겠다고 해놓고 이게 무슨 짓인가.'

양반이 화가 다락같이 나서 대장장이네 집으로 달려갔어. 가 보니, 이게 어찌 된 일인지 대장장이는 안 보이고 목수가 일을 하고 있더란 말이야. 목수가 양반을 보더니 천연덕스럽게 한다는 말이,

"약속드린 대로 오늘 이리로 이사를 왔습지요. 듣자 하니 대감께서 이 집터가 물의 터라 하셨다지요? 물은 나무를 키우고 나무는 물을 내니, 저 같은 목수에게야 더할 나위 없이 좋은 집터가 아니겠습니까?"

하더란다. 양반이 기가 탁 막혔지만 할 말이 없어서 입맛만 쩍쩍 다시다가 목수가 이사 오기 전에 살던 집으로 가봤지. 거기서는 목수 대신 대장장이가 일을 하고 있더래. 대장장이도 천연덕스럽게 하는 말이,

"대감께서 말씀하시기를 이 집터가 불의 터라고 하셨다기에 이리로 이사를 왔습지요. 불의 터라면 저 같은 대장장이에게 안성맞

춤이 아니겠습니까요?"

하더란다. 그러니까 둘이서 집만 바꿔 앉은 거야. 어쨌거나 이사를 하긴 했으니 약속은 지킨 거고, 양반이 제 입으로 물의 터니 불의 터니 해놨으니 입이 열 개라도 할 말이 없게 됐지. 제 꾀에 제가 속아 넘어갔다는 게 이를 두고 한 말이렷다.

   그 뒤로도 대장장이와 목수는 밤낮으로 챙강 챙강 뚝딱 뚝딱 하면서 잘 살았단다.

사나운 원 길들이기

고을 원이 사나우면 백성들에게도 화가 미치지만, 당장 애를 먹는 것은 뭐니 뭐니 해도 관속들이지. 백성들은 가렴주구에 시달린다 해도 보기 싫은 꼬락서니 안 보면 그만이지만, 관속들이야 싫으나 좋으나 날마다 원과 얼굴을 맞대고 살아야 하니 그 고충이 어떻겠어.

옛날 어느 고을에 참 대책 없이 사나운 원이 있었던 모양이야. 본바탕이 포악하다기보다 성미가 불같이 괄괄해서, 육방관속들이고 통인이고 조금만 눈에 거슬리면 주먹부터 냅다 휘두르고 본단 말이야. 그러니 웬만큼 운수대통한 날이 아니고는 아무도 원에게 얻어맞지 않고 무사히 넘어가는 날이 없어. 관속들이 생각해보니 이러다가는 저희들 볼따구니가 남아나지 않겠거든. 어떻게 하면 저 사나운 원의 손버릇을 고쳐줄까 하고 이 궁리 저 궁리 하다가 한번은 용한 꾀를 냈어.

원이 조회를 마치고 혼자 동헌에서 글을 읽고 있을 때를 기다려 저희들끼리 숙덕숙덕하더니, 힘깨나 쓰는 통인 하나가 동헌으로 슬슬 들어간단 말이야. 그리고 앞뒤 잴 것 없이 성큼성큼 당상에 오르더니 다짜고짜 원의 볼따구니를 힘껏 갈기는구나. 아닌 밤중에 홍두깨 격으로 뺨을 한 대 얻어맞은 원이 그만 눈이 뒤집혀 길길이 뛰지. 그도 그럴 것이, 제 앞에서 얼굴도 바로 못 들던 천한 통인놈이 벌건 대낮에 뺨을 후려갈기니 어디 제정신일까. 울대가 터져라 소리쳐 관속들을 부른다.

"여봐라, 게 아무도 없느냐?"

그사이에 통인은 슬금슬금 꽁무니를 빼고, 관속들은 속내를 다 알면서도, 아 저희들이 꾸민 일인데 왜 몰라, 짐짓 놀란 듯이 우르르 모여들어 허리를 굽실굽실하지.

"사또, 무슨 일이옵니까?"

"어서 통인놈을 붙잡아 형틀에 묶어라. 사지를 찢어놓겠다."

"통인이 무슨 죄를 지었기에 그러십니까?"

"아 그 미친놈이 내 뺨을 때리지 않겠느냐?"

원이 길길이 뛰는데도 관속들은 아무도 나서지 않고 그저 눈만 멀뚱멀뚱하고 서 있거든. 원이 벼락같이 재촉을 하니 이방이 시치미를 뚝 떼고 나서서,

"사또, 고정하십시오. 아무리 미쳤기로 그놈이 죽기를 작정하지 않은 다음에야 그런 일을 저지르겠습니까? 필시 헛것을 보신

게지요."

하지. 그러니 다른 관속들도 멀뚱하게 서서 고개만 주억거리고 있단 말이야. 원이 그것을 보고 더 노발대발하는 사이에 다른 통인이 주르르 원의 아들에게 달려가서 능청스럽게 고해 바치지.

"아이고 책방 도련님, 큰일 났습니다요. 사또께서 발작을 하셨습니다요."

원의 아들이 버선발로 달려와 보니 제 아버지가 눈이 뒤집혀 입에 거품을 물고 고래고래 악을 쓰고 있단 말이야.

"아버님, 제발 고정하십시오."

"뭐라고? 고정하라고? 통인놈이 내 뺨을 때렸는데도 고정을 해? 이제 보니 네놈도 한통속이로구나."

원이 분을 못 이겨 아들의 엉덩이를 걷어차니, 그 서슬에 아들이 넘어지면서 책상 문갑이 다 부서지는구나. 아들이 엉금엉금 기면서 빨리 의원을 부르라고 재촉을 한다. 이래서 원은 졸지에 미친 사람 취급을 받게 됐단 말이지. 그 괄괄한 성미에 미친 사람으로 몰리니 더 화가 나서 날뛰었지만 아무도 원의 말을 믿어주는 사람이 없으니 어떻게 해. 치미는 분을 삭이며 가슴을 치고 있을 수밖에.

그때 마침 감사가 그 고을을 지나게 됐던 모양이야. 지나다가 이 고을 원이 병이 들어 정신이 이상해졌다는 소문을 듣고 찾아왔겠지. 딴에는 문병도 하고 위로도 해주려고 들렀는데, 이 원은 마침 하소연할 데가 생겼다고 생각하고 마구 푸념을 늘어놨지.

"아이고, 대감. 이런 원통한 일이 어디 있겠습니까? 글쎄 벌건

대낮에 통인놈한테 뺨을 얻어맞지 않았겠습니까?"

감사가 듣고 보니 얼토당토않은 헛소리를 늘어놓는 것이 소문대로 병이 들어도 아주 단단히 들었거든. 몇 마디 더 나누어보고는 도저히 안 되겠다 싶었던지 그날로 파직을 시켰어. 저렇게 병이 중해 가지고야 어떻게 정사를 보겠느냐 하고 말이야.

그래서 원은 벼슬을 잃고 서울로 올라갔는데, 그 뒤로도 어쩌다 뺨 맞은 이야기만 꺼내면 모두들 병이 도졌다고 의원을 부른다 약을 달인다 난리법석을 피우니 어떻게 해. 숫제 입을 다물고 속앓이만 하며 살았지. 평생 그러고 살았대. 그것 참.

소나기의 유래

옛날에 어떤 스님이 동냥을 하러 다녔지. 동냥으로 얻은 쌀을 바랑에 넣어 짊어지고 가는데, 무더운 여름날이라 땀을 뻘뻘 흘리다가 나무 그늘에서 쉬어 가기로 했어. 때마침 농부 한 사람이 소를 부려 논을 갈다가 그 나무 그늘에 와서 함께 쉬게 되었단다.

"곧 모를 내야 할 텐데 비가 안 와서 큰일이군요. 날이 이렇게 가물어서야, 원."

농부가 이렇게 날씨 걱정을 하자, 스님이 입고 있던 장삼을 여기저기 만져보더니,

"걱정 마시오. 해 지기 전에 비가 내릴 게요."

하거든. 농부는 그 말을 믿으려 하지 않았지.

"에이, 스님도. 농담을 잘하시는군요. 아 이렇게 날이 쨍쨍한데 무슨 비가 온단 말입니까?"

"두고 보시오. 틀림없이 곧 비가 올 거요."

스님은 비가 온다고 하고, 농부는 비가 안 온다고 하고, 서로 제 말이 옳다고 우기다가 내기를 하기로 했어.

"그럼 어디 내기를 해봅시다. 스님 말대로 해 지기 전에 비가 오면 내 저 소를 드리지요."

농부는 농부대로 오랜 경험이 있는지라, 이렇게 맑은 날에 갑자기 비가 올 리 없다고 믿고 자신만만하게 나서지. 농사꾼에게 없어서는 안 될 귀중한 소를 내기에 걸었으니 이길 자신이 있다는 뜻 아니야, 그게.

"좋소이다. 소승은 가진 게 이 쌀밖에 없으니, 지면 이 바랑에 든 쌀을 모두 드리리다."

스님은 스님대로 믿는 구석이 있어서 하루 종일 동냥한 쌀을 모두 내놓겠다고 나서네.

그러고 나서 농부는 다시 논을 갈고 스님은 나무 밑에서 쉬고 있었지. 농부는 논을 갈면서도 쌀이 공짜로 생기는 횡재수가 났다고 좋아라 했어. 그런데 이게 웬일이야. 갑자기 마른하늘에 천둥이 치더니 시커먼 비구름이 눈 깜짝할 사이에 뭉게뭉게 모여들지 않겠어? 그러더니 곧장 장대 같은 빗줄기가 마구 쏟아지기 시작하는 거야. 농부는 비에 흠뻑 젖어서 소를 몰고 나무 밑으로 왔어.

농사꾼에게야 때맞춰 비가 오는 것보다 더 기쁜 일이 어디 있겠어? 농부는 내기에서 진 것보다 비가 오는 게 좋아서 싱글벙글하네. 소를 잃게 됐다는 것도 잊어버리고 말이야.

"스님, 참으로 용하십니다. 갑자기 비가 올 걸 어떻게 아셨습니까?"

"그저 입고 있던 옷을 만져보고 알았지요."

"예? 옷을 만져보면 안다고요? 그게 도술을 부리는 옷인가요?"

"그게 아니라, 옷이 눅눅해지는 걸 보고 알았다오. 우리는 빨래를 자주 못 하니까 늘 옷이 땀에 젖어 있지요. 땀은 곧 소금이니, 물기가 닿으면 눅눅해지는 건 당연한 이치가 아니오? 아까 내 장삼을 만져보니 몹시 눅눅했는데, 공기 속에 이렇게 물기가 많으니 곧 비가 오리라 생각했지요."

"아, 그랬군요. 저는 그것도 모르고 큰소리를 치다가 보기 좋게 지고 말았습니다."

그러고 보니 소를 내놓을 일만 남았거든. 농부가 금세 울상이 됐어.

"내기에서 졌으니 소를 드려야지요. 자, 어서 몰고 가십시오."

스님은 허허 웃으면서 소고삐를 잡았다가 도로 농부에게 쥐여주며,

"이 소를 도로 드릴 터이니 농사 잘 지으시오. 우리에게야 소가 아무 소용없지만 농사짓는 데 소만큼 요긴한 것이 또 있겠소?"

하고서 훌쩍 가버리더래. 스님이 떠나자마자 장대같이 쏟아지던 빗줄기가 뚝 그치고, 언제 비가 왔느냐는 듯이 하늘도 금세 맑아졌어.

이런 일이 있은 뒤부터 여름날에 갑자기 쏟아지다가 뚝 그치는 비를 '소내기'라고 했단다. 소를 걸고 내기를 했대서 그런 말이 생긴 거지. '소내기'가 요즈음에는 '소나기'가 된 거고.

도적을 물리친 아이

옛날 어느 곳에 비단 장수가 살았어. 딴 데 가서 비단을 많이 떼어다가 외딴집에 갈무리해놓고 봇짐으로 조금씩 짊어지고 다니면서 팔았지.

한번은 그렇게 비단을 팔고 나서 집으로 돌아가는 길에 산에서 날이 저물었네. 마침 산속에 빈집이 한 채 있기에 거기 들어가서 잤어. 그런데 자다 보니 뭐 시커먼 것이 여럿 들이닥치더래. 이 사람이 놀라서 얼른 다락에 올라가 숨었지.

가만히 보니까 그 시커먼 것이 죄 도적 떼야. 도적들이 여럿 들어와서는 떠들썩하게 놀더니 저희들끼리 의논을 하는데,

"우리 내일 밤에 아무 데를 털러 가자."

"그래, 거기 가면 비단이 많이 있다니 몽땅 빼앗아 오자."

이런단 말이야. 그런데 그게 자기 집 이야기야. 다른 집이 아니라 바로 비단 장수 자기 집을 턴단 얘기거든.

겁이 나서 벌벌 떨다가 새벽녘에 어찌어찌 그 집을 빠져나왔어. 나와서 정신없이 집에 돌아왔지. 돌아와서 아내한테 얘기를 했어.

"여보, 큰일났소. 오늘밤에 도적 떼가 우리 집을 털러 온답니다."

"뭣이 어째요? 그럼 빨리 도망가야지요."

"이 많은 비단을 어찌 가져가며, 가져간들 오늘 안에 얼마나 가 겠으며, 얼마를 간들 도적 떼한테 안 들키겠소?"

"그럼 어떻게 해요?"

둘이서 어찌할 바를 몰라 허둥지둥하는데, 그때 여남은 살 먹은 아들이 보고서 물어.

"아버지 어머니, 왜 그러십니까?"

"왜 그러나 마나 네가 알 일이 아니다."

"알 일이 아니라니요? 저는 이 집 식구도 아닙니까? 무슨 일인 지 가르쳐주십시오."

그래서 얘기를 해줬어. 장사하러 갔다가 도적 떼 말을 엿들었는 데 오늘밤에 우리 집을 털러 온다니 어쩌면 좋으냐고, 다 이야기 를 해줬지. 아들이 말을 다 듣더니,

"뭐 그런 일 가지고 다 걱정을 합니까? 나한테 맡겨두세요."
하고는 태연하게 그냥 놀아. 들며 나며 평소처럼 그냥 노는 거야. 저 녀석이 무슨 마음으로 저러나 싶었지만 뾰족한 수도 없어서 그 냥 됐지.

저녁 무렵이 되니까 아들이,

"아버지는 이웃집에 다니면서 돗자리를 많이 빌려 오세요. 어머니는 광에 넣어둔 비단을 다 꺼내어 방마다 깔아놓으세요."
하고 일을 시켜. 하라는 대로 했지. 조그마한 아이 말이지마는 워낙 큰소리를 치고, 또 달리 할 만한 일도 없으니 말이야. 시키는 대로 다 해놓으니까,

"이제 돗자리를 비단 위에 빈틈없이 덮어 깔아놓으세요. 그리고 아버지 어머니는 방에 들어가 계세요."

또 시키는 대로 했지. 돗자리를 비단 위에 덮어 깔아놓으니까 뭐 감쪽같아. 그냥 방바닥에 돗자리를 깔아놓은 것 같단 말이지. 그래놓고 부부가 방에 들어가 앉아 있으니까, 아 이놈이 들어오더니 다짜고짜 아버지 어머니 손발을 밧줄로 묶네. 옴짝달싹도 못하도록 꽁꽁 묶는단 말이야.

"아이고, 얘야. 왜 이러느냐?"
하니까,

"글쎄, 나한테 다 생각이 있어 그러니 아버지 어머니는 가만히 계세요."
하고는, 그렇게 묶어놓고 저는 마당에 나가서 태연하게 앉아 있어.

그렇게 앉아 있다가, 아 과연 밤이 이슥해지니까 도적 떼가 들이닥치거든. 시커먼 것들이 담을 넘어 마구 몰려들지. 그러니까 마당에 앉아 있던 아들이 그만 집이 떠나갈 듯이 우는 거야.

"아이고, 아이고. 우리 아버지 어머니 살려주세요."
하고 우니까 도적 떼가 이상해서 물을 것 아니야?

"너는 여기서 왜 우느냐?"

도적을 물리친 아이

하니까,

"아까 초저녁에 도적 떼가 와서 우리 집 비단을 다 빼앗고는 아버지 어머니를 저렇게 묶어놓고 갔습니다. 어찌나 단단히 묶어놨는지 풀지도 못하겠습니다. 제발 우리 아버지 어머니 좀 살려주세요."

하네. 도적들이 가만히 보니까 정말로 그렇거든. 부부는 손발이 꽁꽁 묶여 방 안에 갇혀 있고, 아이는 마당에 앉아 아버지 어머니 살려달라고 울고, 집안 어디를 봐도 비단은 없고, 그러니까 곧이 들을 수밖에.

"허 그것참, 뛰는 놈 위에 나는 놈 있다더니 우리보다 더 날랜 도적 떼가 있을 줄이야."

하고는 그냥 돌아가더래. 아이 부탁대로 부부 손발 묶은 밧줄까지 풀어주고 가더라나.

그렇게 해서 무사히 도적 떼를 물리쳤다는 이야기야.

돌절구 재판

옛날에 어떤 장사꾼이 장사를 하러 나섰다가 물건을 다 팔고 이제 집으로 돌아가는 길이야. 물건을 다 팔았으니 돈이 꽤 생겼을 것 아니야? 그걸 전대에다 넣어서 허리에 차고 가는 판인데, 가다가 날이 저물어 길가 주막에 들었어.

주막에 들어서 밥을 먹고 뒷간에 가려고 보니 허리에 찬 전대가 무척 거치적거리거든. 그걸 차고 볼일을 보다가 흘러내리는 날에는 뒷감당도 못 할 것 같고 말이지. 그래서 어찌할까 망설이는데 마침 뒷간 들머리에 큼지막한 돌절구가 하나 있더래.

'옳지, 저기에다 넣어두면 되겠다.'

보는 사람도 없으니 거기 잠깐 넣어두고 뒷간 갔다 온대서 무슨 탈이 날 것 같지는 않단 말이야. 그래서 그렇게 했어. 돌절구 안에 전대를 넣어두고 뒷간에 들어가서 볼일을 보고 나왔지. 아, 그런데 나와 보니 그새 전대가 없어졌네그려. 감쪽같이 사라졌어.

"아이고, 이 일을 어째?"

장사해서 번 돈을 몽땅 잃어버렸으니 눈앞이 캄캄하지. 가만히 생각해보니 자기가 뒷간에 있을 동안 그 앞을 지나간 사람이라곤 주막 주인밖에 없어. 아까 잠깐 주인이 돌절구 근처를 얼쩡거리는 걸 봤거든. 귀신이 한 짓이 아닌 다음에야 누군가 손을 댔단 얘긴데, 그게 주인 말고는 도무지 그럴 사람이 없단 말이야.

그래서 주막 주인한테 물었지.

"아까 혹시 돌절구 안에 돈 넣어둔 것 못 봤소?"

그러니까 주인이 손사래를 쳐.

"아, 못 봤소."

그래서 다시 물었지.

"내가 뒷간에 있을 동안 절구 근처를 지나간 사람은 주인장밖에 없는데, 정말로 못 봤단 말이오?"

그러니까 주인이 펄쩍 뛰어.

"거참, 생사람 잡는군. 못 봤다는데 웬 억지요?"

옥신각신하다가 안 되겠다 싶어서 이 사람이 그길로 관가에 갔어. 가서 원님에게 자초지종을 낱낱이 아뢰었지.

"일이 이만저만하여 장사해서 번 돈을 몽땅 잃어버렸습니다. 부디 찾아주십시오."

원님이 말을 듣더니, 사령을 시켜서 주막 주인을 데려오라 일러. 주막 주인이 오니까 하나하나 캐어묻지.

"이 사람이 당신네 주막에서 돈을 잃어버렸다는데 정말 모르는가?"

"예, 모릅니다."

"그때 주막 안에 다른 사람은 없었고?"

"없었지만 나는 모르는 일입니다."

그러니까 원님이 고개를 끄덕끄덕하더니 하는 말이,

"돈 잃은 사람은 있는데 본 사람은 없단 말이지. 그렇다면 도둑은 돌절구가 틀림없군."

이러거든.

"예? 그게 무슨 말씀입니까? 돌절구가 도둑이라니요?"

"그렇지 않으면? 저 사람이 돈을 돌절구에 넣어두고 볼일 보는 사이에 돈이 없어졌다는데, 그때 주막 안에는 주인 말고 다른 사람은 아무도 없었다면서?"

"그건 그렇습니다만……."

"그런데 주인은 모르는 일이라니 돌절구밖에는 알 이가 없지 않나. 귀신이 한 짓이 아니라면 돌절구 소행이 틀림없지. 안 그런가?"

"예, 예……. 듣고 보니 과연 그렇습니다요."

주인이야 속으로 우습긴 하지마는 잘되었다 싶거든. 어쨌든 자기한테 죄가 안 돌아오게 됐으니 말이야. 그런데 생각할수록 우스워서 쿡쿡 웃느라고 난리도 아니야. 말도 못 하고 움직이지도 못하는 돌절구가 도둑이라니 우습지 안 우스워? 바보가 아니고서야 그런 판결을 내리겠느냐 말이야.

그러거나 말거나 원님은 다시 말을 잇기를,

"그래서 말인데, 그 돌절구를 그냥 두어서는 안 되겠다. 그냥 두면 앞으로도 걸핏하면 도둑질을 할 것인즉, 그래서야 길손들 손해도 손해려니와 당신네 주막이며 우리 고을 소문도 나빠질 게 아닌가? 그걸 당장 없애야겠으니 주인은 내일 안으로 돌절구를 져다가 칠십 리 밖 바다에 빠뜨리고 오라. 그리고 그 고을 원님에게 고하고 틀림없이 빠뜨렸다는 증서를 받아 오라."

이런단 말이야.

주막 주인이 들어 보니 하늘이 노래질 일이거든. 그 무거운 돌절구를 칠십 리 밖 바다에까지 어찌 날라? 굳이 나르려면 못 할 거야 없지만, 그러려면 일꾼 품삯만 해도 엄청나게 들 것인데 그 짓을 어찌해? 줄잡아도 훔친 돈 열 배는 더 들겠단 말이야. 이키, 안 되겠다 싶어서 원님 앞에 엎드려 애걸복걸을 했지.

"사또, 그러지 말고 그냥 제가 돈을 그냥 물어주면 안 되겠습니까?"

"아니, 주인은 아무것도 모른다면서? 애매한 사람이 덤터기를 써서야 될 말인가?"

"저희 집 돌절구 짓이니 저한테도 허물이 없다 할 수 없지요."

"그래? 그러면 잃은 돈을 다 물어주고, 앞으로 다시는 그런 일 없도록 돌절구 단속을 잘 하겠는가?"

"예, 예. 여부가 있겠습니까?"

이렇게 해서 장사꾼은 잃은 돈을 고스란히 되찾았다는 이야기일세. 거, 원님 꾀가 묘하지 않나?

볍씨 송사

옛날에 김 서방하고 이 서방하고 이웃
해 살았는데, 두 집이 다른 건 다 어슷비슷
하건만 자식 복이 달라. 살림도 고만고만하고
농사 규모도 어금버금하고 먹성 입성도 그렇고, 한데 한 집은 자
식이 풍년이고 한 집은 흉년이야. 김 서방네는 자식이 다섯이나
되는데 이 서방네는 자식이 하나도 없단 말이지.

이 서방네 부부가 가만히 생각해보니 나이는 벌써 쉰이 다가오
는데 이러다가는 영영 슬하에 자식 하나 없이 외롭게 살다 죽을
것 같거든. 그런데 그때 마침 이웃집 김 서방네가 또 아들을 낳았
어. 여섯째 아이를 낳았단 말이지. 그래서 아기 울음소리가 응애
응애 진동을 하는 판이야. 부부가 의논 끝에 김 서방네를 찾아갔
어. 가서 간곡하게 청을 했지.

"여보게, 우리 내외 살리는 셈 치고 그 아기 우릴 주게. 귀하지 않은 자식이 어디 있으며 자식 떠나보내고 싶은 부모가 어디 있겠나마는, 그 아기 우릴 주면 자네는 적선하고 우리는 원을 더니 그도 좋은 일 아니겠는가."

빌고 또 빌었더니 김 서방네도 마음이 동했는지 선선히 아기를 내줘. 데려가서 잘 기르라면서. 고맙다고 절을 열두 번도 더 하고 아기를 데려왔지. 김 서방네한텐 곡식 가마에다 논밭까지 절반이나 뚝 떼어줬어. 넉넉한 살림은 아니지마는 그렇게라도 해서 은혜를 갚고 싶었던 게지.

그러고 나서 데려온 아기를 정성을 다해 키웠어. 늘그막에 얻은 하나뿐인 아들이니 안 그럴 거야? 불면 꺼질세라 놓으면 깨질세라 애지중지 키웠지. 아들은 무럭무럭 잘 컸어. 젖을 떼자 걸음마 배우고, 걸음 걷자 말을 배우고, 나이 대여섯 살 되어서는 글방에 다니면서 온갖 글도 다 배웠지.

그렇게 잘 자라서 나이 열두 살 먹어서는 턱 하니 과거에까지 붙었네. 아들이 참 똑똑하고 야무져서 말이지, 과거에 급제까지 해서 참 온 집안에 경사가 났어. 풍악 잡히고 각설이패 내닫고 온 동네 사람들 모여들어 잔치판을 벌였단 말이야.

아, 일이 이쯤 되니 김 서방네가 그만 마음이 달라지네. 본시 자기네 아들인 걸 포대기에 싸인 채로 주었더니 저렇게 잘 커서 출세를 했으니 경사가 났느니 하니까 말이야. 아들을 도로 찾고 싶은 마음이 든 게야. 그래서 부부가 다짜고짜 관에 가서 송사를 넣었어.

"이 서방네 외아들이 사실은 우리 친아들입니다. 갓난아기 때에 달라고 애원하기에 잠시 맡겼더니 아주 자기네 아들인 양 데리고 삽니다. 이제 아들을 찾고 싶으니 빼앗아서 우릴 주십시오."

이렇게 소지를 올리니 원님이 날을 받아 재판을 하게 됐어. 아무 날 아무 시에 재판을 할 것이니 김 서방네 이 서방네는 동헌으로 오라, 이렇게 관에서 기별이 왔네.

이 서방네가 기별을 받고 보니 참 기가 막히거든. 비록 자기네가 낳은 아들은 아니지마는 포대기에 싸인 걸 데려와서 친부모보다 더 지극정성으로 키웠는데 이제 와서 돌려달라고 하니 기가 막히지 안 막혀? 게다가 재판을 하면 질 게 뻔하거든. 핏줄이 엄연한데 친부모가 먼저지 양부모가 무슨 권리가 있어? 눈 번히 뜨고 금지옥엽 귀한 아들을 곱다시 빼앗기게 생겼단 말이야. 내외가 그만 이불을 뒤집어쓰고 누워서 끙끙 앓는 판이야.

그걸 보고 아들이 물어.

"어머니 아버지, 왜 그러십니까?"

"너는 알 것 없다."

"어머니 아버지 일이면 곧 제 일이기도 한데 어찌 그리 매정하십니까? 말이라도 해주십시오."

그래서 말을 해줬어. 일이 이만저만해서 너를 아무래도 친부모한테 돌려보내야 할 것 같다고 얘기를 해줬지. 그랬더니 아들이,

"그 일이라면 아무 걱정 마십시오. 제게 생각이 있습니다."

하더니 내처 아무 말이 없어.

이러구러 재판하는 날이 됐어. 김 서방네하고 이 서방네가 재판

받으러 관가에 갔지. 아들도 따라갔어. 이제 원님이 소지를 내놓고 송사를 보는데,

"기른 부모 은공도 중하다마는 낳은 부모가 핏줄을 나눈 진짜 부모이니 아들을 데려갈 권리가 있지 않겠느냐?"

라고 해서, 막 그쪽으로 판결이 날 기세야. 이때 아들이 원님 앞에 썩 나섰지.

"사또, 드릴 말씀이 있습니다."

비록 열두 살 먹은 아이지마는 과거에 급제씩이나 한 인재니 원님인들 괄시를 할 수 있나? 어디 한번 말을 해보라고 했지. 그랬더니 아들이 이런 얘기를 해.

"여기 벼를 심어 키우는 논이 있습니다. 아래위로 이웃해서 논이 한 뙈기씩 있는데, 하루는 위쪽 논에 선 벼에서 볍씨 한 알이 바람이 날려 아래쪽 논에 떨어졌습니다. 그 볍씨가 땅에 묻혀 있다가 이듬해 봄에 싹을 틔웠습니다. 아래쪽 논 주인은 그 벼를 잘 키웠지요. 김도 매고 거름도 주고 정성을 다해 잘 키워서 가을에 이삭이 실하게 열렸습니다. 그러면 이 벼는 누구 것입니까?"

가만히 들어보니 답이 딱 나오잖아. 생각하고 자시고 할 것도 없거든.

"그야, 키운 사람 것이지. 아래쪽 논 주인은 일 년 내내 공들여 벼를 키웠지만, 위쪽 논 주인은 볍씨 한 알 내준 것밖에 한 일이 없지 않은가."

"옳습니다. 그렇다면 저는 어느 부모에게 딸린 자식입니까? 낳은 부모입니까, 기른 부모입니까?"

이것도 답이 뻔하지. 볍씨 일이랑 다를 바가 없잖아. 그래서 원님이 마음을 고쳐먹고 판결을 다시 내렸어.

"듣고 보니 옳은 말이로구나. 기른 부모 은공이 더 중하니 김 서방네는 아들을 돌려줄 것 없다. 여태 살던 대로 살아라."

아들은 원님에게 치사를 하고는 친부모도 좋은 말로 달래주더래.

"친부모님은 너무 서운하게 생각지 마십시오. 제가 앞으로 양부모님 모시면서 자주 찾아뵙고 낳아주신 은혜만큼 효도하겠습니다."

그래서 모든 일이 다 잘 풀렸지. 그 얼마나 잘된 일이야?

이 소문을 들은 사람들이 다 탄복을 하고, 이 송사를 다들 '볍씨송사'라 했다는 이야기야.

슬기로운 아이

옛날 우리나라가 이웃 나라에 쥐여
살 때 이야기야. 한번은 이웃 나라에서
문제를 두 가지 보내왔어. 어떤 문제인고 하니 하나는,

"글자로 쓰면 네모지고 그림을 그리면 동그랗고, 더울 때는 길
고 추울 때는 짧은 게 뭐냐?"

하는 수수께끼더래.

그리고 또 하나는 상자 안에 뭘 넣어놓고 그게 뭔지 알아맞히라
는 거야. 상자를 흔들어보면 달각달각 소리가 나고, 겉에는 글을
써놨는데 뭐라고 썼는고 하니,

"살아 있는 둥근 돌 안에 반은 옥이요 반은 황금이라."

이렇게 써놨어.

그런데 아무도 그 문제를 풀지를 못해. 임금과 신하들이 밤낮으

로 머리를 싸매고 궁리를 해도 도무지 알 도리가 없단 말이야. 그래서 의논 끝에,

"우리 이럴 게 아니라 나라 안 골골이 다니면서 이 문제를 풀 사람을 찾아보자."

하고, 그길로 신하들이 뿔뿔이 흩어져서 온 나라를 구석구석 돌아다녔어. 문제 풀 사람 찾아서 말이야.

한 신하가 그렇게 돌아다니다가 어느 시골 마을에 갔는데, 마침 비가 와서 어떤 집 처마 밑에 들어가 비를 그었어. 비를 그으면서 보니 그 집 주인 아낙은 디딜방앗간에서 보리방아를 찧고, 예닐곱 살 먹은 아들은 마루 밑에서 강아지를 데리고 놀고 있더래. 그러다가 방아 찧던 아낙이 아들더러 심부름을 시키더래.

"얘, 아무개야. 거기 빗자루 좀 갖다 다오."

그러니까 아들이 빗자루를 들고 가는 게 아니라 강아지 꼬리에다 비끄러매는 거야. 그래놓고서,

"어머니, 강아지를 부르세요."

하거든. 아낙이 강아지를 부르니까 강아지가 쪼르르 달려가는데, 빗자루가 꼬리에 매달려 있으니까 빗자루도 저절로 딸려가지. 그래 그걸 끌러서 쓰거든.

가만히 보니까 아들이 참 여간내기가 아니야. 비 오는데 자기가 빗자루를 들고 가려면 옷이 젖을 테니까 강아지를 대신 보낸 거지. 그 머리 쓰는 게 놀랍잖아.

그래서 아이를 불러 물어봤어.

"실은 이만저만한 일로 나라에서 이러저러한 문제를 못 풀어

걱정들을 하고 있는데, 네가 그 답을 알겠느냐?"

하니까 뭐 망설이지도 않고,

"알 만합니다."

하더래.

"그럼 어디 한번 말해봐라."

하니까,

"여기서는 안 됩니다."

해. 그래서 아이를 데리고 한양 대궐엘 갔지. 가서 수수께끼 적은
것과 상자를 보여줬어.

아이가 먼저 첫째 수수께끼를 푸는데,

"그 답은 하늘에 뜬 해입니다."

하거든.

"어째서 해냐?"

하니까,

"해를 글자로 쓰면 날 일(日) 자니까 네모지지요. 그런데 그림
을 그리면 동그랗게 그리지요. 더울 때는 여름철이니 해가 길고
추울 때는 겨울철이니 해가 짧은 게 당연하지요."

하더래. 들어보니 과연 그렇단 말이야.

이번에는 상자 속에 뭣이 들었는지 알아맞히는데,

"그 안에는 달걀이 들어 있습니다."

해.

"그건 어째서 그러냐?"

하니까,

"달걀이 둥글고 껍질은 딱딱한데 죽은 것은 아니니 살아 있는 둥근 돌이지요. 안에 흰자와 노른자가 반반씩 들어 있으니 반은 흰 옥이요 반은 누른 황금이지요."

하는 거야. 들어보니 딱 맞는 말이거든.

그래서 그 답을 적어서 이웃 나라에 보냈어. 이웃 나라에서 그 답을 받아 보고,

"조선에 이런 인재가 있는 줄 몰랐다. 얕보다가는 큰코다치겠다."

하고는, 그다음부터 대우가 달라지더라는 이야기야.

양촌 원 죽은 말 지키기

옛날부터 '양촌 원 죽은 말 지키듯 한다'는 말이 있어. 행여 일을 그르칠까 조심조심하고, 또 말을 바로 못 하고 빙 둘러서 하는 걸 두고 그렇게들 말을 해. 왜 그런 말이 나왔는지, 이제부터 그 사연 이야기를 하지.

옛날 경기도 양촌이란 데서 아기장수가 났어. 겨드랑이에 날개 달린 아기장수가 말이야. 태어나자마자 힘을 불끈불끈 쓰고 공중을 훨훨 날아다니고, 이러니 이거 안 되겠단 말이야. 옛날엔 아기장수가 나면 그 집 식구는 말할 것도 없고 친척들까지 다 죽었거든. 영웅이 나서 임금 자리 빼앗는다고 나라에서 다 죽였단 말이야. 식구 친척들이 살려면 아기를 죽이는 수밖에 없지.

그래서 식구들이 아기를 팥 무더기 속에 넣어서 죽였어. 그런데 아기장수가 죽고 나니까 용마가 울어. 겨드랑이에 날개 달린 말이 나타나서는 산꼭대기에서 내려왔다 올라갔다 하면서 운단 말이야. 본시 아기장수가 나면 용마가 난다는 말이 있거든. 아기장수 태워 다닐 말인데, 주인이 죽고 없으니 우는 거지.

그 용마가 날개 달린 말이니까 좀 날랠 거야? 하루에 천 리도 가고 만 리도 가고, 땅에서도 달리고 하늘도 날고 이러니까 이게 참 굉장한 말이거든. 임금이 소문을 듣고 욕심이 났어. 그래 양촌 고을 원에게 엄명을 내렸지.

"그 말을 잡아다 잘 길들여놔라. 만약에 말이 죽기라도 하는 날에는……."

아주 단단히 엄포를 놔야겠다고 마음먹고,

"만에 하나 말이 죽었다는 말 한마디라도 입 밖에 나오는 날이면 그날로 죽음을 면치 못할 것이야."

했어.

양촌 원이 명을 받고 용마를 잡으러 갔지. 육방관속 군노사령 통인들 죄 데리고 산에 갔는데, 그 용한 말이 어디 쉽게 잡히나? 잡으려고 하면 달아나고, 잡으려고 하면 달아나고, 하도 날쌔서 도무지 손을 쓸 수가 있어야지.

몇 날 며칠 말하고 숨바꼭질을 했지마는 뭐 어떻게 해볼 수가 없더래. 그래서 사람을 더 많이 모아서 말을 몰았어. 온 고을 백성들을 몽땅 불러다가 촘촘하게 진을 치고 산 이쪽에서 몰아갔지. 토끼 노루 몰듯이 말이야. 그렇게 몰았더니 말이 쫓겨서 점점 북쪽으로 가더래. 따라갔지. 가 보니 산 밑에 연못이 하나 있는데,

그 연못가에 푹 엎어져 있어. 죽은 거야.

말이 죽었으니 큰일이지. 임금 명을 어긴 죄로 꼼짝없이 사형을 당하게 됐지 뭐야. 하릴없이 양촌 원님은 죽은 말을 그냥 지켰어. 산 말처럼 마구간도 지어놓고 여물도 주면서 지켰지. 죽었다는 말 한마디라도 나는 날에는 목이 달아날 판이니 말이야, 뭐 어떻게 할 수가 있어야지. 날마다 그렇게 죽은 말을 지킬 수밖에.

이러구러 한 달이 지난 뒤에 드디어 올 것이 왔어. 임금이 행차를 한 거야. 말이 잘 있는지 보려고 오는 거지. 임금이 가마를 타고 신하들을 많이 거느리고 양촌 고을 어귀에 와서 원님을 불러. 갔지.

"그래, 말은 잘 있느냐?"

"예, 잘 있습니다."

죽었다는 말 한마디라도 입 밖에 내는 날엔 끝장이니 이렇게 대답을 해야지, 뭐 어쩔 거야.

"어떻게 있느냐?"

"드러누워 있습니다."

죽었다는 말은 못 하고, 그렇다고 서 있다고 할 수는 없는 노릇 아니야?

"드러누워 있어? 언제부터?"

"한 달 됐습니다."

"뭐야? 한 달 동안 드러누워 있단 말이냐?"

"예."

"먹기는 잘 먹느냐?"

"못 먹습니다."

"못 먹어? 언제부터 못 먹었느냐?"

"그것도 한 달째입니다."

"뭐라고? 한 달째 못 먹는다고?"

"예."

이쯤 되니 임금도 눈치를 챘지.

"눈은 뜨고 있느냐?"

"한 달째 감고 있습니다."

"숨은 쉬느냐?"

"한 달째 못 쉽니다."

"그러면 죽었다는 말 아니냐?"

"예, 그렇습니다."

그러니 어째? 임금이 제 입으로 죽었다고 했지, 원은 죽었다는 말 한마디도 안 했거든. 뭐라고 할 거야? 혀 한 번 차고 그냥 보냈지.

그래서 양촌 원은 목숨을 건졌는데, 그 뒤로 사람들이 그 비슷한 일이 있으면 '양촌 원 죽은 말 지키듯 한다'고 말을 했더래.

이방 아내의 재치

옛날 어느 고을에 한 이방이 있
었는데, 사람됨이 참 올곧고 반
듯해서 백성들 칭찬이 자자했어. 고
을 일을 볼 때도 사사로움에 얽매이지 않고 공변되게 하고, 구실
걷을 때도 반드시 법에 있는 대로 하지 조금이라도 경우에 어긋나
는 일은 안 하거든. 그러니 고을 안에 말이 돌기를 아전 노릇하기
아까운 사람이다, 더 큰일도 얼마든지 할 사람이다, 이렇게 소문
이 났어.

이 소문을 원님이 들었네. 듣고 보니 적잖이 배알이 틀린단 말
이야. 안 그래도 사람이 너무 정직해서 뭘 좀 긁어먹으려 해도 눈
치 보여 못 해먹던 판인데, 이런 소문까지 듣고 보니 속이 뒤틀리
지. 아전 주제에 관장인 저보다 더 백성들 신임받는 것도 마뜩찮

고, 그래서 하루는 이방을 불러놓고 일렀어.

"들자니 네가 똑똑하다고 소문이 났더구나. 내가 관장으로서 그 소문이 참인지 아닌지 시험을 해봐야겠다. 내일은 내가 수수께끼 세 가지를 낼 것인즉 반드시 알아맞히도록 하여라. 만약에 못 맞히면 거짓 소문을 퍼뜨린 죄로 중벌을 면치 못할 것이야."

트집을 잡는 거지. 그 속을 누가 모를까. 이방이 가만히 생각해 보니 이건 올가미에 걸려도 아주 단단히 걸린 꼴이거든. 수수께끼란 게 내는 사람 마음이니 얼토당토않은 걸 낸대도 시비를 걸 수는 없잖아. 아예 못 알아맞힐 문제를 내서 이쪽에서 대답을 못 하게 만들면 곱다시 죄를 뒤집어쓰지 뭐 별수가 있어?

집에 돌아와 이불을 쓰고 누워 있으니 아내가 물어.

"서방님, 왜 그러십니까?"

"당신이 알아도 소용없는 일이오."

"그러지 말고 말씀이나 해보십시오. 아녀자 좁은 속이지만 행여 도움이 될지 누가 압니까?"

이방 아내가 전부터 소견이 너르고 속이 깊다고 동네에서도 소문난 사람이야. 그래서 더는 숨기지 않고 이야기를 해줬지. 일이 이만저만하게 돼서 내일은 틀림없이 벌을 받을 것 같다고 했더니,

"그럼 서방님은 내일 집에 계십시오. 내가 가보겠습니다."

하네.

"안 되오. 그러다 당신이 나 대신 벌을 받으면 어쩌려고?"

"걱정 마십시오. 나한테 다 생각이 있습니다."

워낙 부득부득 우기기에 그러라 했지. 그래서 그 이튿날 이방

대신 아내가 관가에 나가게 됐어. 동헌 뜰에 들어가니 원님이 묻지.

"왜 이방은 안 오고 자네가 왔는가?"

"예, 남편이 갑자기 병이 나서 제가 대신 왔습니다."

원님이 생각해보니 이러나저러나 상관없겠거든. 어차피 못 알아맞힐 문제를 낼 테니까 말이야. 게다가 여자 소견이 너르면 얼마나 너를까 싶기도 하고, 그래서,

"만약에 못 알아맞히면 너희 내외 둘 다 벌을 받아야 할 것이야."

하고 엄포를 놓고 나서 첫째 수수께끼를 냈어.

"해가 하루에 몇 리를 가는고?"

이방 아내가 망설이지도 않고 제꺽 대답하기를,

"예, 하루에 팔십 리를 갑니다."

하거든.

"그건 어째서 그런가?"

"저희 친정이 여기서 팔십 리 떨어진 곳인데, 아침에 해 뜰 무렵 나서서 하루 종일 걸어가면 딱 해질 무렵에 닿습니다. 그러니 그게 해가 가는 길과 같지 않습니까?"

할 말이 있어? 처음부터 답이 없는 수수께끼니까 말이야. 안 그렇다고 하면 '그럼 몇 립니까?' 할 거고, 몇 리다 하면 '왜 그렇습니까?' 할 텐데 뭐랄 거야? 꿀 먹은 벙어리지. 그래서 첫째 수수께끼를 맞혔어.

그다음엔 둘째 수수께끼야.

"저 배나무에 앉은 참새가 모두 얼마나 되겠는고?"

마침 동헌 뜰에 배나무가 한 그루 있었거든. 거기에 참새들이

소복이 앉았는데, 그걸 보고 묻는 거야. 이번에도 뜸 한 번 안 들이고 제꺽 대답을 했지.

"예, 꼭 닷 섬 닷 말입니다."

"어째서 닷 섬 닷 말이야?"

"저희 친정에 꼭 저만한 배나무가 있는데 해마다 배가 꼭 저 참새 떼만큼 달렸지요. 배를 따서 되어보면 딱 닷 섬 닷 말이 됩디다. 그러니 저 참새도 배와 같을 것 아닙니까?"

뭐라고 할 거야? 첨부터 문제가 얼토당토않았는데 뭘. 참새란 게 배처럼 따서 될 수 있는 게 아니잖아? 그게 아니라고 하면 그럼 얼마냐고 물을 테고, 얼마라고 하면 되어봤느냐고 할 텐데 뭐랄 거야? 할 말 없지. 그래서 둘째 수수께끼도 맞혔어.

이제 마지막 셋째 수수께끼야.

"이 주먹이 얼마짜리나 되겠는고?"

주먹을 불쑥 내밀며 그러거든. 자기 주먹이 얼마짜리냐는 거지. 이번에도 말이 떨어지기가 무섭게 답을 내놨어.

"예, 그것이 닷 푼짜리입니다."

"뭐라고 닷 푼? 어째서 그렇지?"

"저희 친정아버지가 몸이 약해서 몸보신하느라고 늘 쇠불알을 고아 잡쉈는데, 푸줏간에 가서 꼭 사또 주먹만 한 쇠불알을 사면 더도 말고 덜도 말고 닷 푼어치였지요. 그래서 드리는 말씀입니다."

제대로 당한 거지. 아니라고도 못 하고 그렇다고도 못 하고, 원님이 그만 낯이 벌게져서 벌떡 일어나더니 안으로 줄행랑을 놓더래.

그래서 벌을 면하고 잘 살았더란다. 그 뒤로는 원님도 더는 수수께끼 같은 것 내어서 골탕 먹이려 들지 않고 말이지.

제6부

풍자와 해학

호랑이 꼬리 잡기

옛날에 어떤 선비가 과거를 보러
갔어. 요새 같으면 길이 좋아서 넓은 길로
훨훨 다니지마는 옛날에야 어디 그랬나. 과거 보러 서울
가자면 험한 고개를 몇 고개나 넘어가야 했지.

선비가 깊은 산속에 들어가 큰 고개를 하나 넘는데, 좌우에 숲
은 자욱하고 길은 험하고 해서 걷기가 참 힘들어. 마침 길가에 널
따란 바위 두 개가 나란히 붙어 있기에 거기 앉아서 쉬다 가기로
했지. 담배를 한 대 피우고 나서 이제 가볼까 하고 곁에 세워둔 지
팡이를 찾는데, 지팡이라고 더듬어 쥐니까 이놈의 지팡이가 물컹
해. 깜짝 놀라 살펴보니 그게 지팡이가 아니고 호랑이 꼬리야. 호
랑이 꼬리가 바위 사이로 삐죽이 나와 있는 걸 쥐었단 말이지. 바
위 뒤쪽에서 호랑이란 놈이 낮잠을 자고 있는데, 그놈의 꼬리가

두 바위 사이로 나온 거야.

잠자는 호랑이 꼬리를 쥐어놨으니 낭패지. 그 바람에 호랑이는 잠을 깨어 제 꼬리 잡은 놈이 어떤 놈인가 하고 뒤를 돌아보는데, 꼬리를 놓았다가는 당장 돌아서 달려들 게 뻔하단 말이야. 그저 죽으나 사나 꼬리를 붙잡고 있어야 호랑이도 꼼짝 못할 것 아니야?

선비는 죽을힘을 다해 호랑이 꼬리를 두 손으로 잡고 버텼어. 호랑이란 놈도 꼬리를 잡히는 바람에 몸을 마음대로 움직이지 못하고 으르렁거리고만 있어. 둘이 그렇게 용을 쓰면서 버티는 거지.

그런 채로 한참 있으니 참 죽을 맛이야. 팔은 아프고 온몸에 땀은 비 오듯이 흐르는데, 꼬리를 놓치는 날이면 호랑이에게 잡아먹힐 판이니 놓을 수가 있나. 그저 죽자 사자 그놈의 꼬리를 꽉 잡고 있을 수밖에.

한나절이나 그러고 있다 보니 저 아래에서 등에 바랑을 메고 지팡이를 짚은 중이 올라오거든. 참 반갑지. 죽을 지경에 산 사람을 만났으니 이제야 살 길이 열린 거지 뭐야. 선비는 중을 소리쳐 불렀어.

"스님, 어서 이리 와서 저 호랑이를 지팡이로 때려잡아 주오. 내 이놈의 꼬리를 한나절 동안이나 붙잡고 있느라 죽을 지경이오."

그런데 이놈의 중 좀 보게. 남의 사정이 얼마나 급한지 모르고 엉뚱한 소리를 하네그려.

"자고로 중은 살생을 못 하는 법이라 그럴 수 없소이다."

아, 이러고 한가한 소리를 한단 말이야. 선비는 몸이 잔뜩 달아서 숫제 애원을 했어.

"그러지 마시고 나 좀 살려주시오. 아무려면 짐승 목숨이 사람 목숨보다 더 중하겠소?"

그래도 중은 고개를 절레절레 흔들며 살생을 못 하겠다고 그러네. 선비는 이러다가 중이 그냥 가버리면 큰일이라 생각하고 다시 간곡하게 부탁을 했어.

"정 그러시면 스님이 나 대신 이 꼬리를 잡아주시오. 내가 호랑이를 잡을 터이니. 그러면 스님은 살생을 안 해도 되지 않소?"

중은 그것 또한 살생을 돕는 일이라 못 하겠다고 그래. 선비는 뭐 이런 중이 다 있나 싶어서 화가 머리끝까지 났지만 꾹꾹 눌러 참고 한 번 더 간청을 했지.

"제발 부탁이오. 그렇게만 해주시면 저 보따리에 든 돈을 다 드리리다."

그제야 중이 못 이기는 척 슬금슬금 다가와서 호랑이 꼬리를 잡아주거든. 선비는 호랑이 꼬리를 중에게 맡겨놓고 손을 툭툭 털고 물러났지. 이제 지팡이를 들고 호랑이를 때려잡는가 했더니, 웬걸. 보따리에서 돈을 꺼내어 중에게 던져주면서,

"옜소. 여기 돈이 있으니 다 가지시오."

하고는 지팡이를 챙겨 들고 슬슬 가려고 한단 말이야. 이렇게 되니 이제 급해진 것은 중 쪽이지.

"아니, 여보. 날 혼자 두고 가면 어떡하오? 어서 저 호랑이를 때려잡아야 할 것 아니오?"

그러니 선비는 능글능글 웃으면서,

"스님만 살생을 싫어하는 게 아니라 나 또한 살생을 원치 않소

이다."

이러고 어정어정 걸어가거든. 그러니 중이 바짝 몸이 달아서 손이 발이 되도록 빌어.

"그러지 마시고 제발 저놈의 호랑이 좀 잡아주시오. 살생도 할 때는 해야 하는 법이오."

그래도 능청능청 걸어가니,

"아이고 제발 가지 마시오. 내 저 돈 안 가지겠소. 바랑에 든 돈 다 드리겠소."

그래도 자꾸 가니,

"이 꼬리만 잡아주시오. 그러면 내가 때려잡겠소."

이러거든. 이쯤 되니 선비가 안 돌아볼 수 없지.

"스님은 살생을 못 하는데 어찌 그런 말씀을 다 하시오?"

했더니 중이 하는 말이,

"살생이고 무엇이고 사람부터 살아야 할 것 아니오?"

하더라나. 그제야 선비는 호랑이를 때려잡고 갈 길을 갔다고 하는 이야기야.

아비냐 증손자냐

이 이야기는 뭐 그리 오래되지 않은 옛
날이야기야. 벼슬자리에 있던 사람들이 죄
다 썩어문드러졌을 때 이야기니 짐작해서 들어.
한 정승 집에서 사위를 봤는데, 이 사위가 좀 의뭉스러운 데가
있었던 모양이야. 정승 사위라 하나 집안이 그리 넉넉지 못하여
먹고살기도 바쁜 형편이라 은근히 처가에 기대는 마음이 있었지.
제 딴에는 장인이 정승 자리에 있으니 그 덕을 좀 볼까 하고 걸핏
하면 처가를 기웃거렸단 말이야. 그런데도 종내 찬밥 신세거든.
정승이 욕심이 많아서 돈 보따리나 듬뿍듬뿍 갖다 안기는 사람에
게는 벼슬을 잘도 뚝뚝 떼어주면서, 저같이 빈손으로 기웃거리는
사람은 당최 거들떠보지를 않으니 낭패지.
그래서 이 사위가 엉큼한 짓을 하나 벌였어. 정승이 날마다 대

궐에 드나들 때 타고 다니는 흰말을 슬쩍 훔쳐 냈지. 그러고는 흰말에다 새까맣게 먹칠을 해가지고 도로 정승 집에 끌고 갔어.

"별것은 아니오나 괜찮은 말 한 필을 가지고 왔으니 요긴하게 쓰십시오."

하고 새까맣게 먹칠한 말을 턱 내놓았거든. 정승은 아끼던 말을 잃고 잔뜩 곤란을 겪고 있던 차에 사위가 말을 갖다 바치니 얼마나 반갑겠나. 백 번 치사를 하고 말을 받았지. 그런데 참 신기한 것은 말이야. 사위한테 받은 말이 틀림없이 처음 보는 말인데, 어찌 된 일인지 자기가 다니는 길을 환히 꿰뚫고 있더란 말이야. 고삐를 놓고 가만히 있어도 제가 알아서 대궐로 집으로 척척 찾아다니지 뭐야. 그래서 정승이 사위한테 물어봤어.

"자네가 준 말이 어찌 그리 용한가. 내가 다니는 길을 다 알고 있더군."

"벌써부터 그 말을 대감께 드리려고 마음먹고 단단히 길을 가르쳐놨습지요."

이렇게 능청을 떠니 그만 정승이 감격을 했어. 그래서 보답을 하노라고 대뜸 시골 현감 자리 하나 뚝 떼어줬지. 사위는 혹 어물쩍거리다가 속임수가 들통 날까 봐 부리나케 시골로 내려갔어.

그리고 난 뒤에 하루는 정승이 말을 타고 대궐로 가는데, 갑자기 마른하늘에서 소나기가 쏟아졌겠다. 그러니 일 났지. 시커먼 먹물이 술술 쏟아지더니 눈 깜짝할 사이에 검정말이 흰말이 됐네 그려. 그제야 정승이 사위한테 속은 것을 알고 이를 바득바득 갈았어. 집에 돌아와서 아들에게 그 이야기를 하니, 정승 아들은 정승보다 더 성미가 괄괄한지라 분이 나서 길길이 뛰네.

"매부인지 뭔지 내 그놈을 당장 잡아다 물고를 내겠습니다."

그러고는 그길로 제 매부를 찾아 시골로 내려갔어.

의뭉스럽기로 말하면 둘째 못 갈 사위가 일이 이렇게 될 줄 몰랐을까. 이만 일쯤 다 짐작을 하고 미리 꿍꿍이속을 다 차려놨지. 고을에 내려가자마자 향리들과 기생들을 불러다가 수군수군 수작을 하더니 고을 어귀 주막에 기생들을 내다 앉히고 산기슭에 슬금뚝딱 초막도 하나 짓고, 부산하게 돌아가는 품이 일을 내도 크게 낼 모양이야.

정승 아들이 눈에 쌍심지를 세운 채 말을 달려 고을 어귀에 이르니 길가에 참한 주막이 하나 덩그렇게 서 있거든. 먼 길을 달려오느라 목도 마르고 배도 고픈지라 주막에 썩 들어섰지. 주막에서 대강 요기를 하고 툇마루에 걸터앉아 사방을 살펴보니, 저 건너 산기슭에 초막이 하나 있고 거기에 흰옷 입은 노인들이 바둑을 두고 있단 말이야.

"여보게, 주모. 저 건너 초막에서 바둑 두는 노인들은 누군가?"

했더니 주모가 영문을 모르겠다는 듯이 되받기를,

"쇤네는 무슨 말씀이신지 모르겠습니다요. 저 건너에 초막은 어디 있으며 바둑 두는 노인은 어디 있다고 그러십니까?"

이러거든.

"아, 저기 저 산기슭에 초막 말일세. 거기에 바둑 두는 노인들이 안 보인단 말인가?"

했더니, 주모는 두 눈을 등잔만 하게 뜨고 뚜릿뚜릿 살피면서,

아비냐 증손자냐

"쇤네 눈에는 아무것도 안 보이는데요. 얘들아, 너희들 눈에는 저 건너 초막에 바둑 두는 노인들이 보이느냐?"

하고 술상 나르는 기생들을 보고 묻겠지. 그러니 기생들도 하나 같이,

"아무것도 안 보이는데요."

이런단 말이야. 이게 다 미리 짜고 하는 수작이지만 서울서 방금 내려온 정승 아들이 내막을 알 턱이 있나. 하도 이상해서 고개만 갸우뚱거리고 있으려니까 주모가 손뼉을 치면서 나서기를,

"옳거니, 옛날부터 이 고을에 신선이 산다는 말이 있더니, 바로 그 신선이 현신했나 봅니다. 그런데 쇤네들 눈에는 안 보이고 나리 눈에만 보인다니 알다가도 모를 일입니다요. 신선은 신선 눈에만 띈다더니 혹 나리께서 신선이 아니온지요?"

이러고 능청을 떠네. 안 그래도 정신이 반쯤 나간 판국에 자기를 신선이라고 잔뜩 치켜세워 놓으니 이 정승 아들이 그만 귀가 솔깃해졌어. 아무래도 가까이 가서 제 눈으로 똑똑히 봐야 할 것 같아서 그리로 갔지. 가 보니 과연 산뜻한 초막에 허연 노인 둘이서 바둑을 두고 있는 것이 이 세상 사람 같지가 않아.

두 노인은 정승 아들이 가까이 가도 곁눈질 한 번 하지 않고 뚝딱뚝딱 바둑만 두고 있더니, 한참 뒤에야 손짓을 해서 부르겠지. 잔뜩 주눅이 들어 무릎을 꿇고 앉았더니 맑은 술 한 잔을 따라주면서 마시라네. 신선이 주는 술이라면 말로만 듣던 감로주가 틀림없을 터이니 마다할 수 있나. 받아 마셨지. 거푸 석 잔을 받아 마시니 눈앞이 흐릿해지면서 정신이 몽롱해지더란 말이야. 그래서

그 자리에 쓰러져 잤지.

얼마나 오래 잤는지, 눈을 떠보니 초막도 온데간데없고 신선도 온데간데없어.

'아이쿠, 신선놀음에 도끼자루 썩는 줄 모른다더니 그사이에 세월이 많이 흐르긴 흘렀나 보다.'

이렇게 생각하고 슬슬 주막에 내려와 보니, 아닌 게 아니라 전에 보던 주모는 안 보이고 낯선 사람들뿐이야. 혹시나 하고 주모를 불러 물어봤지.

"혹 이 고을 관장이 아무개 정승의 사위 되는 아무개가 아닌가?"

그랬더니 주모가 펄쩍 뛰며 하는 말이,

"무슨 말씀이십니까? 그분이라면 백 년 전에 이 고을을 맡은 분이라고 들었습니다요."

이런단 말이야. 이게 미리 다 짜고 하는 수작이지만 정승 아들은 짐작인들 할 턱이 있나.

'햐, 그 사이에 백 년이 지났단 말이지. 그렇다면 매부도 벌써 백골이 되었을 터이니 서울로 돌아가는 수가 옳다.'

이렇게 생각하고 말머리를 돌려 서울 집으로 갔어. 집에 턱 들어가 보니 꼭 저희 아버지를 닮은 노인이 마루에 걸터앉아 담배를 피우고 있거든. 백 년 세월을 쳐서 대강 셈을 놓아보니 못 되어도 제 증손자뻘은 되겠단 말이야. 성큼성큼 다가가서 머리를 쓰다듬으며 말을 붙이기를,

"너는 어찌 너희 고조부를 그리도 쏙 빼닮았느냐?"

했겠다. 정승이 들어보니 참 기가 탁 막히지. 아들 녀석이 제 매부

잡으러 간다고 시골에 내려가더니 그만 미쳐버렸구나 싶거든. 그
래서 말도 못 하고 멀뚱멀뚱 바라보고 있는데, 아들 녀석 하는 짓
좀 보소.

"네 이놈, 아무리 처음 보는 조상이라 하나 네 증조부 앞에서 감
히 담배질을 해?"

이러면서 제 아버지 따귀를 한 대 올려붙이네. 허허, 매부에게 깜
박 속아서 제 아버지를 증손자로 알고 그 짓을 해놨으니 정승 집
도 말 그대로 콩가루 집안이 되고 말았지 뭐야.

호박씨를 먹이면

옛날에 한 사람이 주막을 차려놓고 가는 사람 오는 사람 재워주며 돈을 벌어 먹고살았어. 그러다 보니 손님들이 돈이나 물건을 저녁에 맡겨두었다가 아침에 찾아가는 일이 많았는데, 그중에는 더러 건망증이 심한 사람도 있어서 맡긴 물건을 잊어버리고 그냥 가는 일도 있었던 모양이야. 그러면 맡아둔 물건은 말하나 마나 주인 차지가 되는 거지.

중이 염불보다 잿밥에 더 마음이 가더라고, 한두 번 서너 번 이런 일이 생기니까 주막 주인은 은근히 그런 일이 자꾸 생기기를 바라게 됐어. 처음에는 남의 물건을 까닭 없이 제 차지로 하는 게 조금 켕기기도 하고, 도로 찾으러 오면 어쩌나 하는 마음도 들었는데, 날이 갈수록 공것 탐내는 데 이골이 나서 그게 아무렇지도 않게 됐어. 행여 도로 찾으러 오는 사람이 있어도 딱 잡아떼고 안 돌려줄 만큼 뻔뻔스러워졌지. 사람이 그래서는 안 되는데.

하루는 웬 손님이 나귀를 타고 주막에 들었는데, 아 이 손님이 묵직한 돈궤를 턱 내놓으면서,

"주인장, 이 돈을 좀 맡아뒀다 내일 떠날 때 돌려주오."

하거든. 보아하니 몇천 냥은 됨직한데, 공것 바라는 데 이골이 난 주인이 그걸 보고 탐이 안 날 수 있나. 절로 침이 꿀꺽꿀꺽 넘어가지.

'손님이 저걸 잊어버리고 두고 가면 얼마나 좋을꼬.'

'돈 맡긴 걸 까맣게 잊어버리게 하는 수가 없을까?'

못된 송아지 엉덩이에 뿔 난다고, 생각한다는 게 이런 궁리뿐일세. 그러다가 이 주인이 한 가지 방도를 생각해내고 아내더러,

"어서 가서 호박씨를 넉넉히 구해 오오."

하고 채근이 득달같네. 호박씨를 많이 까먹으면 뭐든 잘 잊어버린다는 말은 어디서 들은 터라, 방도를 생각해낸다는 게 손님에게 호박씨를 많이 까먹일 참이야.

"아닌 밤중에 홍두깨 격으로 호박씨는 왜 갑자기 구해 오라는 거요?"

"아, 글쎄 구해 오라면 구해 오기나 해요. 좋은 수가 있으니."

아내가 하릴없이 동네에 가서 이 집 저 집 돌아다니며 호박씨를 닷 되나 구해 왔어. 구해 오니 그걸 가지고 손님방에 들어가서 능청을 떠는데,

"손님, 심심한데 이거나 좀 드시오. 이 호박씨로 말씀드리면 우

리 고을에나 나는 별종으로 보약 중에 보약이지요. 한 닷 되만 드시면 감기 한 번 안 걸리고 무병장수할 거외다."

하고 아주 침이 마르네. 그러니 손님은,

"아, 이것 참 고맙소."

하면서 권하는 대로 호박씨를 까먹겠지. 주인은 어떻게 해서든지 호박씨를 더 많이 먹이려고, 손님 곁에 앉아서 손이 부르트도록 호박씨를 까서 권했지. 그래서 그놈의 호박씨 닷 되를 다 까먹여 놨어.

자, 이제 호박씨를 그리 많이 먹여놨으니 돈궤 맡긴 건 까맣게 잊어버렸겠지, 이렇게 생각하고 어서 날이 밝아 손님이 떠나기만을 기다렸어.

그런데 이튿날 아침이 되니까 손님이 일어나자마자 신들메를 고쳐 매고 주인을 부르더니,

"가야겠으니 어제 맡긴 돈궤를 돌려주오."

하거든. 아, 그걸 잊어버리라고 밤새 호박씨를 까먹였는데 말짱 헛일이 되고 말았지 뭐야. 온몸에 기운이 쑥 빠지지.

할 수 없이 돈궤를 주어 보내고 나서 마루에 턱 걸터앉아 있으려니까 아내가 쪼르르 달려와서,

"여보, 그 손님 방값은 내고 갔소?"

하는데, 가만히 생각해보니 그 손님이 방값을 안 내고 갔네. 방값 뿐이면 좀 좋아. 밥값, 술값까지 깡그리 잊어버리고 그냥 갔단 말이야. 그러니 주인이 무릎을 탁 치면서,

"허허, 호박씨를 닷 되나 까먹인 효험이 있긴 있구나. 말짱 잊고

갔네."

하더라나. 그러니까 이런 일을 두고 남 잡이가 제 잡이 된다고 하
지 않나.

통버선 신고 갓끈 조이고

옛날 어느 마을에 가난한 농사꾼이 살았는데, 이 사람한테는 아들이 하나 있었어. 농사꾼이니까 사철 아들을 데리고 들에 나가서 농사일을 할 게 아니야? 그런데 이 아들이 일하기를 아주 싫어해. 들에서 농사일을 하면서도 늘 입이 열댓 발이나 나와서 투덜거리는 게 일이야.

"에그, 건넛마을 복동이는 날마다 방에서 글만 읽던데 나는 이게 무슨 꼴이람. 아버지, 나도 이 지겨운 농사일 그만두고 글공부 하게 해줘요."

이러고 허구한 날 졸라댄단 말이야. 그러니 아버지가 아주 귀가 시끄러워서 그럼 그러라고 허락을 했어.

"그러면 너 내일부터 일하지 말고 방에서 글공부만 해라. 그런데 글공부를 하려면 옷차림을 단정하게 하고 앉아서 참을성 있게 글만 읽어야지 딴짓을 해서는 안 돼."

아들은 좋아라 하고 그다음 날부터 방에 틀어박혀 글공부만 했어. 아버지가 일러준 대로 발에는 통버선을 신고 머리에는 갓을 쓰고 갓끈을 바짝 조인 다음, 무릎을 꿇고 앉아서 하루 종일 글만 읽었지.

처음에는 농사일 안 하고 글공부하는 것이 좋아서 신바람이 났는데, 종일 그러고 있으니 슬슬 지겨워진단 말이야. 꼭 끼는 통버선을 신었으니 발은 욱신욱신 아프지, 갓끈이 조여들어서 머리는 떵하지, 꿇어앉은 다리는 저려오는 데다가 하품까지 자꾸 나오지, 이러니 안 지겨울 수 있나. 그래도 뙤약볕에서 농사일 하는 것보다야 낫지 싶어서 꾹 참고 글공부를 했어.

그런데 하루가 지나고 이틀이 지나니까 참말로 지겨워서 견딜 수가 없지 뭐야. 잠깐 그러고 있는 것도 아니고 하루 내내 통버선 신고 갓끈 조이고 꿇어앉아서 글을 읽는다는 게 어디 쉬운 일인가. 나중에는 온몸이 쑤시고 오금이 저려서 아주 죽을 맛이거든.

'에그, 내가 뭣에 씌어서 이 지겨운 글공부를 하려고 했던가. 지금쯤 들에 나가서 일을 한다면 내 마음대로 걷고 뛰고 아주 신날 텐데.'

이런 생각이 드니까 더 견딜 수가 없어. 그래서 그만 그길로 방문을 박차고 뛰어나왔어. 통버선이고 갓이고 다 벗어 던지고 훨훨 나는 듯이 들로 나갔지. 아버지가 그 꼴을 보고,

"이놈아, 너는 글공부 하다 말고 왜 뛰쳐나왔느냐?"

하고 호통을 치니까 아들이 한다는 말이,

"아이고 아버지. 나 다시는 글공부한단 소리 안 할 테니 들에서 일하게 해줘요."

하고 싹싹 빌더란 말이야.

그러고는 그다음부터 아주 부지런히 농사일을 하더래. 농사일을 하면서 소가 말을 안 들으면,

"이랴, 이놈의 소야. 너도 통버선 신고 갓끈 조이고 방에 틀어박혀 글공부나 해보련? 말 안 들으면 너도 그렇게 될 줄 알아."

하더라나.

통버선 신고 갓끈 조이고

닭값과 봉값

봉이 김 선달을 모르는 사람은 없겠지. 이 김 선달이 서울 구경을 하러 갔겠다. 종로에 나가 보니 궁인들이 나와서 길에다 황토를 깐다 잡인을 물린다, 야단법석이야. 곧 임금 행차가 있을 모양이지. 구경거리가 생겼으니 마침 잘되었다 하고, 행차가 이를 동안 장마당 구경을 했어.

장터를 다니다 보니 마침 닭 장수가 닭을 사고팔고 있는데, 한참 보자니까 이게 아주 능구렁이야. 시골에서 닭 팔러 올라온 사람을 어찌어찌 으르고 구슬려서 터무니없이 싼 값에 닭을 사서는, 이걸 또 터무니없이 비싼 값에 판단 말이야. 시골 사람이라고 함부로 깔보고 등쳐먹는 것을 보니 슬그머니 부아가 끓어오르지. 김 선달이 그걸 보고 어디 가만히 있을 사람인가.

닭 장수 앞에 가서 한참 동안 쭈그리고 앉아 멀뚱멀뚱 닭 구경을 하다가,

"여보, 주인장. 저건 무슨 새요?"

하고 벼슬이 시뻘건 수탉을 가리키며 묻는구나. 닭 장수가 그 꼴을 보니 어이가 없어. 아무리 어수룩한 시골뜨기라 해도 어찌 닭을 모른단 말인가. 김 선달은 한술 더 떠서,

"저게 혹시 이름만 듣던 봉이 아닌가요?"

하고 묻거든. 닭 장수는 이런 멍청한 바보가 있나 싶어서,

"그래, 그게 바로 봉일세. 잘 알아보는군."

했단 말이야. 김 선달은 짐짓 고개를 주억거리며 군침을 꿀꺽 삼키네.

"값은 얼마나 가오? 아무래도 비쌀 테지."

이쯤 되니 닭 장수도 슬그머니 욕심이 생기지. 저 촌뜨기를 속여서 횡재나 해볼까 하는 생각이 들거든.

"스무 냥일세. 사겠나?"

아무리 큰 닭이라야 석 냥이면 너끈히 사고도 남을 것을, 닭 장수가 아주 바가지를 씌우기로 작정을 했지. 김 선달은 비싸다 말도 없이 선뜻 엽전 스무 냥을 내고 수탉을 사더니, 임금 행차를 구경한다고 어슬렁어슬렁 큰길로 나가더란 말이야.

그때 임금 행차가 오는지 저 멀리서 '물렀거라!' 소리가 요란하거든. 김 선달이 무슨 생각을 했는지 수탉을 안고 얼른 길 한가운데로 나아가 넙죽 엎드리는구나. 벽제 소리가 나면 길 가던 사람도 몸을 피하는 법인데, 도리어 길 가운데로 나가 행차를 가로막

으니 그게 보통 일인가. 나졸들이 달려들어 밀고 당기고 하는 통에 행차가 멎었단 말이야. 임금이 무슨 일인가 물으니 여차여차하다고 해서 이윽고 김 선달이 임금 앞에 불려갔어.

"너는 어떤 백성인데 내가 가는 길에서 야료를 하는고?"

"예. 소인은 평양 사는 김가이온데, 서울 구경을 왔다가 봉을 한 마리 얻었습니다요. 이 귀한 것을 어찌 소인 같은 백성이 가지겠습니까? 마침 상감 행차가 있다기에 바치려고 가져왔습니다."

하고 김 선달이 수탉을 들어 올리는구나. 임금이 내려다보니 영락없는 수탉이거든.

"그래, 그것이 봉이란 말이냐?"

"예. 이걸 판 사람이 틀림없이 그렇게 말했습니다요."

임금이 대충 사정을 알아차리고 사령들을 불러 엄명을 내렸어.

"너희들은 지체 말고 이 백성과 함께 저자에 가서 닭을 봉이라 속여 판 장사치를 잡아 오너라."

사령들이 김 선달을 앞세우고 닭전으로 가서 닭 장수를 잡아 왔지.

"네가 이 백성에게 봉을 팔았느냐?"

닭 장수는 일이 어떻게 되었는지 금세 알아차렸는지라 넙죽 엎드려 손이 발이 되도록 빌 수밖에.

"예, 그저 죽을죄를 졌습니다. 저 사람이 닭을 보고 봉이 아니냐 하기에 농으로 봉이라 하였더니, 저 사람이 사겠다 하기에 스무 냥에 팔았습니다. 돈을 도로 돌려줄 테니 부디 용서해주십시오."

듣고 있던 김 선달이 펄쩍 뛰며 나서는구나.

"거짓말이올시다. 소인은 이백 냥을 주고 샀습니다."

닭 장수는 스무 냥에 팔았다 하고 김 선달은 이백 냥을 주고 샀다 하고 둘이서 옥신각신하니 임금이 누구 말을 믿겠나. 닭 장수는 처음부터 닭을 봉이라 속여 팔았고, 김 선달은 그 말에 속아 샀으니 누군들 닭 장수 말을 믿으려 할까.

"저놈이 예까지 와서도 거짓말을 하는구나. 어서 이백 냥을 이 선량한 백성에게 돌려주고, 다시는 속임수를 쓰지 말라."

임금의 명령이 추상같으니 어쩔 수 있나. 닭 장수는 시골뜨기를 속여 횡재하려다가 도리어 망하게 됐다는 이야기지. 이때부터 '봉이 김 선달'이라는 말이 나왔다는 거야.

초친 녹두죽

봉이 김 선달 이야기 하나 더 할까. 김 선달이 한때 대동강 나루에서 녹두죽 장사를 했다네. 나루를 끼고 돈벌이하는 장사꾼을 상대로 녹두죽을 팔았는데, 그러다 보니 손님 가운데는 별별 사람이 다 있었나 봐. 한 사람은 시골에서 멧갓(나무를 함부로 베지 못하게 하여 가꾸는 산. 산판)깨나 가지고 있는 산골 지주로, 나뭇짐을 내다 파는 길에 김 선달네 죽집에 가끔 들렀다는군. 이 양반이 몹시 거만하고 인색하여 김 선달 눈에 거슬렸나 봐. 이를테면 죽을 먹을 때마다 꼭 한두 가지 트집을 잡고서야 먹지를 않나, 자기는 옹근 죽을 청해 먹으면서 데리고 온 소작농군에게는 반 그릇짜리를 사주지를 않나. 이래저래 비위가 몹시 뒤틀려 있었던 터라, 김 선달이 언젠가 한번 골

려주려고 벼르고 있었단 말이지. 김 선달의 비위를 상하게 하고서

무사한 사람은 아직 없거든.

그러던 차에 하루는 이 시골 양반이 소작인을 몇 거느리고 김

선달네 죽집에 들어왔단 말이야. 그런데 제 버릇 개 못 준다고, 문

간에 들어서면서부터 비위를 슬슬 건드려. 다른 손님들 같으면

"죽이나 한 그릇 사 먹고 갈까. 녹두죽은 이 집 것이 제일 맛있더

라." 할 것인데 이 양반은,

"죽이나 몇 그릇 팔아주고 갈까. 녹두죽 맛이야 신통치 않지만

인정을 봐서 팔아줘야지. 거 죽 그릇 좀 후하게 뜨게나. 단골손님

을 몰라봐서야 쓰나."

하고 거드름이 상투 끝까지 올랐어.

김 선달은 "예, 예." 하면서 부엌에서 일하는 아내에게 은근슬

쩍 눈짓을 했어. 부엌에는 한 사나흘 전에 팔다 남은 쉰 죽이 한

그릇 있었거든. 이걸 그 양반에게 팔아먹을 작정이지. 김 선달은

일부러 시골 지주 들으라고 부엌에다 대고 크게 소리를 쳐.

"단골손님 오셨소. 죽 그릇 좀 후하게 뜨오. 아직 초맛은 모르

실 테니 초는 치지 마오."

시골 양반이 들으니 괘씸하거든. 녹두죽에 초 친다는 말은 처음

들었지만, '아직 초맛을 모르고' 어쩌고 하는 걸 보니 분명히 자기

를 얕잡아보고 그러는 것 같단 말이야.

"거 왜 내 죽에는 초를 치지 말라는 건가? 다른 손님 입만 입이

고 내 입은 입도 아니란 말인가?"

발끈 성을 내어 쏘아붙이니 김 선달이 속으로 일이 잘되어간다

고 웃으면서도 겉으로 무안한 척,

"녹두죽에 초를 쳐 드시는 것은 지체 높은 서울 양반님네 식성이라서⋯⋯."

하고 얼버무리네. 시골 양반이 듣자 하니 더욱 괘씸하단 말이야.

"사람을 업신여기는군. 나라고 초맛을 모를까. 어서 쳐 올리게."

"예, 예. 그럽지요. 여보, 시골 양반님 죽 그릇에 초를 한 방울만 쳐 올리오. 서울 양반님네 죽그릇처럼 듬뿍 치지 말고."

"그건 또 무슨 소린가? 왜 내게는 초를 한 방울만 치라는 겐가?"

"아무래도 식성에 맞지 않으실 듯하여."

"잔소리 말고 듬뿍 치라 하게. 내가 산골에 살아도 입맛이야 서울 사람만 못할 게 뭔가."

"몰라뵀었습니다. 여보, 시골 양반님 죽 그릇에 초를 듬뿍 쳐서 올리오."

김 선달은 겉으로 굽신굽신하면서 속으로는 신바람을 내지.

드디어 쉰 죽 사발이 나왔어. 시골 양반이 한술 떠보니 얼마나 신지 절로 얼굴이 찡그려지거든. 쉰 죽을 데워놨으니 실 수밖에. 그래도 지체 높은 서울 양반들 입맛을 따라가려면 이쯤은 참아야지. 입을 실룩실룩해가며 억지로 죽을 떠 넣는구나.

"초맛을 아시는 걸 보니 역시 지체 높으신 분은 다르군요."

김 선달은 이렇게 능청을 떨고 시골 양반은 쉰 죽 한 사발을 말끔히 비우고 나서,

"역시 녹두죽은 초를 듬뿍 쳐야 제맛이 나는군."

하면서 일어서더라나.

꿀강아지

　　옛날에 강원도 시골 사람이 벌을 쳐서 꿀을 많이 받았어. 이 꿀을 팔기는 팔아야겠는데, 강원도는 꿀이 흔한 곳이라 값이 눅겠기에 이걸 서울에 내다 팔아야겠다 하고 서울로 가져갔어. 큰 단지에 꿀을 가득 넣어서 짊어지고 갔지.

　　서울에 가서 꿀을 팔려고 보니, 이걸 어디서 어떻게 팔아야 하는지 알아야 말이지. 난생처음 올라온 서울이라 시전이 어딘지 난전이 어딘지도 모르겠거든. 그래서 에라 모르겠다 아무 데서나 팔면 되지 생각하고 아무 길에서나 주저앉아서 꿀단지를 내놓고 "꿀 삽쇼, 꿀 삽쇼!" 하고 외고 있었어.

　　마침 그곳을 지나던 서울 부자가 보니, 어수룩한 시골 사람이 인적도 드문 곳에서 꿀단지를 내놓고 앉아서 꿀 사라고 외고 있거든. 저걸 속여서 헐값에 사야겠다, 이렇게 못된 마음을 먹고는,

"여보쇼, 당신 큰일 날 짓을 하는군. 요새 나라에서 꿀을 못 팔게 하는 것도 모르고 그러시오?"

이렇게 겁을 줬어. 강원도 사람은 서울 물정을 하나도 모르니까 그 말을 곧이들었지. 그래서 이걸 어쩌나 하고 있는데,

"그 꿀을 가지고 다니다가는 경을 칠 테니 어서 내게 파시오. 나라에서 말리는 것이라 돈을 줄 수는 없지만, 멀리서 온 것 같으니 노자나 하게 닷 냥을 주겠소."

하거든. 강원도 사람이 그 말에 속아서 닷 냥에 꿀 한 단지를 팔았어.

그러고 나서 서울 구경이나 하고 가려고 여기저기 돌아다니다 보니 난전에 꿀 파는 사람이 한둘이 아니더란 말이야.

"아니, 나라에서 꿀을 못 팔게 한다는데 그렇게 내놓고 팔아도 괜찮소?"

"누가 그런 헛소리를 한답디까? 꿀을 못 팔기는 왜 못 팔아요? 요새는 꿀값이 좋아서 한 단지에 쉰 냥은 너끈히 받는걸."

그제야 강원도 사람이 속은 걸 알았지. 어찌나 분한지 '내 기어코 앙갚음을 해야겠다.' 작정을 하고 다음 날 어제 꿀 팔던 자리에 가서 앉아 있었어. 한참 있으니 그 서울 부자가 어슬렁어슬렁 나타나겠지.

"아이고, 서울 부자님. 어제는 하도 고마워서 공 갚음이나 하려고 기다리고 있었습니다."

서울 부자는 제가 속여먹은 사람을 또 만나서 뜨끔하던 차에 공 갚음을 한다는 말을 듣고 귀가 솔깃해졌지.

"아, 그까짓 걸 가지고 뭘 그러시오? 그나저나 무슨 일이오?"

"실은 우리 마을에 꿀보다도 더 좋은 것이 있답니다. 꿀강아지라고 하는 것인데, 밑구멍에서 꿀이 밑도 끝도 없이 나오지요. 그 꿀을 대접하고 싶은데, 갔다 오려니 너무 멀어서 한번 오시라는 말씀 드리려고 이렇게 기다리고 있었습니다."

"햐, 그런 신기한 강아지도 있나? 내 한번 가리다."

강원도 사람은 제가 사는 곳을 자세히 일러주고 그길로 집에 왔어. 집에 와서 그날부터 강아지에게 꿀만 먹였지. 다른 것은 안 먹이고 밤낮 꿀만 먹였단 말이야. 그렇게 한 열흘 동안 꿀을 먹였더니 강아지가 똥을 싸는데 꿀똥을 싸거든.

며칠 있으니 서울 부자가 이 사람을 찾아왔어. 강원도 사람은 꿀똥 싸는 강아지를 내어놓고 밑구멍으로 나오는 꿀을 대접했지. 서울 부자가 보니 참 신기하고 탐이 나거든. 이것 한 마리만 있으면 꿀이 한도 끝도 없이 나올 터이니 그걸 팔아서 금세 큰돈을 벌 것 같단 말이지. 그래서 그 강아지를 저한테 팔라고 했어. 그러니 강원도 사람이 펄쩍 뛰지.

"아이고, 그런 말씀 마십시오. 이 강아지 덕에 우리 식구가 사시사철 꿀을 받아먹고 남는 꿀은 팔아서 목구멍에 풀칠하고 사는데, 이것 팔아버리면 당장 빌어먹게요."

그럴수록 서울 부자는 안달이 나서 자꾸 값을 올려 부르네. 그렇게 값을 올려 부르다가 오백 냥을 부르니까 강원도 사람이 못 이기는 체하고 강아지를 팔았어.

서울 부자가 가고 난 다음에 강원도 사람은 제 아내더러,

"그 사람이 속은 걸 알면 반드시 다시 올 것이니, 그 사람이 오면 당신은 머리를 풀고 곡을 하는 시늉만 하시오. 왜 그러느냐고 물으면 내가 죽었다고 하고, 만일 그 사람이 무덤을 찾으면 뒷산에 파놓은 헛무덤으로 데리고 오시오."

했지.

과연 얼마 안 있어 서울 부자가 다시 찾아왔어. 꿀강아지라고 사 가지고 간 것이 밤낮 구린 똥만 싸니까 속은 걸 알고 왔어. 그쯤 되면 제가 미리 남을 속여먹은 걸 뉘우치면 좋으련만, 이 부자는 제 잘못은 잊고 속은 것만 분해서 눈에 쌍심지를 켜고 달려왔네. 와 보니 찾는 사람은 안 보이고 아내가 머리를 풀고 애고애고 울고 있거든. 연유를 물으니 남편이 죽었다고 그런단 말이야. 무덤에라도 가보자고 뒷산에 올라가니 과연 새 무덤이 있어. 서울 부자가 무덤 위에 앉아서,

"똥강아지를 꿀강아지라고 나를 속이더니 기어이 그 죗값을 받고 죽었구나."

하니까, 미리 무덤 속에 들어가 있던 강원도 사람이 꼬챙이로 서울 부자의 엉덩이를 쿡쿡 쑤시면서,

"어수룩한 시골 사람 겁을 줘서 쉰 냥어치 꿀을 닷 냥에 사 간 네놈은 왜 안 죽고 살아 있느냐?"

했지. 서울 부자는 귀신이 내는 소리인 줄 알고 그만 기겁을 하고 내뺐다, 이런 이야기야. 그러니까 사람은 마음을 바르게 써야 하는 게지.

장인뿐인 줄 아나?

　한 농사꾼이 장에 갔다가 돌아오는 길에 중 한 사람을 만났다네. 중이 큼지막한 보퉁이를 들고 신바람을 씽씽 내며 걸어가기에,

　"스님께서는 무엇을 사 가지고 가십니까?"

하고 물었더니, 중이 하는 말.

　"오늘 장에 좋은 양고기가 나왔더군. 갖은 양념 쳐서 구워 먹으려고 사 간다네."

　"아니, 스님께서도 고기를 드십니까?"

　농사꾼이 깜짝 놀라 이렇게 물으니, 중이 몹시 당황했던지 얼버무린다는 것이,

　"아니 뭐 누가 고기를 먹고 싶어서 먹나? 절에 좋은 술이 있지 뭔가. 술안주로야 양고기가 제일이지. 그래서 조금 샀다네."

이러는구나.

"그럼 스님께서는 술도 드시나요?"

농사꾼이 더 놀라서 이렇게 물었겠다. 중은 또 실수했구나 싶었던지 얼른 둘러대는데.

"그게 아니라 절에 손님이 와 계시지 않겠나. 중이야 술을 안 먹지만 손님 대접까지 안 할 수야 없지 않은가."

"그렇군요. 어떤 손님이신지 귀한 분인가 보군요."

농사꾼은 고개를 끄덕이고, 한 고비 넘긴 중은 입에서 신바람이 나는구나.

"귀하다마다. 오랜만에 장인이 오지 않았겠나."

듣고 보니 점입가경이라 농사꾼이 되물을 수밖에.

"아니, 방금 장인이라고 하셨습니까?"

"장인뿐인 줄 아나? 장모도 와 있는걸."

"예? 그게 정말입니까?"

중이 그제야 아차 했는지 말꼬리를 슬쩍 돌리는데.

"이 사람아, 중이라고 농담도 못 하나? 나와는 인연이 있는 사람들인데, 절에 좀 시끄러운 일이 있다는 소문을 듣고 찾아왔다네."

"그랬군요. 산중의 절에도 시끄러운 일이 있다니 믿기지 않는데요."

또 한 고비 넘긴 중이 가만히 있으면 좋을 것을, 어디 입이라는 게 가만히 있으라고 붙어 있나.

"골치 아픈 일이라네. 글쎄 마누라하고 첩하고 대판 싸움이 붙었지 뭔가? 오죽했으면 장인 장모가 담판을 내겠다고 그 멀리서 찾아왔겠나."

"예? 첩이라고요?"

"이 사람아, 누가 첫째 첩 가지고 그러는 줄 아나? 얼마 전에 얻은 둘째 첩이 말썽이라네. 지금도 대판 싸우고 있을지 모르니 난 어서 가봐야겠네."

중이 이러고 성큼성큼 앞서가더라나.

색시 궤짝 범 궤짝

옛날 어떤 절에 중이 살았는
데, 이 중이 좀 의뭉스럽고 엉큼한 데가
있었던 모양이야. 더러 마을에 내려가서 염불도 외고 동냥도 했는
데, 한 집에 사는 처녀가 참 고왔던지 이 중이 늘 마음에 두고 있
었단 말이야. 저 처녀한테 장가들었으면 원이 없겠다, 이런 생각
을 했지. 그런데 중의 몸으로 장가를 든다는 게 말이나 되나. 그러
니 꿀 먹은 벙어리 격으로 속만 타지.

하루는 이 중이 마을에 내려가서 동냥을 하는데, 처녀 집 울 밖
에 이르니 울안에서 처녀 어머니가 다른 아낙네와 이야기를 하고
있어. 가만히 귀를 대고 들어보니 좋은 혼처를 정했다고 그러거
든. 배나뭇집 총각이 청혼을 해 왔는데 곧 허혼을 할 거라고 자랑
을 한단 말이야. 듣고 보니 심술이 잔뜩 나겠지. 그래서 문 앞에

가 목탁을 두드리며 염불을 외는 체하다가 짐짓 너스레를 떨었어.

"어허, 일 났군. 일 났어. 이 집에 액이 끼어도 아주 된통으로 끼었네그려."

처녀 어머니가 그 말을 듣고 기겁을 하지. 혼사를 앞둔 집에 액이 끼었다니 큰일이거든.

"아이고 스님, 그게 무슨 말씀이오? 우리 집에 무슨 액이 끼었다고 그러시오?"

중은 이때다 싶어서 일부러 말꼬리를 이리저리 비틀었어.

"거 참, 부처님의 귀띔을 함부로 발설할 수도 없고, 그렇다고 액운이 훤히 보이는데 말을 안 할 수도 없으니 나 원 참, 쯧쯧."

이렇게 능청을 떠니 처녀 어머니는 중의 바랑을 잡고 바짝 매달리지.

"스님, 그러지 마시고 무슨 일인지 제발 가르쳐주시오."

중은 어차피 입 밖에 내놓은 거짓말이라, 이참에 아예 겁이나 잔뜩 줄 요량으로 엄살을 떨었어.

"이 집 처녀가 올해 안으로 급살을 맞게 됐소. 시집을 가면 첫날밤에 죽을 수요. 더군다나 배나뭇 집 근처에 얼씬했다가는 그 길이 황천길이오."

이래놓으니 처녀 어머니가 새파랗게 질려서 어떻게든 살릴 방도를 가르쳐달라고 애걸복걸을 해. 이쯤 되니 중도 마음이 달라진단 말이야. 처음에는 그저 심술이 나서 못 먹는 밥에 재나 뿌려볼 속셈이었는데, 살려달라고 매달리는 걸 보니 마음이 달라져. 이왕 내친 김에 못 먹는 밥을 먹을 밥으로 만들어볼까, 이런 생각이 들

485

거든. 그래서 슬슬 수작을 했지.

"액을 면하는 길이 딱 한 가지 있긴 있소만, 말하기가 거북해서……."

제 입으로 저 장가들겠다는 말을 하자니 거북하긴 하지.

"그게 뭔지 말씀이나 해보오."

"중한테 시집가면 목숨은 부지하겠소."

이 골에 동냥하러 다니는 중이라고는 저밖에 없거든.

"뭐라고요? 중도 장가를 간단 말이오?"

"두말 안 할 테니 싫으면 관두시오."

이래놓고 훨훨 가버렸어. 처녀 집에서는 그날 하루 종일 근심에 젖어서 의논이 분분했지. 그 이튿날 중이 동냥하는 척하고 처녀 집에 가봤더니, 아닌 게 아니라 처녀를 곱게 단장시켜서 저를 기다리고 있더란 말이야.

"아이를 살릴 길이 그 길뿐이라 하니, 스님이 거두어주시오."

"그렇게 부탁하신다면 할 수 없지요."

속으로는 좋아서 춤이라도 덩실덩실 추고 싶지 뭐. 웃음이 절로 나오는 걸 억지로 참고 처녀를 데리고 가는데, 중이 되어서 여봐란 듯이 신행길을 차릴 수도 없고, 그렇다고 새색시를 걸려 데리고 갈 수도 없으니까 궤짝에 넣어서 짊어지고 갔어. 큰 궤짝을 짊어지고서도 무거운 줄 모르고 신바람이 나서 콧노래를 흥얼거리면서 갔지.

이렇게 흥이 나서 가는데, 난데없이 저 멀리서 '물렀거라' 하는 벽제 소리가 요란하게 나기에 가만히 보니 그 고을 감사 행차더래. 감사가 먼 산에 사냥을 갔다가 범이야 산돼지야 노루야 산 채로 많이 잡아 가지고 오는 길이야. 갑자기 벽제 소리도 요란하게 감사가 행차를 하니, 도둑이 제 발 저리다고 이 중이 그만 놀라서 궤짝을 길가에 내려놓고 숲 속에 가서 숨었어.

감사가 지나가다 보니 길가에 웬 궤짝이 버려져 있거든. 사령들을 시켜 궤짝을 열어보라고 했지. 궤짝을 열어보니 천만뜻밖에도 사람이 들어 있단 말이야. 무슨 일로 궤짝에 들어갔느냐고 물으니 처녀가 울면서 자초지종을 다 이야기하는데, 들어보니 참 어이가 없어.

"그 몹쓸 중이 장가를 들 욕심으로 순진한 백성을 속인 게 틀림없군. 여봐라, 이 처녀를 당장 집에 데려다주고, 다음부터는 중에게 속지 말라고 일러라. 그리고 그 궤짝에는 산에서 잡은 범을 한 마리 넣어두어라. 그런 못된 중은 혼이 좀 나봐야 하느니."

사령들이 처녀 대신 범 한 마리를 궤짝에 넣어뒀지. 그리고 나서 감사 행차가 가버렸는데, 그것도 모르는 중은 감사 행차가 사라지자 숲 속에서 나와 궤짝을 짊어지고 갔어. 범 궤짝을 색시 궤짝인 줄 알고 연신 콧노래를 흥얼거리면서 갔지. 어째 아까보다 더 무거워졌다고 고개를 갸웃갸웃하면서도 쉬지 않고 한달음에 절까지 갔어. 절에 가서 궤짝을 내려놓고,

"요 내 각시 어서 나와 나와 함께 밥을 먹세."
하고 노래를 부르면서 궤짝을 탁 열었지. 그러니 어떻게 됐겠나. 범이 툭 튀어나와서 앙!

이게 끝이야.

거울 속 사람들

옛날 어떤 시골 마을에 사는
사람이 서울 구경을 하러 갔다나. 가기 전에 아내가 단단히 이르
기를,

"여보, 서울에 가면 꼭 머리빗을 사다주구려."

하겠지. 이 사람이 난생 머리빗 구경을 못 해봤거든.

"그놈의 머리빗이라는 게 어떻게 생긴 물건인지 알아야지."

그러니까 아내가 하늘에 뜬 반달을 가리키면서,

"그 머리빗이라는 건 꼭 저 반달같이 생겼으니, 혹 잊어버리거
든 달을 쳐다보고 생각해내시구려."

하더란 말이야.

이 사람이 서울에 가서 이것저것 구경 잘 하고 돌아올 때가 됐
는데, 그제야 아내가 뭘 사 오라고 부탁하던 것이 생각나지 뭐야.

그런데 암만 생각해도 뭘 사 오라고 했는지 모르겠거든. 곰곰 생각하다 보니 달을 쳐다보면 생각날 거라고 하던 말이 떠오르겠지. 그래서 하늘을 쳐다봤어. 그런데 그사이에 한 열흘 지났는지, 떠날 때 반달이던 것이 벌써 꽉 차서 보름달이 되어 있지 뭐야.

'옳거니. 저렇게 둥글게 생긴 것만 사면 되렷다.'

이 사람이 다음 날로 저잣거리에 나갔어. 온갖 물건을 파는 가게에 가서 기웃기웃 살펴보아도 뭐 달같이 생긴 것이 보이지 않거든.

"여보, 주인장. 여인네들이 쓰는 물건으로 둥글게 생긴 것이 있소?"

"여인네들이 쓰는 물건으로 둥글게 생긴 것이라……. 예, 있습죠. 이 거울이 바로 그렇지요."

가게 주인이 둥근 거울을 내주니까, 이 사람은 그게 뭔지도 모르고 사 가지고 돌아왔어. 여인네들이 쓰는 물건이라 한번 들여다보지도 않고 보따리 속에 넣어가지고 그대로 돌아왔단 말이야.

"그래, 내가 사 오라던 머리빗은 사 왔수?"

아내가 물으니 남편은 보란 듯이 둥근 거울을 척 꺼내놓지.

"자, 뭔지 모르지만 달같이 생긴 물건을 사 왔으니 실컷 보구려."

아내가 받아 들고 보니 난생 듣도 보도 못한 물건이거든. 이 사람들이 모두 여태 거울을 본 적이 없었어. 모로 보고 뒤집어 보고 하다가 바로 들고 들여다보니, 아 글쎄 달덩이 같은 색시가 그 속에 척 들어앉아 있지 뭐야.

"에구머니, 이 양반이 서울에 가더니 젊은 첩을 얻어 왔네그려."

그만 울고불고 야단이 났어. 우는 소리를 듣고 안방에서 시어머니가 달려 나왔지.

"애야, 무슨 일로 그러느냐?"

"어머님, 여길 한번 보세요. 저 양반이 어디서 첩을 데리고 왔지 뭐예요?"

시어머니가 거울을 받아 들여다보니, 늙은 할멈이 척 들어앉아 있거든.

"애비는 첩을 얻으려거든 젊은 첩을 얻지, 어디서 저렇게 쭈글쭈글한 할망구를 데리고 왔나그래."

그때 사랑에서 시아버지가 나왔어.

"무슨 일로 이리 소란들이냐?"

"글쎄 애비가 서울에 가더니 늙은이를 하나 데리고 왔지 뭐유."

시아버지가 거울을 받아 들여다보니, 십 년 전에 죽은 자기 아버지와 꼭 닮은 노인이 척 들어앉아 있단 말씀이야.

"아이고, 아버님. 어찌 이렇게 갑자기 현령하셨습니까?"

하고 무릎을 꿇고 엎드려 절을 하느라 정신이 없어.

지금까지 멍하니 그 꼴을 보고 있던 남편이 도대체 왜 저러나 하고 거울을 들여다보니, 꼭 저 나이만 한 젊은 남정네가 하나 들어 있거든.

"이놈은 웬 놈이기에 남의 집에 와 있느냐?"

하고 소리를 치니까 그 속에 있는 사내도 무어라고 입을 놀린단 말이야. 그만 화가 나서 마당에 메어꽂으니까 쨍그랑 하고 깨져버렸지. 다 없어졌으니 시끄러울 일도 없게 됐지 뭐. 그런 이야기가 있어.

고춧가루

옛날 평안도 북창 고을에서 있었던 일이라
지. 이 고을 원과 한다 하는 양반들이 삼복에
시원한 정자에 올라 더위를 피하며 놀고 있었다네. 할 일 없는 양
반들이 삼복에 파리 꾀듯 모이면 뭘 하겠나. 주안상 벌여놓고 한
가하게 글이나 읊조리지 뭐 다른 일이 있을라고. 농사짓는 백성들
이야 삼복더위에도 일손을 놓을 수 없으니 비지땀을 흘리면서 물
대고 김매고 거름 주고, 바쁘게 돌아가지만 말이야.

이렇게 시를 짓네 글을 읊네 하며 흥에 겨워 놀고 있는데, 지나
가던 봇짐장수가 무엄하게도 양반들 노는 곳에 와서 넙죽 엎드리
는구나.

"양반님들 노시는데 도리가 아니오나, 소인이 하도 억울한 일
을 당하여 사또께 아뢰려고 이렇게 찾아왔습니다."

무례한 놈을 당장 내쫓고 싶지만, 그랬다가는 좌중의 흥이 깨질까 하여 고을 원이 짐짓 부드럽게 대했던 모양이야.

"그래, 무슨 일인가?"

"보시다시피 소인은 장돌뱅이 고춧가루 장수입니다. 그런데 오늘 동천 앞을 지나다가 장사 문서를 언문으로 썼다 하여 죽도록 곤장을 맞고 오는 길입니다. 잘 살펴주십시오."

고을 원이 사리에 밝은 사람이었으면 위로하는 말이라도 한마디 건네련만, 도리어 고춧가루 장수를 나무라는구나.

"그것은 말할 일이 못 되느니라. 너는 왜 나라에서 쓰라는 진서를 쓰지 않고 쓰지 말라는 상놈의 글을 썼느냐?"

고춧가루 장수가 그럴 줄 알았다는 듯이 대뜸 말을 받기를,

"소인이 무식하여 진서를 몰라서 그리 되었습니다. 그러니 바라옵건대 진서로 '고춧가루'라고 어떻게 쓰는지 가르쳐주십시오."

하거든.

고을 원이 눈만 멀뚱거리며 좌중을 둘러보니, 다른 양반들도 불시에 벙어리가 된 듯이 잠잠해지더라네. 모두 입 속으로 '고춧가루' '고춧가루' 하면서 외기만 할 뿐 아무도 선뜻 나서는 사람이 없어. 그도 그럴 것이 그놈의 고춧가루를 중국 글자로 어떻게 쓰는지 알아야 말이지. 자기네들이 배운 책에는 그런 말이 안 나오니 당연하지. 아, 대학 중용 논어 맹자에 고춧가루라는 놈이 나올 턱이 있나?

그래도 그렇지, 무식한 백성이 글 한 자 가르쳐달라는데 명색 관장이고 양반이라는 사람들이 모른대서야 체면이 서나. 뭐라고

가르쳐주긴 해야 할 텐데 아무리 생각해도 도대체 모르겠단 말씀이야. 서로 흘낏흘낏 눈치만 보면서 앉아 있자니 등에 식은땀이 줄줄 흐를 지경이거든.

이때 김매러 가던 농사꾼이 그 꼴을 지켜보고 있었나 봐. 이 사람이 갑자기 정자를 올려다보면서 껄껄 웃어젖히겠지. 안 그래도 하찮은 장돌뱅이 앞에서 체면이 깎일 대로 깎여 있는 판인데 농사꾼까지 무엄하게 양반을 보고 웃어대니 죽을 맛이라.

"어느 놈이 감히 양반 앞에서 무례하게 웃는고? 당장 올라와서 사죄하렷다!"

원이 얼결에 호통을 치니, 농사꾼이 성큼성큼 정자 위로 올라오더니 하는 말이,

"양반이 양반의 글을 쓸 줄 몰라 말문이 막힌 걸 보고 어느 누가 웃지 않겠습니까? 저는 비록 땅을 긁어 먹고 사는 농투성이오나 그까짓 고춧가루쯤은 눈 감고도 쓰겠습니다."

이러는구나. 원은 부아가 상투 끝까지 치밀어 올라 붓대를 농사꾼에게 내던지며,

"그래, 네놈이 어디 한번 써보아라. 만약에 쓰지 못하면 양반을 능멸한 죄로 주리를 틀리라."

하고 바락바락 악을 쓰지. 농사꾼은 태연하게 허리춤에서 호미를 꺼내더니,

"저에게 먹물과 붓은 맞지 않으니 이것으로 쓰겠습니다."

하고는 호미 날로 땅바닥에 큼직하게 열십(十)자를 긋는구나.

"자, 보십시오. 이렇게 고추(곧추) 내려 그었으니 '고추'요, 가루

(가로) 그었으니 '가루'가 아닙니까?"

고춧가루 장수가 그것을 보더니 무릎을 탁 치며 탄복을 해.

"옳지, 이게 바로 고춧가루로구나. 진짜 글 잘 아는 사람은 바로 당신이구려."

고춧가루 장수와 농사꾼은 한바탕 껄껄 웃고 나더니 제 갈 길로 가더라네. 점잔을 빼며 앉아 있던 양반들이야 풀 죽은 베잠방이 꼴이 됐지 뭐.

말 못할 양반

한 나그네가 무더운 여
름날에 길을 가다 보니 목이 몹
시 마르거든. 이럴 땐 술 한잔 마시면 갈증이 확 풀릴
것 같단 말이야. 그래서 길가에 보이는 마을로 썩 들어섰어.

술 파는 집이 어디 있을까 하고 기웃거리면서 가는데, 마침 의
관을 갖춘 선비 한 사람이 소를 타고 어슬렁어슬렁 다가오겠지.
저 사람에게 물어보면 되겠구나 하고 냉큼 소 앞을 막아섰어.

"여보시오, 이 동네에 주가가 어디 있소?"

술집이 어디 있느냐고 물어봐야 할 것을, 딴에는 문자를 쓴다고
'주가'라고 했단 말이야. 보아하니 소 탄 사람이 글깨나 배운 사람
같은데, 글 읽은 선비한테는 그렇게 문자를 써야 대답을 잘 해줄
것 같아서 그랬지. 그런데 이 선비 대답하는 것 좀 들어보소.

"이 동네에 주가 성을 가진 사람은 없소이다. 김가나 이가라면 많이 사오만."

잘못 들어서 그러는 건지 알아듣고서도 부러 그러는 건지 모르지만, 이렇게 동문서답을 하는구나.

"아니 아니, 그게 아니라 술집이 어디 있느냐고 묻는 거외다."

이제는 제대로 가르쳐주겠거니 했는데 그게 아니야.

"숟가락 넣는 술집이라면 저잣거리에나 가서 찾아보시구려."

이리고 또 동문서답일세. 술 파는 술집을 묻는데 숟가락집을 가리켜 대답하거든. 가만히 듣고 보니 이 양반이 자기를 놀리고 있단 말이야. 슬며시 부아가 치밀어서 되레 놀려줄 양으로,

"당신 쓴 것이 뭐요?"

하고 물었지. 갓을 쓴 점잖은 양반이 길 묻는 나그네를 놀려서야 되겠느냐는 뜻으로 그렇게 물어보았단 말이야. 그랬더니, 대답이 더 가관일세.

"쓴 것이라. 쓴 것이라면 씀바귀보다 더한 것이 어디 있겠소?"

갈수록 태산이라더니, 넙죽넙죽 받아치는 품이 끝까지 놀려먹자고 하는 수작이 틀림없거든. 일이 이쯤 되니 나그네도 막말로 나가는구나.

"그게 아니라 당신 대가리 위에 쓴 것이 뭐냐고 물었소."

그래도 태연하게 받아넘기기를,

"대가리 쓴 것이야 가뭄 끝에 오이 대가리가 쓰지요."

하지 뭐야. 이래 가지고는 더 말을 못 하겠다 싶어서,

"에이, 쯧쯧. 거참 말 못 할 양반이로군."

했더니,

　"어허, 말을 못 타기로 소를 탔지. 말 못 탄 것을 뻔히 보고서도
그러네."

하더라나. 허허허.

문자 쓰는 사위

옛날에 문자 쓰기 좋아하는 사위가 처가엘 갔대나 봐. 가서, 밥에 떡에 술에 암탉 잡아주는 것까지 잘 얻어먹고 잠을 잤겠다. 뭐 시골 살림에 방이나 많았겠어? 장인 영감 자는 방에서 같이 잤지. 그런데 자다가 그만 일이 났어. 호랑이가 와서 장인 영감을 물어 가더라 이 말이야. 옛날에야 그런 일이 더러 있었다고 그러지.

아 이 사위가 혼이 다 빠졌어. 빨리 사람들을 불러 모아서 제 장인을 구해야 할 판이거든. 그런데 제 버릇 남 못 준다고, 밖에 뛰쳐나가 크게 외친다는 말이,

"원산맹호가 내오처가하야 오지장인을 착거하니 유창자는 지창래하고 유총자는 지총래하고 유궁시자는 지궁시래하되 무창무총무궁시자는 지장래하라. 속속래구요, 속속래구요."

이랬다지 뭐야. 그러니까 먼 산에 사는 사나운 호랑이가 제 처가에 와서 제 장인을 잡아가니 창 있는 사람은 창을 가지고 오고, 총 있는 사람은 총을 가지고 오고, 활 있는 사람은 활을 가지고 오되, 창도 총도 활도 없는 사람은 작대기를 가지고 오너라, 빨리 와서 구해다오, 뭐 이런 뜻 아니겠어?

아, 이래놓으니 어느 시러베아들놈이 오겠나? 밖에서 뭐가 벅적 외기는 하는데, 무슨 말인지 도통 알아들어야 오든지 말든지 하지. 그래서 한 사람도 안 왔어. 아무도 안 오니까 장인은 속절없이 호랑이한테 물려 가고 말았지.

그다음 날 동네 사람들이 와서 이 사위를 족쳤어. 그래, 장인 영감이 호랑이한테 물려 가는 걸 보고도 구경만 하고 있었느냐, 이렇게 말이야. 그랬더니 사위가 이러이러하게 외쳤는데도 아무도 안 오더라고 그러거든. 동네 사람들이 가만히 들어보니 참 같잖아서 말도 안 나와. 그냥 '사람 살려!' 하면 될 것을 그따위 문자를 줄줄 늘어놓고 앉았다니 뭐 이런 놈이 다 있나 싶거든.

"아 그래, 장인 영감이 호랑이한테 물려 가는 판인데 문자를 쓰고 있었어? 이 오라질 놈아."

동네 사람들이 화가 나서 이놈의 사위한테 몰매를 갖다 안겼어. 그랬더니 이놈의 사위가 한다는 말이,

"에구 에구, 차후로는 불용문자하오리다."

하더라나. 이제부터는 문자를 안 쓰겠다는 말이지. 아주 문자가 뼛속까지 들어차서 그게 병이 되어가지고 도저히 안 되겠더래.

소보다 미련한 정승 아들

옛날에 한 정승이 살았는데, 이 정
승이 아들 하나 둔 것이 미련해터져서
참 아닌 말로 소보다 못해. 정승이라면
나는 새도 떨어뜨릴 만큼 세도 높고 떵떵거리는
벼슬 아니야? 그런데도 아들 하나 미련한 것은 어쩔 수 없었던지,
나이 여남은 살이 넘도록 글자 한 자를 못 가르쳤어. 당최 글귀고
말귀고 간에 알아들어야 말이지. 이래서야 제아무리 세도 높은 집
자식이라고 해도 과거 보고 벼슬하기는 영 글렀거든. 그러나마나
정승은 어떻게 해서든지 아들을 가르쳐놔야겠다고 독선생을 앉혔
어. 참 글 잘하고 덕망 있다고 소문이 자자한 독선생을 하나 구해
다 앉혔단 말이야.

그런데 이 선생이 정승 아들을 가르쳐보고는 그만 기가 탁 막혀

서 말이 안 나와. 얼마나 미련한지 '하늘 천' 자 한 글자를 가지고 석 달 열흘을 가르쳐도 모르거든. 암만 가르쳐도 이건 뭐 숫제 돌부처 코 간질이기야. 말귀를 못 알아들어.

"자, 여기를 봐라. 이 글자가 '하늘 천' 자이니라. 따라 해보아라, 하늘 천."

"……."

"하늘은 저어기 높은 곳에 새파란 것이 하늘이니라. 가리켜보아라. 하늘은 어디 있느냐?"

"……."

목이 쉬도록 가르쳐도 눈만 멀뚱멀뚱하고 있단 말이야. 이러니 무슨 수로 가르쳐? 선생이 하도 답답해서,

"쯧쯧, 너를 가르치느니 차라리 소를 가르치는 게 낫겠다."

했지. 그런데 이놈이 쓸데없는 귀는 밝아서, 글 가르치는 말귀는 못 알아들어도 저 나무라는 말은 잘 알아듣거든. 당장 제 아버지한테 가서 선생이 이러이러한 말을 하더라고 일러바쳤지. 그러니 정승이 노발대발이야.

"뭐라고? 제까짓 것이 감히 내 아들을 짐승에다 비겨? 이놈, 어디 두고 보자."

정승도 사람됨이 어지간만 했으면 그런 일로 명색 선생을 이놈 저놈 했을라고. 돈 밝히고 세도 부리고 저 잘난 맛에 살아온 위인이라 애당초 사람됨이 글러먹어서, 저한테 아부하는 소리는 듣기 좋아도 털끝만치라도 탓하는 소리는 참아내지를 못했지.

두고 보자던 정승이 당장 선생을 불러다가 호통을 치네.

소보다 미련한 정승 아들

"네 이놈, 듣자니 네가 내 아들을 소보다 못하다고 했다지?"

"예. 석 달 열흘 동안 '하늘 천' 자 한 글자를 익히지 못하기에, 하도 답답해서 차라리 소를 가르치는 게 낫겠다고 했습니다."

"그래, 그럼 어디 소를 가르쳐보아라. 오늘부터 석 달 열흘 동안 소를 가르치되, 만약 소가 내 아들보다 낫지 못할 때는 네 목을 치리라."

권세를 등에 업고 억지 쓰는 데 누가 당해? 당할 사람이 없지. 선생이 그날부터 소를 가르치는데, 아침 일찍 일어나 저녁 늦게까지 소고삐를 잡고 글을 가르쳤어. 소고삐를 바투 잡고 위로 당기면서,

"하늘 천."

하고, 아래로 당기면서,

"땅 지."

하고, 이렇게 하루에도 몇백 번을 되풀이했지. 쇠귀에 경 읽는다는 옛말이 있기는 하지마는, 이쯤 되면 쇠귀에 경을 읽어도 알아듣게 되는 모양이야. '하늘 천' 할 때마다 고삐를 위로 당기고 '땅 지' 할 때마다 아래로 당기니 코뚜레에 꿰인 코가 아플 것 아니야? 코가 아프니까 선생이 고삐를 위로 당기기도 전에 지레 고개를 쑥 치켜들고, 아래로 당기기도 전에 지레 고개를 푹 숙이거든. 나중에는 '하늘 천' 소리만 나와도 고개를 쑥 치켜들고, '땅 지' 소리만 나와도 고개를 푹 숙이게 됐어.

그럭저럭 석 달 열흘이 지나서 선생이 소를 끌고 정승 앞에 나갔어.

"이놈, 어디 소에게 글을 얼마나 가르쳤는지 보자. 만약 소가 내 아들보다 나은 것이 없으면 죽을 줄 알아라."

선생이 소 앞에 나가서 종이에 '하늘 천' 자를 써 들고 보이면서,

"하늘 천."

하니까 소가 고개를 번쩍 치켜들어 하늘을 쳐다보거든. 종이에 '땅 지' 자를 써 들고 보이면서,

"땅 지."

하니까 소가 고개를 푹 숙이고 땅을 내려다본단 말이야.

그다음에 정승 아들 녀석 앞에 가서 '하늘 천' 자 쓴 종이를 내보이며,

"하늘 천."

하니까 이놈은 말귀를 못 알아듣고 눈만 멀뚱멀뚱하고 있지. '땅 지' 자 쓴 종이를 내보이며,

"땅 지."

해도 꿀 먹은 벙어리처럼 가만히 있어.

"자, 똑똑히 보셨지요? 소가 더 낫습니까, 대감 아들이 더 낫습니까?"

이쯤 되니 정승은 입이 열 개라도 할 말이 없지. 제 눈으로 똑똑히 보고서야 무슨 말을 하겠나. 선생은 그래놓고 정승 집을 훌훌 나갔다고 하는데, 세상에는 참 소보다 못한 사람도 많은 모양이야. 그런데 말을 바로 하자면 글 모르는 거야 무어 대순가. 사람 노릇 못 하는 게 소보다 못한 거지.

서울 양반에게 풀 먹이기

시골 총각이 서울 양반에게 풀 먹인 이야기 하나 해볼까. 시골에만 살다가 난생처음 한양에 올라온 총각이 있었거든. 이 총각이 한양 거리를 다니면서 이것저것 구경을 해보니, 생전 듣도 보도 못한 것이 참 많아.

그래서 시간 가는 줄 모르고 한참 동안 구경 다니다 보니 배가 출출해질 게 아니야? 음식을 좀 사 먹어야겠다고 생각하고 주막거리를 찾아갔지. 그런데 가게에 차려놓은 음식이 모두 처음 보는 것이라 이름이 뭔지, 어떻게 먹는 건지 도통 알 수가 없더란 말이야.

에라, 아무거나 눈에 띄는 대로 먹어야지 작정하고 값을 물어보면, 이게 또 값이 엄청나게 비싸거든. 그러니 고픈 배를 움켜잡고 돌아설 수밖에.

이렇게 돌고 돌다가 풀을 파는 가게 앞에 갔어. 거기에서는 집 짐승에게 먹일 풀을 잔뜩 쌓아놓고 파는데, 그걸 보니 죄다 눈에 익은 것이거든.

'옳지, 이건 고향에서 늘 보던 풀이로구나. 메밀풀이라면 사람이 먹어도 요기는 되겠지.'

메밀풀은 소가 먹는 풀이지만, 연한 것은 된장에 무쳐서 반찬으로 먹기도 하지. 그래서 주인을 불렀어.

"이 메밀풀은 한 그릇에 얼마요?"

"한 푼일세. 사겠나?"

다른 음식 값에 견주면 엄청나게 싸거든.

"그러지요. 두 그릇만 주시오."

주인은 메밀풀을 두 푼어치 가지고 오더니,

"자네 이걸 어디에 담아 가지고 가려는가?"

하고 물어. 집짐승 여물로 쓰려는 줄 알고 말이야. 그러니까 총각이,

"여기에 담아 가지요."

하고 자기 배를 가리키거든. 그러고는 메밀풀을 받아가지고 선 자리에서 홀홀 두 그릇을 다 먹어치워. 주인은 얼마나 배가 고팠으면 저럴까 싶어서 메밀풀 한 그릇을 덤으로 더 갖다줬어. 총각은 그것마저 맛나게 먹었지.

그때, 서울 사는 한 양반이 그곳을 지나갔던 모양이야. 이 양반이 옷을 잘 차려입고 거드름을 피우며 시장 구경을 다니다 보니, 풀 가게 앞에서 웬 시골 총각이 풀을 맛나게 먹고 있거든. 서울에

서만 살아서 풀에 대해서는 아무것도 모르는 이 양반이 허리를 잡고 웃어대는구나.

"하하하, 저 바보 천치 같은 시골뜨기가 풀을 다 먹네. 세상에 풀을 사 먹는 놈은 머리털 나고 처음 봤다. 아이고, 우스워라. 너무 웃었더니 신경통이 도지는구나."

총각은 메밀풀을 먹다 말고 눈물이 다 나오려고 해. 사람이 먹을 수 있는 풀도 있다는 것도 모르는 서울 양반에게 놀림을 받고 보니, 부끄럽기도 하고 분하기도 할 것 아니야? 입을 앙다물고 가만히 생각해보니, 이럴 게 아니라 똑똑한 체하는 서울 양반을 되레 한번 놀려주고 싶단 말이야. 그래서 시치미를 뚝 떼고,

"거 서울 양반께서는 제가 아무것도 모르고 풀을 사 먹는 줄 아시는가 본데, 천만의 말씀이오. 여기 있는 풀은 모두 약이 되거든요."

하면서 메밀풀을 마저 다 먹고 나서 옆에 있는 질경이풀을 가리키면서,

"주인장, 저 귀한 풀을 몽땅 싸주시오. 남이 사 가기 전에 얼른 사야지."

한단 말이야. 질경이풀은 토끼나 먹지 사람은 못 먹는 풀인데 말이야. 서울 양반이 긴가민가하면서도 처음 듣는 말이라 신기하거든. 그래서 총각을 잡고 물었어.

"그게 정말인가? 풀이 약이 된다는 게."

"정말이다마다요. 나도 속병이 있었는데 아까 메밀풀을 세 그릇이나 먹었더니 말끔하게 나았답니다."

"그럼, 자네가 몽땅 사겠다는 풀도 약이 되는 것인가?"

"그렇지 않으면 내가 왜 사겠습니까? 이건 아주 귀한 풀인데, 신경통에 그저 그만이랍니다."

서울 양반, 신경통이란 말을 들으니 귀가 번쩍 뜨이는구나.

"뭐라고? 신경통에 좋다고? 여보게, 그것 내가 삼세."

시골 총각이 짐짓 고개를 내젓지.

"안 됩니다. 내가 미리 사기로 한걸요."

마음이 급해진 서울 양반이 주섬주섬 주머니에서 돈을 꺼내네.

"옜소, 주인장. 한 그릇에 닷 푼씩 쳐드릴 테니 그 풀을 어서 주시오."

그러니까 총각이 할 수 없다는 듯이 물러나지.

"정 그러시다면 내가 양반님께 양보하지요."

서울 양반이 풀 가게 주인에게 풀값을 다 치르고는 질경이풀을 한 줌 집어 입에 넣고 우물우물 먹는구나. 떫고 쓰고 아려서 죽을 맛이지만 신경통에 약이 된다니까 억지로 먹지. 그제야 시골 총각이 배를 잡고 웃어댄다.

"이런 고얀……. 어른이 약 먹는 걸 보고 왜 웃는가?"

"아이고 배야. 글쎄 나야 사람이 먹는 메밀풀을 먹었지만 똑똑하신 서울 양반께서 어찌 당치도 않는 말에 속아서 토끼나 먹는 질경이풀을 잡수십니까?"

서울 양반이 그제야 속은 걸 알고 먹던 풀을 퉤퉤 뱉어내느라 야단법석이 났구나. 모여 섰던 구경꾼과 풀 가게 주인이 그 꼴을 보고 손뼉을 치며 웃어대니, 서울 양반은 얼굴이 벌개져서 줄행랑을 놓더라는 얘기야.

자린고비와 달랑꼽재기

구두쇠 이야기 한번 해보라고? 인색한 사람 이야기야 많지. 자반 고등어를 천장에 매달아 놓고 아들이 너무 자주 쳐다본다고 "물 썰라, 그만 쳐다봐라." 했다는 이야기는 들어봤지? 며느리가 생선 만진 손을 씻어 국을 끓였더니 살림 헤프게 산다고 나무라면서 "그 손을 우물에다 씻었으면 온 동네 사람들이 일 년 내내 고깃국을 먹을 터인데." 하고 한탄했다는 이야기도 들어봤을 거고.

이건 좀 별난 이야기 축에나 들까 몰라.

옛날에 자린고비는 강 이쪽에 살고 달랑꼽재기는 강 저쪽에 살았어. 두 사람이 참 어디 가나 둘째가라면 서러워할 구두쇠인데, 한번은 자린고비가 추운 겨울날 새벽에 등덜미가 오슬오슬해서 잠을 깨 보니 문짝에 발라놓은 창호지에 사발만 한 구멍이 났네그려. 찬 바람이 문구멍으로 솔솔 들어오니 추워서 잠을 잘 수가 있나. 그놈의 문구멍을 발라야겠는데 종이가 없어. 돈 한 푼 주고 창호지 한 장 사다 바르면야 아무 일 없지만, 이 인색한 사람이 돈이 아까워 종이를 못 사네. 얼어 죽었으면 죽었지 돈 들여 종이를 사다 문을 바를 엄두는 아예 내지를 않지.

자린고비가 이른 새벽 내내 추워서 오들오들 떨다가 날이 밝자마자 휭허케 밖으로 나가. 나가서 오만 데를 들쑤시며 돌아다녀. 뭘 하는고 했더니 길바닥이고 남의 집 삽짝 틈이고 샅샅이 뒤지면서 종잇조각을 찾는구나. 혹 누가 쓰다 버린 종잇조각이라도 떨어져 있으면 주워다 문을 바르려는 거지.

그렇게 한참 돌아다니다가 운이 좋았는지 찢어진 종잇조각을 하나 주웠어. 그런데 집에 돌아와 문구멍에 맞춰보니 이게 작아서 구멍을 다 못 막네. 자린고비가 한 나절 동안 이 궁리 저 궁리 하다가 무슨 좋은 수를 냈는지 무릎을 탁 치더니 거기에다 편지를 써. 종이가 작으니까 깨알 같은 글씨로 편지를 쓰는데,

'내 긴히 쓸 일이 있어서 그러니 올해 정월 초하루부터 섣달 그믐날까지 일진을 적어서 보내주게.'
하고 써서는 사람을 시켜 강 건너 사는 달랑꼽재기한테 보낸단 말이야. 무슨 꿍꿍인고 하니, 작은 종이에 편지를 써 보내어 큰 종이를 얻으려는 속셈이지. 아 일 년 삼백예순 날 일진을 다 쓰자면 못 되어도 반 폭 종이는 들 터이니, 달랑꼽재기가 답장을 써 보냈다 하면 그것으로 뚫어진 문구멍을 바르고도 남을 것 아니야.

그렇게 편지를 보내놓고 이제나저제나 답장이 오기를 기다렸어. 그동안 뚫어진 문구멍으로 찬 바람은 자꾸 새어 들어오는데, 아무리 기다려도 답장이 안 와. 사흘을 기다려도 소식이 없으니까 이 자린고비가 그만 부아가 머리끝까지 났어.

"아니, 이런 고얀 사람이 있나. 귀한 종이에다 쓴 편지를 받았으면 하다못해 그만한 종이에라도 답장을 보내야지 어쩌자고 펑 구워 먹은 자리인고."

자린고비가 그길로 강을 후딱 건너 달랑꼽재기네 집으로 갔어. 가자마자 다짜고짜,

"이 사람아, 남의 편지를 받았으면 답장을 보내야 할 것 아닌가." 하고 불평을 늘어놓았지. 그랬더니 달랑꼽재기가 하는 말이,

"아, 그것 참 미안하게 됐네. 나도 답장을 보내고는 싶지만 집에 마침 종이가 없어놔서."

하겠지. 그러니까 자린고비가 그만 본전 생각이 나네.

"아, 그러면 그 편지라도 되돌려주게."

자린고비 생각으로는 그 종이라도 되찾아 가야 손해를 안 보겠어서 그러는데, 달랑꼽재기는 한술 더 떠서,

"그 편지 말인가. 우리 집에 문구멍 뚫어진 데가 있어서 발라놨네. 질긴 것이 문구멍 바르기에 아주 안성맞춤이더군."

한단 말이야. 자린고비가 그 말을 듣고 길길이 뛰지.

"그런 경우에 없는 일이 어디 있나. 남의 편지로 자기 집 문구멍을 바르다니."

제 꾀에 제가 속아 넘어간다는 말은 이를 두고 하는 말이렷다.

자린고비가 노기등등하여 달려들어서 달랑꼽재기네 문구멍을 발라놓은 편지를 잡아 뗐지. 떼 가지고 막 나오려는데 달랑꼽재기가 기겁을 하면서 따라 나와. 따라 나오면서 하는 말이,

"여보게. 자네 편지를 자네가 도로 떼 가는 거야 말릴 일이 아니네만, 그 편지에 붙은 밥알은 떼놓고 가게. 그것 붙이느라 밥알이 자그마치 세 알이나 들었다네."

하더라나. 허허허.

땅벌군수

예전에 시골에서 돈냥이나 가
진 사람들이 돈으로 벼슬자리 사
는 일이야 뭐 그리 별난 일도 아니었지. 돈으로 벼슬 사는 일이 어
디 떳떳한 일이랴만, 위에서 파는 자가 있으니 사는 사람도 있지
않은가. 뭐 요즘에도 그런 일이 있는가 몰라도, 이건 어차피 나라
꼴이 뒤죽박죽일 때 이야기니 헤아려가며 들어봐.

어떤 시골 부자가 벼슬 한자리 얻어보겠다고 땅 섬지기나 팔아
서 돈을 한 바리 싣고 서울에 갔지. 세도가 떠르르한 대감 집에 가
서 문객으로 며칠 묵으면서 눈치를 보다가 돈 한 바리 내놓고,

"대감, 염치없으나 어디 군수 자리 비거든 나 한자리 주십시오."

했어. 대감은,

"응, 그러지."

하는데, 말만 그러고는 아무리 기다려도 감투 하나 안 씌워주더란
말이야.

'아하, 돈이 적어서 그러나 보다.'

하고, 이 사람이 아주 가진 땅을 뚝 떼어 팔아서 돈을 두어 바리
싣고 다시 올라갔어.

"이번에는 어떻게 좀 한자리 생각해주십시오."

"아, 걱정 말게. 곧 소식이 갈 터이니 내려가서 기다려봐."

대답은 시원스럽게 하는데, 아 집에 가서 아무리 기다려도 감감
무소식이더라 이 말이지.

'에이, 이번에는 아주 톡톡 털어 갖다줘야겠다.'

하고, 이 사람이 가진 땅을 톡톡 털어 다 팔아서 돈을 바리바리 싣
고 올라갔어.

"대감, 이러다 늙어 죽겠습니다. 죽기 전에 감투 한번 쓰게 해주
십시오."

"지난번엔 어찌 마음대로 안 됐지마는 이번엔 꼭 될 걸세. 걱정
말고 내려가 있어."

그런데 이번에도 꿩 구워 먹은 자리야. 아무리 기다려도 뭐 기
망이 있나. 한 두어 해 기다리다 보니 부아가 슬금슬금 치밀어 오
른단 말이지. 갖다 바치는 돈은 두꺼비 파리 채듯이 덥석덥석 받
아먹어 놓고 시골뜨기라고 괄시를 하는구나 싶거든.

'대감이고 땡감이고 제가 그렇게 나올 바에는 나도 생각이
있지.'

이 사람이 제 집에서 난 박 중에서 제일 큰 놈을 골라 커다랗게

뒤웅박을 하나 팠어. 그놈의 뒤웅박을 가지고 뒷산에 올라가 땅벌 집을 찾았지. 땅벌 구멍에다 뒤웅박 아가리를 대고 한바탕 들쑤시니까, 성난 땅벌들이 윙윙 나와서 뒤웅박 안으로 하나 가득 들어가겠지. 아가리를 꼭 틀어막아 가지고 집에 와서 비단 보에다 싸고 또 쌌어.

이것을 짊어지고 서울 대감네 집에 갔단 말이야. 대감이 보니, 벼슬자리 달라고 해마다 돈을 바리바리 싣고 오던 사람이 한 두어 해 소식이 없더니 또 뭣을 싸 짊어지고 오니까 참 반갑거든.

"아, 그냥 오지 뭘 그렇게 짊어지고 와?"

"뭐 대수로운 건 아닙니다만 시골에 살다 보면 가끔 귀한 약이 생기지요. 이건 참 희귀한 보약이 돼놔서 가릴 것이 많습니다. 밤에 혼자 드시되, 반드시 좌우를 물리시고 문단속을 하신 연후에 옷을 다 벗고 드셔야 약효가 나지, 달리 드셔서는 약이 안 됩니다."

대감이 그 소리를 듣더니 손뼉을 치며 희희낙락해.

"옳거니, 가릴 것이 많은 걸 보니 명약 중에 명약이로군. 내 이걸 먹고 약효를 보면 자네에게 큰 고을 한자리 주지."

대감이 약효를 보려고 밤에 좌우를 물리고 문을 꼭꼭 걸어 잠근 다음 옷을 홀라당 벗고 나서 비단보를 끌러보았단 말이야. 그러니 큼지막한 뒤웅박이 하나 들어 있거든. 이 안에 약이 들어 있겠구나 하고 마개를 쑥 잡아 빼니까, 뭐 일 났지. 땅벌이 왱 하고 튀어나와서 온몸에 들러붙어 마구 쏘아대니 배길 장사가 있나. 눈도 못 뜨고 온 방을 구르며 죽는다고 소리를 지르지. 그 소리를 듣고 대감 아들이 자다가 놀라 나와서,

"아버님, 왜 그러십니까?"

하고 문을 열려고 문고리를 잡아당기니 잠겨 있거든. 안에서는 문을 열고 싶어도 눈을 못 뜨니 열 수가 있나. 이때 사랑채 문객들 틈에 섞여 있던 시골 사람이 나와서,

"아이쿠, 대감이 또 발작을 하셨군. 접때도 이렇게 발작을 하시는 걸 봤는데, 이때는 그저 가만히 두는 게 상책이오. 공연히 외인이 범접을 하면 병세가 더 심해지니 어서 물러들 가시오."

하고 사람들을 내쫓고 나서, 혼자서 문을 지키다가 새벽녘에 가만히 문을 따고 땅벌을 내보냈어.

아침이 되어 아들이 방에 들어가 보니 참 가관도 이런 가관이 없어. 대감이 온 몸뚱이가 퉁퉁 붓고 배가 된장독만 하게 되어서 누웠는데, 얼굴도 팅팅 부어올라 눈도 못 뜨고 말도 못 해. 그런데 시골 사람이 들어오니까 자꾸 그 사람을 손가락으로 가리키면서 낑낑거린단 말이야. 그게,

'저놈이 날 이 지경으로 만들었다'는 뜻이지만, 말을 못 하니 알아들을 수가 있나. 그때 시골 사람이 방바닥에 엎드려 눈물을 흘리면서,

"아이고, 대감. 고맙습니다요. 어제 발작을 하시기 전에 저더러 '내일 날이 새자마자 자네한테 군수 한자리 줘 보내마.' 하시더니 병석에서도 그 약속을 잊지 않으셨군요."

하니, 모두들 그 말을 믿지. 대감이 그게 아니라는 뜻으로 자꾸 손가락질을 하며 낑낑대니까 아들이 하는 말이,

"아버지, 알아들었습니다. 저 사람에게 당장 군수 한자리 줘 보

낼 터이니 그만 고정하십시오."

하고는 그 자리에서 문서를 만들어줘. 그래서 시골 사람은 바라던 군수 벼슬 얻어가지고 내려갔지. 뒷일이 궁금하다고? 땅벌에 쏘인 거야 한 사흘 지나면 다 낫는 거고, 아무리 괘씸해도 저 먹은 뇌물이 있는데 이제 와서 다시 그 일을 들쑤실 수 있나.

그나저나 땅벌로 군수 자리 얻었다고 땅벌군수라 불린 사람도 한통속 아닌가.

옛이야기 속 상상의 세계

옛이야기는 애당초 꾸며낸 것이다. 이야기꾼이나 듣는 이나 미리부터 이것을 알고 있다. 그래서 아무런 거리낌 없이 상상력을 펼칠 수 있다. 자유분방한 상상의 세계를 마음껏 누비고 다니기, 이것이야말로 옛이야기의 특권이다. 어떤 갈래의 문학이나 예술도 옛이야기만큼 상상의 세계에서 자유로울 수는 없을 것이다. 옛사람들은 이 끝없는 상상의 바다를 어떻게 헤엄쳐 다니며 이야기를 펼쳐나갔는가? 이것을 살펴보는 일은 흥미롭다.

백성들이 만든 영웅

옛이야기를 만든 사람들은 땀 흘려 일하는 백성들이었다. 그들은 돈도 없고 권세도 없었으며, 몸뚱이 하나로 험한 세상을 헤쳐나가는 약한 사람들이었다. 약한 사람들은 언제나 힘센 사람에게 억눌려 지내게 마련이다. 억눌려 지내다 보면 한이 맺히고, 맺힌

한을 풀 수 없으면 좌절에 빠진다. 이들이 잠시나마 세상 시름을 잊고 마음의 구원과 즐거움을 얻는 길은 상상력에 기대는 길이다. 이 상상력이 꿈을 낳고, 꿈이 이야기를 낳았다. 이야기 속에서야 거리낄 것이 무엇인가. 이들은 주인공을 내세워 하고 싶은 일을 마음껏 해봄으로써 '대신 겪기'의 즐거움을 누렸다. 이때 이들의 꿈은 비로소 날개를 단다. 현실에서 꽉 막혀 풀 수 없는 일이 이야기 속에서는 시원시원하게 풀려나가는 것도 다 날개 달린 꿈의 힘이다.

「재주 있는 삼형제」에서 이러한 꿈은 바로 한풀이의 모습으로 나타난다. 흉년이 들어 온 백성이 굶고 있는데 고을 원의 창고에는 토색질로 긁어모은 쌀가마니가 그득하다. 그걸 꺼내다 배불리 먹고 싶은 마음이야 누구에겐들 없겠는가. 그러나 그것은 마음뿐이다. 보통 사람으로서야 도무지 할 수 없는 일이니 별난 재주를 가진 사람이 필요하다. 눈 밝고 기운 세고 맷집 좋은 삼형제가 나서서 모두가 바라던 일을 속 시원하게 해치운다. 이들은 바로 백성들이 만들어낸 영웅이다.

영웅은 백성을 괴롭히는 온갖 껍데기와 허깨비에 맞서 싸우게 되는데, 이때 싸움의 대상은 종종 상징성을 띤다. '금강산 구미호'와 '둔갑한 쥐'는 나쁜 짐승이요, '내쫓긴 의붓딸'이나 '금송아지'를 괴롭히는 이는 모질고 사나운 계모다. 애써 농사지어놓은 곡식을 부당하게 빼앗기며 사는 백성들의 눈에는, 놀고먹는 가진 자들이 농작물을 해치는 산짐승이나 다를 바 없어 보였는지 모른다. 겉으로는 어미이나 속내는 원수와 같은 계모 또한 백성의 어버이를 자처하며 등을 치는 관리와 다를 게 무엇인가.

이야기 속 영웅들은 백성들과 한몸뚱이였기에 별스럽게 잘나거나 뛰어난 인물로 그려지지 않았다. 이것이 글문학에 나타난 영웅과 다른 점이다. 주로 양반 사대부들이 즐긴 글문학은 영웅을 처음부터 보통 사람과 동떨어진 자리에 올려놓는 일이 많으나, 이름 없는 백성들은 그런 영웅을 바라지 않았다. 태어날 때부터 하늘에 서기가 비치고 거창한 태몽을 꾼다는 식의 영웅담은 애초에 백성들 것이 아니었다. '반쪼가리 아들'은 하늘이 낸 영웅이지만 눈도 귀도 하나뿐이요 팔다리도 하나뿐인 흉한 몰골로 태어났다. 「네 장사의 모험」을 이끄는 바위손이는 나이 일곱 살이 되도록 똥오줌을 못 가리는 천덕꾸러기였다. 백성들은 이야기 속 영웅이 자신들을 대신하여 온갖 조화를 부려주기를 바라면서도 끝내 그들과 한자리에 머무르기를 바랐던 것일까.

「땅속나라 도적 퇴치」는 반드시 타고난 재주가 있어야만 영웅이 되는 것이 아니라는 말을 하고 있다. 신행길에 색시를 도둑맞은 신랑은, 본디 담이 약간 클 뿐 보통 사람과 다를 바 없다. 그런데 몸종이 몰래 가져다준 산삼 달인 물을 먹고 밤마다 용을 써서 힘을 길렀다. 그렇게 힘을 기른 끝에 비로소 도적을 물리치는 영웅이 되었다. 이런 이야기는 그저 평범하게 살아가는 사람들에게도 용기를 줄 만하다. 홍경래나 전봉준이 어디 태어날 때부터 영웅이었던가.

통쾌한 꿈과 비장한 꿈

옛이야기의 세계에서 아예 못 할 일이란 없다. 옛날처럼 엄격한 신분 사회에서 천한 사람이 벼슬을 하거나 높은 자리에 오르는 것은 감히 꿈도 꾸지 못할 일이다. 그렇지만 옛이야기 속에서는 그게 얼마든지 가능하다. '못 오를 나무 쳐다보지도 마라'는 심심한 옛말은 적어도 옛이야기의 세계에서는 발을 붙이지 못한다.「눈치 삼 년 배짱 삼 년」에서는 화전을 파먹는 산골 농투성이가 임금 자리에 오르고,「중국 임금이 된 머슴」에서는 남의 집 머슴 사는 총각이 중국 임금이 된다.「해몽 못할 꿈」에서는 머슴이 한꺼번에 두 임금의 사위가 되기도 한다. 이것은 통쾌한 현실 뒤집기인데, 이야기를 만든 백성들은 주인공을 내세워 그들이 꿈꾸는 일을 대신 겪게 함으로써 마음속에 맺힌 응어리를 풀었던 것이다. 이렇듯 이야기 속 상상의 바다는 한풀이의 바다요 즐거운 꿈의 바다였다.

그러나 이야기를 만들어낸 백성들은 즐거운 꿈만 꾼 것은 아니었다. 꿈을 깨고 나면 허망한 현실이 기다리고 있다는 것을 어찌 모를까. 이러한 현실 인식은 때때로 딴 세상을 꿈꾸는 꼴로 나타나기도 한다. 이 세상에서 용납되지 않는 꿈은 딴 세상으로 가서야 이룰 수 있다는 것이다. '우렁이 색시'와 그의 남편은 이승에서 못다 나눈 정을 죽어서야 비로소 마음껏 나누게 된다. 참으로 비장한 이야기이다. 가난해서 나이 서른이 넘도록 장가 못 간 총각에게 가장 절실한 꿈은 무엇일까. 두말할 것도 없이 꽃같이 어여쁜 색시 얻어 장가드는 일일 것이다. 그래서 꾼 꿈이 우렁이 속에서 색시가 나온다는 기상천외한 꿈이었다. 꿈은 이루어져 말 그대

로 꿈같은 나날을 보내지만, 현실에서 가난한 농투성이가 선녀 같
은 색시와 짝짓는 일이 어디 가당키나 한 일인가. 갖은 훼방에 시
달릴 바에는 차라리 죽어서 자유의 몸이 되고 싶은 것이 두 번째
의 슬픈 꿈이었다. 그것이 파랑새 되어 하늘을 날아다닌다는 슬픈
결말을 불러온 것이다.

이 세상에서 온갖 위협과 횡포에 시달리는 백성들은 곧잘 하늘
나라를 꿈꾸었다. '해와 달이 된 오누이'는 호랑이에게 어머니를
잃고 끝내 하늘로 올라간다. 아무도 구박하지 않고 아무도 들들
볶아대지 않는 자유의 나라를 땅에서 찾기란 힘든 일이다. 그런
곳이 있다면 아무도 가보지 못한 하늘밖에는 없을 것이다.

경계하고 조심하라

꿈의 바다는 끝없이 열려 있지만, 군데군데 함정이 도사리고 있
기도 하다. 꿈이 꿈으로만 끝나는 것이 아니라 현실로 돌아와 사
람들에게 경계의 말을 던지는 것이다.

'능텅감투'는 남의 눈에 띄지 않고 싶어 하는 비밀스러운 꿈을
담고 있다. 그렇지만 감투를 얻은 사람은 끝없는 욕망을 따라갈
것이 아니라 경계하고 자제해야만 한다. 그렇지 않으면 들통 나서
망신만 당하게 되는 것이다. 여기서 우리는, 욕망을 채워주는 꿈
이 자제력을 잃을 만하면 애써 경계함으로써 끝내 건강한 꿈으로
만드는 옛사람의 슬기를 만난다. '소원을 들어주는 그림'은 가난
하게 사는 사람이 누구나 한 번쯤 꿈꾸어볼 만한 보물이다. 그렇
지만 지나친 욕심을 내어 한꺼번에 많은 것을 바라면 아무것도 이

룰 수 없다. '도깨비가 준 보물'도 마찬가지다. 욕심이 지나치면 화근이 된다는 경계의 말을 담고 있다.

때때로 옛이야기는 조심해야 할 것을 가르친다. 우연히 얻은 행운도 참고 근신하지 않으면 언제 달아나버릴지 모른다. 「우렁이 색시」는 넝쿨째 굴러들어 온 복을 참을성이 없어서 놓쳐버리는 이야기로, 듣는 이로 하여금 안타까움을 느끼게 한다. '때가 될 때까지 기다리라'는 금기를 어긴 벌 치고는 가혹하지만, 권력이 남의 아내마저 마음대로 빼앗아 가는 현실에서 백성들이 할 수 있는 일이란 어쩌면 참고 조심하는 것밖에 없었는지 모른다.

「나무꾼과 선녀」는 이것이 전형이라고 본다. 나무꾼이 두레박을 타고 하늘에 올라가 선녀를 만나는 대목에서 끝나는 이야기도 더러 눈에 띄지만 온전한 꼴이 아닌 듯하다. 여기에는 세 가지 서로 다른 금기가 나오는데, 첫 번째 금기(아이 넷 낳을 때까지 옷을 내주지 마라)를 어겼을 때는 노루의 도움으로 다시 행운을 잡지만, 두 번째 금기(살진 말을 타지 마라)에 이어 세 번째 금기(말이 세 번 울도록 기다리지 마라)를 어긴 뒤에는 다시 행운이 찾아오지 않는다. 첫 번째 금기는 때를 기다리라는 것이고 마지막 금기는 때를 놓치지 말라는 것인데, 잠깐 성급함은 고칠 수 있으나 한번 놓친 기회는 다시 찾아오지 않는다는 뜻일까.

「구렁덩덩 신선비」에서 색시는 보여주지 말라는 구렁이 허물을 언니들에게 보여줬다가 남편을 잃고, 「금강산 구미호」에서 젊은 이는 잘 지은 기와집에 들어가지 말라는 금기를 어겼다가 구미호를 만난다. 「사람을 구해 주었더니」에서는, 짐승은 은혜를 덕으로 갚으나 사람은 은혜를 원수로 갚으니, 이 세상에서 경계해야 할 것은 바로 사람이라는 말로 우리를 슬프게 하기도 한다.

옛이야기에서 금기는 거침없을 것 같은 상상의 바다에 군데군데 솟아오른 암초와 같은 것으로, 이야기의 재미와 함께 항상 조심하고 경계하며 살았던 백성들의 삶을 엿보는 것 같은 안타까움을 준다.

준엄한 진실

웃음 속에 얼버무려 내놓는 이야기일수록 헤집어보면 준엄한 진실과 가르침이 들어 있게 마련이다. 이 가르침은 글문학에 두루 들어 있는 따분한 가르침과는 딴판이어서, 듣는 사람으로 하여금 정신이 번쩍 들게 한다. 「저승길도 같이 가라」에서는 불경을 똑바로 외우며 앞서간 사람은 기름 가마로 가고, 엉터리없는 불경을 외우며 뒤따라간 사람은 꽃방석에 앉게 된다. 왜 그런가. 가난해서 무식한 것은 죄가 될 수 없으나, 그런 무식한 사람을 따돌리고 저 혼자 극락 가겠다고 내뺀 것은 중죄라는 것이다. 이 이야기를 만약 글을 숭상하는 식자들이 지었다면 거꾸로 만들었을지 모른다. 되지도 않는 글을 외워 거룩한 이를 욕되게 만든 무식쟁이는 마땅히 지옥으로 보내고, 부지런히 글을 배워 한 자도 틀리지 않고 외운 총명한 이는 극락으로 보내지 않았을까.

「형제의 재주」를 보면, 엄격한 유교 도덕 사회에서 몇몇 가진 사람들이 만든 도덕의 틀을 부수려는 백성들의 안간힘마저 느끼게 된다. 형은 비록 도둑질을 배웠으나 지나치게 많이 가진 사람의 것을 지나치게 적게 가진 사람에게 나누어주었으니 좋은 일을 한 것이요, 아우는 비록 부처님의 법력을 배웠으나 조금 좋은 일을 하려고 그보다 더 중한 잘못을 저질렀으니 옳지 못하다는 것이다. 이것이 어찌 가진 사람들이 할 수 있는 말일까 보냐.

이러한 '도덕의 틀 허물기'는 「며느리가 장모 되다」에 이르러 마침내 가슴 후련한 웃음으로 완성된다. 아무리 삼강오륜을 들먹이고 시시콜콜 유교 법도를 따지기 좋아하는 사람이라도 이 이야기 속 인간미 넘치는 며느리와 시아버지를 탓할 것인가.

「샛별머슴」이나 「나락 모가지를 끊었다가」는 모두 먹을 것의 소중함을 일깨워주는 이야기이다. 먹을 것을 단순히 배를 불리는 수단으로 보지 않고 자연이 베푼 은혜로 보려는 마음이 스며 있는 듯하다.

그러나 먹을 것이 아무리 귀하기로소니 목숨만 하겠는가. 귀한 쌀을 개구리의 목숨과 바꾼 사람이 '화수분 바가지'를 얻어 잘 사는 이야기도 있고, 제 코가 석 자나 빠진 처지에서도 남의 어려운 사정을 보아주고 얻은 「석숭의 복」 이야기도 있다. 이런 이야기는 모두 '복이라는 것은 결코 거저 얻는 것이 아니다'라는 말을 하고 싶어 하는 것 같다. 가만히 있으면 저절로 굴러들어 오는 것이 복덩어리가 아니라, 마음 곱게 쓰고 남의 일 나 몰라라 하지 않아야 복이 생긴다는 가르침도 꽤나 준엄하다.

고난을 이겨내는 행운, 행운을 시샘하는 고난
제대로 된 줄거리를 가진 옛이야기는 어느 것이나 어려움을 이겨내는 과정을 그리고 있다. 주인공은 언제나 어려움에 부닥치지만, 그것을 이겨내면 행운이 기다린다. 그 행운은 또 다른 어려움이 다가오면서 사라지고, 주인공은 다시 새로운 어려움을 이겨낸다. 이런 과정을 거쳐 주인공은 끝내 바라던 것을 얻게 된다. 고난과 행운이 되풀이되는 것은 보통 사람들이 살아가는 모습과 같다. '오르막이 있으면 내리막이 있다'는 옛말처럼 이것은 삶의 모습을 그대로 비춘 것이다.

그런데 이러한 고난과 행운의 되풀이도 자세히 살펴보면 두 가지 모습이 있다. 하나는 '뜻하지 않은 고난'을 '애써 얻은 행운'으로 이겨내는 것이고, 다른 하나는 '예정된 고난'을 '뜻하지 않은 행운'으로 이겨내는 것이다. 앞의 것이 사람의 의지에 기대고자 하는 마음을 담았다면, 뒤의 것은 사람의 뜻으로 어찌할 수 없는 운명에 기대고자 하는 마음을 비춘 것이다.

「좁쌀 한 알로 장가들기」를 살펴보자. 가난한 노총각이 늦도록 장가를 못 간 것은 예정된 고난이다. 우여곡절 끝에 좁쌀 한 알을 소 한 마리로 바꾼 것은 뜻하지 않은 행운이다. 여기까지는 운명이 앞서 있다. 그런데 끝내 소를 잃어버린 것은 뜻하지 않은 고난이다. 소를 찾으려고 제 발로 정승네 집을 찾아가서 정승 딸과 혼인하게 된 것은 애써 얻은 행운이다.

처음에는 운명이 앞서 있는 듯하다가도 끝에 가서는 주인공의 의지가 앞서게 된다. 이런 구조가 무엇을 뜻하는가. 분명하게 말하기는 어렵지만, 운명에 기대기보다는 의지로써 어려움을 헤쳐 나가는 것을 더 중히 여기는 마음이 은연중 들어 있는 것이 아닐까. 「이상한 돌쩌귀」에서 돌쩌귀를 얻은 사람이나 「석숭의 복」에서 복을 얻은 석숭도 어려움에 부닥칠 때마다 우연한 행운을 만나지만, 그 우연한 행운을 지키는 것은 결국 주인공의 의지다. 우리 옛이야기 곳곳에 나타나는 이런 생각은 매우 귀한 것이다.

약한 이와 강한 이의 겨루기

'착한 사람은 복을 받고 나쁜 사람은 벌을 받는다'는 것은 옛이야기의 한결같은 주제이다. 그런데 여기서 착한 사람은 대개 약한 사람이요, 나쁜 사람은 대개 강한 사람이다. 그러기에 약한 사람이 강한 사람과 겨루면 언제나 이긴다. 몸집이 작은 토끼가 커다란 호랑이와 겨루면 틀림없이 이기고, 가난뱅이가 부자와 겨루면 십중팔구 이긴다. 머슴이 주인과 겨루어도, 상좌가 큰스님과 겨루어도 언제나 그렇다. 농사꾼이 벼슬아치와 겨루어도, 백성이 임금과 겨루어도 또한 같다.

「방아 찧는 호랑이」에서는 어린아이들이 집채만 한 호랑이를 거뜬히 물리치고, 「가짜 산신령」에서는 가난한 집 어린아이가 부자 영감을 꾀로써 이겨낸다. 「먹여주고 재워주고」에서는 머슴이 주인을 너무 골탕 먹여 주인이 안쓰러울 정도이다.

이것은 현실을 거꾸로 뒤집어놓은 모습이다. 현실에서야 약한 편이 무슨 수로 힘센 편을 이긴단 말인가. 어림 반 푼어치도 없는 일이다. 그렇지만 한편으로 현실을 바로 비추어놓은 구석도 있다. 힘없고 권세 없는 편이 힘 있고 권세 있는 편에 맞서 싸우려면 꾀를 쓰는 수밖에 없다. 꾀야말로 약한 편의 하나뿐인 무기가 아닌

가. 꾀를 쓰되 상대편이 제 꾀에 제가 넘어가도록 꼼짝 못하게 해야 한다. 이것은 현실에서도 그렇다. 섣불리 꾀를 쓰다가 자칫 괘씸죄에라도 걸리는 날이면 더 참담한 꼴을 당하기 십상이니까.

「여름 기러기」, 「양촌 원 죽은 말 지키기」, 「이방 아내의 재치」, 「사나운 원 길들이기」는 모두 힘을 등에 업고 부당하게 억지를 쓰는 상대를 세 치 혀로 꼼짝 못하게 만드는 이야기이다. 이런 이야기를 만들고 퍼뜨린 사람들이 과연 그것을 머리로만 꾸며낸 것일까. 시시각각 현실에서 부닥치는 일에 가슴을 치다가 스리슬쩍 비틀어서 이야기로 만든 것이 아닐까. 이런 이야기가 세태와 동떨어진 것이었다면 애당초 전승력을 잃고 사라져버렸을 것이다.

제 발가락 들여다보기

멋들어진 해학은 옛이야기의 또 다른 멋이다. 익살이 다만 익살로 그치면 실없고, 풍자가 너무 날카로우면 살벌하다. 옛이야기 속 해학은 꼬집을 것을 은근슬쩍 꼬집으면서도 시원한 웃음 속에 버무려 내놓기 때문에 제맛이 난다. 사람은 누구나 약점이 있다. 남 앞에서 으스대고 싶기도 하고 공연히 아는 체해 보고 싶기도 한 것이 사람의 마음 아닌가. 마음에도 없는 말을 남 듣기 좋으라고 입에 발라놓는 것도 어쩔 수 없는 사람의 약점이랄 수 있다.

이런 것을 해학으로 슬쩍 꼬집는 이야기는 무더운 날의 한 모금 샘물처럼 시원하다. 이야기 속에는 꼬집히는 사람이 있게 마련이지만 웬일인지 그리 밉게 보이지 않는다. 그러기에 이야기를 듣는 사람은 부담 없이 웃으면서도 제 모습을 한번 되돌아보게 된다.

'남의 발가락에 티눈 박인 것은 알아도 제 발가락 곪는 것은 모른 다'는 옛말도 있지 않은가. 이야기를 듣고 나서 한 번쯤 제 발가락을 들여다보게 만드는 것이 이런 이야기의 힘이다.

공연히 으스대던 산골 영감이 '초 친 녹두죽'을 먹는 꼴에 고소하게 웃을지언정 적개심을 품을 이는 없을 것이다. 이 또한 누구나 가질 수 있는 사람의 약점을 꼬집었기 때문이다. '장인뿐인 줄 아나?' 하고 큰소리치는 파계승이나, 문자가 뼛속까지 들어차서 어쩔 도리가 없어 보이는 '문자 쓰는 사위'도 혀를 차게 만들 뿐이고, '사나운 원 길들이기'에 된통으로 당한 원도 제 무덤 제가 팠구나 하고 웃으면 그만이다. 가볍게 웃으면서 제 허물을 한번 돌아보게 만드는, 이런 이야기도 감칠맛이 있다.